빙산을 로맨틱한

녹이는 방법

빙산을 로맨틱한
녹이는 방법

초판 1쇄 발행일 2014년 4월 29일
초판 3쇄 발행일 2015년 4월 3일

지은이 | 신은진
펴낸이 | 김기선
펴낸곳 | 와이엠북스(YMBOOKS)

출판등록 | 2012년 7월 17일 (제382-2012-000021호)
주소 | 서울시 도봉구 노해로 379, 1005호(창동, 대성빌딩)
전화 | 02)906-7768 / **팩스** | 02)906-7769
E-mail | ymbooks@nate.com

ISBN 979-11-5619-144-5 03810

값 9,000원

빙산을 로맨틱한 녹이는 방법

YMBOOKS ROMANCE STORY

신은진 지음

BOOKS

목차

프롤로그. 빙산의 기원

쾅.

절대로 열리지 않을 것 같던 철문이 엄청난 소리와 함께 벌컥 열렸다. 체력 보충용 초콜릿을 이제 막 입에 집어넣고 행복한 한숨을 내쉬던 진우는 문이 열림과 동시에 몸을 벌떡 일으켰다. 그런데 그로 인해 입에서 채 녹지 못한 초콜릿이 목에 걸리는 대참사가 일어났다.

컥.

그가 목을 부여잡고 허리를 숙였다. 다행히 기도로 넘어가진 않았는지 호흡은 가능했다. 하지만 목구멍이 찢어지는 것 같은 고통이 찾아왔다. 잘 열리지도 않는 문을 초인처럼 박차고 나온 침입자가 숨을 헉하고 들이쉬는 것 같은 소리가 들렸다. 그쪽으로 고개도 돌리지 않은 채 그가 손으로 자신의 등을 가리키자 잰 발소리가 그를 향해 다가왔다.

"어떡해……."

기세 좋게 문을 박차고 들어온 것과는 달리 잔뜩 겁먹은 여자아이의 목소리였다. 그러나 행동은 빨랐다. 모양 빠지게 허리를 굽힌 채로 컥컥대던 그의 등 뒤로 그녀의 다급한 손길이 느껴졌으니까. 불행 중 다행인지 등 뒤의 손은 정확한 곳을 맵게도 가격했고 목에 걸렸던 초콜릿은 흉물스러운 작태로 그의 입 밖으로 탈출했다.

"죄송해요. 저 때문에 놀라셨죠? 문이 안 열리는 바람에 어깨로 밀었더니 그만……."

이런 일을 겪게 되다니, 믿을 수가 없다. 멍하니 자신이 뱉어낸 초콜릿을 쳐다보며 무릎에 양손을 짚고 구부리고 있던 그가 분노로 몸을 일으켰다. 185센티미터의 장신이 땅에서 솟아나듯 하늘을 향해 올라갔다. 그 와중에도 여전히 그의 등을 두드리던, 아니 이제는 그의 허리께를 정처 없이 맴도는 여자의 손을 잡아 매몰차게 뿌리친 진우가 매운 손의 주인공에게 몸을 돌렸다.

"너 뭐야? 문 앞에 외부인 출입 금지라고 적혀 있는 거 못 봤어?"

무서운 목소리로 상대를 제압하고 싶었다. 하지만 목에서 나온 건 쉰 듯이 캑캑대는 소리였고 눈에는 눈물까지 맺혀 있어서 제압은커녕 동정의 눈길만 받았을 뿐이다.

"저기, 괜찮으세요? 출입 금지 같은 건…… 못 봤는데요……."

하얗고 보송보송한 얼굴이 조금 붉어졌다. 동그랗고 맑은 눈동자가 하염없이 하늘을 두리번거리는 걸 보니 거짓말임이 분명했다.

"분명히 문 앞에 적혀 있었을 텐데. 빨간 글씨로 한 글자 한 글자 정확하게! 그리고 그건 학생 같은 일반인은 들어오지 말라는 뜻이야."

진우는 끽해야 고등학생 정도로 보이는 앙큼한 거짓말쟁이에게 엄중하게 경고했다. 따지고 들자면 그도 그다지 결백하진 않은 입장이긴 했다. 외부인 출입 금지 푯말은 그가 이 병원으로 실습을 나온 지 일주일 만에 스스로 만들어 붙인 경고 문구였기 때문이다.

"저, 저번에 왔을 땐 분명히 그런 거 없었는데……."

아무래도 침입자는 그냥 갈 생각 따윈 없는 것 같았다. 혼잣말처럼 중얼거리던 그녀는 조금 전까지 그가 앉아 있던 벤치에 슬며시 엉덩이를 장착했다.

"죄송한데, 여기 좀 잠깐만 같이 있으면 안 될까요? 제가 좀 숨어 있어야 될 피치 못할 사정이 있거든요."

들고 있던 커다란 쇼핑백 2개가 그녀의 무릎 위로 올라왔고 손잡이를 구명줄이라도 되는 양 두 손으로 꼭 잡은 그녀가 고개를 들어 그를 응시했다. 애원하는 눈동자, 턱 아래에 위치한 두 손. 마치 영화 슈렉에 나오는 장화 신은 고양이 같았다. 그 모습은 제아무리 강철심장을 가진 사람이라 할지라도 일시에 무장을 해제할 수밖에 없을 만큼 효과적이었다. 어깨를 으쓱한 그가 체념한 듯 고개를 저었다. 뭐, 쫓아낼 수야 없는 노릇이다.

"그래, 그 피치 못할 사정이라는 게 뭔지 좀 들어보자고."

한껏 누그러진 목소리로 그녀의 옆에 털썩 주저앉은 그가 말했다. 그러자 고양이 눈망울을 순식간에 거둔 그녀가 두 눈을 반짝거리며 쇼핑백을 바닥에 내려놓았다.

"저 이상한 사람 아니에요. 우리 오빠가 이 병원 의산데, 갈아입을 옷 좀 가져다 달래서 왔거든요. 그런데 소문이 좀 이상하게 나서……."

일단 그녀가 이상한 사람인 건 확실했다. 그 부분만 봤을 때 이 여자를 쫓아내야 하는 게 맞다. 하지만 오빠가 병원 의사라니 조금 참아볼까 싶기도 했다. 그렇지만 소문? 그의 호기심이 불청객에 대한 짜증을 눌렀다.

"소문?"

"잠깐만요."

엉뚱한 소리를 늘어놓던 그녀가 쇼핑백을 정신없이 뒤적거리더니 모자와 마스크를 꺼냈다. 종잡을 수 없는 말과 예측하기 어려운 행동을 하는 소녀…… 는 아닌 것 같다. 다시 보니 소녀보다는 조금 늙은 것 같다.

"어때요?"

챙이 달린 모자에 얼굴을 3분의 2는 가릴 수 있는 마스크를 쓰고 그녀가 물었다. 이상하게 휘말리는 느낌이었다. 대답해야 할 의무가 있는 것도 아니었는데 열심히 그녀의 얼굴을 뜯어보는 자신을 발견했기 때문이다.

"흠……."

그는 그대로 잠시 고민했다. 이대로 쫓아낼 수 있을 때 쫓아낼 것이냐, 호기심이 시키는 대로 따를 것이냐. 하지만 그가 고민하는 사이 또 다른 변신을 마친 그녀가 불쑥 그의 앞에 얼굴을 내밀었다.

"이러면 어때요?"

없던 선글라스가 생겼다. 그리하여 얼굴이 온통 섬유와 플라스틱으로 빈틈없이 들어찼다. 마치 가면처럼.

쫓아내려던 생각은 어디로 가고 이제 그는 그녀의 의도가 뭔지를 정확히 파악해버렸다. 그러니까 이 아가씨는 얼굴을 숨기고 싶은 것이다. 그런데 왜?

"음…… 굉장히…… 수상해 보여."

그는 신중하게 대답을 했다. 그리고 '차라리 가면을 쓰지그래?'가 따라 나오려는 걸 억지로 꿀꺽 삼켰다.

"수상해 보여요? 어…… 그럼 안 되는데. 눈에 안 띄는 게 목적인데."

낙심한 그녀가 '눈에 띄게' 풀이 죽었다.

"목적이 그렇다면 실패야. 지금 움직이는 광고판 수준이라고."

말이 끝나기 무섭게 그녀의 얼굴을 온통 가리고 있던 선글라스와 마스크가 벗겨졌다. 그는 미스터리한 그녀를 조금 더 지켜보기로 했다. 확실히 흥미를 자아내는 인물이었다.

"그냥 가져다주지그래?"

짐짓 상냥해진 그의 말에 코를 쑥 빠뜨리고 앉아 있던 그녀가 고개만 돌려 그를 쳐다봤다. 한 손은 여전히 쇼핑백 안에 넣은 채였다. 자신과 눈을 마주치고 한 손만 부스럭대는 게 신기해서 마냥 쳐다보고 있던 진우의 얼굴에 불쑥 분홍색 장막이 드리워졌다.

"이건 어때요?"

보자기였다. 분홍색, 그것도 연. 일. 주. 단. 이라고 큼직하게 금박이 새겨진.

"설마."

그가 입을 딱 벌렸다. 도통 포기라는 걸 모르는 여자인 건 확실했다.

"안 되겠죠?"

"당연하지."

"하아, 그럼 어쩌지."

이제 그의 호기심은 맥시멈을 찍고 있었다. 사실 지금껏 참은 것도 그로선 용한 일이었다.

"대체 왜 이렇게까지 해야 하는 거야? 혹시 수배자야? 아니면 오빠가 병원에서 무슨 사고를 쳤다거나 그런 거야?"

"그런 게 아니라."

답지 않게 머뭇거리며 말을 고르고 있는 그녀였다. 오늘 처음 봤는데도, 뭐가 그녀다운 건지도 모르는데도 머뭇거리는 건 그녀답지 않았다.

"오빠가 여기 레지던트예요. 외과에 있는데······."

주변에 아무도 없건만, 그녀는 한참을 망설이다 그의 귀에 대고 오빠의 이름을 속삭였다.

그리고 그 유명한 이름을 듣는 순간 진우는 너무 놀라 짧은 시간에 두 번째로 자리에서 벌떡 일어났다.

"뭐라고?"

자신도 모르게 커진 목소리에 그녀가 어깨를 움찔했다.

"우리 오빠 아세요? 아니, 아시겠죠. 모를 리가 없지. 뭐, 그렇게 됐어요."

그가 믿어지지 않는다는 듯 눈앞에서 죄인처럼 고개를 들지 못하는 그 사람의 동생, 그 유명한 여동생을 잡아먹을 듯 바라보고 있었다.

"그럼……?"

"네에, 네에. 제가 바로 걔입니다."

그녀가 연신 고개를 꾸벅이며 말했다.

"하하하하!"

진우가 배를 잡고 웃었다. 당장에 그녀의 입이 댓 발씩 나오기 시작했다.

"그렇게 웃을 필요까진 없잖아요."

"미안. 그쪽이 웃겨서 웃은 건 아니야. 그냥 상황이 그래서……."

진우는 또다시 터져 나오려는 웃음을 참으며 그녀의 노여운 눈길을 받아냈다.

"이제 알겠어. 이유는 잘 알겠는데 말이야, 좀 노멀하게 갈 순 없어? 보자기 같은 거 말고. 누구 아는 사람한테 부탁해도 되잖아."

웃음을 참는 건 그럭저럭 성공한 것 같다. 노려보던 눈길을 그녀가 거둬간 걸 보니 말이다.

"누구한테 부탁해요. 아는 사람도 없는데. 아니, 알면 안 되는데. 선생님도 혹시 이런 오빠 있어요?"

뭐가 분했는지 주먹까지 꼭 쥔 그녀가 벤치에서 일어나 서성거리며 넋두리하듯 그에게 하소연을 시작했다.

"전 있어요. 여동생 놀리는 게 평생의 숙원사업인 오라비가! 놀려 먹을 거리가 5만 개쯤 있다면서 죽기 전까지 그걸 다 써먹을 계획이래나! 밖에선 말 한마디 안 하면서 그 스트레스를 다 나한테 푸는 건지…… 사람들이 자기 얼굴 보고 무서워하는 게 좋대요. 하여간 변태야."

긴 한숨을 끝으로 순식간에 말을 마친 그녀가 갑자기 그의 앞에 우뚝 버티고 섰다. 그가 놀라 고개를 들자 그녀는 그의 눈을 의미심장하게 바라보며 말했다.

"내가 한 말 우리 오빠한테 말하면 안 돼요, 알았죠? 그리고 그런 의미에서 이거, 우리 오빠한테 전해주실래요? 고맙습니다."

거절할 틈도 주지 않고 그녀가 말을 마치고 인사까지 꾸벅했다.

"전 그럼 이만 가볼게요. 문 꼭 닫고요. 안녕히 계세요."

왔던 것과 마찬가지로 철문을 기세 좋게 열어젖힌 그녀가 쾅 소리와 함께 사라졌다. 그의 손엔 그녀가 전해주고 간 쇼핑백이 덜렁거리고 있었다.

아, 당했다.

하지만 당연히 화가 나야 할 상황인데도 그저 실소가 터져 나올 뿐이었다. 아, 저거 물건이네.

그가 가운 주머니에 손을 넣어 초콜릿을 하나 꺼내 입에 넣었다. 손목에 쇼핑백 손잡이를 끼운 채로 벤치에 기대 눈을 감은 그가 계속해서 키득거렸다. 졸지에 심부름꾼으로 전락해버렸지만 좋은 걸 하나 배웠다. 얼음이 웃지 않는 이유. 그의 별명이 얼음이 되게 한 시작. 그 누구도 그에게 쉽게 말을 붙이거나 그를 귀찮게 하지 않았다. 진우는 언제나 그의 그런 점이 부러웠다.

그래, 일단 웃지 않으면 된단 말이지.

그렇게 생각하며 아이러니하게도 미소를 지었다. 일단 시작은 쉽네. 그에게 따라붙는 눈초리, 과도한 친절 혹은 질시 이 모든 것들을 떨어낼 방법이 거기 있었다. 그가 출입 금지 푯말을 붙이고 이곳에 숨어 있는 원인이기도 했다.

"고마워, 덕분에 좋은 정보 얻었어."

그가 웃으며 닫힌 철문을 향해 말했다. 이름을 떠올리니 그의 웃음이 더욱 깊어졌다.

"자, 이제 심부름을 해보실까."

그가 벤치에서 몸을 일으켰다. 어느덧 그의 얼굴에 자리 잡았던 미소가 가시고 차가운 얼굴이 되어 있었다. 바야흐로 우성대 의대의 새로운 전설, 빙산이 탄생하는 순간이었다.

방법 1. 준비운동을 한다

"하와이안 코나가 없어요?"

또 얘다. 5층 신입 간호사 김도라. 가슴에 달린 이름표엔 분명히 '김선영'이라고 쓰여 있는데 어떻게 된 일인지 병원 내 모든 사람이 김도라, 도라 선생 또는 발음을 한껏 순화해서 '도라이'라고 부른다. 그동안은 도라 선생과 얽힐 일도 없고, 특별히 그녀에게 피해를 당한 일도 없고, 또 결정적으로 수영의 성격상 불의를 보면 잘 참는 편이라 대충 그런가 보다 했었다. 그런데 오늘도 이렇게 눈앞에서 시비 거는 김도라를 보고 있자니 수영은 '도라이'라는 순화된 발음에 강력하게 이의 제기를 하고 싶어졌다.

"어떡해요, 김 선생님. 코나는 오늘 없고, 드립 커피는 수프리모랑 케냐, 만델링이 있는데, 만델링 한번 드셔보시겠어요?"

"됐어요. 만델링은 무슨. 참 나, 커피전문점이라면서 어떻게 코나도 없어요? 진짜 구려."

도라이가 들으라는 듯 커다랗게 콧방귀를 뀌며 틱틱거렸다. 머리채를 잡는 대신 기껏 상냥하고 프로페셔널하게 응대를 했건만 저 깜찍한 입에서 '구리다'는 말이 나왔다. 가게를 휘휘 둘러보다 수영의 얼굴 한번 쳐다보다 하는 걸 보니 '너도 구리고 가게도 구리다'라고 말하는 것 같다. 수영의 꼭 쥔 주먹이 부르르 떨렸다.

'코나 같은 소리 하고 있네. 니 코나 잘 간수해. 잘하면 하늘로 승천하시겠다.'

수영은 도라 선생의 얼굴에 대고 웃으며 이렇게 말해주었다. 물론, 입 밖으로 나오진 않았지만. 목구멍까지 치밀어 오르는 말을 애써 삼키며 그저 에스프레소만 묵묵히 뽑을 수밖엔 없는 것이다.

김도라는 단골손님이 아니었다. 몇 주 전 혜성처럼 나타나 오만 가지 다양한 종류의 컴플레인을 하며 가게 최대의 진상 고객으로 자리 잡았을 뿐. 이제 슬슬 레퍼토리가 떨어져 가나 싶었는데 오늘은 어디서 듣고 온 건지 다른 원두 가격의 3배가 넘는 하와이안 코나를 갑자기 내놓으라며 생떼를 쓰는 중이었다. 정말 손님이고 뭐고 쫓아낸 다음 소금이라도 뿌리고 싶은 마음이 굴뚝같았다.

물론 가격을 생각하고서라도 구하려고 들자면야 얼마든지 구할 수 있는 코나다. 하지만 문제는, 이 입맛도 까다로우신 도라 선생이 드립으로 내려주면 안 마신다는 거다.

"슈프림 하나요."

처음 나타나던 날 그녀가 한 말이었다.

"예?"

못 알아들은 동현이 되묻자,

"슈프림 몰라요, 슈프림? 콜롬비아 슈프림!"

어이없다는 표정으로 고개까지 내저으며 틀린 커피 이름을 말하는 김도라. 동현은 상냥하게 대답해주었었다.

"수프리모인데요, 손님."

하지만 그것은 그의 크나큰 실수였다. 손님은 고마워하기는커녕 얼굴을 붉히며 버럭 소리를 질렀던 것이다.

"그거나 그거나! 달라면 줄 것이지 무슨 말이 이렇게 많아요?"

이에 당황한 동현이 심혈을 기울여 수프리모를 드립해주자 보란 듯 맛없다며 퇴짜. 사장 나오라고 강짜를 부려 수영이 직접 나가 드립해주니 쓰다고 퇴짜. 웬만하면 드립해놓은 커피에 물을 부어주는 일은 하지 않지만 손님이 손님이니만큼 아메리카노처럼 물을 부어 가져다주니 장난하느냐고 또다시 퇴짜를 놨다.

시럽을 넣어줘도 싫다, 다른 걸로 바꿔준다고 해도 싫다 하더니, 결국은 생크림을 산처럼 쌓아 올린 캐러멜 모카를 손에 들고서야 곱게 퇴장하지 않았던가!

"코나도 드립 커피로 제공되는데, 지난번에 김 선생님 쓴 거 싫다고 이제부터 드립은 절대로 안 마신다고 하지 않으셨어요?"

수영이 최대한 상냥해 보이도록 웃음을 지으며 김도라의 기억을 상기시켰다.

"코나로 만들어주면 되잖아요. 캐러멜 모카. 왜 꼭 그걸 드립으로 마셔야 돼요?"

면전에 대고 콧방귀를 뀌며 턱을 까딱거리고 서 있는 김도라의 행태에 수영의 얼굴이 일그러졌다. 진짜 기가 막히고 코가 막힐 노릇이다.

그래, 안 될 거야 없다. 비싼 자연산 송이버섯을 사다가 미국산 소고기랑 불고기양념 해서 같이 볶아 먹어도 된다. 그건 분명 '개취(개인의 취향)'다. 하지만 바리스타로서 감히 단언하건대, 커피에 관한 한 코나로 캐러멜 모카를 만들어 먹는 것도 분명한 '개취(개 같은 취향)'이다. 특히 김도라에 한해서는 100퍼센트다.

"죄송합니다. 다음번에 코나 들여오면 꼭 캐러멜 모카로 만들어드릴게요. 오늘은 그럼 다른 걸로 만들어드릴까요?"

침착함을 잃지 말자. 흥분하면 지는 거다.

"그냥 캐러멜 모카 주세요. 생크림 많이 올려서. 그리고 다음엔 꼭 가져다 놓으세요. 아, 꼭 그걸로. 익스트림 팬시."

엑스트라 팬시겠지!

수영은 커피 위에 생크림을 '익스트림'하게 쌓아 올리며 김도라를 저주했다. 다 뱃살로 가라.

"어머, 오빠! 뭐하러 여기까지 왔어. 나 데리러 왔어? 아니면 커피 마시게?"

조금 전까지 딱딱거리던 목소리가 거짓말처럼 나긋나긋하게 변했다. 수영은 기가 차서 튀어나오려던 헛웃음을 미소로 무마해 감추었다.

"잠시만 기다려주세요, 손님. 계산이 끝나면 도와드리겠습니다."

수영은 뒤늦게 들어온 손님에게도 상냥한 응대를 잊지 않았다. 오빠라고 했지만 김도라가 콧소리에 아양까지 섞는 걸 보니 친오빠는 아닌 것이 분명하고. 김도라의 남친이라면, 인생 참 불쌍하구나!

"힐링이 필요하세요? 주문하시겠습니까, 손님?"

마침내 계산을 마친 수영이 활짝 웃으며 새로 온 손님에게 인사했다. 오픈할 때부터 만들어둔 그녀만의 카페 인사법이었다. 처음엔 손발이 오그라든다며 절대 안 하겠다던 동현도 이제는 얼굴도 안 붉히고 해내고 있다. 조금 부끄럽긴 해도 하루 이틀 지나면 익숙해지기 마련이고 어떤 인사법도 이만큼 가게 이름과 취지에 걸맞은 건 없을 것이다. 수영은 자신이 고안한 힐링식 인사법이 아주 마음에 들었다. 그리고 그 마음을 더하여 미지의 손님을 향해 특별히 안타까운 마음으로 인사를 전했다.

그런데 이게 뭐야. 멋쩍게 수영을 향해 웃고 있는 얼굴은 길지 않은 그녀의 인생에서 다시는 마주하고 싶지 않은 단 하나의 이목구비였다.

"오랜만이네?"

그녀의 전 남친 김현태가 말했다. 그리고 정말 하늘이 무심하게도 여기 계신 최고 진상 고객님의 보이프렌드임이 확실했다. 진상이 더블이 됐다.

쌍욕을 프리스타일 랩으로 구사해주고 싶은 욕망이 활화산처럼 샘솟았다. 주먹을 틀어쥐며 참고 있으려니 주먹에도, 머리에도, 눈에도 쥐가 날 지경이었다.

"오빠, 뭐 해. 가자니까!"

그러자 지붕도 뚫을 것 같은 하이 소프라노가 김도라의 입에서 튀어나왔다. 지붕은 못 뚫더라도 수영의 귀청쯤은 얼마든 찢어버릴 것 같은 포스였다. 수영은 김도라를 한 번, 김현태를 또 한 번 무의식적으로 번갈아가며 쳐다보다 드디어 깨달았다. 그동안 자신을 향해 행해졌던 김도라의 무차별적 만행의 의미를!

새로운 형태의 분노가 수영을 파도처럼 덮치고 있는 사이, 선영은 발걸음을 떼지 못하고 있는 현태를 연신 팔로 잡아당기며 조금씩 문 쪽으로 향하고 있었다.

"으…… 으응. 그래…… 가자, 선영아. 수영아, 만나서 반가웠어. 또 봐."

경악스러운 전 남친의 얼굴과 더더욱 경악스러운 이 상황에서 말도 제대로 못 해보고 서 있는 수영에게 절절한 눈빛을 보내며 현태가 선영의 손에 끌려 카페를 나갔다. 하지만 그들이 카페 문을 나서기 직전 드라마틱하게 뒤를 돌아선 김도라는 수영에게 마지막 한 방을 날렸다.

"사람이 분수를 알아야지. 주제도 모르고 어디다 들이대?"

말이 끝나기 무섭게 한 쌍의 바퀴벌레가 순식간에 사라졌다. 꼿꼿하게 서 있긴 했지만 정신은 이미 장렬하게 전사했다. 수영은 좀비처럼 어기적대며 창가 쪽 테이블로 걸어가 무너지듯 주저앉았다. 살다 보니 참 별일을 다 보네.

폐에 남아 있는 마지막 공기까지 한숨으로 만들어 내보낸 수영이, 커피머신 앞에 서서 사명이라도 만난 듯 열심히 커피머신을 닦고 있는 동현에게 말했다.

"동현아, 나 라테 한 잔만 만들어줄래? 바닐라 시럽 조금만 넣어서. 응?"

처음부터 김도라가 하는 모든 행태를 보고 있었던 동현은 별말 없이 에스프레소를 뽑기 시작했다. 평소 같으면 '사장님은 손이 없냐, 발이 없냐. 만들어주면 평가하고 다시 뽑아 오라고 할 거 아니냐.' 하면서 갖은소리를 다 했을 게 분명한데 조용히 커피를 만들고 있는 걸 보니, 자기 눈에도 사태가 심각하긴 심각했나 보다.

수영은 시원스레 통유리로 되어 있는 카페 창가에 앉아 창 너머로 펼쳐져 있는 넓은 주차장을 하염없이 바라보았다. 외래진료가 끝난 오후 시간이라 주차장이 한산했다.

의료법인 현재단 대전세종 메디컬센터, 지역 최대의 복합메디컬센터인 대전 현병원은 본원인 서울 현병원보다 규모는 작지만 특성화된 몇몇 전문센터와 국내 최대의 건강검진센터를 갖춘 3차 의료기관이다. 여러 개의 건물로 이루어진 센터 중 단연 돋보이는 것은 새로 건축한 건강검진센터였다. 그녀가 앉아 있는 곳에서 보이는 주차장의 입구는 병원의 정문과 맞닿아 있었다. 정문의 바로 앞은 진료센터가, 그리고 주차장으로 들어오는 쪽으로 마치 호텔처럼 보이는 건강검진센터가 있었다. 그리고 그 검진센터 1층에 그녀의 커피숍 '힐링'이 자리하고 있었다.

아버지가 갑자기 돌아가시고 혼자 계신 엄마가 염려되어 잘 나가는(이라고 우겨보는) 직장까지 때려치우고 고향으로 내려왔건만, 눈물 어린 환영은커녕 그녀의 어머니에게 걸레가 되도록 등짝을 맞고 곧바로 백수 탈출용 사업계획서를 제출해야만 했다.

회사를 그만뒀다는 말이 끝나자마자 자리를 걷어차고 일어난, 수영의 어머니 신 여사는 사지육신 멀쩡한 딸내미가 집에서 노는 꼴은 죽어도 못 본다며 수영이 한바탕 잔소리한 다음 뒤집어 탈탈 털었다. 하지만 그녀에게서 나온 건 퇴직금 몇 푼과 어디서 써먹을 수도 없는 경력, 그리고 천만 다행스럽게도 서울에 있는 동안 취미로 따두었던 바리스타 자격증 한 장이 전부였다.

그것으로 모든 건 정해졌다. 신 여사는 특유의 저돌적인 추진력으로 커피전문점 개업 준비에 들어갔다. 어찌 보면 잘된 일일 수도 있었다. 그녀의 어머니에겐 슬픔을 잊고 매달릴 일이 필요했고 새로운 목표야말로 그녀에게 삶의 원동력이 되어주었다.

그렇게 수영은 그저 태풍이 휘몰아치듯 몰아치는 신 여사의 기세 속에 영혼을 잃었다가 사장 자리를 넙죽 넘겨받았다. 그녀가 한 일이라고는 카페에 '힐링'이라는 이름을 붙여준 것뿐이었다. 그나마도 치유라는 의미로 병원 내 카페의 특성을 잘 살렸다는 자화자찬으로 주변의 빈축을 샀지만.

카페는 문을 열자마자 말 그대로 대박이 났다. 수영의 커피 맛이 보통 수준은 넘었기 때문이기도 했지만, 손님의 대부분이 혈관을 따라 커피가 돌고 있다 해도 과언이 아닌 의사, 간호사, 커피가 허용되는 환자나 잠이 부족한 보호자 등이었기 때문이다. 사업은 승승장구했지만 그녀의 어머니가 커피숍에서 나오는 모든 돈을

착취해서 수영의 손에 쥔 것은 어머니가 던져준 쥐꼬리만 한 용돈뿐이었다. 하지만 이미 오래전에 초기 비용을 모두 회수하고 안정적인 수익이 들어오고 있으니 기회를 봐서 담판을 지으면 독립이 가능할 것이다.

아니, 꼭 해야만 한다. 그녀의 어머니에겐 이제 새로운 목표가 생겼기 때문이다!

날이면 날마다 시간이 있을 때마다 신 여사는 수영의 귀에 새로운 못을 박았다. 그것은 바로 결혼이었다.

그렇다. 수영은 귀에 못이 박히도록 시집가라는 엄마의 성화를 견디고 있었다. 가게가 자리를 잡았고 수영의 나이가 서른을 바라보고 있으니 어서 결혼시켜야 한다는 게 신 여사의 새로운 의지였다. 나이 차도록 시집도 못 가고 애인도 하나 변변하게 없는 것이 집에서 밥만 축내는 건 죽어도 못 보겠다는 선언도 함께였다.

"라테 나왔습니다, 사장님."

회상에 빠져 있던 그녀의 앞에 머그잔이 살며시 놓였다. 수영은 과거의 기억에서 돌아와 테이블에 놓인 카페라테를 발견했다.

"고마워. 그리고 가서 일해."

수영이 상냥한 얼굴로 말했다. 마침 라테와 함께 그녀의 앞자리에 앉아 아까부터 쌓여왔던 호기심을 채우려던 동현은 입을 쭉 내민 채 커피머신 앞으로 돌아갔다.

수영은 허둥지둥 카운터로 돌아가 아까부터 닦아서 이미 반짝반짝한 커피머신을 닳도록 닦고 있는 동현을 보며 작게 웃음을 터뜨렸다.

"아유, 우리 동현이가 눈치 하난 빠르지. 그래, 거기 말고 그라인더 좀 닦아볼래?"

동현이 투덜거리는 소리가 테이블까지 들려왔다. 그녀가 크게 웃었다. 그리고 따뜻한 커피 한 모금이 목으로 넘어가자 마음도 진정이 되기 시작했다.

애인도 하나 변변하게 없다고 구박하던 어머니의 생각과는 다르게 사실 수영에겐 애인이 있었다.

그리고 그녀는 잘난 김현태에게 지금으로부터 딱 6개월 전에 차였다. 그것도 문자로.

어느 정도 예상은 하고 있었을지라도 충격은 충격이었다. 카페를 개업하고 얼마 지나지 않아 슬금슬금 눈앞에 알짱거리기 시작한 김현태는 멀끔한 외모와 순해 보이는 말투로 그녀의 눈길을 사로잡는 데 성공했다. 매일같이 커피를 사러 와서는 아무 말도 못하고 얼굴만 벌게지는 게 귀여워서 모르는 척 커피만 만들어줬었는데, 보름쯤 지나고 나더니 슬며시 전화번호를 물어보는 것이다. 카운터에 놓인 가게 명함을 들여다보며 지나가는 말처럼 '여기 적힌 게 사장님 번호인가요?' 하고 말이다. 그래놓고는 일주일이나 지나서야 문자를 보내왔다.

[저랑 사귀실래요? 저 괜찮은 사람인데.]

그렇게 그와의 연애가 시작되었다. 잘생긴 얼굴에 큰 키, 매너도 좋고 센스도 있었다. 슬그머니 티가 나던 소심하고 우유부단한 성격 따윈 문제도 되지 않았다. 아니, 그저 마음 한구석에 꼭꼭 묻어두고 모른 척하고 있었던 것 같다. 그녀로선 처음 해보는 연애였고, 그래서 그녀의 연애는 완벽해야만 했다. 연애라는 새로운 세상이 너무나 소중해서 그녀는 어떻게든 그걸 유지하고 싶었다. 오로지 자신이 의사인 게 최대의 자랑거리인 그에게 장단을 맞춰주며 그저 '네가 최고다!' 했다. 그녀의 오빠가 의사라는 걸 알면 그가 무안해질까 봐, 특히나 그 유명한 오수혁임을 알면 그가 주눅이 들까 봐 그마저 숨겼었다. 왜 그랬는지는 지금도 알 수가 없다. 그저 얇은 유리와도 같은 그녀의 첫 연애가 깨질까 봐 안간힘을 썼던 것 같다.

자신도 모르게 남자들에게 철벽을 치는 성격 때문인지 연애를 오로지 글로 배운 수영은 온갖 로맨틱한 말과 행동으로 잘 포장된 현태에게 말 그대로 홀딱 넘어갔다. 운이 좋았을 뿐이었다. 다른 남자들은 그녀의 강철벽에 온몸으로 부딪혀 나가떨어졌지만 그는 우유부단한 성격의 덕으로 주변을 맴돌았고 비겁하게 문자로 그녀를 공략했다. 그것이 운 좋게도 맞아떨어져 수영은 생애 처음 연애란 걸 하게 되었던 것이다. 일이 그러하니 그녀의 세상은 온통 장밋빛이었다.

그들의 연애에 불이 붙어 막 깨를 볶을 무렵 그는 수영에게 자신의 원대한 포부를 밝혔다. 어떻게든 잘 버티고 교수님의 눈에 들어야 한다고 했을 때부터 뭔가 이상했다. 그래야 순조롭게 교수가 되고 그런 다음 신도시에 현병원과 협진으로 클리닉을 낼 계획이라며 그녀를 지그시 바라볼 때도 그저 그러려니 했다. 하지만 매번 그 얘기를 하며 그녀의 재산이 어느 정도인지, 가게의 수입은 어느 정도 되는지를 꼬치꼬치 캐물었을 때 그녀는 마음에 꼭꼭 묻어두었던 위화감을 드디어 깨달았다.

아, 이 사람은 바라는 게 있구나.

참기름을 짜내도 될 만큼 깨를 볶아내던 그녀의 불타는 심장이 순식간에 얼어붙었다.

지금에 와서 생각해보면 그녀도 사랑은 아니었다. 그저 연애에 빠진 자기감정을 사랑했을 뿐이었다. 하지만 돈을 노린 연애였다니. 심장이 차가워지고 마침내 그녀의 눈에 씌었던 콩깍지가 벗겨졌다. 그리고 때마침 그의 어머니가 나타났다.

아침 드라마에나 나오는 막장 시어머니인 양 한겨울도 아닌데 모피로 몸을 감싸고 나타난 그의 엄마는 마치 자신의 가게인 양 카페를 휘젓고 다녔다. 당황한 수영과 현태가 그녀에게로 다가가 무슨 일이시냐고 묻자 그녀는 누군가를 똑 닮은 눈빛으로 그들을 쳐다보며 이렇게 말했다.

"나, 김현태 엄마야. 아가씨, 우리 현태랑 사귄다며?"

"아, 예……. 어머니세요. 안녕하세요?"

"안녕은 됐고, 여기 한 달에 얼마나 나와? 아가씨가 여기 주인 이지?"

"아, 아니요. 제가 주인은 아니고……."

굳이 따지자면 버는 돈은 족족 그녀의 어머니가 가져가고 가게를 내준 것도 어머니였으니, 주인이라고 하자면 그녀의 어머니였다. 그리고 굳이 '사실은 이 가게가 어머니가 내주신 거라 저는 그냥 사장만 맡고 있습니다.'라고 얘기하고 싶은 마음도 없었다.

어쨌거나 수영은 사실대로 말했다. 주인은 아니라고.

하지만 그 결과는 엄청났다. 그녀의 말이 채 끝나기도 전에 모피와 한 몸이 된 것 같은 현태의 엄마는 분신과도 같은 모피의 털을 하나하나까지 모두 세우고 그녀에게 불을 뿜어댔다.

"주인이 아니야? 뭐, 이런! 그럼 우리 아들을 왜 만나?"

아들과는 달리 목소리도 크고 무식해 보이는 그 아줌마는 감히 주제도 모르고 어딜 들이대느냐며 소리를 고래고래 지르고는 바람처럼 사라졌다. 신기하게도 바로 오늘 그녀가 김도라한테 들었던 그 말과 토씨 하나 안 다르고 똑같았다.

그리고 바로 그다음 날 그녀는 김현태에게 문자를 받았다.

[우린 잘 맞지 않는 것 같아. 행복해라.]

정신 차릴 틈도 없이 시작했던 연애가 순식간에 끝나는 순간이었다.

눈물도 나오지 않았다. 그저 황당할 뿐.

그리고 정말이지 다행스럽게도 그녀는 문자로 왜냐고 묻지도, 전화로 지질하게 매달리지도, 만나려고 하면 얼마든지 만날 수 있는 같은 건물에서 일을 하면서도 절대로 찾아가지도 않았다. 그의 어머니가 등장하면서 그동안 그녀 안에 차곡차곡 쌓아놓고 눈 돌리지 않았던 그에 대한 의문들이 해답을 찾기 시작했던 것이다. 그리고 그 해답들이 실연의 충격과 아픔을 덮을 힘을 그녀에게 제공해주었다.

'욕도 아까운 자식.'

잔에 남아 있던 마지막 커피를 삼키며 그녀가 생각했다. 실연 이후 그녀는 친구 시은과 일주일간이나 술을 퍼마셨고 고주망태에서 사람이 되기까지 꽤 긴 시간이 걸렸다. 엄마의 일급 등짝스매싱과 친구 시은의 감시가 없었다면 내내 술독에 빠져 살았을지도 모른다.

모든 실연의 아픔은 시간이 해결해준다. 그렇게 시간이 지나고 결국 그녀는 괜찮아졌다. 그놈을 안줏거리로 삼아 이젠 웃으며 술도 마실 수 있다. 처음 한 연애가 좋아서, 사람이 어떤지는 신경도 안 쓰고 그저 사랑을 한다는 자신의 감정에 푹 빠져 있었다는 걸 깨닫게 되니 모든 것이 명쾌하게 보이기 시작했다. 그렇게 상처가 아물고 거뜬해졌다. 가끔 카페 밖으로 스쳐 지나가는 모습이 보이더라도 이젠 아무렇지도 않았다.

아무렇지 않았다.

바로 오늘까지는! 바로 조금 전까지는!

그 자식이 어디서 저랑 똑같은 말 뼈다귀 같은 걸 여친으로 만들어 2주나 자신을 괴롭혀왔다는 사실을 알기 전까지는 정말 아무렇지 않았다.

"하아……."

수영이 또 한 번 처절하게 한숨을 내쉬었다. 자신이 화가 나는 게 김도라가 자신을 괴롭힌 것 때문인지, 뻔뻔하게 카페에 낯짝을 들이민 김현태 때문인지, 아니면 그 김도라의 남친이 그 김현태인 것 때문인지 알 수 없어서 화가 더 나는 것 같다. 생각할수록 화가 치밀어 오른다. 수영이 자리에서 벌떡 일어났다.

"망할 자식! 부숴버릴 거야!"

철 지난 유행어가 그녀의 입에서 나와 공허한 울림으로 퍼져 나갔다. 그녀의 특별한 유행어 사랑을 질색하는 동현이 진저리를 치며 들어오는 손님에게 인사를 했다.

"힐링이 필요하세요? 반갑습니다."

수영은 괜히 무안해져서 벗어놓았던 앞치마를 다시 입고 손님을 향해 웃는 얼굴로 돌아섰다. 커피숍 '힐링'의 영업이 재개됐다.

"힐링이 필요하세요? 주문하시겠습니까, 손님?"

방법 2. 빙산을 구한다

불타는 금요일, 불금이다. 다른 때 같았으면 지금쯤 수영은 친구 시은과 깨춤을 추며 만나 단골 치킨집에서 신 나는 금요일을 만끽했을 것이다. 하지만 일련의 사건으로 멘붕의 회오리를 겪고 난 후 그녀는 시은에게 불금 메시지 대신 SOS를 쳤다. 그녀가 마지막으로 시은에게 구조 메시지를 보낸 건 6개월 전 그 자식이 문자로 이별을 통보한 그날 이후 처음이었다. 그리고 그날처럼 시은은 두말없이 한걸음에 달려 나와주었다. 정신적 위기의 상황일 때 가장 필요한 건 오래된 친구와 '치맥' 그 둘뿐이었으니.

"진짜야?"

그들의 만행을 단 하나도 빠뜨리지 않고 모두 시은에게 말하고 나자 시은이 내뱉은 첫마디였다. 그녀는 수영의 말에 목이 타는지 종업원이 가져다준 맥주를 빼앗다시피 받아 벌컥벌컥 들이켰다.

첫잔은 원샷. 그들의 법칙이었다.

"2주 동안 나타나서 진상이란 진상은 다 부리고 갔다던 그 이상한 애가 네 전 남친의 현재 여친이라는 거지?"

시은이 테이블에 맥주잔을 쾅! 하고 내려놨다. 하지만 그들의 원칙에도 불구하고 수영은 한 모금만 마시고 조용히 테이블에 맥주잔을 놓았다.

"맞아. 내가 아까 놀란 걸 생각하면……."

"그런데 그 여자는 이름이 김도라야? 이름 참 희한하네."

"이름이 아니고 별명이야. 실습 때 병원에서 엄청 사고 치고 돌아다녔다고 그렇게 됐나 봐. 그런데 어떻게 된 일인지 실습 점수 낮은데도 내과에 신입으로 들어온 거야. 게다가 성격이 돌아이래. 그래서 다들 김도라 선생이라고 부르더라고. 들리는 소문에 의하면 아버지가 엄청난 부자에 병원 이사라고 하던데?"

"진짜? 진짜 이사래? 너희 엄마도 이사잖아. 그럼 너도 아는 사람 아니야?"

"내가 어떻게 알아? 엄마한테 물어볼 수도 없고. 어쨌든 소문이니까 확실한 건 모르지."

"부자면 김현태네 그 이상한 엄마가 좋아하겠네. 너한테 와서는 그 난리를 쳐놓고."

"됐어. 지나간 얘긴데, 뭐. 김도라도 더하면 더했지 그 아줌마보다 덜하진 않더라."

그때의 일이 다시 생각이 난 듯 수영이 진저리를 쳤다.

"너! 또 한마디도 못하고 그대로 당했지?"

시은이 그런 수영의 팔을 아프지 않게 꼬집었다. 물러터진 자신의 성격을 익히 잘 알고 있는 시은인 터라 수영은 할 말이 없었다.

"아니거든!"

하지만 일단 우겨보기로 했다. 잠자코 그녀를 응시하던 시은이 갑자기 가자미눈을 했다.

"정말? 니가 그럴 리가. 뭐라고 했는데?"

시은의 추궁에 아무리 머리를 짜내도 적당한 말이 떠오르질 않았다. 이럴 땐 그저 개그인 거다.

"안 알랴줌."

밑도 끝도 없는 수영의 말에 시은이 눈을 끔뻑끔뻑하더니 자신의 귀를 후벼 팠다.

"뭐라고?"

듣고도 자신의 못 믿겠다는 듯 턱까지 떨어뜨린 친구의 반응에 신이 난 수영이 킬킬거리며 설명했다.

"으하하! 이거 재밌지? 이게 요즘 인터넷에서 제일 핫한 유행어인데, 아 놔, 내가 쓸 때마다 웃겨서……."

수영의 말이 끝나기도 전에 시은이 친구의 멱살을 틀어쥐었다.

"이 자식이 근데. 야, 니가 지금 이 상황에서 이상한 유행어나 쓰고 있을 때야?"

멱살을 잡히고도 아무렇지 않게 수영은 아예 배를 잡고 웃어대기 시작했다.

"지금 아니면 언제 써! 너한테 쓸려고 아껴뒀던 건데!"

시은이 한숨을 쉬며 잡았던 멱살을 놓았다. 수영이 유행어나

개그에 쏟는 열정의 반이라도 남자에게 쏟았으면 그놈의 연애를 아마 열 번은 하고도 남았을 것이다. 철벽이 전공이요, 드립이 부전공인 자신의 친구를 바라보며 시은이 고개를 저었다. 괜찮은 외모에 훌륭한 성격을 가지고도 남친이 없었던 이유를 그녀는 너무나 잘 알았다. 그러니 그런 거지 같은 김현태가 첫 남친이었고, 이렇게 별꼴을 다 당하는 거지. 하지만 저건 고칠 수 없는 병이다. 불치병.

"말을 말아야지, 내가. 아 참, 그래서 김현태가 너한테 뭐라든? 자기 여친이 너 괴롭힌 걸 알긴 알아?"

잠시의 개그에 즐거워하던 수영의 얼굴이 다시 어두워졌다.

"오랜만이라더라, 그 말만 하고 김도라한테 끌려 나갔어. 얼마 전에도 새벽 2시에 '자니?' 이렇게 문자 보내놓고 뭐가 오랜만이야? 아니, 근데 그 인간은 여자 친구도 있으면서 허구한 날 나한테 문자를 했다는 거야? 미친 거 아냐?"

아까의 분노가 다시금 떠오르자 수영이 반쯤 먹다 남긴 맥주를 들어 단숨에 들이켰다. 그러는 사이 시은은 눈을 또그락또그락 굴리며 뭔가를 생각하고 있었다.

"야, 그거다."

"응? 뭐가?"

수영이 손을 들어 마카로니 과자와 맥주 두 잔을 주문하고는 시은에게로 고개를 돌렸다.

"너한테 문자 하다 들킨 거라고. 2주 전에 들켰나 보다. 그러니 그날 이후 걸핏하면 나타나서 너한테 시비를 걸었지."

"그런가?"

시은의 눈이 다시 가늘어지며 못마땅한 듯 혀를 찼다.

"야, 그런가는 무슨 그런가야! 척하면 착이지. 넌 어쩜 그렇게 한결같이 맹꽁이일 수가 있냐. 정말 독보적이다. 거기다 싫은 소리는 요만큼도 못하지."

이젠 정말 답답했는지 시은은 자신의 가슴까지 쾅쾅 쳐댔다.

"그래, 생각해보니까 그런 것 같다. 아무리 성격이 이상해도 매일 찾아와서 그러기 쉽지 않거든. 이유가 있었겠지. 아무튼, 네 덕에 사건 해결!"

수영이 선선히 친구의 공을 인정했다. 나쁜 일일수록 오래 담아두면 좋지 않은 법이다. 이제 머리에서 털어낼 때가 됐다. 이유가 속 시원히 밝혀졌으니 이제부터 불금을 즐겨볼까.

김도라와 김현태를 세트로 머리에서 몰아내버린 수영은 제법 기분이 가벼워졌다. 하지만 눈앞에 음흉한 얼굴이 된 시은이 빙글빙글 웃고 있었다. 아, 저건 위험하다.

"너, 뭐야. 얼굴이 왜 그래."

"자, 그럼 이 언니가 네 사건을 가뿐하게 해결해주었으니 치킨을 얻어먹어 볼까?"

거봐, 위험하댔지.

"다 해결된 건 아니지. 또 나타날 수도 있다고. 김현태가 또 보자고 했단 말이야."

수영이 반항을 시도했다. 한 방에 무너질 순 없는 법이다. 하지만 시은은 여유만만하게 수영을 향해 말을 이었다.

"언니가 쏘라면 쏘는 거지, 말이 많아! 내가 귀가 마르고 닳도록 네 연애사를 들어줬는데 치킨이 아까워? 내가 막 입이 간지러워지려고 하는데? 다음 주에 수혁 오빠랑 점심이나 먹을까……."

수영이 다급하게 친구의 팔을 붙들었다.

"살게요. 사겠습니다, 언니. 제가 삽니다."

"2마리."

시은이 손가락으로 브이를 그리며 닭에 대한 자신의 의지를 나타냈다.

"여부가 있겠습니까! 배운 녀성이라면 1인 1닭 입니다!"

수영이 간신처럼 친구에게 아부를 떨자 시은이 만족스러운 웃음을 흘렸다.

"아무튼, 사건도 해결되고 난 입이 다시 무거워졌고 그 똥차 커플은 오늘 그 난리를 떨고 갔으니 앞으로 너희 가게에 안 오겠고. 그러니 축하해도 되겠다."

"어휴, 말해 뭐하니. 둘이 헤어지지 말고 아주 오래오래 사귀었음 좋겠다. 다른 사람 인생 망치지 말고."

수영이 몸서리를 쳤다. 그래, 안 오면 된 거지. 눈에 안 띄면 그걸로 된 거다. 그건 오늘은 금요일이고, 누가 이기든 치킨은 먹게되어 있고, 배웠다면 1인 1닭이라는 법칙과 같은 것이다.

"어? 수영이랑 시은이 아냐? 너희 여기 있었어?"

사건 해결이라는 타이틀을 걸고 막 승리의 환호성을 지르려던 찰나, 갑자기 익숙한 목소리 하나가 그들 사이로 끼어들었다.

"오빠!"

수영과 시은이 두 손을 들고 목소리의 주인공을 열렬히 환영했다. 수영의 큰오빠 수혁의 절친한 친구이자 현병원 내과 펠로우 김정욱 선생이 나타난 것이다. 힘든 하루 끝, 단비와 같은 정욱의 등장이었다.

수영과 시은은 나란히 얼굴을 마주 보고 웃었다. 이제 치킨값은 굳었다.

"여긴 어쩐 일이세요?"

"약속이 있어서 왔지. 내가 좀 일찍 왔다. 현진우라고 우리 학교 후배인데, 수혁이 후임으로 오는 외과 펠로우야. 수영이 너도 앞으로 병원에서 자주 마주치겠네."

평소 같지 않게 손까지 휘저어가며 후배에 대해 장황하게 설명하고 있는 정욱에게 수영이 심드렁한 표정으로 대답했다.

"외과면 엄청 바쁠 텐데, 뭐, 볼 일이 있겠어요?"

"하하! 그런가? 그런데 오늘도 둘이 맥주 마시는 거야?"

정욱이 슬쩍슬쩍 수영의 눈치를 살피며 그녀들의 테이블에 함께했다. 유난히 평소와는 다른 행동을 하는 정욱이었지만, 그런 쪽에 둔감한 수영은 그저 오늘의 물주가 나타나주심에 감사하느라 전혀 눈치채지 못했다. 그리고 그건 시은도 마찬가지였다.

"아뇨, 우리는 늘 치킨이죠."

시은이 포크를 세워 들고 정욱의 질문에 답했다.

"맥주는 거들 뿐."

수영이 뒤질세라 양손에 포크를 잡고 테이블 위로 올렸다. 뾰족하게 날이 선 포크가 그녀의 손안에서 하늘을 향해 뻗어 있었다. 마치 다음 할 일이 뭔지 안다는 듯.

정욱이 키득거리며 자리에 앉았다.

"이거, 딱 봐도 뭔지 알겠는데? 알았어, 속아주지. 오랜만에 만났는데 오빠가 치킨 사줄까?"

무슨 당연한 말씀을.

"2마리!"

약속이라도 한 듯 수영과 시은이 한목소리로 외쳤다. 정욱은 잠시 굳어지는가 싶더니 갑자기 배를 잡고 웃기 시작했다.

"2마리? 아하하하! 그래그래, 2마리. 수혁이가 너희 둘 치킨 2인조라 그러더니, 오늘 제대로 확인하네. 수영이 아프면 시은이가 치킨 사들고 온다며? 프라이드 반 양념 반? 하하하!"

어리둥절한 건 오히려 수영과 시은이었다. 치킨 좋아하는 게 무에 그리 웃을 일이란 말인가. 치킨을 안 좋아하는 게 웃을 일이지. 그나저나 이 양반, 숨넘어가게 생겼다.

"야…… 너희 둘은 정말…… 변한 게 없구나. 어쩜 그렇게 한결같을 수 있냐. 시은이도 그렇고, 수영이 너도 그렇고. 어떻게 수혁이 같은 놈 밑에 너 같은 인물이 있는 거지? 너, 우리 학부 때 유명했던 거 아니? 수혁이 동생 엄청 예쁘다고 소문이 잘못 나서……."

마침내 웃음을 그친 정욱이 그제야 손을 들어 치킨을 주문한 뒤 수영에게 말했다. 정욱과 수혁은 같은 학부를 마쳤다. 수혁이 외과로, 정욱이 내과로 갈리기 전까지는 항상 붙어 다녔었다. 그와 더불어 그들이 가는 곳에 수영의 소문이 항상 따라다녔다. 아마 그녀의 오빠 수혁이 워낙 의대에서 유명했던 덕분일 수도 있겠지만, 정욱의 말처럼 소문이 잘못 난 탓도 있는 것 같았다.

"알아요, 오빠 덕에 저도 유명했던 거. 그런데 소문이 잘못 났다니요? 응? 내가 어디가 어때서. 소문 완전 잘 났구만. 맞게."

수영이 뻔뻔스럽게 말했다.

"뭐라고? 어디가? 어느 부분이? 예쁘다고? 설마 여신이라는 절대 루머는 아니겠지?"

시은이 혀를 끌끌 차며 수영의 어처구니없는 말을 저지했다.

"아니, 딱 그 부분. 거기 그거. 내가 좀 여신이라고 그래서 숨어 다니긴 했어도 딱히 틀린 말도 아니잖아?"

수영이 으스대며 말했다. 시은은 몸서리를 치며 친구의 얼굴을 손으로 밀었다.

"그래, 마스크에 보자기 쓰고 다니던 여신이었지. 얼굴 안 나오는 여신. 내가 진짜 너 땜에 창피해서……."

밀려났던 얼굴이 제자리로 돌아오지도 못한 채 수영이 시은의 팔목을 잡았다.

"시끄러워. 시끄럽다고. 조용하지 못해?"

수영의 말에 시은은 목소리를 낮춰 속삭이듯 수영을 비난했고 그녀는 친구의 멱살을 잡아 분노를 표시했다. 그러자 정욱은 늘상 있는 일인 듯 능숙하게 그들을 뜯어말렸다.

"하하. 맞아, 소문 잘 났지. 병원에도 소문이 자자하던데? 1층 커피전문점 사장 성격 좋고 재밌다고. 장사 잘되지?"

"그럼요, 너무 잘되어서 탈이죠. 내 손에 돈이 안 들어와서 문제지만. 그런데 나 웃기다고 소문난 거예요? 난 또 내가 미인이라고 소문나서 손님이 바글바글한 줄 알았지."

여전히 뻔뻔함을 고수하고 있는 수영에게 시은의 응징이 가해졌다.

"야, 니가 양심이 있냐? 가끔 세수도 안 하고 가게에 나가는 주제에. 미인 같은 소리 하고 있네."

"내가 아무리 세수를 안 해도 얼굴에서 광채가 난다고, 이 자식아!"

수영이 시은의 응징에 맞서며 이른바 몸 개그가 시작됐다. 몸 개그는 맞춰주는 사람과 짝을 이루면 극대의 효과를 볼 수 있으며, 정욱과 같은 최대의 관객이 있으면 그 빛을 찬란히 발한다. 게다가 그녀들의 가장 큰 단점이 개그에 목숨을 건다는 것이다.

수영과 시은이 서로의 목을 마주 잡고 짤짤 흔드는 사이 정욱은 계속 부추기며 웃고 있었고, 그들은 정욱의 반응에 탄력을 받아 여전히 죽여라 살려라 몸 개그를 계속하고 있었다. 정체를 모르는 누군가가 그들의 테이블에 와서 한동안 서 있어도 모를 정도로.

"어? 진우야! 야, 이거. 이 자식 오랜만이다! 어서 와!"

정욱이 제일 먼저 그를 알아보고 자리에서 벌떡 일어섰다. 수영이 잡고 있던 시은의 목을 조용히 놓고 자세를 바로 했다. 꼭 이럴 때마다 불청객이 나타난단 말이다. 그녀의 첫인상을 망치는 주요한 원인 중 하나였다. 그리고 이럴 때 나타나는 건 대부분 남자란 말이지.

수영이 흘긋 옆을 보니, 테이블 옆으로 청바지에 둘러싸인, 필요 이상으로 긴 다리가 위를 향해 뻗어 있었다.

처음 보는 사람이라 대놓고 얼굴을 흘끔거리자니 예의가 아닌 것도 같고, 치킨집의 조명이 어두워 올려다본다고 해도 얼굴을 알아볼 수 있을 것 같진 않지만, 풍기는 분위기로 보아하니 이 진우라고 불린 남자가 뭐 씹은 표정이라는 건 알 수 있었다. 오늘 당할 만치 당한 수영이라 자신에게 호의적이지 않은 새로운 상황은 만들고 싶지 않았다.

"오빠, 이제……."

자리를 옮기는 게 좋겠다고 말하려는 차였다.

"아, 이 자식, 여전히 까칠하네. 앉아. 여긴 이시은, 이쪽은 오수영. 수영인 수혁이 동생이야. 수영이 유명했던 거 너도 알지? 하하. 인사해라."

정욱이 억지로 끌어다 앉히는 바람에 자세마저 엉거주춤해진 남자가 잔뜩 찌푸린 얼굴로 고개를 들었다. 말릴 새도 없이 일어난 일이었고, 모양 나쁘게 소개하는 자리가 됐다. 수영도 이러한 상황이 영 마음에 들지 않았다. 하지만 큰오빠의 후배라고 한 데다 정욱이 인사까지 시킨 마당에 마냥 입을 닫고 있을 수는 없다.

"아…… 안녕하세요?"

마지못해 인사를 하고 고개를 들던 수영은 자신도 모르게 입에서 '어?' 하는 소리가 흘러나오자 입을 닫아 소리를 꿀꺽 삼켰다. 어디서 봤더라? 낯이 익었다. 우리 어디서 봤냐고 묻고 싶었지만 들이대는 걸로 보일까 망설여진다. 게다가 저렇게 차가운 얼굴에 이런 질문을 하기란 아무리 변죽이 좋은 수영이라도 불가능했다.

쌍꺼풀 없이 크고 긴 눈이 인상적인 그는 전형적인 수재형 미남이었다. 깎아서 붙인 것처럼 높고 반듯한 코와 전체적으로 모범적인 생김에 반하는 도톰하고 섹시한 입술, 아마 그가 여기 오는 길에 마주쳤던 여자들 절반쯤은 그의 앞에 무릎이라도 꿇었을 것이다. 수영은 자신의 허리에 구멍이 나기 전에 아까부터 연신 허리를 찌르고 있는 시은의 팔꿈치를 막았다.

알아, 나도 봤어. 그만해.

수영이 째려보자 시은이 입 모양으로 '대박'을 만들어 보였다.

요즘 흔하다고 하는 꽃미남 스타일은 아니었다. 그렇다고 과도하게 선이 굵은 스타일도 아니었다. 뭐랄까, 차가운 인상 아래 진짜 남자가 감춰져 있는 느낌이었다. 검은색 심플한 반코트 차림의 그는 코트와 일부러 맞춤이라도 한 것처럼 검은 머리와 검은색 짙은 눈썹을 가졌다. 그리고 검고 긴 속눈썹까지. 저런 속눈썹은 위법이다. 그리고 저런 완벽한 남자는 위험하다. 병에다 넣고 코르크마개로 단단히 막은 다음 독약 딱지를 붙여서 산속 어딘가에 묻어놔야 한다고 수영은 생각했다.

그의 길고 긴 속눈썹 밑으로 그의 눈동자와 눈이 마주쳤다. 마치 검은 먹물을 풀어놓은 것처럼 한 치의 빛도 허용하지 않은 것처럼 검고 깊은 두 눈동자가 자신을 향해 있었다. 그리고 놀랍도록 차가웠다.

"수혁이 형은요? 같이 만나기로 한 거 아니었어요?"

그의 입에서 듣기 좋은 저음이 흘러나왔다. 이 남자는 목소리마저 완벽했다. 저런 목소리는 무기다. 여자 살상용 무기. 수영은 자신의 인사가 가뿐히 무시당하자 잔뜩 삐뚤어졌다. 그래, 저렇게 생긴 얼굴들이 이런 짓을 하지. 그녀는 놀랍지도 않았다. 그런 사람을 하나, 아니 둘이나 아니까. 특히 그 둘은 그녀의 집에 같이 살고 있다.

"연락은 했는데, 응급환자가 생겼나 보더라고. 어차피 내일 만날 거 아냐? 내일 보자고 전해달라더라. 그런데 너 이 자식, 어째 더 잘생겨졌냐. 너 때문에 우리 병원 닥터들 다 쭈구리 되게 생겼다. 하하하!"

정욱의 너스레에 진우가 피식 웃었다. 왼쪽 입술 끝이 말려 올라가는 것을 수영은 분명히 보았다. 정작 본인은 절대 그런 적이 없는 것처럼 굴고 있지만 그녀의 눈을 속일 수는 없었다. 의외로 칭찬에 약한 타입인가 보다.

수영은 실례인 줄도 모르고 멍하니 진우를 바라보다 퍼뜩 정신을 차렸다. 남자에 정신이 팔려 친구를 잊고 있었다. 그러고 보니 시은이 이상하게 조용했다. 다른 때 같으면 보기 드문 훈남이라며 깨방정을 떨고 있을 게 틀림없을 텐데. 하지만 친구가 예상을 깨고 아직 아무 짓도 안 했음에도 수영은 그녀가 이미 부끄러웠다. 곧 그럴 예정이기 때문이다.

"시은아, 뭐 해?"

수영이 시은을 고개를 기울이며 물었다. 예상은 틀렸다. 시은은 계속 아무 짓도 안 하고 말없이 휴대폰을 확인하고 있었다.

"또 왔어."

시은의 얼굴이 전에 없이 심각했다.

"뭐가?"

"문자."

시은이 수영의 얼굴에 자신의 휴대폰을 들이밀었다. 최근 수신된 메시지 한 건이 수영의 눈에 들어왔다.

[맥주 맛있어요? 앞에 앉아 있는 두 남자 중에 설마 남친이 있는 건 아니죠?]

"헉."

놀란 마음이 소리가 되어 튀어나왔다. 어떻게 봐도 '지금 지켜보고 있다'라는 뜻의 문자였다. 시은의 얼굴이 순식간에 벌게졌다. 그러고는 벌떡 일어나서 사방을 두리번거렸다.

"여기 왔어? 응? 아, 진짜! 이거 정신병자 아냐?"

시은의 입에서 자신도 모르게 욕지거리가 터져 나왔다. 앞에 앉아 있는 남자들을 경악하게 하고도 남을 만큼의 악센트였다. 그러자 일순간 모두가 조용해졌다.

시은에게 최근 이상한 일이 생기기 시작했다. 본인 말로 남자들에게 먹히는 얼굴과 몸매를 가진 그녀는 그 먹어주는 얼굴로 남자들과 형 동생 사이로 지내는 요상한 스킬도 함께 가지고 있었다. 워낙 털털한 성격인 데다, 속된 말로 여우 짓을 못하기 때문이라고 수영은 생각했다.

그래서인지 남자는 많아도 연애보다는 점점 더 광활한 남자인맥을 갖춰가게 되었는데, 문제는 그 광활함 속에 사이코들도 숨어 있다는 것이다.

주로 선물 공세를 하거나, 집 앞에서 무작정 기다린다거나, 심하면 술 먹고 자살하겠다고 난동을 피우거나 하는 인간들이었다. 하지만 단호하고 칼 같은 성격의 시은에게 이들을 제압하기란 풍선껌 씹기보다 쉬운 일이었다. 그들은 다시 순한 양으로 돌아가 광활한 인맥 어딘가에서 얌전히 잘 지내기 마련이었다.

그런데 이번엔 좀 달랐다. 교묘하게 선을 넘나들며 문자가 오거나, 가끔 기프티콘이 쏟아지고 사무실로 선물이 배달되는 일이 일주일이면 서너 번이었다. 스토커법이 조금은 강화되어 신고해도 될 거라고 수영이 아무리 닦달해도 시은은 무시가 상책이라며 전혀 대응을 하지 않고 있었다. 그렇지만 이제 사태가 조금 심각해진 듯하다.

"죄송해요, 오빠. 죄송합니다, 초면에. 수영아, 미안. 나 가야겠어."

시은이 주섬주섬 자신의 짐을 챙기며 일어서자 수영이 따라 일어섰다.

"저기요, 오빠, 시은이 따라다니는 스토커가 있는데 지금 여기 어디서 지켜보고 있나 봐요. 이상한 문자가 왔거든요. 아무래도 가봐야 할 것 같아요."

수영의 설명에 정욱이 정색하며 따라 일어섰다.

"스토커라니, 무슨 소리야? 위험한 거야? 그럼 지금 나가면 안 되지."

자못 심각해진 얼굴로 한참을 생각하던 그는 수영의 어깨를 눌러 자리에 앉히고 나가려는 시은을 막아섰다.

"일단 앉아봐. 누가 지켜보고 있는 거라면 좀 생각해보고 행동해야지. 이렇게 나가는 게 '날 잡아 잡수!' 하는 게 될지 어떻게 알아?"

"아니에요, 오빠. 지금 가는 게 좋겠어요. 지난번에 실장님이랑 카페에 앉아 있는데 문자가 오더니 모자 푹 눌러쓴 놈이 꽃다발을 저한테 던지고 도망가더라구요. 테이블은 엉망이 되고 실장님은 엎어진 커피에 바지 다 젖으시고. 어휴, 말도 마세요. 오늘 또 그러기 전에 그냥 가려구요. 소름 끼치기도 하고."

"뭐? 정말이야? 야, 너 그거 왜 나한테 말 안 했어!"

수영이 놀라며 시은의 팔을 잡았다.

"그냥 지질하게 구는 거야. 별것도 아니고. 그냥 기분만 좀 나쁘지 괜찮아. 나중에 천천히 얘기하자. 일단은 지금 먼저 갈게."

"나도 같이 가. 그 스토커가 갑자기 나타나면 어쩌려고 그래."

시은이 일어서려는 수영을 붙들어 앉혔다.

"그럼 너도 휘말리잖아. 그냥 혼자 가는 게 편해. 오빠, 죄송해요. 저기…… 노시다 가세요."

일일이 세 사람 모두에게 인사한 시은은 바람처럼 치킨집에서 뛰어나갔다. 어찌나 행동이 빨랐던지 시은과 같이 가려고 자신의 가방을 챙기던 수영은 갑자기 할 바를 잃고 멍하니 문 쪽을 바라보며 멈춰 있었다. 그런 그녀의 앞으로 갑자기 정욱이 뛰어나왔다.

"어? 저러면 안 되는 거 아니야? 정말 그놈이 갑자기 나타나면 자기 혼자 어쩌려고 저래. 안 되겠다. 내가 나가서 시은이 데려다 주고 올 테니까 니들은 여기서 좀 기다려."

이것 또한 말릴 사이 없이 일어난 일이라, 수영은 가게 되면 자신이 가는 게 맞는다는 생각을 채 다 마치지도 못했다. 물론 입 밖에 내보지도 못한 건 더욱 당연한 일이었고.

"아뇨. 저기, 오빠. 제가……. 어?"

수영은 바보처럼 단어만 내뱉으며 일어서지도 앉지도 않은 이상한 자세로 벌써 치킨집 문을 열고 있는 정욱 쪽을 향해 손을 뻗었다. 거짓말처럼 정욱이 문을 잡고 뒤를 돌았다.

"너희 둘! 가지 말고 거기서 기다려! 금방 올 테니까!"

"오, 오빠─!"

"수영이 너도 혼자 가지 말고 있어. 이상한 놈 있다니까. 알았지?"

마치 그 이상한 놈이 여기 어딘가에 있는 것처럼 주변 사람들이 다 들리도록 소리를 지른 정욱이 시야에서 사라지자 수영은 자리에 털썩 주저앉았다.

거지 같은 하루의 끝은 실로 거지 같았다.

입을 딱 벌리고 있는 건 상대방도 마찬가지였다.

게다가 이 어색하고 뻘쭘한 상황을 대체 어쩌란 말인가. 아까까지는 그저 기분이 별로인 듯했던 남자는 이제 표정이 무시무시해졌다. 수영의 가슴이 덜커덩거리며 뛰기 시작했지만, 그건 분명이성에게 느끼는 두근거림과는 차원이 달랐다.

나 지금 떨고 있냐? 아, 그런데 진짜 저 무서운 얼굴을 어디서봤지?

방법 3. 일단 건드려본다

그는 누가 자신의 행동을 좌지우지하는 것을 몹시 싫어했다. 딱히 이유가 있는 건 아니었다. 그저 타고난 그의 성격일 뿐이었다. 그래서 그의 인생은 나름대로 그가 계획한 대로 척척 이루어졌다. 계획 없이 맞이하는 상황이나 준비 없이 불시에 일어나는 일 등을 무척이나 싫어했기 때문에 미리미리 대비하는 것이 마치 천성처럼 되어버렸던 것이다. 한데 자리에 앉자마자 소용돌이에 휩쓸린 것처럼 순식간에 모든 일이 벌어졌다. 그가 싫어하는 일들이 말이다.

수영이 어색하게 자신을 보며 웃자 진우는 그 눈을 마주 쳐다보는 것으로 자신의 불편한 심기를 드러냈다. 심해처럼 차디찬 눈빛이었다.

"……."

그녀가 움찔하는 것이 보였다. 그리고 불편한 침묵이 계속됐다. 하지만 그는 한마디도 하지 않을 심산이었다.

"저기……."

그의 의도를 알았는지 침묵을 먼저 깬 것은 그녀였다. 그의 눈빛에 무수히 나가떨어진 다른 여자들에 비해 상당히 용감하다고 할 수 있었다. 하지만 무슨 말이든 일단 던져놓고 보자는 그녀의 의도가 얼굴에 드러나 실패한 작전이 되어버렸다.

"……."

그는 침묵으로 맞섰다. 그리고 잠시 자리에서 일어설까 망설였다. 이런 자리는 딱 질색이었다. 의도하지는 않았지만 마치 소개받는 자리처럼 되어버린 어색한 분위기. 그의 어머니가 지금껏 그에게 들이밀어온 수많은 만남을 모면해왔었다. 그리고 대전으로 내려오면서 마침내 끝이 났구나 했었다. 그런데 아이러니하게도 다시금 그런 상황을 맞게 된 것이다.

"휴우……."

나오는 한숨을 집어삼키고 그가 의자에 깊숙이 몸을 묻었다. 자리를 박차고 일어서고 싶은 마음이 굴뚝같았지만 좌불안석으로 앉아 있는 여자를 홀로 두고 갈 정도로 인성이 삐뚤어진 놈은 아니었다. 특히나 그가 가장 존경하는 선배의 동생이니 더욱 그리할 수는 없었다.

"저기요……."

무슨 말을 하려는 걸까. 그녀가 용감무쌍하게도 다시 그에게 말을 붙였다. 그는 대꾸를 해줄까 망설이다 그만두었다.

여자를 만나는 자리라면 이젠 지긋지긋했다. 오래전에 하나를 결혼시키고 이제 남은 아들을 결혼시키려는 어머니의 공세는 날이 갈수록 심해졌다. 게다가 그가 갖은 핑계로 피해 다니기 시작하자 다양한 방법이 동원됐다. 그중 최악이 그의 동기이자 병원 이사의 딸을 그가 가는 곳마다 교묘하게 나타나게 한 방법으로, 그는 그 일로 어머니와의 연을 끊을 뻔했다. 그의 대전행이 결정되자 그의 어머니는 더욱 공세에 박차를 가했지만 그는 마지막까지 버텨냈다. 그리고 그 마지막은 어머니가 구해놓았던 집을 거절하는 일이었다. 그의 어머니라면 그가 자신의 집 문을 열었을 때 생면부지의 여자가 거실 한가운데 앉아 있을 수도 있는 일이었다.

그런 이유로 그의 짐은 아직 병원 내 숙소에 그대로 있었다. 그가 인턴 레지던트 숙소에 묵을 생각이란 걸 알고 하얗게 질리던 아래 연차들의 얼굴이 떠오르자 그의 표정이 더욱 굳어졌다. 어머니가 그에게 찾아준 집을 거절한 것이 조금은 후회가 됐다.

"저기…… 맥주 드실래요?"

한참을 머뭇거리며 앉아 있던 그녀가 마침내 결심한 듯 그에게 물었다. 그건 질문이라기보다 마치 그에게 최후통첩이라도 하는 것처럼 들렸다.

하지만 정욱의 성화로 짐을 풀 새도 없이 바로 달려 나오느라 저녁도 못 먹은 그로서는 구미가 당기는 제안이긴 했다.

"맥주 드실 거예요?"

그녀가 이번엔 거의 애원하듯 물었다. 이대로 입을 다문 채 그녀가 어색해서 숨이 막힐 때까지 버텨보려던 그도 그녀의 애원에 그만 넘어가고야 말았다.

"그럽시다."

그가 고개를 끄덕이자 목이 졸린 듯한 안도의 한숨 소리가 그녀에게서 흘러나왔다. 가슴에 투명창이라도 있는 것처럼 감정이 고스란히 들여다보이는 타입이다.

그는 이제 기억 속에서 희미해진 수영의 얼굴을 찬찬히 쳐다보기 시작했다. 오래전 그를 빙산으로 만들었던 인물을 이렇게 마주하게 되다니, 세상은 참으로 넓고도 좁았다. 물론 대전으로 오게되니 언젠가 한 번쯤은 마주칠지도 모른다고 생각하기는 했었다. 하지만 이런 식은 아니었다.

"아니…… 오빠가 기다리라고 해서…… 갈 수는 없는데요, 그렇다고 가자니 아까 오빠가 치킨을 시켰거든요. 그게 2마리라……."

두서없이 횡설수설하는 그녀의 말이 무색하게 종업원이 치킨 바구니를 들고 나타났다. 타이밍이 너무 적절해서 머쓱해졌는지 얼굴까지 붉히고 있는 그녀를 대신해 진우가 맥주를 주문했다. 조금 전 목이 탔는지 맥주를 벌컥벌컥 마셔대던 그녀의 몫까지 두 잔. 그러자 수영의 얼굴이 조금 더 빨개졌다.

"그러실 필요까진 없었는데……."

그는 대답하지 않았다. 희한하게도 그의 심술궂은 부분을 충동질하는 수영이었다. 진우의 입가가 살며시 비틀어졌다. 웃음이 나오는 걸 참으려는 그의 오래지 않은 버릇이었다.

"그냥 웃으세요."

수영이 체념한 듯 힘없는 목소리로 말했다. 하지만 그는 깜짝 놀랐다.

"웃고 싶으시면 참지 말고 웃으시라구요. 괜찮으니까. 저 좀 웃기죠, 지금? 제가 당황해서 그러는데, 또 평소에 제가 안 웃기냐 하면 그것도 아니고. 아니, 그게 아니라……. 어휴, 내가 무슨 말을 하나. 어쨌든 안 참으셔도 된다구요."

어떻게 알았지?

그가 눈썹을 치켜 세웠다. 웃음을 참는 건 그의 이미지를 위해 그가 고안해낸, 아니 벤치마킹한 것이었다. 지금껏 그 누구도 그가 웃음을 참으며 무표정한 얼굴을 유지한다는 걸 몰랐다.

아차, 그러고 보니 그는 자신의 이미지 메이킹의 시발점이 된 인물과 마주 앉아 있었다. 원래 말이 없었던 그에게 웃지 않는 수법이 더해지자 효과는 배가되었고 그는 곧 빙산으로 등극할 수 있었다. 빙산은 참으로 유용했다. 웃음을 흘리며 그에게 다가오는 여자들에겐 효과적인 방패가 되었고, 아래 연차를 굴릴 때는 무시무시한 무기가 되어주었기 때문이다. 하지만 오늘 그는 얼음의 여동생과 앉아 있었고 그의 '빙산 효과'는 그녀에게 조금도 효과를 거두지 못하는 것 같다.

"선생님, 우리 오빠랑 닮았어요. 우리 오빠 아시죠, 오수혁? 우리 오빠도 그렇게 웃음 참거든요. 잘 안 웃어요, 원래. 사람들이 자기 무서워하는 게 좋대나 뭐래나. 별명이 얼음이라는데, 아무래도 자기가 만들어낸 것 같아."

이번엔 그의 마음도 들여다본 것 같다. 묻지도 않았는데 차분히 설명하는 걸 보아하니 말이다.

"자요."

생각이 아직 끝나지 않은 그의 눈앞에 뭔가가 불쑥 나타났다.

냅킨으로 끝 부분을 감싼 닭다리였다.

"저녁 드셨어요? 아직 안 드셨으면 먼저 드세요. 빈속에 맥주 마시면 안 좋잖아요."

그가 무의식중에 그것을 받아 들자 그녀의 얼굴에 아뿔싸 하는 표정이 나타났다. 그것도 잠시, 곧 아무렴 어때 하는 얼굴이 되어 버렸다. 표정이 풍부한 그녀의 얼굴은 흥미로웠다. 어떻게 보면 그녀는 타고난 웅변가였다. 말이 아닌 얼굴로 모든 걸 말해주는 웅변가. 그저 말없이 얼굴만 보고서도 무슨 생각을 하고 있는지 훤히 들여다보인다는 게 신기했다. 그것도 능력이라면 능력이랄 수 있을 것이다. 문득 자신을 놀릴 것이 몇만 개쯤은 된다며 수혁에게 분해하던 7년 전의 그녀가 희미했던 기억 사이로 갑자기 떠올랐다. 그리고 그는 이런 여동생을 가진 수혁의 심정을 조금은 알 것도 같았다.

"미안해요. 오빠들이랑 먹던 게 버릇이 돼서. 그런데 저 손 씻었어요. 깨끗해요."

그녀가 물수건을 들어 보였다. 자신의 결백을, 아니 두 손의 청결을 주장이라도 하듯 두 손을 들어 반짝반짝 흔드는 것도 잊지 않았다. 그건 참…… 정신 나간 짓 같았다.

그는 어이가 없어 고개를 흔들었다. 픽 하고 한숨도 쉰 것 같다. 하지만 그녀는 그걸 다른 식으로 해석을 했는지 이번엔 조근조근 그에게 잔소리를 시작했다.

"거봐요, 아까보다 훨씬 낫잖아요. 가만있으면 엄청 무서운 거 알아요? 앞으로 현병원에서 근무하신다면서요? 그럼 별명 생기지 않게 조심하세요. 어지간히 별명 짓는 거 좋아하는 사람이 있거든요, 거기에."

뭐라는 거야. 그가 이도 저도 아닌 표정으로 수영을 바라보자 그녀는 '다 알고 있어요.' 하는 얼굴로 그를 향해 미소를 짓고 있었다. 그의 내면 깊숙이 가라앉아 있던 악마가 그 미소에 깨어났다.

"말 참 많네."

그는 깨어난 악마가 시키는 대로 그녀를 조금 건드려보기로 했다.

"네?"

그녀가 즉각 반응했다.

"말이 많다고."

"제가요?"

"어디서 그런 말 안 들어?"

그가 싸늘하게 말했다. 더불어 싸늘한 눈빛도 동반하여. 이런 방법은 그의 주변을 맴돌며 그를 귀찮게 하는 여자들에게는 꽤나 효과적이었다. 하지만, 예외는 언제나 있는 법이다. 그리고 그런 드문 예외가 하필이면 또 이 여자고.

"들어요!"

물어뜯을 듯 그녀가 소리를 질렀다. 하지만 예상과는 전혀 다른 그녀의 대답에 허를 찔리고 만 그는 미처 대비할 새도 없이 쿡하고 웃음이 튀어나와 버렸다. 잠시 놀란 듯 그의 얼굴을 멍하니 바라보고 있던 그녀가 곧 얼굴을 구겼다.

"웃으랬다고 그렇게 대놓고 웃을 건 없잖아요."

사실 놀란 건 그녀보다 그였다. 마치 아무 일도 일어나지 않은 듯 차가운 표정으로 위장했지만 가면이 벗겨진 것 같은 느낌에 불편한 듯 자세를 바로잡았다. 수영은 그런 그가 못마땅한지 그를 한참이나 노려보더니 손에 들고 있던 치킨을 내려놓고 그에게 딱 딱거렸다.

"제가요, 원래 처음 보는 사이에 자리가 어색하다 싶으면 말이 좀 많아지긴 해요. 원래도 뭐, 말이 없는 편은 아니지만, 그래도 아까부터 어색하니까 자꾸 말도 많아지고 그러는 거거든요. 이렇게 떠드는 것도 그렇긴 한데 말 안 하고 있는 것도 이상하잖아요. 내가 왜 자꾸 말을 많이 하지? 그래도 말 많아서 시끄러우셨다면 미안해요. 그런데 왜 반말이에요?"

이번에도 예상치 못한 공격이었다. 시작과는 다르게 주절주절 변명을 늘어놓는 것 같아 방심한 게 화근이었다.

"뭐라고?"

당황함을 감추고자 목소리에 힘을 실어 그가 반문했다.

"봐요, 지금도 반말하잖아요, 초면에. 왜 반말하세요?"

그는 잠시 고민했다. 하지만 지면 안 될 싸움이란 걸 곧 인지했다. 걸어오는 싸움은 받아주는 것이 인지상정 아니겠는가.

"어째서 우리가 초면이라고 생각하지?"

아마 그녀는 기억 못 하고 있을 것이다. 그의 기억도 희미해져 있었으니까. 수혁의 동생이라는 걸 미리 알고 있지 않았다면 그도 완전히 잊고 있었을 것이다.

"어디서요?"

"뭐가 어디서야?"

"어디서 봤냐구요, 우리."

"내가 왜 말해줘야 하는데?"

싸움은, 특히 말싸움은 여유로운 사람에게 유리한 법이다. 그는 느긋해지기로 했다. 수영은 답답했는지 맥주를 들어 단숨에 마셔버렸다.

"나 어디서 본 적 있는 것 같지 않아?"

"글쎄요……."

"잘 생각해봐."

그녀의 눈이 의심으로 가늘어졌다.

"혹시 나한테 작업 거는 거예요?"

진우가 혀를 쯧 하고 찼다.

"그래 보여?"

수영이 기어들어 가는 목소리로 대답했다.

"아뇨."

대답을 마친 수영의 눈에 혼란이 가득 차기 시작하자 그의 눈이 만족스럽게 빛났다. 물어온다고 해도 물론 대답해줄 생각은 없었다. 하지만 궁금함이 가득한 얼굴로 끝내 묻지 않는 수영이었다. 새로 가져온 맥주를 또다시 벌컥대며 마시고 있는 수영은 어쩌면 생각이란 걸 하는 게 어려울 수도 있는 상태인지도 몰랐다.

"그리고 이제 와서 새삼스럽게 존댓말을 하고 싶지도 않고."

자, 이젠 어찌할 테냐! 진우가 다음 공격을 기대하며 눈을 빛내고 있는데, 수영은 의외로 쉽게 항복해버렸다.

"그래요, 그럼."

맥이 풀렸다. 허무할 정도로 단박에 수긍한 수영은 다시 맥주를 한 모금 마셨다. 아, 자세히 보니 한 모금이 아니었다. 한 번에 반 잔씩이다. 진우가 잔을 빼앗아 들었다.

"그만 마셔. 많이 마신 것 같은데."

"많이 안 마셨어요."

"세 잔째야. 그것도 급하게."

"네 잔이에요. 그리고 저, 원래 이렇게 마시거든요?"

보란 듯이 넉 잔째의 맥주를 모두 마셔버린 수영이 테이블 위에 맥주잔을 탕! 하고 내려놓았다. 그리고 도전하듯 눈길을 피하지 않은 채 손을 들어 다섯 잔째의 맥주를 주문했다.

그게 시작이었다. 다섯 잔째의 맥주가 들어가면서부터 수영은 더더욱 말이 많아지더니 급기야 오늘 찾아온 도라이가 어쩌고 김현태가 어쩌고 하는 얘기를 끝도 없이 늘어놓기 시작한 것이다.

"그러니까 그 자식이, 내 앞에 떡하니 나타난 거 있죠? 얼굴도 두껍지. 김도라가 계속 나타났는데 내가 그 자식 여자 친구인지 정말 몰랐거든요. 둘이 사귀는 줄 몰랐지. 내가 그걸 어떻게 알아. 안 그래요?"

조금 전까진 말짱했었노라고 하늘에 맹세할 수도 있었다. 어느 순간 임계점이 오면 만취가 되는 스타일인 건지, 다섯 잔째에 눈이 풀려버렸다. 조금 전부턴 혀도 점차 꼬이기 시작했다. 게다가 곧 오겠다던 정욱은 감감무소식이었다. 이러다간 폭탄을 하나 떠안게 될 것 같다는 불길한 예감이 들었다. 고단했던 하루의 마감을 주정꾼 수습으로 끝내게 된다면 정말이지 끔찍할 것이다.

"하여간 문자는 왜 그렇게 좋아해. 시작도 끝도 문자로 하더니 맨날 문자야. 뭘 맨날 자냐고 물어? 그래, 나 잔다, 어쩔래! 웃겨,

진짜! 왜 여자 친구 생긴 것도 문자로 하지, 가게로 찾아오냐?"

수영의 상태는 점점 심각해지고 있었다. 참을 만큼 참았다는 생각이 들자 그는 이를 갈며 정욱에게 문자를 보냈다.

[형, 어디예요? 지금 오수영 씨 제대로 취했는데 뻗으면 버리고 갑니다. 안 올 거예요?]

하지만 돌아온 건 침묵뿐이었다.

다시 수영을 쳐다보니, 다섯 잔째 맥주를 그새 다 마셨는지 빈 잔을 쳐다보며 대화를 시도하고 있었다. 정욱을 더 기다리다가는 못 볼 꼴 보게 될 것 같다. 진우는 결심을 굳히고 휴대폰을 집어 들었다.

[병원에서 봐요. 먼저 일어납니다.]

문자 전송 버튼을 누르고 있는데 눈앞에 불쑥 얼굴이 나타났다. 조금 전까지 하고 있던 빈 맥주잔과의 대화가 다 끝난 건지 수영이 몸을 일으켜 자신에게 말을 걸고 있었다.

"그거 알아요? 진우 씨, 우리 오빠랑 닮았어요."

진우는 솟구치는 짜증을 간신히 잠재우며 자리에서 일어났다.

그래, 알아. 지금 것까지 합치면 딱 백열두 번 말했어.

"오빠랑 똑같이 못됐어!"

내버려두고 갈까 싶다. 누군가는 찾으러 오겠지. 안 찾으러 와도 상관없고.

"왜 그렇게 못됐어요? 응? 나 놀리는 게 뭐가 그리 재밌다고!"

솔직히 말하자면 뭐 그렇게 재밌다. 진우는 그녀의 주정에 화를 내야 할지 웃어야 할지 잠시 고민했다. 하지만 곧 수영이 인사불성이 되기 전에 수습해야 한다는 결론을 내렸다. 그는 카운터로 걸어가 계산한 후 맥주 여섯 잔째를 주문하려는 듯 번쩍 든 수영의 팔을 잡아 일으켰다.

"갑시다."

갑자기 팔을 잡혀 놀랐는지 움찔한 꽐라수영이 반항을 시도했다.

"가긴 어딜 가요. 이제 시작인데."

"가자고. 당신 취했어."

"맞아요, 나 취했어. 으헤헤!"

"알고 있으니 다행이군. 잘 기억해놔. 나중에 헛소리하지 말고."

"아닌데? 헛소리할 건데?"

수긍이 빠른 게 이 여자의 장점이었나 보다. 가자고 하면 난동을 부릴 줄 알았는데 의외로 얌전히 팔을 잡혀 일어난다. 취기가 제대로 왔는지 이제는 몸을 휘청대는 수영을 안다시피 밖으로 데리고 나온 진우는 수영이 잰걸음으로 달아나려 하자 다시 그녀의 팔을 낚아챘다.

"기다려. 데려다 줄게. 위험하다며."

"어? 아닌데? 나 집 가까운데? 혼자 걸어갈 거예요. 안녕히 가세요."

수영이 배꼽에 손을 모으며 90도로 인사를 하자 그는 정말 이 대로 가버리고 싶다는 유혹에 휩싸였다. 하지만 눈앞에 있는 이 화상은 다른 사람도 아니고 바로 오수혁 선배의 동생이다. 그리고 여자를 이 밤길에 혼자 보낸다는 건 제대로 된 가정교육을 받고 자란 그로서는 용납할 수 없는 문제였다.

"집이 어딘데 걸어가겠다는 거야? 택시라도 불러서……."

그가 말을 마치기도 전에 수영이 총알같이 그의 손에서 벗어났다.

"빌어먹을…… 오수영!"

술을 마시면 호랑이 기운이라도 솟아나는지 그녀는 벌써 한 블록을 지나 코너를 돌고 있었다. 진우는 자신을 이 지경으로 만들어놓고 사라진 정욱에게 이를 갈며 수영의 뒤를 쫓았다. 그의 입에서 차마 선배에게 할 수 없는 불경스러운 단어들이 연이어 쏟아져 나오고 있었다.

돌아보면 그의 주변에는 늘 여자가 있었다. 원치 않는데도 끊임없이 그에게 어필하는 여자들. 그가 싫어하는 여자 목록 두 번째가 그런 여자들이었다.

그리고 첫 번째는 바로 술에 취해 주정하는 여자였다.

"어? 웬일이에요? 집에 안 갔어요?"

진우가 자신의 팔을 붙잡자 깜짝 놀란 수영이 마치 처음 보듯 그에게 말했다.

"안 갔으니까 여기 있지. 잔말 말고 집이 어딘지나 말해."

"아닌데? 말 안 해줄 건데?"

그가 기가 막힌다는 듯 '허!' 하는 소리를 내더니 그녀의 팔을 단단히 고쳐 잡고 길을 걷기 시작했다. 다행히 말과는 다르게 그녀는 자신의 집 쪽을 가리켰고 그곳은 그녀의 말처럼 그리 멀지 않은 곳이었다. 그가 걸음을 옮기자 수영은 고분고분하게 그를 따라 걸었다. 그래도 취했다고 추태를 부리는 타입은 아닌 것 같았다. 그는 진심으로 하늘에 감사했다.

길을 건너 아파트단지를 지나자 비로소 주택단지가 모습을 드러냈다. 잘 계획된 전원주택단지 안에 특색 있게 지어진 집들이 마치 외국에 있는 듯한 착각이 들 정도로 멋들어지게 늘어서 있었다. 골목마다 환하게 밝혀진 가로등은 그런 분위기를 고조시켰고 가는 길이 그리 위험하진 않았으리라는 생각도 함께 들었다. 하지만 위험은 가는 길이 아니라 길 바로 그 자체였다. 골목으로 들어서자 곳곳에 쌓인 눈들이 아직 녹지 않아 빙판이 되어 있었다. 이 정도의 취객이라면 미끄러져 치명상을 입을 만했다. 그가 수영을 돌려세웠다.

"여기부턴 조심해. 넘어지면 위험하니까."

그가 그녀의 어깨를 감싸 안자 지금껏 얌전하던 수영이 반항을 시도했다. 그가 잡았던 어깨를 놓았다.

"아이코!"

외마디 소리와 함께 수영이 바닥으로 철퍼덕 주저앉았다. 진우는 놀라 심장이 주저앉을 뻔했다.

"왜 그래? 오수영 씨, 괜찮아?"

그가 무릎을 굽혀 그녀의 앞에 앉았다. 일단 쪼그리고 앉아 있는 걸로 봐서 넘어진 것 같진 않다. 찬찬히 살펴보며 올라오던 그의 시선이 그녀의 얼굴을 확인한 순간 놀람이 분노로 바뀌었다.

"뭐 하는 거야, 지금? 장난해?"

그가 버럭 소리를 지르며 벌떡 일어섰다. 수영은 넘어지지도 다치지도 않았다. 그저 빙판 위에 쪼그리고 앉아 헤실헤실한 웃음을 지으며 그에게로 팔을 뻗고 있었다.

"아닌데? 장난 아닌데?"

"일어나, 오수영."

그가 양손을 허리에 댄 채 위압적으로 명령했다. 하지만 그녀에겐 통하지 않았다. 고개를 끝까지 들어 그에게로 향한 채 그녀가 그에게로 손을 뻗어 휘둘렀다.

"미끄럼!"

너무도 해맑은 얼굴이라 처음엔 무슨 소리인가 했다.

"뭐라고?"

"미끄럼 태워줘요."

진우는 자신의 귀를 의심했다.

"무슨 말도 안 되는 소릴 하는 거야? 빨리 일어나지 못해?"

"미끄럼 태워달라구요, 미끄럼!"

점입가경이다.

"당신, 지금 제정신이야?"

"에헤헤! 나보고 당신이랬다."

제대로 된 대화를 하기엔 이미 정신이 나가버린 것 같다. 그는 이성적으로 대처하기로 했다.

"조용히 하고 얼른 일어나. 지금 몇 신 줄이나 알아?"

자정이 넘어가고 있었다. 하나둘 불이 꺼진 주택단지 안은 그들의 숨소리도 들릴 만큼 조용했다.

"안 태워주면 더 소리 지를 거야. 미끄럼!"

무엇이 무기가 될지 정확히 알고 있는 수영이었다. 진우는 살의를 불태우며 주위를 살폈다. 이대로 둘러메고 가는 수도 있지만, 그랬다간 동네가 떠나가라 소리를 고래고래 지를 게 분명했다. 오늘 무슨 마가 끼어서 마침표를 이렇게 찍는 건지 진우는 하늘을 원망해보았다. 하지만 수영은 미끄럼으로 노래를 만들어 부르며 여전히 팔을 내밀고 앉아 있었다.

"그네뛰기 미끄럼은 재미나지요오. 숨바꼭질 말타기는 더 재미있죠. 랄라랄라, 랄라라."

놔두면 숨바꼭질, 말타기도 하자고 덤빌 것 같은 노래였다.

"집이 어디야?"

영겁의 시간이 흐르고, 마침내 체념한 듯 뒤로 손을 내밀며 그가 물었다.

"저기요. 저 앞 파란 대문. 히히. 집까지만 태워주기."

한숨을 쉬며 진우가 수영의 손을 잡아끌었다. 뒤에서 깔깔대는 소리가 들렸다. '더 빨리'라고 하는 소리도 들리는 것 같았지만 진우는 못 들은 척 두 눈을 질끈 감으며 속으로 숫자를 세었다.

"자상하다, 진우 씨."

"뭐?"

"대답 안 할 거 같은데 대답해주고, 안 먹을 거 같은데 받아서 먹어주고, 안 태워줄 거 같은데 미끄럼 태워주잖아요."

"……."

진우는 그저 말문이 막힐 따름이었다. 다시 한 번 하늘을 쳐다보고 고개를 가로저은 그는 왜 이 여자를 버리고 가지 않았을까에 대한 뒤늦은 후회로 자신을 책망하기 시작했다.

"아, 다 왔다. 여기 우리 집."

마침내 미션이 끝났다! 누가 볼까 두려운 나머지 그는 수영이 잡았던 손을 얼른 놓아버렸다. 하지만 그 바람에 수영의 몸이 뒤로 기울며 크게 미끄러졌다. 수영이 짧게 비명을 지르자 놀란 그가 뒤를 돌아보았다. 이미 그녀는 말 그대로 발라당 자빠져 있었고, 그는 희대의 명장면을 두 눈으로 목격하고야 말았다. 마치 장작 터지는 것같이 쩍 소리가 났다. 진우가 손쓸 틈도 없이 수영은 이미 큰대자로 뻗어 있었고, 조금 전의 소리로 보아 얼음이 갈라졌든지 머리가 두 쪽이 났든지 둘 중 하나가 틀림없었다.

"이봐, 오수영 씨. 정신 차려. 괜찮아?"

깜짝 놀란 진우가 다가가 일으켜 세우려 하자 수영이 번개 같은 속도로 벌떡 일어났다. 진우는 수영이 넘어진 데에 놀란 건지, 넘어질 때보다 더 빠른 속도로 벌떡 일어난 데에 더 놀란 건지 가늠을 할 수 없었다. 아니, 그것보다 사람의 순간속도가 이렇게 빠를 수 있는 건가?

진우는 고개를 절레절레 젓고는, 필사적으로 멀쩡한 표정을 짓고 있는 수영에게 손을 뻗었다. 소리가 워낙 무시무시했던지라 이도 저도 생각해볼 것 없이 수영의 상태부터 살펴야 했다. 이렇게 넘어졌으면 뇌진탕도 의심해봐야 한다. 진우의 직업의식에 빨간 불이 들어오는 순간이었다.

"이리 와봐. 이거 보여? 몇 개야?"

진우가 그녀의 동공을 자세히 들여다보며 물었다.

"2개."

그녀가 순순히 대답했다. 그러나 여전히 두 눈은 끔뻑끔뻑 움직이며 아무렇지도 않은 척하려고 애쓰는 것 같았다. 아니, 정말 애쓴다.

"뒤돌아 서. 머리 좀 보게."

그가 말을 마치자마자 그녀가 고개를 번쩍 들었다. 이제 좀 정신이 돌아왔나 보다.

"아뇨, 괜찮아요."

"괜찮긴 뭐가 괜찮아. 아까 소리 난 거 안 들렸어? 뇌진탕일 수도 있다고. 토하고 싶진 않아?"

"아닌데? 멀쩡한데?"

"글쎄, 이리 와봐. 내가 좀 봐야겠어."

"아닌데? 괜찮은데?"

앵무새처럼 '아닌데'를 반복하며 수영은 그의 손을 매몰차게 뿌리치더니 집으로 후다닥 뛰어 들어갔다. 뛰어가는 속도와 흔들림 없는 몸짓으로 봐서 큰일은 안 날 것 같다. 그녀를 위해 대문을 열어놓았는지, 수영은 빛과 같은 속도로 대문을 연 다음 현관문의 비밀번호를 마하의 속도로 누르고 연기처럼 집 안으로 사라졌다.

"휴우……."

한숨을 크게 내쉰 진우가 걷기 시작했다. 한 잔밖에 마시지 않은 맥주의 취기가 이제야 올라오는 것 같았다. 이 짧은 길을 오는 동안 그 일들이 다 일어났다는 게 당최 믿기지가 않는다. 진우는 멈춰 서서 고개를 흔들었다. 뭐에 쓰인 건 아닌지, 아니면 꿈을 꾸는 건가 하는 생각도 잠시 들었지만 잡념을 곧 털어냈다.

어느덧 치킨집 앞에 세워둔 차에 도착한 그는 여전히 무표정한 얼굴로 차 문을 열었다. 그러고는 다시 닫았다.

"하하하……."

잠시 무엇을 생각하듯 서 있던 그가 갑자기 차 문을 잡고 미친 듯이 웃기 시작했다. 한번 터진 웃음은 멈출 줄을 몰랐다. 그는 차에 손을 댄 채로 그렇게 한참을 웃었다.

마침내 웃음을 그친 그는 숨을 한번 크게 쉬고 차에 등을 기댔다.

"오수영, 아주 물건이네……."

끝을 올려 미소를 만들어내며 그가 자신도 모르게 생각을 입 밖에 냈다. 희미하던 기억 속의 7년 전 그녀와 지금의 모습이 합쳐지고 있었다.

이렇게 되면 대전에서의 생활이 아주 재미있어질 수도 있겠다.

그래, 1층에서 커피숍을 한다고?

그는 차에서 몸을 일으키고 미련 없이 차 문을 잠갔다. 한 잔을 마셨어도 술은 술이니까. 평소 그의 성격처럼 원칙에 의한 결정을 한 그는, 택시를 잡아타고 아직 남은 웃음이 입술에 매달려 있는 것도 모른 채 병원으로 향했다.

방법 4. 대화로 해결한다

'아이고, 머리야…….'

잠에서 깬 수영은 머리를 부여잡은 채 침대에서 일어났다. 이 건 여느 때의 숙취완 다르다. 아무리 마셔도 머리는 아프지 않았 는데, 이상하다.

"내가 그러니까 어제 시은이랑 술을 마셨지. 그러다가 정욱 오빠가 오고……."

그녀는 침대 끝에 걸터앉아 어제의 기억을 헤집어보기 시작했 다.

"후배라는 사람이랑 술을 마셨나? 마셨다. 그래. 술을…… 또 마시고……."

비틀비틀 자리에서 일어났다. 머리가 맑아지려면 아무래도 샤 워가 좀 필요할 것 같다. 커피도 한 세 사발 정도 들이부어야 할 것 같고.

"그래서 술을 마시다가 집에 오는…… 엄마야!"

욕실로 향하던 수영이 갑자기 꽥 소리를 지르고 자리에 주저앉았다. 아픈 머리를 가르고 어제의 기억이 퍼레이드를 시작했던 것이다.

으악! 내가 뭘 한 거야?

주마등처럼 뇌리를 헤집고 지나가는 어제의 기억들…… 그 진상 짓들…….

미쳤어, 미쳤나 봐!

그녀가 자신의 머리를 신들린 듯 손으로 더듬기 시작했다.

머리통이 커졌어? 아니다, 뒤통수에 혹이 생겼다. 혹에는 손도 안 댔는데도 아파 죽겠다. 하지만 어떻게 치료를 했는지 거즈랑 반창고가 붙어 있다.

아……. 어젯밤 큰오라비가 쉴 새 없이 으르렁대며 붙여준 기억이 난다. 눈을 까뒤집고 날짜를 묻고 손가락이 몇 개냐, 흔들어도 보이냐, 토했냐를 반복했었지. 그러고 보니 집에 들어오기 전에 그런 일을 한 번 당했던 것도 같은데? 아마도……. 으악. 또 기억이 나기 시작했다. 그 남자가 그랬다! 그 남자가 나한테 그랬다고! 수영은 진심으로 통곡하고 싶어졌다.

그래도 수혁의 심문에 넘어가지 않았던 건 정말이지 다행이었다. 치료를 마치고도 내내 술 취한 동생을 붙잡아 앉히고는 이거 누가 그랬냐, 어쩌다 그랬냐, 어디서 그랬냐, 혼자 그런 거냐를 묻고 또 물었던 것이다. 악마가 따로 없었다. 수영은 그 와중에도 내내 '아닌데? 괜찮은데?', '아닌데? 혼잔데?'를 대답으로 반복하다 머리통에 혹이 하나 더 생길 뻔했었다.

기억이 다시 하나가 떠오르자 수영이 앉은 자리에서 발버둥을 치기 시작했다.

왜 기억이 나는 거야. 이놈의 필름은 끊기지도 않는다. 망할 놈의 술버릇. 그 추태를 떨 거였으면 당연히 필름도 끊겼어야지! 수혁이 해준 치료가 기억이 나더니, 그전에 일어났던 일들이 물밀듯이 몰려와 기억의 샘을 채워갔다. 하나도 빠짐없이 모두!

'죽어버릴까……'

수영이 머리를 부여잡고 생각했다. 죽자. 그냥 죽어야지. 니가 사람이냐.

'으아, 어떡해! 어떡해! 어떡해!'

소리 없는 비명을 지르며 머리를 쥐어뜯었다. 이성은 살아 있어서 그나마 뒤통수의 혹은 용케도 피하며 벽에 머리를 박고, 방바닥을 뒹굴고 침대에 얼굴을 묻었다. 이대로 숨을 안 쉬면 죽겠지? 아니다, 뒤통수의 혹을 한 대 때리면 즉사할지도 몰라.

수영이 50가지 색깔의 죽는 방법을 연구하며 괴로워하고 있는 동안 그녀의 방문이 벌컥 열렸다.

"야, 괜찮냐?"

수영은 고개를 번쩍 들었다. 이 모든 일의 원흉, 이시은이 납셨다.

"너 때문이야, 이 자식아–!"

갑자기 달려드는 수영을 가볍게 피한 뒤 다리를 걸어 침대로 넘어뜨린 시은이 덮쳐왔다. 하지만 넘어지는 반동으로 머리가 울려 수영은 비명을 꽥 지르고야 말았다.

"야, 너 왜 그래? 헉! 이게 뭐야! 너 다쳤어?"

시은이 대경실색하자 수영은 울며불며 어제의 일을 친구에게 소상히 고했다. 시은이 사라지고 난 뒤부터의 모든 일을 낱낱이. 마치 고해성사라도 하듯 다 얘기하고 나면 그녀의 죄가 몽땅 사해질 것만 같았다. 그러나 처음엔 심각한 얼굴로 듣던 시은이, 이 모든 죄를 사해주기는커녕 침대에 엎어져 배를 잡고 웃기 시작하는 것이 아닌가.

"개그맨 흉내를 냈다고? 그거? '아닌데? 괜찮은데?' 이거?"

"그래, 이 망할 자식아."

"아이고, 배야. 아이고, 배야. 나 죽네. 그러게 내가 뭐랬어? 내가 그 유행어 사랑하는 버릇 못 고치면 언젠가 사고 한번 친다고 했어, 안 했어? 내가 너 그럴 줄 알았다. 으하하하!"

"알았으면 미리 말을 해달라고! 동정할 거면 돈으로 달라고! 아, 웃지 마!"

"그냥 죽어라. 너 어떻게 사냐. 병원에서 얼굴이라도 마주치면……. 아흐, 그냥 죽는 게 낫겠다. 으하하하, 나 죽네!"

"웃지 좀 말라고!"

"미끄럼을…… 으하하하! 미끄럼 생각은 왜 했어. 하하하하!"

"예전에 아빠가 태워줬었단 말이야. 그게 왜 그때 생각이 났는지, 빙판을 보니까 나도 모르게……. 어헝…… 어떡하지? 야, 일단 내가 마당에 땅을 팔 테니까 니가 날 묻어라. 목까지만 묻어줘. 숨은 쉬게. 그리고 그 사람이 없어지든지 내 기억이 사라지든지 사건이 해결되면 다시 파내주라, 응? 아니면 외국으로 보내줘, 응? 사랑하는 친구야!"

눈물을 흘려가며 웃던 시은이 겨우 침대에서 일어나 앉았다. 그리고 베개의 얼굴을 묻고 숨을 참고 있는 수영의 다친 곳을 잘 피해서 머리를 쓰다듬었다.

"그래, 친구야, 아무리 생각해도 니가 없어지는 것만이 방법인데, 그럼 어머님께 불효가 되잖니? 우리 그냥 미친 척하고, 아니 죽은 척하고 살자."

"나 이제 가게 어떻게 나가……"

"뭐, 어떻게 나가. 그냥 나가. 팍팍. 뻔뻔스럽게 고개를 빳빳이 들고."

"마주치면 어떡해!"

"술 마시고 그랬는데 뭘. 그리고 목격자도 없고 그 남자랑 단 둘이었으니까 그냥 모른 척해."

"어떻게!"

"술 마시고 필살기 몰라? '기억 안 나요, 필름이 끊겼나 보네? 오호호호호!' 이거!"

수영이라고 필름이 끊겼어요! 전법을 생각 안 해본 게 아니었다. 다만, 어찌나 거짓말을 잘하는지 말도 꺼내기 전 이미 얼굴부터 빨개지는 그녀가 천연덕스럽게 모른다고 할 수 있을 리가 없었다.

"내가 잘도 그런 짓을 할 수 있겠다!"

"어머, 친구야, 넌 정말 네 주제를 잘 아는구나. 장하다. 그럼 그냥 얼굴에 철판이나 하나 사서 달아라."

얄밉게 이죽거리며 수영의 머리를 쓰다듬는 시은을 째려보던 수영이 너 죽고 나 죽자며 친구에게 덤벼들었다. 이게 다 일찍 간

네놈의 탓이라고 시은에게 책임을 전가한 그녀는 차마 보기에도 흉측한 모양으로 공격을 개시했고, 그에 비해 시은은 고맙게도 친구의 머리를 조심스레 피해 반격을 시도했다.

"당장 그만두지 못해?"

국자를 손에 든 신 여사가 방문을 박차고 뛰어 들어왔다. 머리채를 잡은 두 손이 동시에 얼어붙었다.

"니들이 나이가 몇 갠데 여태 이러고 쌈박질들이야? 정수리에 국자 모양이 나봐야 정신을 차릴래?"

미련 없이 친구에게서 손을 떼고 일어난 시은이 자신의 몸을 툭툭 터는 시늉을 했다.

"정신 차렸어요, 이모. 엄마가 양파 2개만 달래요."

"빨리도 얘기한다. 시은이 넌 국 많이 끓여놨으니까 좀 가져가고. 수영이 넌 당장 씻고 내려 와서 밥 먹어. 엄마가 이 나이에 네 술국까지 끓여 바쳐야 해?"

신 여사가 국자를 휘두르며 소리를 지르기 시작하자 수영은 욕실로 번개같이 뛰어 들어갔고, 엎어지면 코 닿을 거리에 사는 시은은 기꺼이 양파를 포기하고 집으로 내달렸다.

월요일 오후, 수영은 아침부터 버티고 버티다 마치 전쟁터에 억지로 끌려 나온 소년 병사처럼 마지못해 병원을 향하고 있었다. 주말은 출근하지 않고 당당하게 버틸 수 있었다. 직원인 동현이 알아서 잘해줄 게 분명했고, 무엇보다 엄마의 폭풍 잔소리를 저지할 수 있는 큰오빠의 강력한 처방이 있었기 때문일 것이다. 절대안정, 그리고 얼음찜질.

수영은 주말 내내 머리가 통째로 얼어버릴 정도로 얼음찜질을 당해야 했다. 얼음찜질과 함께 '이 나이에 내가 말만 한 딸내미 술국을 끓여 먹이고 있어야겠냐'로 시작되는 잔소리 찜질도 당했다. 결과는 좋았다. 혹이 반으로 줄어들었으니. 하지만 귀가 먹은 것 같다.

가다가 벼락이라도 맞게 해달라는 기도를 오만 번쯤 했음에도 불구하고 수영은 안타깝게도 너무나 멀쩡한 몸으로 가게에 도착했다. 가슴에 주홍글씨를 새기고 말 등에 태워져 끌려오는 듯이 가게 문 앞까지 왔지만 발을 들여놓을 엄두가 나질 않았다. 카페 입구에 서서 몇 분 이상을 고민하던 수영은 왔던 길로 돌아가기로 결심했다. 남은 용기는 오는 길에 다 써버렸다. 하지만 불행하게도 다시 돌아가려고 뒤를 돌아서는 순간, 누군가와 정면으로 마주치고 말았다.

"사장님, 어디 가세요? 그리고 왜 이제야 나오시는 거예요? 아침부터 손님들이 얼마나 많았는지 아세요?"

정직원 1호 동현이었다. 바리스타 자격증과 체력만 보고 뽑았는데 알고 보니 키만 큰 징징이일 줄이야.

"아, 미안. 내가 머리를 좀 다쳐서······."

수영이 거즈가 붙어 있는 자신의 머리를 가리키자 동현이 호들갑을 떨었다.

"왁! 사장님 괜찮으세요? 전화를 하시지 그러셨어요."

전화하면 죽는다고 징징거렸을 거면서. 수영이 동현을 미심쩍은 눈빛으로 쳐다보자 그래도 눈치는 있는 동현이 샐샐 웃으며 가게 안으로 그녀를 밀어 넣었다.

"어머, 사장님 왜 이제 오세요!"

"정말. 대박 뉴스가 있는데!"

테이블을 차지하고 있던 단골손님들이 삼삼오오 모여앉아 그녀를 반겼다. 왠지 그 뉴스가 뭔지 알 것 같아 수영은 뒷걸음질로 도망치고 싶은 충동을 참아야 했다.

"외과에 어마어마한 쌤이 들어오신 거 알아요?"

산부인과 김 간호사가 말했다.

"어…… 그래……?"

알고 싶지 않아. 알고 싶지 않다고!

이럴 줄 알았으면 그냥 집에서 엄마 잔소리를 맥시멈으로 듣고 귀머거리가 돼버릴 걸 그랬다.

"어쩜 그렇게 생겼냐? 죽이지? 어우 야, 장난 아니야. 나 사랑에 빠진 것 같아."

"웃기네. 이제부터 그 선생님은 내 거거든? 다들 조심해. 알았어?"

정형외과 서 간호사가 짐짓 협박하는 투로 말하며 웃었다. 그녀는 수영의 고등학교 선배이기도 했다.

"어머, 그런데 사장님 반응이 왜 그래요? 이런 얘기 싫어하시나, 참?"

그 말에 모두들 의아하다는 듯 수영에게로 시선을 집중했다. 수영은 마지못해 억지웃음을 지으며 대화에 끼었다.

"으…… 으응…….."

"지금 온 간호사실이 난리가 났어요. 현진우 선생님 구경 간다고 환자들은 다 내팽개쳐두고 몰려가서 과장님들이 불호령을 내렸다니까요? 외과에 쓸데없이 발걸음 하면 당장 모가지라고."

"아, 아하하. 그랬구나."

"그런데 별명이 빙산이라며? 왜 빙산이야?"

"딱 보면 모르겠냐? 구경하느라 그 난리가 났는데도 눈길 한 번 안 주고 말 한마디 안 했잖아. 오수혁 선생님보다 더하다니까. 오 선생님 군의관 가서서 이제 우린 누굴 보고 사나 했더니 빙산이 나타나다니. 이게 웬 횡재야."

"그러고 보면 힐링 언니는 참 쿨해요. 우리가 매일 오 선생님 얘기해도 시큰둥하시더니, 이번에도 그러시네요? 잘생긴 남자 별로 안 좋아하죠?"

그럴 리가. 하나는 같이 살고, 하나는 어제 술 먹고 깽판을 부려서 그러지.

딱히 숨길 생각은 아니었는데 어쩌다 보니 그녀의 오빠가 오수혁이라는 게 비밀이 되어버렸다. 그렇다고 이제 와서 내가 동생입네 하고 나설 수도 없고 해서 수영은 그저 입을 다물고 있었다. 가만히 들여다보면 닮았을 텐데, 거기다 이름도 비슷한데 왜 다들 모르는 걸까.

"잘생긴 오빠가 둘이나 있으니 그렇지. 호호호. 그건 그렇고, 쌤들, 현진우 선생님이 이 병원 원장님 아들이라는 거 알아?"

수영의 그런 비밀을 잘 알고 있는 서 간호사 경미가 수영에게 살짝 윙크하며 그들의 주의를 돌렸다. 결과는 훌륭했다.

"어머! 정말요? 대박. 웬일이야. 완전 킹카 중의 킹카네. 아우 나 소름 돋았어."

"나 이제부터 매일 외과에 눈도장 찍으러 출근할 거야."

아주 난리들 났다. 하지만 그 바람에 수영은 슬그머니 자리를 피할 수 있었다. 마침 동현이 카페라테를 들고 나타나 그녀는 은근슬쩍 컵을 바꾸는 척하며 커피머신 뒤로 몸을 숨긴 것이다.

그러나 수영은 문득 소름 끼치는 현실을 깨달아버렸다. 이제 절대로 듣고 싶지 않은 현진우에 대한 소식을 가게에서 매일 듣게 생긴 것이다!

바닥에 주저앉아 엉엉 울고 싶은 충동이 마구마구 일어났다. 하지만 그녀는 결연히 일어섰다. 언제까지 이러고 있을 수만은 없다. 당당하게 맞서…… 지는 못하겠고 일단 일을 해야겠다. 수영은 제일 먼저 보이는 테이블을 분주하게 정리해갔다.

진우의 출근 첫날이었다. 원장님과 과장님을 거쳐 외과의 모든 스태프와 인사를 마치긴 했는데, 짬을 내어 정욱을 만나러 가는 길이 그리 순탄치 못했다. 살벌한 표정을 유지했음에도 불구하고 불나방처럼 달려드는 여자들을 피할 수 없었던 것이다. 그저 인사를 하고 지나가는 건 괜찮았다. 걸음을 막고 정면에서 인사하는 것도 참을 만했다. 하지만 손에 무언가를 들고 찾아와 그에게 내밀며 눈웃음을 흘리는 건 딱 질색이다. 지금 눈앞에 서 있는 이 여자처럼.

"현 선생님 안녕하세요? 오늘 첫날이라 피곤하시겠어요. 호호호. 이거 피로회복제랑 비타민인데, 드시고 힘내세요."

콧소리를 섞어가며 몸을 비비 틀어대는 여자는 가슴에 '윤정아'라는 이름표가 달려 있었다. 그는 가운 주머니에 손을 꽂은 채로 그녀에게 냉기를 뿜었다. 교태를 부리며 웃고 있던 얼굴이 서서히 굳어가고 있었다.

"별로."

표정처럼 차갑고 서늘하게 그가 말했다. 그에게 내밀고 있는 두 손을 가뿐히 무시한 채 그는 그녀를 지나쳐 내과로 향했다. 울음 비슷한 소리가 그의 등 뒤에서 났고 이 모든 일을 주변의 사람들이 지켜보고 있었다.

이른바 빙산의 시대가 열리고 있었다.

"그래서 윤 간호사한테 진우 쌤이 뭐라 그랬게? '별로.' 어쩜 좋아! 딱 그거만 말했대. 별로. 걔 별명 이제부터 윤별로야. 그 백 역시 울고불고 난리 났었다, 아주."

그동안 눈엣가시였던 윤 간호사가 당했다는 소식을 전하러 퇴근 전 들른 경미는 아주 신이 나 있었다. 취미인 별명 짓기까지 한데다 진우 쌤의 목소리까지 들었다고 200% 목표 달성을 한 거란다.

"그 얼굴을 해가지고 입만 열면 찬바람이 막 불더라고. 근데 목소리가 애, 버터야, 버터. 녹아 흐르더라."

오후 타임 들어서자마자 각종 에피소드들이 난무하는 가운데 주인공으로 우뚝 선 진우였다. 첫날인데 대박 터졌다고 교대하는 간호사들마다 와서 전해주고 가는 바람에 얼굴도 보기 전에 가게 뒤편에 땅을 파는 상상을 해버렸다.

그래 첫날인데 설마 여길 오려구? 다신 그녀의 얼굴을 보고 싶지 않을 게 분명한데 말이다. 경미가 가고 나자 심란했던 마음에 불안이 깃들기 시작했다.

'그냥 없는 사람인 걸로 하자. 없던 일로 하자.'

수영이 그렇게 마음속으로 다짐하며 비장하게 남은 컵을 설거지하려는 찰나, 문 위에 달린 풍경에서 딸랑 소리가 났다. 가게로 들어온 손님에게 인사를 하기 위해 수영은 손님용 스마일로 변신한 얼굴을 들었다.

오.

마이.

갓.

올 것이 왔다. 수영의 멘탈이 부서지고, 그녀의 정신은 머릿속에서 미친 듯이 비명을 지르며 뛰어다녔다.

'왜 왔니, 왜 왔어. 커피숍이 여기 하나뿐이니?'

하나뿐이다. 이럴 수가.

그녀는 억지로 미소를 지었다. 입이 얼어붙는 것만 같다.

"힐링…… 이, ……필요하세요? 주문하시겠습니까, ……손님?"

그의 얼굴은 무표정했다. 하지만 수영은 알았다. 그의 입이 웃고 있었다. 입술 끝이 살짝 비틀렸잖아!

"아메리카노."

"테, 테, 테이크아웃 잔에 드릴까요?"

그녀는 말을 더듬었고 그는 대답에 뜸을 들였다. 분명 일부러 그랬을 것이다. 헛된 희망에 그녀가 설레도록.

"머, 머, 먹고 갈 건데."

무표정한 얼굴로 그가 그녀의 말투를 따라 했다. 눈앞에 불이 번쩍이며 도끼나 망치가 필요해졌다.

그렇지만 그로 인해 그녀는 부서진 멘탈을 복구했다. 주문도 또박또박 정상적으로 받았다.

"알겠습니다, 손님. 3,500원 받았습니다. 현금영수증 드릴까요?"

침착한 얼굴에서 주문을 외우듯 손님 접대 멘트가 줄줄 흘러나왔다. 그러나 얼굴에 붙은 미소는 점점 화석이 되어가고 있었다.

그렇게 시시각각 변하고 있는 수영의 표정에는 상관없이 평온한 표정으로 그가 아메리카노를 받아 들었다. 그러고는 고개를 살짝 숙여 그녀의 귀에 대고 이렇게 속삭였다.

"혹시, 오늘 출근도 미끄럼 타면서 한 거야?"

꺄아아아아아악!

수영이 소리 없는 비명을 내지르는 사이 그는 유유히 테이블을 돌아 자리에 앉았다.

그가 오늘 굳이 힐링을 방문했던 이유는 바로 '여기서' 정욱을 만나기 위해서였다.

정욱은 사건의 그날 밤 미안하다는 문자를 두어 번 보내고 난 후에도 다음 날인 토요일 아침 일찍 전화를 걸어왔다. 아내가 입덧 중인데, 갑자기 떡볶이랑 순대가 먹고 싶다고 고집을 부려서 어쩔 수가 없었다고 했다. 거듭 미안하다며 바로 약속을 잡자는 정욱을 말려 오늘 다시 만나기로 했다. 바로 여기 '힐링'에서. 그리고 그의 선택은 옳았다. 온몸을 뻣뻣이 굳히고, 금방 귀신이라도 본 것 같은 표정을 한 수영이 아주아주아주 만족스러웠으니까.

진우가 잔을 들어 커피를 한 모금 마시자 그제야 들어오는 정욱이 보였다. 정욱은 진우를 발견하고 손을 한번 들어준 뒤 바로 수영에게로 향했다. 커피를 주문하나 했는데, 수영의 뒷머리를 확인하고 있었다.

아, 맞다. 혹이 났겠지. 그렇게 처절하게 넘어졌는데.

정욱이 돌려세운 수영의 뒤통수를 훔쳐보니 거즈가 붙어 있긴 하지만 예상대로 별 이상은 없는 것 같았다. 다행이다.

뭐?

진우는 눈치도 없이 머릿속에 갑자기 떠오른 '다행이다'를 싹싹 지웠다.

정욱은 수영의 머리를 꼼꼼히 점검하고 있었다. 그런데 필요 이상 오래 걸리는 것 같다. 머리만 만지는 게 아니라 어깨도 두드리고 등도 탁탁 치고 있었기 때문이다. 뭐가 저렇게 오래 걸리는 거야. 그 모습을 쳐다보던 진우는 괜한 조바심에 테이블 위를 손가락으로 두드리기 시작했다. 그러다 문득 그런 자신을 깨닫고는 왠지 머쓱해져 일부러 커피를 한 모금 더 마셨다.

쓰다. 이 쓴 걸 왜 마시나 모르겠다. 그의 경우 카페인이 필요해서 마시는 커피였다. 그러니 이것저것 넣은 것보다 주문하면 제일 빨리 나오는 아메리카노가 만만해서 항상 이것만 마시게 됐다. 진우는 몸서리를 치며 아메리카노를 또 한 모금 마셨다.

"아, 진우야, 미안하다. 과장님이랑 인사가 길어졌어."

카페 주인하고 노닥거리느라 늦으신 게 아니구요? ……소리가 목까지 나왔다.

"금방 왔습니다, 저도."

하지만 그의 입을 통해 나온 건 지극히 예의 바른 말이었다.

"그래? 그렇잖아도 나도 여기서 만나자고 할 참이었는데, 너랑 나랑 통했나 보다, 자식. 여기가 편해. 수혁이도 곧 내려올 테고. 그런데 수영이 넘어질 때 같이 있었어? 집에 가다 넘어졌다고 하네?"

앞니다. 제가 같이 있었어요.

"그래요?"

"뭐가 그래요야, 인마. 너는 말 좀 길게 하면 안 되냐? 수영이 집에 안 데려다 줬어?"

괜한 짓을 했죠.

"그랬죠."

"바래다줬다고? 좀 잡고 바래다주지, 자식아. 애가 머리가 박살 날 뻔했구만."

박살은 무슨. 저 머리에 지구가 박살 나지 않은 게 다행이지.

진우는 말없이 커피만 마셨다.

"아무튼 우리 수영이 좀 잘 부탁한다."

"예?"

정욱의 말에 진우의 고개가 번쩍 들렸다. 하마터면 사레가 들릴 뻔했다.

"수영이 좀 부탁한다고, 자식아. 나도 이제 공보의 가고 우리 진아 애기 낳으면 더 신경 못 쓰지. 수혁이는 군의관으로 가고, 그렇게 다 가고 나면 누가 남냐. 병원에 아는 사람이 없어. 니가 좀 살펴보고 해."

"제가요?"

"그래, 너. 여기 너 말고 누가 또 있냐? 수영이 저 자식이 저렇게 둔해서, 지금도 파리 꼬이듯 시커먼 놈들이 달라붙는데 손님이 많다고 좋아하기만 한다. 하기야 예쁘지, 성격 좋지. 그러니까 인턴 나부랭이 놈들이랑 레지던트 녀석들이 수시로 들락거려요. 뭐, 그런 놈들이야 백이면 백, 수혁이한테 엄청 깨지고 다신 못 오지만 말이야. 하하하. 영문도 모르고 당했을 그놈들의 명복을 빈다. 웬일인지 수영이가 수혁이 동생인 걸 아무도 몰라. 알려지면 오줌 지릴 녀석들이 한둘이 아닐 텐데 말이야."

"예쁘다구요?"

정욱의 긴말은 귓등으로 날려버리고 오로지 '예쁘다'라는 말만 골라 들은 진우가 놀라서 물었다.

"야, 이 자식아! 눈이 삐었냐? 저게 안 예뻐? 이 자식이 근데. 수영이가 안 꾸며서 그렇지, 맘먹고 꾸미면 연예인이 왔다 울고 갈 거다."

설마요.

하지만 잠깐, 아주 잠깐이나마 수영이 꾸미면 과연 연예인처럼 변할까 생각하던 진우는 고개를 저으며 화제를 돌렸다.

"병원에 있는 카페라니 편리하겠어요. 여기 커피 필요한 사람들 모아놓은 곳인데."

정욱이 박수를 쳐가며 그의 말에 동의했다.

"그렇지, 자식아. 수영이 잡으면 대박인 거야. 그러니까 니가 잘 보호하고 있으라고. 수혁이랑 나 군대 갔다 올 동안. 알았냐?"

"부탁하긴 누굴 누구한테 부탁해?"

갑자기 들려온 목소리에 두 사람 모두 깜짝 놀라 소리가 난 근원지로 몸을 틀었다.

어느 틈에 왔는지 수혁이 수영의 머리 뒤쪽에 드레싱을 새로 하고 있었다. 카페에 손님이라곤 정욱과 진우밖에 없었던 터라 그들의 대화가 고스란히 수영에게까지 들리는 바람에 그녀는 여태껏 난처해하고 있던 참이었다. 다행히 수혁이 그녀가 하고 싶던 말을 대신해주어 어느 정도 속이 좀 시원해졌다. 그녀의 혹 난 뒤통수가 또다시 원인 제공자에게 노출된 점은 반갑지 않지만.

그런 수영의 마음을 아는지 모르는지 수혁은 꼼꼼히 그녀의 혹에 드레싱을 하고 가져왔던 거즈를 상처 부위에 잘 붙여주고는 그들에게로 걸어갔다.

"내 동생 싸게 넘길 생각하지 마. 특히나 이런 놈한테."

수혁이 정욱에게 낮은 목소리로 위협을 하며 자리에 앉았다. 그러는 와중에도 진우에게 눈인사를 잊지 않았다.

"다른 놈들보다 훨씬 위험한 놈이야, 이 자식. 몰라서 그러냐?"

진우의 등을 한 대 쳐준 다음 나온 웃음기 섞인 수혁의 말에 정욱이 장단을 맞췄다.

"그렇지, 위험한 놈이지. 네가 울린 여자들이 한두 명이라야 말이지. 걔 누구지? 박지연? 걔는 어떻게 된 거야? 약혼했다는 게 맞긴 맞는 거야?"

그의 얼굴빛이 어두워졌다. 결국 이 이야기를 피해갈 수 없는 것일까. 그것은 그에게 있어 혹은 모두에게 있어 대형 스캔들이었다. 그 사건으로 한동안 병원이 떠들썩했었고 그 일로 지연은 병원을 옮겨가게 되었다.

"아뇨, 박지연 선생하고는 아무 사이도 아니었어요. 우연히 만나게 돼서 차 한두 번 마신 게 전부였는데 소문이 과장되게 나서."

"이야, 박지연 선생 무섭네. 진우랑 약혼했다고 본인이 떠들고 다녔다며. 그때 병원이 아주 난리가 났었잖아. 그게 다 거짓말이었다고? 아니, 왜 그런 거짓말을 하지? 정말 아무 일도 없었어?"

그의 말처럼 지연과는 우연히 만나 차 몇 번 마셨을 뿐 아무 사이도 아니었다. 기가 막히게 우연히도 그가 가는 곳마다 그녀가 나타났었다. 인턴 시절부터 동기에다, 비록 내과와 외과로 갈렸지만 서로 아는 얼굴이라 차 한 잔 정도야 어떠랴 싶었다. 하지만 그게 화근이 되었다. 그 모든 것이 그의 어머니 한 여사의 작품이었던 것이다. 소개로 만나는 여자들을 질색하던 아들에게 자신의 측근이었던 박 이사의 딸, 지연을 밀어붙인 것이다. 아들의 모든 동선을 그녀에게 가르쳐준 것도 물론 그의 어머니였다.

잠시 그때를 떠올리던 진우가 적당히 예의 바르게 정욱의 말을 끊었다.

"그 얘긴 그만하시죠. 좋은 얘기도 아니고."

"아, 그래. 내가 좀 눈치가 없었나? 미안하다, 현 선생. 괜한 얘길 꺼냈나 봐."

정욱이 미안해하자 진우가 고개를 흔들었다.

"아닙니다. 그냥 해프닝이었는데요, 뭐. 어머니가 오해하시는 바람에 박 선생이 마음대로 생각한 게 문제였죠. 박 선생도 한강대 병원에서 잘 지낸다고 들었습니다."

진우는 불편한 듯 몸을 움직여 자세를 바로 했다. 지연의 얘기를 다시 듣게 되니 몸이 아니라 마음이 불편해졌기 때문이다. 결국 그 사건으로 그는 어머니와 다툼이 생겼고, 그러는 과정에서 어머니가 자신에 대해 남다른 계획을 하고 있단 걸 알아차렸다. 그것은 어쩌면 배다른 자식이었던 그의 형에 대한 교묘한 견제일 수도 있었다. 설마설마하면서도 의심의 끈을 놓을 수가 없었다. 최근 들어 부쩍 행동이 의심스러워진 그의 어머니였다. 이사가 된 이후로 지연의 아버지인 박 이사를 곁에 두고 모종의 행동들을 계속해서 하고 있는 것도 그랬다. 그는 자신의 어머니가 박 이사와 한통속이 되어 그의 딸을 자신에게 밀어붙였다는 걸 아직도 믿을 수 없었다.

"네 활약상은 익히 들어 알고 있었다. 이제 네가 와서 대전센터도 많이 발전할 거야."

그의 긴 생각의 터널을 수혁이 깨뜨렸다. 갑자기 수혁의 목소리가 등장하자 그는 아니라는 듯 고개를 저으며 그의 말을 부인했다.

"아니에요. 이미 형이 있어 많이 발전했죠. 과장님이 형 많이 아끼시던데요. 앞으로 대전센터 이끌어갈 놈은 오수혁이밖에 없다고 하시면서요."

"어쨌든 반갑다. 난 니가 펠로우도 본원에서 할 줄 알았는데. 여기로 온다고 해서 좀 놀랐다. 원장님 많이 섭섭해하시지 않아?"

"그렇진 않습니다."

"살 데는 정했고?"

수혁이 물었다. 인수인계를 하다 보니 진우가 인턴, 레지던트 숙소에서 지내는 걸 알았기 때문이다.

"아뇨. 구해야죠. 당분간 숙소에서 지내려고 했는데……."

진우의 얘기를 가만히 듣던 정욱이 그들의 대화를 가르고 끼어들었다.

"이 자식이. 야, 인마. 펠로우가 아랫놈들 숙소에서 지내면 어떡해? 걔들이 편히 잠이나 자겠냐? 어디 원룸이라도 하나 얻어. 있는 놈이 왜 그러냐, 대체."

정욱이 한숨을 쉬며 진우의 등을 두들겨댔다. 그는 공연히 부아가 났다. 마침 그 얘길 하려던 참이었다. 그가 어젯밤 숙소에 짐을 풀자 아래연차들이 모두 사라졌던 것이다. 그들이 밤을 어디서 보냈는지는 하늘만이 아실 것이다. 빨리 다른 곳을 구해야 한다는 얘기였다.

그러자 수혁이 조용히 얘기를 꺼냈다.

"내가 한번 알아봐 줄까?"

"선배가요?"

"어머니 명의로 된 오피스텔이 몇 채 있는데, 이번에 그중 하나가 계약만료가 된 모양이야. 그렇잖아도 너 만나러 나온다고 했더니 어머니가 물어보라고 하시더라. 너 지낼 곳은 있냐고."

"그럴까요, 그럼?"

"청소도 다 돼 있고 짐만 들이면 된다고 하시더라. 이따가 같이 가볼래?"

"좋습니다. 그렇게 하죠."

진우가 흔쾌히 대답했다. 죽어도 그의 어머니가 구해놨다던 집엘 들어갈 순 없었다. 그날 밤늦게 전화를 건 한 여사는 묘한 기운을 풍기며 지금 당장 구해놓은 집에 들어가라고 으름장을 놓았기 때문이었다. 그건 분명히 뭔가가 있었다. 그래서 그는 어머니의 협박을, 아니 애원을 단칼에 거절하고 불편한 숙소에서 밤을 지냈다. 그러니 수혁의 제안은 그에겐 신의 선물이나 마찬가지였다.

"야, 이러지 말고 나가자. 이제 진우 있을 곳도 구했고, 어디가서 소주라도 한잔하자고. 여기서 이러지 말고."

정욱이 진우를 잡아 일으키며 말했다. 진우가 정욱을 따라 일어서려 하는데 수영이 다가와 그들에게 무언가를 내밀었다.

"이거…… 가시면서 드세요."

그녀가 뭔가를 그들에게 내밀었다. 손에 든 쟁반에는 김이 모락모락 나는 테이크아웃 컵 3개가 놓여 있었다.

"어? 이게 뭐야?"

정욱이 과장되게 반색을 하며 물었다.

"루이보스티예요. 아직 밖에 추운데 따뜻한 거 드시라구요. 이제부터 술 드실 거잖아요. 미리 수분도 보충하고. 이거 카페인 없는 거라 좋아요."

수영이 테이크아웃 잔을 내밀며 말하자 정욱이 보란 듯 잔을 받으며 진우에게 말했다.

"봤냐? 얘가 이런 애다."

수혁은 정욱을 못마땅하게 노려봤고 진우는 못 들은 척했다. 그리고 정욱이 무슨 말을 하는 건지 어리둥절해하는 수영을 일부러 못 본 척하며 진우는 커피잔과 쟁반을 들었다. 그의 예상대로 수영은 마지못해 하는 게 분명한 표정과 몸짓으로 다가와 그의 손을 말렸다.

"놔두세요. 제가 정리할게요."

진우가 눈을 들어 확인해보니 정욱과 수혁은 이미 문밖으로 나가고 있었다. 진우는 쟁반을 마주 잡은 그녀의 손을 '일부러' 감싸 쥔 채 떨어내고는 수영을 바라보았다. 그리고 그녀의 눈을 들여다보며 그윽한 목소리로 이렇게 말했다.

"아닌데? 괜찮은데?"

이번엔 얼굴이 하얗게 되어버린 수영이 비틀거리다 의자에 풀썩 주저앉았다. 진우는 쟁반을 수거함에 가져가며 터져 나오는 웃음을 참았다. 곁눈질로 보니 그녀가 주먹을 쥐고 부들거리는 게 보였다.

"그럼."

진우는 그녀에게 짧은 인사를 던지고는 만족스러운 발걸음으로 정욱과 수혁의 뒤를 따랐다.

문 뒤로 작지만 분명한 그녀의 비명이 새어 나오고 있었다.

하지만 그의 가벼운 발걸음과는 다르게 수영의 혼이 빠져나간 몸뚱이는 불쌍하게도 허공을 쳐다보며 그대로 서 있었다. 동현이 수군대는 모습도 그녀에겐 보이지 않았다. 쟁반을 가지고 가던 그의 넓은 어깨가 들썩이는 게 아직도 그녀의 뇌리에 남아 있었다.

즐기고 있었다. 즐기고 있었다고, 그 자식이!

수영은 주먹을 불끈 쥐고 부들대다 테이블 위로 풀썩 몸을 던졌다. 그러다 그녀의 몸이 갑자기 펄떡하고 테이블 위에서 튕겨 올라왔다.

설마 또 오는 건 아니겠지?

불길한 예감이 온몸을 엄습했다. 수영은 기도하는 심정으로 두 손에 얼굴을 파묻었다.

매일 왔다. 그 망할 놈의 자식이 다음 날부터 매일매일 찾아와 서 아메리카노를 사갔다!

그의 비주얼에 눈먼 모든 간호사와 여자 타이틀을 달고 있는 모든 인턴, 레지던트, 행정실 직원까지 아메리카노를 사다 바쳤지 만, 그는 오로지 직접 와서 아메리카노를 사갔다.

아메리카노랑 원수가 진 건지…….

덕분에 아메리카노가 미친 듯이 팔려 나갔지만 수영은 그저 땅 굴을 파고 들어앉고 싶은 마음뿐이었다.

그가 아메리카노를 사러 온 지 1일째.

그가 입술 끝을 비틀며 아메리카노를 주문했다.

그녀의 정신이 경악하며 안드로메다로 날아갔다.

그가 아메리카노를 사러 온 지 2일째.

그가 또 나타났다.

그녀는 모든 걸 포기하고 아메리카노를 만들었다.

돌파구는 없다.

그가 아메리카노를 사러 온 지 3일째.

그는 아메리카노를 사갔다.

그녀의 집 나간 정신은 아직 돌아오지 않았다.

그가 아메리카노를 사러 온 지 5일째.
그는 아메리카노를 사갔다.
그녀는 커피에 설사약이라도 타볼까 하는 충동과 싸우고 있다.

그가 아메리카노를 사러 온 지 7일째.
그가 카페에 서서 아메리카노를 마신다. 될 대로 되라지.
그런데 뭔가 이상하다. 어제에 이어 오늘도 그가 인상을 찌푸렸다. 그러고 보니 매일 아메리카노를 마시며 인상을 구기는 것 같았다. 또 쓸데없는 오지랖이 고개를 들기 시작한다. 안 돼. 무시해. 무시하라고!
하지만 이미 그녀의 정신이 안드로메다에서 지구로 내려서고 있었다.
"아메리카노 싫어하죠?"
그가 티 나게 움찔했다. 그러고는 아메리카노가 뜨거워서 그런 것처럼 굴었다.
"싫어하는데 왜 매일 아메리카노예요? 혹시 아침도 안 먹고 커피를 마시는 거예요?"
그가 이번엔 고개를 끄덕였다. 그리고 잠시 머뭇거리더니 마지못해 말하는 것처럼 한마디 툭 던졌다.
"카페인이 필요하니까."
'아항, 그러세요. 철벽 위장이신가 봐요.' 하는 소리가 목구멍까지 흘러나왔지만 참았다. 그렇게 마무리 짓기에는 그녀가 너무 착했다. 사실 착하다기보다는 측은지심이었다. 그녀의 큰오빠 수혁을 오랫동안 봐왔기 때문에 외과 의사들의 생활이 어떤지 너무나 잘 알고 있는 그녀였다. 못 본 척 넘기기에는 그가 안쓰러웠다.

"이리 주세요."

수영이 그가 말릴 새도 없이 그의 잔을 빼앗아 개수대에 쏟아버렸다. 그의 눈썹이 약 2밀리미터 정도 위쪽으로 휘어 올라갔다. 쓸데없는 친절은 과격하게. 평소 그녀의 철벽지론이었다.

"혹시 우유 못 드세요? 아침에 먹으면 배가 아프다거나, 뭐."

그가 여전히 미심쩍은 표정으로 그녀를 쳐다보며 고개를 저었다. 아, 저를 못 믿으시겠다구요? 어머나, 어째. 나도 나를 못 믿겠네.

하지만 그녀는 부지런히 카페라테를 만들었다. 거부할 수 없게 빛의 속도로.

"자, 카페라테 나왔습니다. 뉴욕에서는 카페라테를 아침 대신 먹는다죠? 그래서 오늘은 뉴욕 스타일. 우유는 너무 뜨겁지 않게 데웠구요, 칼로리가 필요하신 외과 선생님이시니까 시럽도 한 번 펌핑해서 넣었어요."

그녀가 손님 상대 스마일로는 최대치의 미소를 그에게 지으며 말했다. 하지만 그는 화가 난 듯 눈썹을 찌푸렸다. 그녀는 속지 않았다.

"화 안 난 거 아니까 가져가서 드세요. 대신 오늘 커피값은 무료예요. 일단 드셔보시고, 도저히 못 먹겠다 싶으면 도로 가져오세요. 그럼 그때 다시 아메리카노로 해드릴게요. 싫은 거 억지로 먹는 거 건강에도 안 좋아요."

진우가 커피잔을 받아 한 모금 마시더니 바로 그녀에게 다시 내밀었다.

괜한 오지랖이었나 보다. 그냥 먹던 걸로 주는 건데 그랬다. 이래서 쓸데없는 친절은 베푸는 게 아니다. 잘못하면 부끄러움은 나의 몫일 수 있으니.

내가 미쳤지를 수십 번 속으로 되뇌며 수영은 그의 커피를 쏟아버리려고 개수대로 향했다. 하지만 그의 낮은 목소리가 그녀의 손목을 잡았다.

"한 번 더."

용케 알아들은 게 다행이었다. 그리고 그게 무슨 소리인지도 그녀는 단번에 알아들었다. 수영은 몸을 돌려 그의 카페라테에 시럽을 한 번 더 펌핑해 넣었다.

"고마워."

그윽한 목소리로 그가 말했다. 가게 안은 따뜻했지만 그의 목소리에 등줄기에 소름이 돋았다. 이런 주파수의 목소리는 방송심의위원회의 제재를 받아야 마땅하다.

그는 여전히 표정 없는 얼굴로 커피를 마시며 가게를 나갔지만 그녀는 알 수 있었다. 그는 방금 자신이 만들어준 커피가 마음에 들었다. 그것도 아주 많이.

그녀의 바리스타 자격증을 걸고 맹세컨대, 그는 단 걸 좋아한다.

수영의 입이 귀밑까지 치고 올라갔다. 그리고 오랜만에 몸으로 돌아온 수영의 정신이 몸 안에서 기쁨의 삼바 춤을 추기 시작했다.

방법 5. 달콤한 걸 끼얹는다

　해마다 3월 첫째 주말이면 병원 앞 주차장은 차 대신 사람들로
가득했다. 환자나 보호자는 물론 주말을 이용한 지역 주민들의 방
문으로 떠들썩한 분위기와 밝은 웃음 그리고 희망이 넘쳤다. 현병
원이 주최하고 대전지역 암센터가 주관하는 소아암 환아 돕기 자
선바자회가 열리는 것이다.
　넓디넓은 현병원의 지상 주차장이 모처럼 만에 싹 비워졌다.
그리고 그 위를 자동차 대신 커다란 천막들이 즐비하게 늘어섰다.
수영도 역시 '힐링'의 이름을 걸고 바자회에 참석했다. 수영의 아
버지 오 박사가 살아 있었을 때부터 아버지를 따라 참석했던 행사
였다. '힐링'이 오픈한 이후 그녀는 매년 봉사자로 참석했다. 그녀
는 '힐링'의 유리 벽 앞에 세워진 천막에서 커피와 샌드위치를 팔
았고 수익의 전액을 기부했다. 뿐만 아니라 바자회가 있는 한 주

간의 수익금을 모두 모아 매년 한 아이를 정해 수술비를 마련해주고 있었다.

"힐링이 필요하세요? 커피와 샌드위치가 있습니다."

수영이 밝게 인사하며 손님을 맞았다. 바자회 매대는 수영과 자원봉사자 한 명으로 꾸려가고 있었다.

"수고하네. 아침부터."

여긴 또 웬일이람. 수영은 구겨지려는 얼굴을 애써 다독이고 있었다. 그는 요즘 병원의 가장 핫한 인물인 데다 '힐링' 매출 증가에 지대한 공헌을 하고 있었다. 모두가 빙산 외과의에 대한 정보를 공유하기 위해, 혹은 매일 커피를 사러 오는 그를 보기 위해 그녀의 가게를 찾았던 것이다. 그로 인해 수영은 듣고 싶지 않은 얘기들과 알고 싶지 않은 정보들을 잔뜩 공유하게 되었다. 그뿐만 아니라 절대로 다시 보고 싶지 않은 화제의 주인공도 매일 봐야만 했다. 정말이지 달갑지 않은 사태였다.

"아메리카노 드려요?"

그녀가 뻐딱하게 말했다. 아무리 피하려고 해도 만나게 되는 그에게 최대한의 불친절을 선사하고 싶었다.

"아니."

그가 뻔뻔하게 말했다. 그날 이후 그는 이젠 대놓고 그녀에게 달콤한 카페라테를 요구하고 있었다. 언제나 그녀에게만. 수영이 없으면 여전히 아메리카노를 사갔다. 그것도 모자라 그날 이후 그는 기회가 닿는 대로 그녀의 주사를 상기시키며 그녀를 자극하고 있었다. 그는 빙산이 아니라 악마였다. 그리고 그런 사실은 그녀 이외에는 그 누구도 알지 못했다. 그녀의 폐부에서 심술이 퐁퐁

솟아나는 소리가 들렸다.

"누나!"

하지만 수영이 잔뜩 심술궂은 대화를 시작하려고 입을 여는 순간 반가운 목소리가 들려왔다.

"꺅. 지훈이 왔구나. 잘 있었어?"

수영의 얼굴이 순식간에 밝아졌다. 작년 '힐링'의 주선으로 수술을 받은 지훈이였다. 건강한 모습으로 그녀에게 달려오는 걸 보니 가슴에 따뜻한 바람이 이는 것 같았다.

"응, 누나. 나 이제 안 아파."

"그럼, 그래야지. 엄마는 어디 계셔?"

"저기. 선생님하고 얘기하고 있어. 엄마가 누나한테 인사하고 오래."

"그랬구나. 지훈이 살도 통통하게 올랐네? 너무 멋있어졌다. 유치원은 잘 다니고?"

"응. 나 이제 밥도 잘 먹어."

"그래? 잘됐다. 치료는 다 끝났어?"

"응! 이제 검사만 받으면 된대. 그런데 누나!"

"응?"

"나 커서 누나랑 결혼할 거야. 누나 다른 사람하고 먼저 결혼하면 안 돼!"

"아하하. 정말? 지훈이가 누나한테 결혼 신청하는 거야? 와. 영광이다."

"어? 엄마가 부른다. 누나 이따가 올게. 엄마가 이따가 가게로 간댔어. 꼭 기다려. 알았지?"

조잘조잘 잘도 떠들고는 지훈이 엄마에게로 바람처럼 달려갔다. 아이가 달리는 뒷모습이 꼭 천사같아 보여 수영은 괜스레 눈시울이 뜨거워졌다. 하지만 그녀가 눈을 깜박거릴 새도 없이 목소리가 끼어들었다. 그녀도 익히 잘 알고 있는 그윽한 중저음의 목소리였다.

　　"결혼 축하해."

　　짜증 난다.

　　"……."

　　또 무슨 소리가 하고 싶어서 저러는 걸까. 수영은 분주하게 움직이면서도 그에게서 눈을 떼지 않았다.

　　"그런데 저 신랑은 자기 신부가 알코홀릭인 건 알아?"

　　그럼 그렇지. 에스프레소를 뽑던 그녀의 손이 멈췄다.

　　"뭐예요?"

　　"한겨울에 빙판길 조심하라고 알려줘야 될 텐데. 미끄럼 좋아하는……."

　　비명이라도 지를 수 있으면 얼마나 좋으랴. 더한 소리가 나오기 전에 그의 입을 막아야 한다. 수영은 미친 듯이 우유에 거품을 냈다.

　　"커피 나왔습니다!"

　　그리고 그의 앞에 거칠게 컵을 내려놓았다. 얼마나 서둘렀는지 아마 뚜껑을 안 덮었으면 커피가 몽땅 쏟아졌을지도 몰랐다.

　　"고마워."

　　그가 아무 일도 없었다는 듯 잘도 컵을 집어 들었다. 얄미워서 바락바락 소리라도 지르고 싶다.

"그런데 이건 뭐야?"

그가 방금 커피가 놓였던 자리에 그녀가 패대기치듯 내려놓은 샌드위치를 보며 물었다. 통탄할 일이지만 그녀의 오지랖은 여전히 발동 중이었다. 샌드위치를 꺼내놓은 자신의 손을 꼬집고 싶은 충동을 억제하며 그녀가 그를 쏘아봤다.

"아침 안 먹었을 거 아니에요!"

앙칼지게 소리는 질러봐도 따끈한 그릴 샌드위치 앞에서는 무력하기 짝이 없는 일이었다. 무표정한 그의 어깨가 잠시 움찔하며 흔들리는 것 같았다. 착각이겠지. 그녀가 머리를 흔들었다. 그가 입까지 비틀었으면 덤벼들 수도 있었다. 정말이다.

"그럼 수고."

그가 인사 대신 커피컵을 들어 보이며 시야에서 사라졌다.

아아, 맹세코 저 빈정거리는 얼굴을 딱 한 번만 할퀼 수 있다면 지옥에라도 가겠습니다, 하나님!

그녀의 약이 바짝 오른 얼굴은 정말이지 최고의 피로회복제였다. 진우는 다디단 카페라테를 홀짝거리며 병원 건물로 향했다. 그러다 문득 주머니 속에서 느껴지는 샌드위치를 한번 확인하고는 묘한 표정을 지었다.

이럴 때 보면 정상인 것도 같은데. 그가 고개를 갸웃하며 생각했다.

하긴. 오지랖이 저렇게 넓은 것도 그다지 정상은 아닌 것 같다. 성질을 부리며 커피를 내려놓던 수영의 얼굴이 떠오르자 피식하고 웃음이 나와버렸다. 확실히 놀릴 맛은 있다.

"이런……."

그러고 보니 커피값을 주고 오지 않았다. 저녁에 매장으로 가져다줄까도 싶었지만 아무래도 생각난 김에 주고 가는 게 나을 것도 같다. 그가 걸음을 돌렸다.

하지만 바자회 커피 매대에는 그녀가 없었다. 그가 묻는 듯한 눈초리로 자원봉사자를 쳐다보자 아까부터 그들의 하는 양을 다보고 있던 아주머니는 상냥한 웃음을 지으며 그에게 병원 뒷마당 쪽을 가리켰다.

그가 긴 다리로 성큼성큼 그쪽을 향해 걸어갔다. 그저 커피값을 주려는 것이니 봉사자에게 건네면 그만이란 것을 그는 전혀 생각지 못하고 있었다.

진우가 채 몇 걸음 가지 않아 그녀를 발견했을 때, 수영은 병원 뒤쪽 벤치에 고개를 숙이고 앉아 대바늘로 모자를 뜨며 마음을 다스리고 있었다. 그가 사라지고 울화가 치밀어 정화를 해야만 했다.

"뭐 하는 거야?"

갑자기 진우가 그녀에게로 얼굴을 들이미는 바람에 수영은 혼이 빠져나가도록 놀랐다.

"으악, 깜짝이야!"

손에 들고 있던 뜨개질거리가 바닥으로 떨어졌다.

"좀 다른 여자들처럼 놀라면 안 되나? 아니, 다른 인간들처럼."

그가 태연하게 말하며 반쯤 뜬 아기 모자와 대바늘을 주워 그녀에게 건넸다.

"뭐라구요?"

그녀가 도끼눈을 뜨고 그에게 대들자 또 그의 입이 비틀어졌다. 으악, 짜증 나.

"여긴 또 웬일이에요?"

"그냥 쉬러 온 거야."

그가 그녀의 옆에 앉으며 말했다. 그녀의 얼굴이 의심으로 가득해지자 그는 그저 가운 주머니에 손을 꽂아 넣고 딴청을 피웠다.

"다른 데 가서 쉬면 안 돼요?"

"뭐 하는 거야?"

그녀의 물음엔 대답도 않고 그가 다시 물었다.

"마음 다스리는 거예요."

수영이 한숨을 쉬며 말했다. 그래, 마음을 다스려야 한다. 그리고 다시 뜨개질을 시작했다.

"왜?"

몰라서 묻냐, 이 인간아.

"그냥요."

짓궂은 질문에도 꼬박꼬박 대답해주는 건 자신이란 걸 모르는 그녀는 수시로 그를 흘겨보면서도 그를 쫓아내진 않았다.

"뭘 뜨는 거야?"

"모자예요. 아기 모자."

작고 깜찍한 방울 달린 털모자를 떠올리며 그녀가 웃었다. 오지랖이 넓은 게 탈이긴 해도 그녀는 무엇보다 건강하고 긍정적인 사고를 지닌 사람이었다. 요즘 누구 때문에 자꾸 부정적인 사람이 되는 것 같긴 하지만 말이다.

"그런데 자꾸 날 따라다니는 것 같은데, 착각이에요?"

열심히 뜨던 모자를 무릎 위에 턱 내려놓고 그녀가 작정한 듯 그에게 말했다.

"그렇게 보여?"

별로 효과는 없었다.

"네, 상당히."

그는 잠시 생각을 하는 것처럼 보였다.

"착각이야."

그리고 간단히 부정했다. 그가 그렇다니 또 그런 것 같기도 했다. 수영은 다시 뜨개질을 시작했다.

"그런데 모자를 몇 개를 뜨는 거야?"

그가 그녀 옆에 놓인 완성된 모자들을 집어 들며 물었다. 그걸 가지러 그의 손이 그녀의 무릎 위를 지나야 했는데, 수영은 그런 이상한 경험은 처음이었다. 심장이 주책없이 뛰기 시작했다.

"아, 떠주는 거예요. 몇몇 친구들이랑 처음에 같이 샀는데 많이 바쁜가 봐요."

조금 헐떡거린 것도 같지만 그래도 들키진 않은 것 같아 수영은 조금 안심했다.

"오수영 씨도 바쁘잖아."

"뜰 줄 아는 게 저뿐이거든요."

그가 얼굴을 찌푸렸다.

"그랬으면 혼자 샀어야지. 손해나는 짓을 왜 하는 거야?"

"이게 아기들 생명을 구한다면서요. 정말이에요? 이걸 쓰기만 해도 아기가 따뜻해지고 살 수 있어요?"

"응, 맞아."

"그럼 됐어요. 누가 뜨면 어때요. 아기들만 살리면 됐지."

그가 말없이 그녀를 쳐다보고 있었다. 다소 묘한 표정이었다.

"착한 아이네, 오수영 씨."

한참 만에 그가 이렇게 말했다. 설마 그렇진 않겠지만 조금은 온화하게 미소 짓는 것 같기도 했다.

"네?"

그러고는 마치 아이에게 하듯 그녀의 머리를 쓰다듬었다. 너무도 자연스럽게 일어난 일이라 수영이 그의 손을 알아차렸을 때 그는 이미 불에라도 덴 것처럼 펄쩍 손을 뗀 후였다. 그가 갑자기 뗀 손을 주머니에 넣고 서둘러 자리에서 일어났다.

"다음에 봐, 오수영 씨."

황급히 멀어져가는 그는 자신의 가운에 몇 번씩이나 손을 닦아내고 있었다.

뭐야. 내 머리가 더럽다는 거야?

수영은 기분이 상했다. 그러면서도 슬며시 자신의 머리에 손을 얹었다. 가슴이 두근거리고 그의 손이 아직도 머리 위에 있는 기분이 드는 건 역시 착각이겠지.

"감았는데……."

그녀가 작게 투덜거렸다. 하여간 엮였다 하면 기분 나쁜 일만 생기는 사람이다. 피하는 게 상책인데, 자꾸 따라다니는 것 같은 이 느낌은 뭐지. 수영이 투덜거렸다.

그녀는 전혀 알 수 없었다. 멀어져 가는 그가 가운에 자신의 손을 자꾸 닦아대는 건 더러워서가 아니라 잠시 만졌던 그녀에게서 나던 향기와 따뜻한 온기가 자꾸 그의 손에 남아 있는 것 같은 느낌이 들어서라는 걸.

모처럼 맞는 휴일이었다. 수영은 매장에 새로 들일 초콜릿 샘플을 가방 가득 넣고 노래를 흥얼거리며 집으로 들어섰다. 그런데 현관에 못 보던 신발이 놓여 있었다. 흙이 잔뜩 묻어 있는 더러운 등산화. 이런 신발을 신을 만한 사람은 이 집안에 딱 한 명이다.

"작은오빠!"

언제나 굳게 닫혀 있던 그녀의 맞은편 방문이 빼꼼히 열려 있었고, 그 사이로 불빛이 새어 나오고 있었다. 수영은 방문을 벌컥 열고 방 안으로 뛰어들었다. 책상에 앉아 카메라를 닦던 남자가 고개를 들었다. 그의 책상 위에는 수많은 사진이 펼쳐져 있었고, 한쪽에 켜둔 노트북 안에는 수백 장의 사진이 빼곡히 나열되어 있었다.

"돼지 왔냐?"

수영의 작은오빠, 그녀의 모든 것을 수용해주고 이해해주는 단 한 사람 수익이 돌아왔다.

그렇게 오 박사네 삼남매가 뭉쳤다. 방랑벽 있는 사진작가 둘째 덕에 1년에 몇 번 없는 회합이기도 했다. 수영은 둥그렇게 둘러앉아 자신의 왼쪽 오른쪽에 위치한 수혁과 수익을 번갈아 쳐다보고는 맥주를 한 모금 들이켰다. 수혁의 한쪽 입가가 못마땅한 기운을 뿜어내고 있긴 했지만 모르는 척했다. 일단 맥주를 마신다는 게 중요한 거다. 큰오빠표 잔소리가 나와주면 막아줄 작은오빠가 있다는 든든함이 용기를 북돋았다. 사는 게 뭐 있나.

다 이런 거지.

맥주잔을 탕 하고 내려놓은 수영은 닭다리 하나를 집어 들고 냅킨으로 끝을 꼼꼼히 싼 후, 수혁에게 건넸다. 일단 눈치가 보이니 입부터 막는 셈쳤다. 손에 기름 묻는 걸 싫어하는 수혁이 냅킨 쪽으로 잘 받아 입으로 가져갔다. 그러고 보니 또 누군가랑 닮았네. 자꾸 생각하고 싶지 않은 사람이 떠올라 수영은 머리를 내저어 생각을 털어냈다. 그 대신 오빠들과 한 방에 같이 있다는 생각이 가슴속을 채웠다.

아빠가 돌아가시고, 그 빈자리를 꽉꽉 채워준 두 오빠였다. 그들은 유난스럽게도 막냇동생을 감싸고돌았다. 수영이 나이도 어리고 여자이니 무조건 남자인 오빠들이 져줘야 한다는 아버지의 훈육 방침도 한몫하긴 했지만, 태생이 여자에게 너그러운 둘이었다. 아마 아버지인 오 박사를 많이 닮은 탓일 수도 있었다.

게다가 비록 껍데기는 저리 무서워도, 수혁은 여자들에게 약했다. 병원에서 칼바람 부는 수혁이지만, 여자 인턴이나 레지던트에겐 상냥했다. 그건 간호사들에게도 마찬가지였다.

다만, 그 상냥함이 본인에게 정의된 상냥함이라 정작 상대방은 무서워서 꼬리를 내릴 뿐이었지만 말이다. 그에 비해 수익은 타고난 페미니스트였다. 모든 여자에게 상냥했다. 외모와 걸맞은 상냥함이라 친구들은 그를 놀려대며 바람둥이라고 세상 여자를 다 가질 셈이냐고들 했다.

하지만, 아이러니하게도 그에게는 오래된 여자 친구가 있었다.

"오빠, 미현 언니는 만났어?"

수영이 문득 생각난 듯 물었다.

"응. 오자마자 만났지."

"잘 지내? 오빠 없으니까 언니랑도 한번을 못 봤네."

떠돌아다니는 남자 친구와는 반대로 번듯한 직장이 있는 미현이었다. 서울에 있는 탓에 자주 보긴 힘들어도 수영과 미현은 잘 지내고 있었다.

"바쁘게 잘 지내."

"바쁘구나. 그래도 오빠 왔으니까 같이 밥이라도 한번 먹자. 언니도 참 대단하다. 그만큼 사귀고 이제 나이도 있는데, 언제까지 오빠만 바라보고 있을 거래? 결혼해야 하는 거 아냐?"

길게는 몇 개월씩 짧게는 몇 주씩 지방으로, 해외로 돌아다니는 수익을 오래도록 기다린 미현에게 수영은 언제나 미안한 마음이 들었다.

"결혼하려고, 이제."

하지만 뜻밖의 대답이 돌아오자 수영은 깜짝 놀랐다.

"진짜? 결혼할 거야? 몇 년 더 있다가 한다며?"

미현을 기다리게 하는 것에 미안해하면서도 일에 대한 수익의 욕심은 멈출 수 없었다. 그래서 결혼은 1, 2년 후가 될 것으로 생각해왔다. 그런 탓에 갑작스러운 수익의 결혼 발표는 수혁과 수영 모두를 놀라게 했다.

"뭐라고? 결혼?"

놀란 건 그들뿐만이 아니었나 보다. 갑자기 방문이 벌컥 열리며 신 여사가 들이닥쳤다.

"무슨 소리냐, 결혼이라니?"

언제부터 얘기를 듣고 계셨을까. 자다 깨서 삼남매가 모여 있는 걸 보고 올라오신 건가. 아무래도 결혼 얘기니까 본인이 해야겠지? 생각이 중구난방 뻗쳐가려는데, 수익이 나섰다.

"미현이랑 결혼하려구요."

"그렇게 결혼하라고 등을 떠밀어도 안 하던 놈이 왜 이제 와서 갑자기? 무슨 일이냐, 미현이가 임신이라도 한 거냐?"

수익의 얼굴이 벌겋게 물들었다.

"······예."

그의 대답에 소리 없는 경악이 그들을 둘러쌌다. 수영은 그저 놀라 입을 떡 벌리고 있을 뿐이었다.

"임신?"

수영이 믿을 수 없어 다시 한 번 묻자 수익이 말없이 고개를 끄덕였다. 믿을 수가 없었다. 결혼도 놀라운데 임신이라니.

"죄송합니다. 그렇게 됐어요."

수익이 신 여사에게 머리를 숙였다. 무거운 침묵이 그들을 감쌌다. 쉽사리 입을 떼지 못하던 그들의 어머니 신현옥 여사가 마침내 입을 열었다.

"애 나오기 전엔 해야지. 미현이네 부모님은 알고 계시는 거냐? 뭐라고 말씀은 있으시고?"

"예. 오늘 만나뵀는데, 많이 놀라셨지만 차라리 잘됐다고 하셨어요. 상견례 날짜 잡자고 그러셨어요."

"그래, 그래야지. 아무튼, 잘됐다. 너도 어서 정착을 해야 오지인가 뭔가 거기 안 갈 거 아니냐."

신 여사의 성격답게 '어떻게, 왜, 어쩌다'는 없었다. 결과를 묵묵히 받아들이고 다음 행보를 한다. 그게 신 여사의 성격이었다. 하지만 어머니가 의외로 쉽게 받아들이는 듯하자, 수영은 왠지 마음 한구석에 바람이 불어오는 것 같은 느낌이 들었다. 평소 어머니는 세상 물정 모르고 철이 없는 미현을 탐탁지 않아 했다. 어머니라면 그 누구라도 그렇겠지만 신 여사는 유독 아들들을 자랑스러워했다. 세상에서 최고라 여겼으며, 만만한 수영에 비해 어려워해서 말 한번 함부로 한 적이 없었다. 그런 어머니이니만큼 그 누가 오빠들의 여자 친구라고 해도 맘에 들지 않았을 게 분명했다.

그런데 이렇게 쉽게 일이 처리되다니, 다행인가 싶으면서도 그게 왠지 찜찜했다. 못된 사춘기 꼬마 악당이 그녀의 바람 부는 가슴 한구석에서 활동을 시작하는 것 같았다.

"살 데는 정했고?"

"아…… 저기…… 그게요, 엄마……."

수익이 말을 꺼내기 어려운 듯 뜸을 들이다가 숨을 한번 들이쉬고 단숨에 내뱉었다.

"저희 들어와서 살겠습니다."

"뭣이? 이 집에 말이냐? 미현이 직장은 어쩌고?"

"다음 달까지만 다니기로 했어요. 엄마한테 살림 좀 배우고 있다가 여기서 다시 직장 알아본다네요."

무슨 전개가 이렇게 빠른지 내용을 반도 못 쫓아갈 것 같다. 수영은 가슴속에 휘몰아치는 바람을 잠재우느라 애쓰고 있었다. 하지만 그녀의 옆에 앉은 수혁은 동생의 말에 그저 눈썹 한쪽만 치켜 올렸을 뿐이었다.

"나보고 니들 애보면서 살라는 말이냐?"

호령에 가까운 신 여사의 물음엔 야릇한 뭔가가 섞여 있었다. 슬슬 삐뚤어지는 수영의 생각으론 그녀의 어머니는 지금 조금씩 기뻐하고 있는 것 같다.

"아니…… 뭐, 그래주시면 좋구요."

수익의 얼굴에도 슬슬 웃음이 자라나고 있었다. 생각보다 일이 수월하게 풀린 탓일 것이다.

"알겠다. 내가 미현이 어머니께 전화 넣으마. 이제부터 준비할 일이 많으니까 각오 단단히 하고."

신 여사가 자리를 툭툭 털고 일어섰다. 결국 받아들일 수밖에 없는 일들은, 에너지 낭비 없이 단번에 받아들이는 것이 신 여사의 장점이었다. 수영의 수긍이 빠른 것도 아마 신 여사를 닮은 탓일 것이다.

"미현이네서 날짜부터 받아놔라. 방은 네 방 그대로 쓰고. 가구는 좀 새로 들여야 될 거야. 너 쓰던 거 오래됐잖니. 가전은 따로 할 필요 없다고 전해라. 그리고 수영이는 나 좀 보자."

그들의 회합은 그것으로 끝이 났다. 수영은 그저 어정쩡하게 자리에 앉아 있었다.

이게 뭐지? 이게 뭐야.

그녀의 가슴에 광풍이 몰아닥치고 있었다.

신 여사가 안방으로 내려가자 수영이 비틀거리며 자리에서 일어났다. 그 모습을 가만 바라보던 수혁이 수영의 팔을 잡고 계단으로 향했다.

"근데 난 왜 불러, 내가 임신한 것도 아닌데."

못난 말이 튀어나왔다. 얼마나 급하다고 벌써 임신을 하고 그래? 아직 결혼도 하지 않았는데 시누이의 심술이 나오고 있었다. 그리고 그런 자신이 수영은 너무너무 싫었다.

이른 아침 '힐링'엔 수영이 홀로 나와 청소를 하고 있었다. 오픈하기엔 무척이나 이른 시간이었다. 평소 그녀가 출근하던 시간보다 한 시간이나 빨랐고, 사실 청소라기보다는 커다란 화분과 씨름을 하고 있는 중이었다.

"독립은 무슨 독립. 언제부터 그렇게 내 말을 쉽게 들어줬다고……."

그녀는 자리에도 없는 신 여사에게 툴툴거리며 눈물이 나는 것을 팔소매로 꾹꾹 눌러 닦았다. 그리고 코를 훌쩍여가며 화분을 옮기려고 낑낑댔다.

"대체 오빠는 왜 이렇게 큰 화분을 사가지고 온 거야!"

수영이 화분에 대고 소리를 버럭 질렀다. 가게가 오픈할 때 수익이 사가지고 온 화분이었다. 2년 동안 애지중지 물 주며 기른 생각은 어디 가고 이젠 애물단지처럼 미워 보였다.

"결혼은 오빠가 하는 거지, 내가 하는 거야? 그런데 내가 왜 집을 나가야 돼? 쫓아내는 거랑 뭐가 달라?"

어젯밤 신 여사에게 대들며 한 소리와 똑같은 말을 그녀는 화분에 대고 늘어놨다. 신 여사는 수영을 따로 불러 곧 독립시킬 생각임을 밝혔고, 수영은 만세를 부르기는커녕 왜 자신이 나가야 되느냐고 생떼를 썼다. 천하에 모순된 행동이었다. 결국, 그러다 수혁에게 끌려가 방에 갇혔지만 아침이 되어서도 생각할수록 속상하고 서러웠다.

또다시 눈물이 나려 하자 수영은 이번엔 화분을 밀어보기로 했다. 매장 중앙을 차지하고 있던 것을 구석 쪽으로 옮기려는 것이었다.

"어디로 옮기려고?"

갑자기 그녀 앞으로 손이 하나 불쑥 나타났다. 그녀는 기겁을 했다.

"우와악-!"

펄쩍 뛰어오른 그녀가 화분에서 1미터나 떨어진 바닥에 철퍼덕 주저앉았다.

"옮길 거 아냐?"

진우가 바닥에서 파닥파닥하는 수영을 아무렇지도 않게 돌아보며 다시 물었다. 이미 화분은 저만치 밀려가고 있었고 수영은 그 와중에도 옮길 곳을 손으로 가리켰다.

"됐어?"

그가 임무를 완수하고 그녀의 앞에 와서 섰다. 수영은 놀란 가슴을 추스르느라 픽업 부스까지 기어가 그 앞에 기대어 앉아 있었다. 하지만 손은 여전히 부들부들 떨리고 있었다.

"뭐 하는 거예요! 대체!"

진우가 자신의 앞에 서자 수영이 번개처럼 일어나 그에게 쏘아붙였다.

"궁금한 게 있는데……."

그녀의 질문은 그저 귀에 스쳐 지나갔는지 그는 진지한 눈빛으로 그녀에게 물었다.

"뭔데요!"

갑자기 들어온 허를 찌르는 질문에 반응속도 빠른 수영이 얼결에 대답했다. 그리고 넙죽 대답한 자신의 입을 저주했다.

"어떻게 그렇게 빨리 일어나지?"

"네?"

이렇게 물어보면 정말 바보 같아 보일 것이다. 하지만 이렇게밖에 할 수 없었다.

"넘어지면 말이야, 순식간에 일어나잖아. 지난번에 빙판에서 미끄럼 타다 넘어졌을 때도 그렇고."

"……."

그는 또 깨알같이 그녀의 주사를 건드리고 있었다. 수영이 파르르하는 꼴을 보고 싶은 모양인지 짐짓 아무렇지도 않은 척 그녀의 반응을 훔쳐보고 있었다.

질 수 없다. 지고 싶지 않다. 그리고 꼭 복수하겠다. 수영이 주먹을 꼭 쥐며 다짐했다.

"오늘은 또 웬일이세요, 이렇게 일찍? 커피 사러 오셨어요?"

아무렇지도 않은 척하기는 그녀에게도 주특기 넘버3쯤은 되었다. 수영은 손님 접대용 상냥한 미소와 함께 주특기를 썼다. 그는 좀 어안이 벙벙한 표정이 되었다.

"아직 오픈 전이지만 커피는 드릴게요."

수영이 앞치마에 손을 슥슥 닦고는 커피 바로 걸음을 옮겼다. 기대하던 반응이 아니라 실망했을 게 분명할 텐데 그는 여전히 얄밉도록 침착하고 서늘한 표정으로 그녀의 뒤를 따랐다. 하지만 그 표정은 오래가지 않을 것이다. 복수의 여신이 악마의 음료를 만들고 있었으니까.

수영은 천진난만한 표정으로 스팀밀크에 특제 초콜릿 파우더
를 섞고 그를 향해 생긋 웃음을 던졌다. 반응을 기대한 건 아니었
지만 그는 역시 끄떡도 하지 않았다. 박제를 해놓도 저것보다는
표정이 있겠네. 수영은 이번엔 그의 눈앞에서 모카라테 위에 생크
림을 풍성하게 올려 쌓기 시작했다. 그러자 표정이 없던 그의 얼
굴에 슬슬 반응이 왔다. 생크림이 올라갈 때마다 그의 눈이 생크
림을 따라 적당히 커지고 있었던 것이다.

"초콜릿 시럽도 뿌려드릴까요, 손님?"

만족스러운 반응이었다. 그녀는 힐링의 모카라테에는 당연히
올라가는 생크림과 초콜릿 시럽임에도 불구하고 그에게 물었다.
더 나은 게 필요했다.

더, 좀 더.

"……."

그가 말없이 생크림이 올라온 자신의 커피와 그녀의 얼굴을 번
갈아 바라보다 이렇게 말했다.

"울었어?"

그의 질문에 복수의 여신이 울며 집으로 돌아갔다. 그녀의 복
수는 실패로 돌아갔다.

"아뇨."

밤에 이스트를 먹고 자서 부풀었다고 할까 생각 중인 수영에게
그가 다시 물었다.

"왜?"

그녀의 대답은 들을 생각도 않고 그가 테이블에 앉았다. 일회

용 잔에 커피를 줬음에도 불구하고 굳이 그것도 카운터에서 가장 가까운 테이블에 말이다. 무슨 뜻인지 너무나 명확해서 모르는 척 할 수도 없었다.

진우는 자신의 앞쪽 테이블을 손가락으로 두어 번 두들기고는 그녀가 마침내 포기하고 앞자리에 와서 앉을 때까지 묻는 듯한 시선으로 수영을 계속 바라보고 있었다.

"······."

마지못해 그의 앞에 앉긴 했지만 수영은 한동안 아무 말도 할 수 없었다. 그녀의 머릿속에 갖가지 복잡한 생각이 엉키며 거미줄을 만들고 있었다. 그는 그저 아무 말 없이 가만히 그녀의 모습을 바라보며 앉아 있었다.

둘러댈까? 실은, '아닌데? 안 울었는데?'가 제일 하고 싶은 말이었다. 그런데 왠지 저 꼴 보기 싫은 빙산 같은 인간한테 사실을 말해야 할 것 같았다. 아니, 왠지 그에게 속을 터놓고 싶은 마음이 자꾸 들었다.

"작은오빠가 결혼한다더라고요."

그녀가 입을 뗐다. 참을성 있게 기다려주던 진우는 다디단 커피를 아무렇지도 않게 한 모금 마셨다.

"응."

"······."

그렇게 또 침묵이 계속됐다. 이상하게도 불편하지 않은 침묵이었다.

"그런데⋯⋯ 그게 싫은 거야?"

그가 조용하고 낮은 목소리로 물었다.

"아뇨. 그럴 리가요. 그게 아니라……."

그의 목소리에 갑자기 왈칵 눈물이 솟았다. 낮은 주파수의 음성엔 위로가 깃들어 있다더니 그런 것이었을까. 하지만 그의 말은 틀렸다.

수영은 그런 게 아니라고 설명을 하려다 갑자기 말을 멈췄다. 어떤 깨달음이 그녀의 뇌리를 강타했기 때문이었다. 그랬다! 싫었다. 섭섭이고 상실감이고 다 미화된 말일 뿐이고 그냥 싫었다. 작은오빠 수익이 장가간다는 게 믿기지 않을 정도로 싫었다. 엄마와 싸우고 고래고래 소리를 지르고 울 정도로 그렇게 싫었던 것이다.

갑자기 자신의 진짜 속마음을 알아버린 수영은 실망인지 자책인지 모를 그저 멍한 마음으로 커피잔을 바라보며 앉아 있었다. 그러자, 부드러운 그의 목소리가 그녀를 흔들어 깨웠다.

"아버지, 갑자기 돌아가셨지?"

"네……."

"장례식에 나도 갔었어."

"그랬어요?"

"응. 내가 오 박사님 존경했었어. 아마 다른 선생님들 대부분 그랬을 거고."

"고마워요."

"그때 오수영 씨 안 보이는 것 같았는데, 입원했었다고?"

"네."

그 당시 그녀의 아버지는 진료를 마치고 내려와 병원 주차장에서 쓰러졌다. 차 옆에서 쓰러진 오 박사를 발견한 건 이미 응급 처치 시간이 한참이나 지난 후였다. 응급의료진 전원이 투입되고 모든 과의 과장들과 병원장까지 내려왔으나 손을 쓸 수가 없었다. 수영의 아버지 오 박사는, 그렇게 자신이 사랑했고, 자신이 일궜다고 해도 과언이 아닌 바로 그 병원에서 죽음을 맞았다.

비보를 듣고 서울에서 달려 내려온 수영은 아버지의 죽음을 인정할 수 없었다. 그래서 그녀는 울지 않았다. 울지도, 먹지도, 자지도 않았다. 그녀의 오빠가 넋을 잃고 탈진한 수영을 입원시킬 때까지 그렇게 인형처럼 장례식장에 앉아 있었던 것이다.

"일어나보니까 장례식이 다 끝나 있었어요."

"그랬군."

"그런데 갑자기…… 그 사실에 화가 났어요. 장례식도 끝나버리고…… 아빠는 이제 없고……."

그때의 일을 떠올렸다. 막연히 그냥 슬펐던 날이라고 생각했는데 이제 다시 떠올려보니 그 감정은 오히려 분노에 가까웠다.

"그러면 안 되는 거잖아요. 아빠가 돌아가셨는데, 아빠한테 화가 나다니. 그런데도 너무너무 화가 났어요. 그런 날 이해할 수가 없었어요."

"왜 이해할 수가 없어? 화나는 거, 당연해."

왜 그런 생각을 하냐고 자신을 힐난할 것 같았다. 그런데 그는 그게 당연한 거라고 했다. 그녀의 얼굴 위로 시원한 바람이 휙 하고 지나갔다.

"그래요. 아빠한테 화가 났어요. 인사할 시간도 안 주고 나한테 그러면 안 되는 거잖아요."

"응."

"그런데 점점 나한테 더 화가 나더라구요. 내가 다 잘못한 것 같고……."

꽁꽁 싸서 묻어뒀던 그녀의 속마음이 풀려 나오고 있었다. 기껏 멈췄던 눈물도 돌아왔다.

"내가…… 내가 만약 아빠 옆에 있었으면, 서울에 가지 않고 여기 대전에 있었다면 그렇게 되진 않았을 것 같아요. 그래서…… 그래서 더 화가 나요."

그가 테이블 위로 몸을 기울였다. 그녀에게로 조금 더 다가왔을 뿐인데 그의 존재감이 그녀를 온통 감싸버렸다.

"날 봐, 오수영 씨. 그건 오수영 씨 잘못이 아니야. 어쩔 수 없는 일이었어."

그리고 그는 또 그녀의 편을 들어주고 있었다. 바람이 이번엔 그녀의 가슴속을 훑고 지나갔다.

그의 차가운 눈동자가 온기를 띠고 그녀를 바라보고 있었다. 조용조용 낮은 말투도 그녀를 향하고 있었다. 고개를 숙이고 자신의 손만 내려다보고 있던 수영이지만, 그녀에게로 향하는 그의 따뜻함을 분명하게 느낄 수 있었다.

"준비할 틈이 없어서, 이별을 받아들이지 못하는 거야. 그래서 화가 나는 거고. 갑자기 떠나버린 아버지에게도 화가 났고 그걸 채 이겨내기도 전에 또 갑자기 결혼한다고 나온 오빠에게도 역시 화가 나게 되어버린 거지. 화낼 사람이 필요한 거야. 오수영 씨 몸 안의 방어 장치가 그렇게 작동하는 거니까. 인간이 슬픔을 이겨내려면 그런 방식이 필요한 거야. 그러니까 자신을 미워하지 마. 그냥 화내고 미워해. 그래도 돼. 괜찮아."

그랬다. 미웠다. 자신에게 마지막 인사도 하지 않고 갑자기 가버린 아빠가 미워죽겠다. 세상에 자신만 남겨놓고 떠나버린 아빠가 아주 미워죽겠다. 그리고 보고 싶어 죽겠다. 눈물이 계속 났다.

　"아빠가 미워요……."

　"그래……."

　"아빠도 밉고 오빠도 미워요."

　"그래……."

　"미워죽겠어……."

　그녀의 손등 위로 눈물이 뚝 떨어졌다. 울기 싫었다. 이 남자에게 자신의 속까지 모두 드러내 보인 것 같아 싫었다. 그래도 눈물이 떨어지고, 그렇게 오래도록 조용히 울었다. 눈물이 떨어질 때마다 꼬이고 삐뚤어진 자신의 마음이 조금씩 풀어지는 것 같았다. 자존심은 상하지만 인정할 건 인정하자.

　"고마워요."

　그녀의 맑은 눈이 그를 향했다. 그리고 처음으로 차갑지 않은 따뜻한 그의 두 눈이 그녀의 눈길을 받아내고 있었다.

　"천만에."

　그의 말에 진심이 느껴졌다. 빙산으로 둘러싸인 그의 다른 내면을 조금은 엿본 듯도 했다.

　"정신과 했어도 될 뻔했어요."

　눈물이 거의 그친 수영이 고마움을 담은 채 그에게 말했다. 그러자 그의 귀 끝이 빨개진 것 같은 느낌이 들었다.

　"말하는 게 귀찮아서."

한참을 머뭇거리다 나온 그의 말에 수영은 웃음보가 터졌다. 참, 그다운 대답이었다.

"아무튼 선생님 덕에 제가……."

"진우 씨."

"네?"

"진우 씨라고. 그날은 그렇게 부르겠다며. 이제 와서 선생님이야?"

참, 기회를 놓치지 않는 사람이다. 진우의 말에 수영의 몸이 파르르 떨렸다.

"그 얘긴 대체 언제까지 할 건데요?"

"응?"

"언제까지 놀려 먹을 거냐고요. 매일 와서 매일 놀리잖아요. 우리 오빠처럼. 재밌어요, 나 놀리는 거?"

"뭐, 나쁘진 않지."

"뭐라고요?"

그녀가 주먹까지 쥐고 그에게 이를 드러내자 순간 그가 소리 내어 웃었다. 가지런한 이를 드러내며 듣기 좋은 목소리로 낮게 웃는 그는 심장이 떨어질 만큼 멋졌다. 그녀의 심장이 주책없이 뛰기 시작했다.

"착한 아이야, 오수영 씨."

그리고 또 그녀를 아이 취급하며 머리를 쓰다듬었다. 정신이 하나도 없고 숨이 가빠져 왔다. 이런 건 건강에 좋지 않다. 이렇게 강아지에게 하듯 머리를 쓰다듬는 건 세계보건기구에서 금지시켜야 한다.

118

영원처럼 긴 시간이 지나고 마침내 그가 그녀에게서 손을 떼고 일어섰다. 이번엔 지난번처럼 가운에 닦지는 않는 것 같다.

"가봐야겠어."

"잠깐만요."

그녀가 다 식은 그의 커피잔을 들고 개수대로 갔다. 미련 없이 쏟아부은 그녀는 다시 아까와 같은 방법으로 커피를 만든 후 그에게 내밀었다.

"뜨거운 걸로 다시 드세요."

"생크림은 빼고."

"생크림 싫어하세요?"

"아니."

그는 생크림은 좋아하지만 남들이 그걸 보는 건 싫어한다. 수영은 웃음이 나오려는 걸 애써 참았다. 뭐, 그의 빙산 이미지에도 생크림은 어울리지 않겠지. 하지만 수영은 이 정보를 나중에 꼭 써먹으리라 다짐했다. 그래도 한 번은 그를 이겨봐야 직성이 풀릴 것 같으니까.

그녀는 일회용 커피잔의 뚜껑을 집어 들고 그에게 보이며 웃었다.

"이렇게 하면……. 짠! 어때요, 감쪽같죠?"

그녀가 뚜껑을 닫았다. 커피 위에 생크림이 완벽하게 가려지는 순간이었다. 그의 입술이 다시금 위로 올라갔다. 맘에 드나 보다. 수영은 커피 만드는 동안 준비했던 조그만 종이봉지도 내밀었다.

"이건 오늘 카운슬링비. 초콜릿이에요. 이번에 우리 동네 과자점이랑 계약을 새로 했는데, 여기 초콜릿이 엄청 맛있거든요.

달지도 않고."

"초콜릿?"

"네, 초콜릿. 혹시 싫어하세요?"

그가 다시 씩 웃었다.

"오늘이 무슨 날인 줄은 알아?"

"네? 오늘이 무슨 날……."

"모르고 준 거야?"

그가 여전히 웃으며 말을 이었다. 주책없는 심장과 대화를 하던 그녀는 그가 자꾸 자신을 향해 대놓고 웃으면 이러다 죽을 수도 있겠다는 생각을 하면서도 날짜를 따져보기 시작했다. 하지만 오늘이 몇 월인지도 모르겠다. 그녀가 정신을 찾으려고 애쓰는 사이 갑자기 주변이 소란스러워지더니 시끄럽고 쨍쨍대는 목소리가 나타났다.

"어머! 현진우 선생님, 여기 계셨네요. 한참 찾아다녔어요."

헉, 김도라다. 콧소리가 섞인 요상한 웃음을 웃으며 그들에게로 다가오고 있었다. 짬짬이 수영을 째려보는 것 또한 잊지 않고 말이다. 요즘 한참 안 보인다 했더니, 복제를 해서 돌아왔다. 옆에 있는 그녀의 복제는 그녀의 얼굴과 거의 흡사했다. 아마 같은 의느님께 구원을 받았나 보다.

불청객의 등장에 이젠 더더욱 날짜가 계산이 안 된다. 아니, 머리가 아예 작동이 되지 않는 것 같다.

"초콜릿 드리려고 찾아다녔어요, 쌤. 이거 제가 신경 써서 구한 건데용. 아잉. 받아주세요, 쌤."

윤 간호사구나. 콧소리 섞인 목소리와 배배 꼬는 몸짓을 보니.

하도 경미에게 얘기를 들어서 이젠 처음 봐도 알겠다. 끼리끼리라더니 잘 어울리는 한 쌍이다, 김도라와 윤별로. 근데, 김도라는 남친도 있는데 이러면 안 되는 거 아냐?

"지금 이게 뭐 하는 겁니까?"

갑자기 날아온 서슬 퍼런 목소리에 소름이 쫙 끼친다. 예쁘게 포장된 상자를 그에게 내밀고 있던 복제 1, 복제 2가 얼어붙었다.

"지금 근무시간 아니에요?"

그가 살벌한 표정으로 둘의 이름표를 확인했다.

"김선영 간호사, 윤정아 간호사. 이렇게 막 돌아다녀도 되나? 무슨 과 소속이에요?"

"아니, 그게 아니라…… 우린…… 그냥…… 선생님께 초콜릿 드리려고……."

"필요 없으니까 다른 사람 줘요. 그리고 앞으로 이런 거 갖고 오지 말고. 특히 거기, 윤 간호사."

진우의 '특히' 소리에 수영도 '특히' 윤 간호사가 싫어졌다. 왜 인지는 모르겠다. 정말이다.

고드름을 뚝뚝 떨어뜨리는 목소리를 내뱉고는 그가 문밖으로 사라지자 수영은 애써 평정을 가장하며 두 울상 손님에게 주문을 권했다.

"카페모카 드릴까요?"

수영이 묻자, 김도라가 소리를 꽥 질렀다.

"필요 없어요! 아, 진짜 재수 없어."

깜짝이야. 수영은 김도라에게도 재수 없다고 말해주고 싶었다.

"아유. 난 그래도 멋있다. 어쩜 저렇게 목소리도 멋지니?"

윤별로가 두 손을 모으며 진우가 나간 쪽을 선망의 눈빛으로 바라보고 있었다. 그리고 수영은 그녀에게 넌 '특히' 재수 없다고 말해주고 싶었다.

"초콜릿 어떡해……. 아…… 맞다. 우리 오빠 주면 되겠다."

뭐라고요?

"야, 현 쌤이 거절한 걸 어떻게 너네 오빠 줘."

"뭐, 어때. 써놓은 것도 아니고. 이거 비싼 거란 말이야."

커피를 마시러 온 것도 아니면서 가게 안에서 한참 떠든 두 진상이 수영은 가뿐히 무시한 채 밖으로 나가버렸다. 갑자기 김현태가 불쌍해지는 순간이었다.

쓸데없이 오지랖 넓게 헤어진 찌질한 전 남친이 과연 김도라저러는 걸 알 것이냐에 대한 심도 깊은 고찰을 하던 수영은 서서히 제대로 작동되기 시작한 뇌가 뒤늦게 날짜를 감지해낸 걸 깨달았다.

오, 마이 갓. 큰일 났다.

수영은 자신의 머리칼을 쥐어뜯던 손을 힘없이 떨어뜨렸다. 그래, 머리칼이 무슨 죄가 있겠니. 그 속에 있는 게 문제지. 이제 앞으로 다가올 일들을 고민해야 할 때다. 분명히 가만있지는 않을 남자다, 그 남자는.

"아유, 어떡해."

절망감에 빠진 수영이 머리를 감싸고 그 자리에 주저앉았다.

이래서 쓸데없는 친절은 베푸는 게 아니다.

2월 14일. 좋아하는 남자에게 초콜릿을 주며 사랑을 고백한다는 날.

하필이면 밸런타인데이에 그녀는 자신의 손으로 초콜릿을 제일 주지 말았어야 할 남자에게 주고야 만 것이다.

방법 6. 충격을 가한다

진우는 초콜릿을 딱 한 개 먹었다. 종이봉지 안에 들어 있던 예쁘장한 놈들 중 고르고 골라 하나만 먹고 나갔다 왔는데 초콜릿이 봉지째 사라져 버렸다.

오전에 회진을 마치고 하나 더, 수술과 수술 사이에 하나씩 더 먹을 요량이었다. 아껴 먹으려고 한 건 아니었다. 그저 체력 보충을 위해서라고 자신에게 납득시켰지만 어쨌든 준 거니 다 먹으려는 생각이었다.

매년 초콜릿을 차고 넘치게 받았던 그였다. 그중 단 한 개도 먹지 않고 나눠주거나 호통을 쳐서 돌려보내거나 심하면 버리곤 했었다. 초콜릿은 굳이 따지자면 좋아하는 편이긴 했다. 수영이 카운슬링비라며 굳이 준 것이니 받아온 것이고 받아온 것이니 자신이 먹어야 한다고 생각했다. 아마 다시 잘 생각해보았다면 자신의 논리가 전혀 앞뒤가 맞지 않는다는 걸 발견했을 터이지만, 그는 지금 논리의 붕괴를 겪고 있었고, 그사이를 분노가 스멀스멀 올라와 차지했다.

서서히 시작된 그의 화는 점점 증폭되어 이른바 '빡침'에 이르렀다. 원인은 모르겠고 결과가 어떻게 될지는 불 보듯 뻔했지만 일단 찾아야 했다, 그 봉지를.

"오늘 내 방 청소한 사람 누구야, 나와."

유일한 용의자가 있을 의국으로 북풍을 몰고 내려간 그는 자신의 책상에 손을 댄 간 큰 위인이 누군지 색출하기 시작했다. 그리고 수술 전 잠깐의 남는 시간 동안 차트를 정리하려고 의국에 들어온 불쌍한 레지던트 3년차가 그 벼락을 홀로 맞았다.

"서, 선생님, 무슨 일이십니까? 바, 방 청소요? 아까 인턴이랑 1년차가……."

말까지 더듬으며 상황을 이해하려고 애쓰는 3년차를 보고도 자비심 없는 진우가 벽력같이 소리를 질렀다.

"내 방에 손대지 말라고 했어, 안 했어? 내 말이 우스워?"

그의 고함에 벽 쪽으로 가려져 보이지 않던 긴 소파에 누워 잠을 자던 치프 레지던트가 잠에서 깨어났다.

"무슨 일이신데요, 선배. 뭐가 없어졌어요?"

같은 학교 출신인 치프가 그나마 그를 달래며 상황을 수습해보려고 일어났으나 그의 분노를 당해낼 순 없었다.

"당장 일어나. 일어나서 오늘 내 방 청소한 놈들 찾아와!"

4년이 다 된 레지던트 기간 동안 는 거라곤 머리보다 빠른 행동력밖에 없던 치프가 벌떡 일어나 의국을 나갔다.

그리고 잠시 후 그의 손에 이끌려 인턴과 레지던트 1년차가 들어왔다.

"애들이 청소했다는데요?"

지원자가 적어 매년 미달이던 외과에 보물단지처럼 들어온 여자 레지던트였다. 정원을 꽉 채우고 들어온 데다 인턴성적 1등이었던 김 선생이라 모두들 애지중지했었다. 그런 그녀가 다른 여자 인턴을 한 명 꾀어서 청소를 같이한 듯했고, 서슬 퍼런 진우의 기색을 눈치챘는지 땅에 파묻히도록 고개를 숙이고 서 있었다. 진우도 사랑받는 외과의 마스코트에게 험한 소리를 하기는 어려웠다. 그래서 그동안 김 선생이 묘하게 얼굴을 붉히며 그의 앞을 얼쩡거려도, 작정하고 그의 방을 제집처럼 청소를 해도 모른 척하고 있었다. 그게 화근이 된 것일까. 잠자코 그녀들을 바라보던 진우의 눈빛이 날카로워졌다.

"오늘 514호 이국종 환자, 2시간마다 바이탈 체크하고 회진 때까지 킵하라고 하지 않았나, 김 선생? 내 방 청소할 시간이 있었어?"

낮게 말하고 있는 그의 목소리에 서릿발이 내리기 시작했다.

"하도 초콜릿이 쌓이길래……. 바이탈 하고 바로 가서 그것만 비워놓으려고……."

"그걸 왜 김 선생이 신경을 써? 내 방 건드리지 말란 소리 못 들었어?"

그래도 뭔가 억울했는지 고개를 들고 변명을 하려던 김 선생은 진우의 험악한 얼굴을 보자 금방이라도 울 것 같은 표정이 되었다. 아래 연차 굴리기로 유명한 치프가 김 선생의 우는 얼굴이 안 됐는지 한마디 거들고 나섰다.

"선생님, 그게 아니라 김 선생이 잘하려고 하다가 그런 건데……."

여선생들이라 차마 험하게 나가지 못하던 진우의 분노가 고스란히 치프에게로 떨어졌다.

"어디서 되지도 않는 변명이야? 니들은 아래 연차 단속 똑바로 못해?"

순식간에 조인트를 까인 치프와 3년차 레지던트가 바닥을 굴렀다. 외과에선 왕왕 있는 일이라 단련된 조인트를 가진 이들이지만 진우에게 린치를 당한 적은 없었던 터라 아픔보다는 충격이 앞섰다.

"초콜릿들 어떻게 했어?"

마침내 본론이 나왔다. 그렇지만 이 사태가 무엇에 기인했는지 모르고 있는 피해자들은 그저 당황할 뿐이었다.

"외과 스테이션에 나눠주고 나머지는 여기 의국에 뒀는데요."

"책상 위에 있던 건?"

그의 눈이 번뜩였다. 김희영 선생이 반사적으로 손을 번쩍 들어 대답을 하고 자신의 가운 주머니에 손을 집어넣었다.

"여, 여기요."

어렴풋이 알고 있었다. 그 봉지는 조금 특별하다는 것을. 그래도 핑곗김에 모든 초콜릿을 다 치워버려야겠다는 생각에 집어 들어 자신의 주머니에 넣었던 것이었는데, 예상은 비껴가는 법이 없었다.

김 선생이 덜덜 떨며 내민 초콜릿 봉지를 표정 없이 받아 든 진우가 그대로 자신의 주머니에 초콜릿을 넣었다.

"저, 선생님, 그럼 나머지 초콜릿들은……."

문을 향해 두어 발짝 뗀 그의 뒤로 김 선생의 머뭇대는 질문이 들렸다.

"버려."

가차 없이 대답한 그는 바람처럼 의국을 빠져나갔다. 소기의 목적을 달성한 그는 미련 없이 의국을 떠났지만 남은 자들의 황당함은 이루 말할 수 없었다.

저 현진우가 지금 초콜릿 봉지 하나 때문에 이 난리를 피운 거야? 서로의 얼굴을 쳐다보며 그렇게 묻고 있었지만 그 누구도 입 밖에 내지는 않았다. 아마 두고두고 전설이 되어 회자할 그의 밸런타인 의국 토벌기가 탄생하는 순간이었을 것이다.

하지만 이러한 사실을 아는지 모르는지 새로 태어난 전설의 주인공은 주머니 속에 든 초콜릿 봉지를 바스락거리며 자신의 방으로 돌아가고 있었다. 마침내 자신의 방으로 돌아와 소파에 깊숙이 몸을 묻은 그는 주머니 속에 든 봉지에서 초콜릿을 하나 빼내어 관찰하듯 이리저리 돌리며 감상한 다음 입으로 집어넣었다. 만족한 듯한 신음이 그의 입에서 흘러나왔다.

진우는 작게 키득거렸다. 아무래도, 단 걸 좋아하는 그의 취향은 들킨 것 같다. 떠지지도 않는 눈으로 음흉하게 웃으며 생크림을 넣던 모습이라니……

"뭐야, 현진우. 너 뭐 먹어? 초콜릿 받았냐? 이야, 역시 현진우네. 어디 나도 하나만 줘봐."

눈을 감고 음미하듯 초콜릿을 삼키던 그의 눈앞에 갑자기 정욱이 나타났다. 그가 서서히 몸을 일으켰다.

"기척이라도 좀 내시지. 무슨 일이에요. 안 바빠요, 형?"

언제 초콜릿을 먹었냐는 듯 시치미를 뚝 떼고 딴소리를 하는 진우였다. 하지만 정욱은 속지 않았다.

"야, 이 자식 봐라. 아까워서 못 주겠다는 거야? 그건 뭐, 특별한 거라도 되냐? 요 앞에서 지금 애들이 초콜릿을 버리네, 나눠 갖네 난리 난 것 같던데, 네가 시킨 거지? 그런데 너 먹던 건 뭐냐? 너 혹시 여자 친구 생겼냐?"

그의 말에 진우가 더는 못 듣겠다는 듯 고개를 흔들며 일어섰다.

"저 수술 들어가봐야 돼요. 바쁜 일 아니면 이따 얘기하죠."

진우가 서둘러 자신의 방을 나섰다. 홀로 남은 정욱은 음흉한 웃음을 짓고 그가 떠난 소파에 자리를 잡았다.

"잘되어가나 보네. 크크. 귀여운 자식."

그가 주머니에서 휴대폰을 꺼내어 어딘가로 전화를 하기 시작했다.

병원 앞 삼겹살집은 언제나 손님으로 만원이었다. 고기 맛이야 그만그만했다. 이 집만의 장점이라면 병원 앞이라는 점, 일찍 열고 늦게까지 한다는 점 그렇게 두 가지였다. 하지만 그 두 가지만으로도 병원 내 모든 과의 거의 모든 회식이 이 집에서 열리곤 했다. 그리고 그 대열엔 예외 없이 '힐링'도 끼어 있었다.

'힐링'은 빙산 특수로 인해 한동안 미친 듯이 바빴다. 그로 인해 동현은 숨 쉴 틈도 없다며 불만을 토로해왔다. 게다가 수영은 요즘 여름에 쓸 원두를 새로 블렌딩하고 로스팅하느라 무척이나 바빴다. 그래서 부득이하게 자리를 비울 때가 많아 가뜩이나 튀어나온 동현의 입은 나날이 앞쪽을 향해 자라나고 있었다. 그 입을 어떻게든 제자리로 돌리기 위해 수영은 동현이 가장 좋아하는 곳으로 오늘의 회식자리를 마련한 것이다.

"원두 로스팅 새로 하신다는 거는 언제 다 끝나는 거예요?"

저 좋아하는 삼겹살까지 사 먹이고 있건만 여전히 입이 댓 발은 나와 있는 동현이 물었다.

"아…… 그거. 배합 찾아내기가 쉽지가 않네."

수영이 적당히 얼버무렸다. 로스팅은 사실 핑계였다. 물론 새로 블렌딩하느라 시간도 걸리고 로스팅은 따로 해주는 곳이 있어 가게를 자주 비울 정도는 아니었다. 그저 현진우와 마주치기 싫은 것일 뿐이었다. 초콜릿 사건 이후 커피 사러 올 때마다 이상한 미소를 짓는 진우를 참아낼 수가 없었다. 그건 웃는 것도 아니고 그렇다고 무표정도 아닌 이상한 미소였다.

소문도 한몫했다. 부지런히 빙산의 소식을 퍼 나르는 간호사들에 의하면 빙산 현진우가 의국을 발칵 뒤집었는데 그게 바로 초콜릿 때문이었다고 했다. 바로 '힐링'의 로고가 그려진 초콜릿 봉지. 상자도 아닌, 바구니도 아닌, 그저 종이봉지에 들어 있던 초콜릿 때문에 빙산이 길길이 날뛰었다는 소문은 물론 부풀려졌겠지만 설마, 아니겠지 하면서도 수영은 의심의 불길을 잡을 수가 없었다. 덕분에 요즘 최고의 화두는 빙산에게 여자 친구가 생겼는지에 대한 것이었다. 그리고 찔리는 구석이 있는 수영은 스스로 코너에 몰려 있었다.

그는 여전히 커피를 사러 와서는 '네가 나한테 초콜릿 줬지? 고백했지?'의 미소를 띤 채 서 있는 것이다. 아무리 봐도 그거였다. 괜히 쓸데없는 날에 쓸데없이 초콜릿을 바친 수영은 약이 바짝바짝 올라 조만간 자연발화라도 할 지경이었다.

하지만 속은 뒤틀리는데 그 기분 나쁜 미소만 보면 이상하게 가슴이 덜컥거려 살 수가 없다. 이건 아무래도 심혈관 계통에 문제가 생긴 거다. 아무래도 심장검사를 한번 받아봐야지 싶다.

"그냥 쓰던 거 써요. 괜히 블렌딩 바꿨다가 커피 맛 달라졌다고 손님 줄면 어쩌려고 그러세요?"

동현이 입에다 삼겹살을 쑤셔 넣으며 투덜거렸다. 그러는 바람에 수영은 자신이 또다시 싫어 죽겠는 현진우의 생각을 하고 있다는 걸 깨달았다. 공연히 죄도 없는 동현이 얄미워져서 그녀는 암만 봐도 덜 익은 것 같은 삼겹살을 입에 넣는 동현을 말리지 않았다. 그리고 그런 양심에 거리끼는 자신의 행위를 무마하고자 삼겹살을 굽는 척했다.

"아이스 아메리카노는 신맛이 조금 더 나야 돼. 그리고 원두 몇 가지 전시하고 팔아보려고."

수영의 말에 동현이 손까지 휘저으며 코웃음을 쳤다.

"말도 안 되는 소리 하시네. 누가 원두를 사가요. 환자들이 원두 사다 커피 내려 먹을 것도 아니고. 사장님 지금 핑계 대시는 거죠? 혹시 저 몰래 어디서 연애하세요?"

연애 같은 소리 하고 있네! 무심코 던진 말이라는 걸 알면서도 수영은 괜스레 옆구리까지 찔리는 것 같은 마음에 오매불망 삼겹살만 노리고 있는 동현을 무섭게 째려봤다. 하지만 그 덕에 그의 애절한 눈동자 밑으로 턱 끝까지 내려가 있는 다크서클 또한 목격하고 말았다.

그만 맘이 짠해진 수영이 매서운 눈과 꽉 쥔 주먹을 풀었다. 그러고는 동현의 앞으로 고기 몇 점을 더 가져다 두며 그를 달랬다.

"알았어, 알았다고. 내일부터 일찍 출근할게. 됐지?"

그녀의 말에 만족했는지, 아니면 자신의 앞에 놓인 고기의 수에 만족했는지 모르겠지만, 어쨌든 동현은 입을 다물었다.

"앞으로 바쁠 때는 주연이한테 연락해."

친했던 학교 후배인 죄로 주연은 그녀가 필요할 때 가끔 가게에 불려 나왔다. 얌전하고 예쁜 주연이 자신을 도와주러 나온다는 말에 신이 난 동현은 고기를 굽던 집게를 내던지고 술잔을 들었다.

"자, 그럼 건배할까요, 사장님? 일단 각 일 잔씩 합시다. 첫 잔은 원샷 알죠?"

못 말리겠다는 듯 수영이 기가 찬 웃음을 웃었다.

"그래, 하자. 건배!"

동현은 소주잔을, 맥주 외에 모든 술에 저항력이 없는 수영은 맥주잔을 높이 들었다. 삼겹살엔 소주라지만, 그녀의 경우 삼겹살에 맥주도 환상의 조합이었다. 물론 치킨만은 못하겠지만 말이다.

동현의 말처럼 수영은 맥주의 첫 잔을 한 번에 들이켰다. 시원한 맥주가 목을 타고 흘러들어가니 세상의 모든 시름이 없어지는 것 같았다.

수영이 첫 잔을 비우고 테이블에 내려놓자마자 그들이 자리 잡고 앉아 있던 테이블 주위로 갑자기 사람들이 몰려 들어오며 주변이 왁자지껄해졌다. 구석 쪽으로 놓여 있던 그들의 자리 뒤에는 신발을 벗고 들어가게 되어 있는 방이 있었다. 테이블이 길게 이어 붙여져 있는 걸로 봐선 아마 또 병원 어느 과에서 회식을 예약해놓은 것 같았다. 시끌시끌한 걸로 봐선 그 팀이 들어오고 있는 것일 테고 말이다.

"어? 힐링도 회식 하나 봐요?"

반가워하는 목소리가 들렸다. 수영과 동현이 동시에 소리가 난 쪽으로 고개를 돌렸다. '힐링'의 단골 간호사들이 반갑게 그들을 알은 척하고 있었다. 수영이 마주 미소를 지으며 손을 흔들었다. 그런데 뭔가 켕긴다. 저 간호사들이라면…… 아뿔싸, 외과다!

줄줄이 들어오는 회식 인원들 사이에 그가 껴 있었다. 눈이 마주쳤다. 가슴이 철렁 내려앉더니 미친 듯이 뛰기 시작했다. 아, 정말 왜 이러지?

"이모, 여기 맥주 한 병 더 주세요."

외과팀이 자리를 잡고 앉는 걸 확인한 수영이 남은 맥주를 잔에 따라 한 번에 마셨다. 그리고 다시 한 병을 주문했다. 동현의 눈이 휘둥그레졌다.

"사장님, 무섭게 왜 이러세요. 무슨 일 있으셨어요? 이러지 말고 천천히 드세요. 그러다 취하면 사장님 아무도 못 업어요. 기중기 불러야 돼요."

수영이 조용히 빈 맥주병을 손으로 살짝 들었다 놨다. 여차하면 무기가 될 수 있는 맥주병으로 그를 응징하겠다는 무언의 협박이었다. 동현이 헙, 하고 입을 다물었다. 그리고 차가운 맥주병이 새로 그녀의 테이블에 놓임과 동시에 동현이 고개를 낮추며 그녀의 잔을 채웠다. 괜히 속이 뜨거워져 무엇으로라도 꺼야 했다. 수영은 시원한 맥주를 단숨에 들이켰다. 또다시 한 번에 맥주잔을 비운 그녀가 맥주잔을 탕 소리가 나게 테이블에 놓으며 고개를 들자 마치 짠 것처럼 누군가와 눈이 마주쳤다.

현진우였다. 그녀의 심장이 또 덜컥하고 내려앉았다. 이러다 바닥에 떨어진 심장을 주기적으로 찾으러 다닐 것 같은 불길한 예감이 들었다.

그가 잠시 그녀를 관찰하듯 찬찬히 보다가 손가락으로 그녀를 가리켰다. 그리고 살며시 주변을 살피는가 싶더니 브이 자를 만들어 보였다. 입 모양이 '두 병?' 하는 것처럼 움직였다. 명백한 간섭이었다. 지금 또 술 먹고 주정 부릴 거냐고 묻고 있는 것이다.

수영은 보란 듯 진우의 눈을 마주 노려봐 주었다.

"웃겨 진짜. 내가 내 배 속에 맥주를 들이붓건 말건."

생각이 혼잣말이 되어 나왔나 보다. 동현이 몸을 부르르 떨며 수영의 잔을 다시 채웠다.

"사장님, 이제 진짜 무서워요. 혼내실 거면 대놓고 혼내시라구요. 무섭게 혼잣말하지 말고."

신경 쓰지 말자. 그녀는 자신들의 회식에 집중하고자 마음을 다잡았다. 그녀가 그에게서 고개를 돌리기 전 마지막으로 본 진우는 경고의 눈빛을 담고 그녀를 계속 노려보고 있었다.

그녀가 대놓고 고개를 홱 돌려버렸다. 진우의 미간에 주름이 생기고 눈썹 옆으로 힘줄이 꿈틀하고 생겨났다. 말없이 술잔을 기울이는 그의 얼굴엔 표정이 없었다. 하지만 그는 슬슬 열이 오르기 시작하던 참이었다.

그가 계산하기로 수영은 세 병째의 맥주를 마시고 있었다. 그녀가 맥주를 두 병을 마셨건 세 병을 마셨건 기실 그와는 아무런 상관이 없었다. 하지만 신경이 쓰인다. 그것도 무척.

"자네가 여기로 와주다니 나야 좋지만 아버님은 섭섭하셨겠어. 지난번 뵀을 때 자네 후계자 교육한다고 한껏 들떠 계셨는데 말이야."

외과 과장인 한 박사가 그에게 술잔을 건넸다. 진우는 두 손으로 공손히 그가 주는 술잔을 받았지만 눈은 여전히 수영에게로 향해 있었다.

"아닙니다. 과장님 밑에서 많이 배워오라고 보내신 겁니다."

그는 예의 바르지만 영혼이 없는 대답을 했다. 한 박사는 만족한 듯 연신 그의 등을 두드리며 장황하게 말을 늘어뜨리고 있었지만 진우의 신경은 온통 수영에게로 기울어져 있었다. 그가 여기저기서 그에게로 오는 술잔을 계속 받아 마시며 그녀를 흘끔거리는 사이 수영은 네 병째의 맥주를 시키고 있었다. 네 병째라면, 위험했다. 그리고 사실 그녀가 마시는 맥주보다 아르바이트생인지 직원인지 모를, 키만 멀대같이 크고 생긴 건 산적같이 생긴 불한당 같은 녀석이 더 위험해 보였다. 게다가 자꾸 그녀에게로 몸을 기울이며 바싹 다가앉는 것처럼 보이는 건 단순히 그의 기분 탓만은 아닌 것 같다.

"어이, 현진우. 내 잔도 받아."

맞은편에 앉아 있던 이 교수가 그에게 잔을 내밀었다. 그는 여전히 예의 바른 모습으로 그 잔을 받았다. 잔을 받던 그의 손이 잠깐 멈칫했다는 건 아무도 몰랐다. 수영과 그녀의 직원들이 자리에서 일어서는 모습이 그의 눈에 뜨인 순간이었다. 수영이 취했는지 살짝 비틀거리다 동현에게로 기대서는 모습에 술잔을 잡고 있던 손에 힘줄이 꿈틀하고 튀어나왔다.

"잠깐 실례하겠습니다."

받은 술잔을 단숨에 삼킨 그가 주변에 인사를 하고 일어섰다. 무척이나 절제되고 흐트러짐 없는 모습과 말투에 모두 아무렇지 않게 그에게 고개를 끄덕였다.

그는 서둘러 그들을 쫓았다. 그가 빙산으로 유명하긴 했지만, 그의 성격을 정확하게 말하자면 다혈질이 맞았다. 귀찮은 사람들이나 특히 귀찮은 여자들을 제압하기에 가장 좋은 방법이 수혁을 벤치마킹하는 것이어서 그것으로 자신의 성격을 감출 수 있었다. 하지만 그는 말 그대로 욱하는 성격이었다. 그리고 지금 그는 욱했다. 그가 그들을 따라잡았을 때 수영은 거의 동현에게 안겨 있다시피 했기 때문이다.

"사장님 노래방 가요."

동현이 신이 나서 2차를 제안했다. 회식이 잦은 직장이 아니었고, 그의 사장은 다른 면은 그렇지 않은데 술에 관해서만큼은 빈틈이 없었다. 가게를 같이 시작했고 이제 2년이 넘어가는 동안 그녀가 취한 모습을 보는 것은 오늘이 처음이었다. 술에 취해서 지갑이 열리는 타입이라면 오늘은 하늘이 내려준 절호의 기회일 것이다. 하지만 3차까지 고고를 외치며 수영의 팔짱을 끼는 동현의 뒤로 서늘한 바람이 느껴졌다.

"그럴까? 오랜만에 노래방 갈까?"

수영이 동현의 제안에 한 톤 높은 목소리로 콜을 외쳤다. 하지만 그녀의 등 뒤에서 암흑의 기운이 다가오고 있었다. 이미 기운을 감지한 동현은 슬며시 수영의 팔에서 자신의 팔을 빼내고 저만치 물러난 이후였다.

"가긴 어딜 가. 당신 취했어."

오늘 그녀의 기분을 망치고 또다시 술을 이만큼이나 마시게 한 원흉이 수영의 팔을 잡았다.

"안 취했거든요?"

수영이 자신을 잡은 진우의 손을 떼어냈다. 진우가 다시 그녀의 팔을 잡았다.

"취했어."

진우가 동현의 무리를 그저 흘긋 보았을 뿐인데 동현은 이미 행동에 들어갔다.

"맞아요, 사장님 취하신 것 같아요. 저는 2차는 안 해도 될 것 같아요. 사장님도 선생님이 데려다 주실 것 같으니까 저는 이만 가보겠습니다. 그럼 내일 뵙겠습니다."

동현이 꽁지가 빠져라 도망을 갔다. 저 배신자.

"택시 잡아줄게, 집에 가."

"알아서 갈 수 있어요. 나한테 왜 이래요?"

"초콜릿값이야."

갑자기 속에서 천불이 올라와 그녀의 이성의 반을 태워버렸다.

"무슨 초콜릿! 그냥 가게에 있는 초콜릿 준 거잖아요. 도대체 언제까지 그놈의 초콜릿 타령을 할 건데요?"

"아직 아무 말도 안 했는데?"

빙긋이 웃으며 그녀의 팔을 잡은 진우가 걷기 시작했다. 분명히 그는 아무 말도 안 했다. 하지만 그의 몸이, 특히 앞서가는 그의 뒷모습이 백 마디도 더 하고 있었다.

"제가 알아서 갈게요. 이것 좀 놔요."

고분고분히 끌려가고 있으면서도 입으로는 반항을 시도해봤다. 먹히진 않았지만. 약이 올라 죽기 일보 직전인데 잡힌 팔이 그다지 싫지 않은 것이 또 너무나 이율배반적이다. 미치고 팔짝 뛰겠는데 저 남자가 밉지 않아서 미치고 팔짝 뛰겠다.

삼겹살집을 나와 골목을 빠져나가면 큰길이 나온다. 몇 분만 참으면 큰길이 나오고, 택시가 있고 집에 갈 수 있다고 자신에게 변명을 했다. 그때까지만 참는 거라고.

"비켜요, 비켜!"

경적까지 크게 울리며 뒤에서 누군가가 고함을 질렀다.

"위험해!"

진우가 그녀의 몸을 벽 쪽으로 미는가 싶더니 어느 틈에 자신의 몸까지 그녀 위로 겹쳐 눌렀다. 이게 뭐 하는 짓이냐며 그를 밀어내려 하자 바로 그 옆으로 배달통을 실은 오토바이가 스치듯 지나가 버렸다. 매캐한 오토바이 매연과 함께 걸쭉한 욕설이 그들의 주위에 남았다.

그를 밀어내려던 그녀의 손이 그의 가슴에서 멈췄다. 거칠게 뛰는 그의 심장 소리가 고스란히 그녀의 손에 전해졌다.

자칫하면 큰 일 날 뻔한 상황이었지만 사실 큰일은 지금 그녀 안에서 벌어지고 있었다. 꼼짝없이 벽과 진우 사이에 갇혀버린 것이다. 그녀의 팔을 잡았던 손을 돌려 허리를 끌어안고 한쪽 팔은 벽을 짚어 얼굴을 보호하고 있었다. 오토바이가 지나간 쪽으로 찌푸린 얼굴을 돌리고 있어 아직은 자신이 어떻게 하고 있는지 모르고 있는 듯했다. 하지만 수영은 자신이 어떤 상태인지 정확히 인지하고 있었다.

그의 품에 안겨 있다. 그의 체온이 느껴진다. 희미한 땀 냄새와 처음 맡아본 향기지만 왠지 익숙한 듯한 그의 체취, 그의 향수 냄새. 오감이 전부 들고일어났는지 세세하게 느껴진다. 정말로 심장이 목구멍 밖으로 뛰쳐나올 것만 같았다. 귀머거리가 아니라면 천둥소리 같은 그녀의 심장 소리가 안 들릴 수가 없을 것이다.

"괜찮아?"

그녀의 귓가에 진우의 목소리가 낮게 울리며 파고들었다. 등줄기로 짜릿한 감각이 타고 올라와 그녀의 뇌수를 강타하기에 충분하도록 낮고 그윽했다.

"괜찮아요. 그냥 놀라서……."

대답을 하며 그를 향해 고개를 든 것이 실수였을 것이다. 그대로 시선이 사로잡혀 버렸다. 마치 보이지 않는 어떤 힘에 사로잡힌 듯 숨 쉬는 것도 잊은 채로 그를 바라보고 서 있었다. 그건 진우도 마찬가지였다. 무엇에 홀리기라도 한 듯 그녀의 눈 안에 사로잡혀 움직일 줄을 몰랐다. 이제 가슴을 뒤흔들며 뛰고 있는 이 정체불명의 심장 소리가 누구의 것인지도 분간이 되질 않았다. 그리고 그의 호흡이 점점 가까이에서 느껴지고 있었다. 호흡이 아니라 그의 얼굴이 자신에게로 내려오고 있었다. 점점 가까이.

혼미해지는 정신을 가까스로 부여잡고 남은 힘을 모두 짜내어 진우를 밀어낸 수영은 잠시 벽에 기대어 가쁜 숨을 몰아쉬었다. 의외로 쉽게 밀려난 진우가 자신의 머리를 쓸어 올리며 헛기침을 하는 것이 보였다. 그도 약간은 얼이 빠진 듯한 얼굴이었지만 그걸 눈치챌 만한 정신이 남아 있을 리 없는 수영이었다.

머리를 쓸어 올리던 진우의 손이 툭 하고 떨어지며 그녀에게로 한 발짝 내딛는 것과 동시에 그녀의 구두가 날았다. 날개라도 달린 것처럼 허공을 가르고 그녀의 몸을 그에게서 최대한 멀리 데려갔다. 큰길이 나타나고 구세주처럼 택시가 나타났다. 다리의 속도만큼 빠르게 손을 올리고 바람처럼 그의 눈앞에서 사라졌다.

진우는 벽에 기대 이젠 보이지도 않는 택시를 눈으로 좇고 있었다. 마치 떠나버린 택시가 다시 돌아오기라도 할 것처럼.

한참을 그렇게 멍하니 도로 쪽을 바라보던 그가 벽에서 몸을 일으켰다. 힘없이 떨어진 손을 애써 들어 올려 옷에 묻은 먼지를 툭툭 털어내 보았다.

무슨 일이 일어난 거지?

방금 그에게 어떤 일이 생겼다. 그녀를 품에 안아 든 순간 그의 심장이 툭 하고 떨어졌다. 그의 직업적 소견으로 보자면 부정맥이 의심됐지만 더 심각한 것일 수도 있었다. 그는 이제부터 이게 뭔지를 알아봐야 했다. 아직도 조금씩 떨리는 손을 꽉 쥐어 주먹을 만든 채 그는 다시 회식 자리로 돌아갔다. 내일부터 당장 알아봐야겠다고 다짐을 하며.

　그러나……

　그는 그 시간 이후 240시간, 즉 열흘 동안 수영의 머리카락 한 올도 볼 수 없었다.

방법 7. 녹을 때까지 기다려본다

수영이 사라졌다. 항상 가던 오전 시간에도, 혹시나 싶어 오후에 나가봐도 언제나 그를 맞아 커피를 만들던 그녀가 없었다. 처음엔 그저 그녀가 바쁜가 보다 했다. 그리고 나선 혹시 그를 피하는 건 아닐까 하는 생각도 잠시 했었다. 하지만 그렇다고 해도 그게 무슨 상관이랴. 어쨌든 그는 그저 대수롭지 않게 생각했다. 딱히 그녀를 보기 위해 커피를 사러 가는 것은 아니니까. 바쁘고 피곤한 그에겐 그저 카페인이 꼭 필요할 뿐이고, 그저 그게 전부였다.

그래서 그녀가 없어진 첫 번째 날, 그는 그냥 아메리카노를 마셨다. 그러나 둘째 날에도 그녀는 없었다. 그는 아메리카노를 마셨다. 셋째 날, 여전히 키만 멀대같이 큰 아르바이트생이 서 있는 것을 보자 슬금슬금 화가 치밀었다. 동현이 주문하라고 하자 그는 아메리카노를 시켰다. 다섯째 날, 망할 놈의 아르바이트생이 서 있었다. 그의 표정이 말 그대로 빙산이 되었다. 아르바이트생이 식은땀을 흘리기 시작하며 주문은 뭐로 하시겠냐고 물어보자 진우는 아메리카노라고 이를 갈며 내뱉었다. 아르바이트생의 얼굴이 파랗게 질려 갔다.

일주일째, 진우는 저 자식을 갈아 마셔야겠다고 생각했다. 사장님은 어디 가셨냐고 으르렁댔더니 울먹울먹하는 것 같았다. 주문이라고 말하기도 전에 '아메리카노!'라고 버럭 소리를 질렀다. 아르바이트생이 파랗게 질려 커피를 쏟았다. 그는 더욱 기분이 나빠졌다.

열흘째, 진우가 '힐링'으로 들어가자 카운터에는 아무도 없었다. 진우는 아메리카노도 마시지 못하고 그냥 나왔다. 커피숍이 외국이었다면 아마 또 한 번의 피바람이 불 수도 있었다. 하지만 그는 그저 조용히 자신의 방으로 돌아왔다. 그의 속은 부글부글 끓고 있었다. 왜 속이 끓고 있는지는 잘 모르겠지만 아마도 카페인을 1퍼센트도 섭취하지 못했기 때문에 일어나는 현상일 것이다. 아니면 누군가가 만들어주던 달콤한 커피 대신 쓰디쓴 아메리카노만 먹을 수밖에 없어서일 수도 있었다. 그나마도 오늘은 먹지도 못했다.

잠시 끓는 속을 다스리고자 숨을 천천히 내뱉는데 전화가 왔다. 발신처가 어머니임을 확인한 그의 속이 다시 끓어올랐다. 아침부터 따지자면 벌써 세 번째의 전화였다.

−가는 중이니?

"이제 갈 겁니다. 벌써 몇 번째 전화하시는 건 줄 아세요?"

-아유, 얘. 그만큼 중요한 자리니까 이러지. 강 원장님 큰아들 결혼식이잖아.

왜 이렇게 성화를 부리는지 알 수가 없었다. 또 뭔가를 꾸미는 게 아닐까.

"그럼 어머니가 내려오시지 그러셨어요. 아버지야 학회 일정 때문에 그렇다 쳐도 어머니는 오실 수 있는 거 아닙니까?"

-아들, 아무리 임시라도 엄마는 이사장이야. 엄마도 얼마나 바쁜 줄 아니?

그가 손가락으로 관자놀이를 지그시 눌렀다. 두통이 몰려오는 것 같았다.

"이렇게 몇 번씩 전화하실 시간은 있구요? 어머니, 혹시……."

-아유, 안 그래도 이제 끊어야 돼. 진우야, 강 원장님 직접 뵙고 인사드려야 한다, 알았지? 그리고 결혼식 보고 밥도 꼭 먹고. 하객들 중에 아는 분들께는 꼭꼭 인사드리고. 갔다 그냥 오면 안 된다?

그가 의심스러운 목소리로 입을 열자 한 여사가 서둘러 자신이 하고픈 말을 모두 꺼냈다.

"……."

-부탁해, 아들. 그런 줄 알고 엄마 끊는다.

그러더니 갑작스럽게 전화를 끊는 것이다. 이건 뭔가 그의 어머니답지 않았다. 의심의 불씨가 지펴지려 하고 있었다. 아무리 그의 어머니라도 지연의 일처럼 또다시 같은 방법으로 그에게 여자를 들이밀진 않을 것이다. 하지만 방심할 순 없었다. 진우는 고개를 저으며 식장으로 향했다.

"이야, 이렇게나 잘 컸어? 반갑네, 현진우 선생. 내가 건너건 너 소식은 전해 듣고 있었지. 자네 아버지가 자네 자랑에 아주 침이 마르더군. 부모님 대신해서 이렇게 와주다니 고맙네."

현병원의 창립 초대 멤버였던 강 박사는 진우를 보자 반색을 했다.

"아닙니다. 꼭 참석하셔야 되는 자리인데 사정이 생기셨다고 대신 꼭 안부 전해달라셨습니다."

식장엔 예상대로 사람들로 가득했다. 그가 아는 얼굴도 더러 있었고, 현병원의 관계자들도 꽤 많이 눈에 띄었다. 일일이 인사를 하기엔 사람이 너무 많았고 그럴 만큼 상냥한 성격의 소유자도 아니었다. 그는 그저 축의금을 전달하고 혼주인 강 박사에게 깍듯이 예의를 차렸다. 그가 인사를 전하자 강 박사는 그의 등을 두드려주며 흐뭇해했다.

"밥 먹고 가게. 여기가 음식이 아주 훌륭하다고 소문이 났어. 어이, 이 원장 어서 와. 자네, 여기 현진우 선생 처음 봤지? 현 원장 아들이야."

강 박사는 마침 들어오고 있는 그의 손님들을 불러 세우며 연신 진우를 소개하기에 바빴다. 그의 아들의 결혼식장인데도 불구하고 말이다. 진우는 어떻게 하면 이 난감한 자리를 피할 수 있을까 고민하다 문득 눈에 익은 모습을 발견했다.

"그럼 이만 실례하겠습니다. 아는 사람이 있어서요. 말씀들 나누십시오."

둘러서서 그의 칭찬을 해대던 아버지의 친구분들에게 급히 마무리 인사를 하고 그는 자리를 피했다. 만약 그가 본 것이 확실하다면 이번엔 절대로 놓쳐서는 안 됐기 때문이었다.

"여기서 뭐 하는 거야?"

사냥감을 쫓듯 그녀의 뒤를 쫓아간 진우는 단숨에 그녀의 팔을 붙들었다. 팔뚝을 붙잡힌 상대가 소스라치게 놀라는 것이 손을 통해 똑똑히 그에게 전해졌다. 하지만 놀란 건 그녀만이 아니었다. 그녀의 팔을 잡는 순간 그의 맥박이 미친 듯이 뛰기 시작했던 것이다. 그녀를 마지막 보았던 바로 그날 뛰던 그의 심박 수와 같은 빠르기였다. 심각한 일이었다. 그는 지금껏 단 한 번도 이런 상태를 겪어본 적이 없었기 때문이다. 게다가 오늘의 그녀는 무척이나…… 예뻤다.

"여기서 뭐 하는 거예요?"

그의 얼굴을 확인한 수영의 얼굴이 경악으로 물들었다. 그러고는 다리의 힘이 풀렸는지 스르르 주저앉고 말았다. 그가 간단히 그녀를 붙들어 일으켰다. 그렇지만 정작 자신의 호흡은 추스를 시간이 없어 다소 헐떡이며 대답이 나오고 말았다.

"내가 먼저 물었어."

그녀의 낯빛이 점점 창백해지고 있었다. 그래서 그의 상태를 알아차릴 수 없는 것 같았다. 다행이긴 했지만 그녀의 얼굴을 보니 일부러 피한 것이 확실했다. 왠지 입맛이 썼다.

"아니, 나는 엄마가 오빠 결혼 준비로 바쁘셔서요. 물릴 수 없는 약속이 있으시다고…… 예물도 봐야 하고. 그래서 대신에 강 박사님 댁 결혼식엔 참석해야 한다고 해서…… 그래서 축의금 전달해 드리고 이제 가려고 했는데요. 그런데 선생님, 아니 진우 씨는 여기 무슨 일로……."

그녀가 패닉에 빠진 모습으로 정신없이 횡설수설하고 있었다. 진우의 입가에 웃음이 피어올랐다. 이건, 완전히 독 안에 든 쥐다. 그게 왜 만족스러운지는 모르겠지만 그는 지금 만세라도 부르고 싶은 심정이었다.

"나도 같은 이유야. 일단 밥이나 먹으러 가지."

그가 그녀를 질질 끌고 피로연장으로 향했다. 사냥감을 입에 문 사자의 걸음걸이였다.

이게 어떻게 된 일이지?

수영은 지금 강타당한 정신을 수습하느라 여념이 없었다. 아울러 그녀의 심장이 또 주인을 배반한 채 펄떡이고 있었다. 이건 잘 못됐다. 잘못돼도 크게 잘못됐다.

"자, 어서 먹어. 여기 음식이 괜찮다고 그러던데, 보기에도 먹을 만한 것 같네."

그녀의 음식까지 접시에 담아 가져온 진우가 테이블 위에 음식을 놓아주며 수영의 맞은편에 앉았다. 그의 캐릭터와는 1그램도 어울리지 않는 이러한 친절에 그녀는 그저 어찌할 바를 모르고 앉아 있었다. 저게 목구멍으로 넘어갈 리가 없었다.

"……."

먼저 가져다 놓은 자신의 몫을 묵묵히 먹고 있는 그를 바라보며 수영은 아침의 일을 떠올렸다.

어머니의 부탁을 받았을 때까지만 해도 가게를 떠나 결혼식에 참석하는 건 정말 좋은 생각인 것 같았다. 그녀가 진우를 피할 때마다 홀로 남겨놓은 동현이 나날이 그녀를 들볶아대고 있었기 때문이다. 커피를 사러 오는 그의 표정이 점점 무서워진다는 것이다.

"그냥 커피 사러 오는 거야. 커피만 잘 만들어주면 화 안 낼 거야, 동현아. 조금만 봐주라."

결혼식이 있어서 가게를 비운다는 그녀의 전화에 동현은 거의 울부짖었다.

—그게 무슨 커피 사러 오는 거예요? 딱 봐도 사장님 찾아오는 거구만. 저만 있는 거 보면 얼굴이 점점 더 무시무시해진단 말이에요.

"그냥 원래 얼굴 생긴 게 그래. 달리 별명이 빙산이겠냐?"

—뭐가 얼굴이 그래요? 사장님 계실 땐 얼굴이 달라지잖아요. 대체 왜 이러시는 건데요? 둘이 사귀는 거예요? 아니면 싸웠어요? 도대체 무슨 일인데 그래요, 사장님. 저 좀 살려주세요. 네? 두 분 일은 두 분이 해결하시라구요!

순하던 동현이 고함을 지르며 전화를 끊었다는 건 엄청나게 화가 났거나 엄청나게 무서운 거다. 아무래도 후자 같지만. 어쨌든 아직도 그녀의 귓가엔 전화기 너머로 절규하던 동현의 목소리가 들리는 것 같았다. 그렇다. 이제 해결해야 할 때가 온 것이다. 더는 피할 수도 없다.

"안 먹어?"

그녀의 눈앞에 이 모든 일의 원흉이 아무렇지도 않은 얼굴로 그녀에게 음식을 권하고 있기 때문이다.

"머, 먹어요."

다시 심장이 펄떡거리기 시작했다. 요즘 그만 생각하면, 아니 그날의 일만 생각하면 계속 같은 증상이 반복되고 있었다. 그래서 수영은 고장 난 심장이 수리될 때까지 진우를 피해 다니기로 했다. 아무리 생각해도 자신의 건강과 국가의 안녕과 병원의 행복을 위해 그러는 게 좋을 것 같았다. 진우는 언제나 일정한 시간에 왔고, 수영은 그때마다 준비실에 들어가 있거나 일부러 늦게 출근을 했다. 그를 보지 않으니 심장도 안녕했다.

상황도 다르고 사람도 달랐지만 한번 크게 베인 그녀의 심장은 그를 위험인물로 간주했다. 게다가 김현태와 현진우는 레벨이 다르고, 차원이 달랐다. 김현태가 그저 찌질함을 감추고 있던 훈남이라면 현진우는 안이나 밖이나 강철이었다. 게임으로 따지자면 최종 보스급이라고나 할까.

그러니 만약에 둘 사이에 뭔가가 시작되고 결과가 잘못되어 수영이 다시 상처를 입는 일이 생긴다면 이번엔 일주일 술독으로는 어림도 없을 것이다. 그렇게 되면 그녀의 인생이 통째로 날아가 버릴 수도 있었다.

"피했어?"

다시 그녀의 생각 사이로 그의 은근한 목소리가 파고들었다. 일부러 저런 목소리를 내고 있을 게 분명했다. 심장이 터져 죽으라는 거다, 지금.

"네?"

그의 말뜻이 이해가 되지 않았다. 이건 다 그의 목소리 탓이다.

"피했냐고, 날."

이번엔 그의 말이 단박에 이해가 됐다. 그녀는 정곡을 찔렸고, 찔린 자리에선 피가 철철 나오고 있었다.

"네? 제가 왜요? 그럴 리가 있겠어요? 그런 게 아니라⋯⋯."

이런 식이라면 누가 들어도 피했다고 하는 것과 마찬가지란 걸 말하는 자신도 알 수 있었다. 하지만 말과 정신이 분리되어버린 지금 그녀는 코너에 몰려 있었다.

"왜?"

부드러운 그의 목소리. 하지만 뼛속까지 얼어버릴 것 같다.

"아니라니까요. 제가 왜 선생님⋯⋯ 진우 씨를 피해요? 그냥 요즘 좀 바빴어요⋯⋯."

수영이 자기도 모르게 선생님이라고 하자 그의 눈초리가 매서워졌다. 수영은 즉시 그의 이름으로 바꿔 말했다. 대체 왜 이러는 것일까.

"왜!"

"⋯⋯."

그의 목소리가 조금 더 단호해졌다. 여전히 낮은 목소리였지만 대답을 끌어내는 이상한 힘이 있었다.

"내가 왜 진우 씨 올 때마다 있어야 되는데요? 저도 바쁜 사람이에요. 그리고 뭐, 손님이 좀 꺼려지면 피할 수도 있는 거지. 그게 이렇게 무섭게 따져야 되는 일이에요?"

호기 있게 말해놓고 수영은 조심스레 그의 눈치를 살폈다.

"내가 왜 꺼려지지? 그날 일 때문에?"

그가 간단히 그날의 일을 언급하여 그녀의 영혼을 날려버렸다.

"무슨 일? 그날이요? 그날 언제? 그런 날이 있었나? 그날이 뭐요. 아무 일도 없었는데!"

이제 그녀가 어버버하기 시작했다. 손까지 달달 떨려서 자신이 무슨 말을 하고 있는지도 이해할 수가 없었다. 그가 픽 웃었다.

"그날 일 맞는군. 난 아무 일 있었어. 오수영 씨도 있었던 것 같은데, 그 아무 일. 내가 생각하기에 말이야."

그녀가 발끈했다.

"오토바이가 와서 피한 거잖아요. 그리고 무사히 집에 돌아왔고. 무슨 일이 있었다고 그래요? 아무튼 전 이제 할 말 없어요. 진우 씨가 왜 이러는지도 모르겠고. 이만 가볼게요."

일어서려는 수영의 어깨로 진우의 손이 조용히 날아와 앉았다. 그리고 강한 힘으로 그녀를 눌러 앉혔다.

"난 할 얘기 남았어. 내가 오늘로 열흘째, 아니 오늘은 마시지도 못했으니까 9일째 아메리카노만 마셔서 기분이 별로 안 좋거든."

한 마디, 한 마디 그녀의 심장에 새기듯 귀에 한 자, 한 자 음산하게 내뱉는 진우의 목소리에 아이러니하게도 등에 전율이 일었다. 심장이 벌떡대는 통에 정신이 사나워서 무슨 뜻인지조차 모르겠다. 그래도 그의 말이 앞뒤가 안 맞는다는 것쯤은 알겠다.

"뭐예요, 왜 이러는 건데요? 진우 씨, 혹시 나 좋아해요?"

까짓것, 이쯤 되면 이판사판이다 싶었다. 그리고 그녀의 입이 떨어지자마자 그녀에게 바짝 다가와 있던 진우의 얼굴이 굳어지는 게 피부로 느껴졌다.

"뭐라고?"

진우의 얼굴에 당황한 빛이 역력했다. 기세를 몰아 수영이 그에게 쏘아붙였다.

"나한테 왜 이러냐구요? 가는 데마다 나타나고. 만날 때마다 놀리고. 오늘은 또 뭐예요? 혹시 지금 화내고 있는 거예요? 진우 씨, 나 좋아해요?"

그가 말문이 막히자 수영은 그 틈을 타 숨을 몰아쉬었다. 이러다 호흡곤란으로 죽을 것 같았다. 그 와중에 심장마비로 죽는 게 안 아플까 호흡곤란으로 죽는 게 안 아플까 생각하고 있던 수영의 눈앞에 정신을 차린 그가 나타났다. 가깝다. 그의 숨소리가 들리고 그의 호흡이 얼굴에 와 닿았다. 그녀의 심장이 미친 듯이 뛰기 시작했다.

"몰라."

그가 으르렁거리며 말했다.

"그래서 이제부터 알아보려고."

"……!"

게임 오버.

그는 마지막 웃음을 웃었고, 수영은 급하게 숨을 들이켰다.

심장이 멎었다. 독립만세를 외치던 수영의 심장이 장렬히 전사했다.

"그래서, 어떻게 됐어?"

수영의 침대에 누워서 그녀의 얘기를 숨죽여 듣고 있던 시은이 눈을 반짝거리며 물었다. 마침내 수영이 독립하게 된 첫날이었다. 시은은 수영과 나란히 누워 그동안의 수영의 일을 낱낱이 보고받는 참이었다.

　"그게 다야."

　수영이 얘기만으로도 혼이 빠져나간 것처럼 힘없이 대답했다. 그녀의 주변엔 낯설긴 하지만 새로운 가구들이 놓여 있었고, 그 하나하나를 손때 묻은 그녀의 물건들이 채우고 있었다. 그녀만의 집. 수영의 집이었다. 수영의 어머니 신 여사는 시원시원한 성격답게 속전속결로 모든 것을 해결했다. 아들의 결혼 준비와 딸의 독립 준비 모두를 해냈고 그렇게 해서 수영은 독립으로의 첫발을 내디뎠다. 하지만 멍하니 자신의 집을 둘러보는 수영의 눈엔 별다른 감흥이 없었다. 이미 그녀의 머릿속은 온통 다른 생각들로 채워져 있었기 때문이다.

　"그게 뭐야. 그렇게 쫓아다녀 놓고 그걸로 끝이야?"

　시은이 다시 친구를 채근했다.

　"몰라. 그 뒤에 아는 얼굴들이 나타나서 같이 밥 먹느라 별말 못했어. 뭘 알아보겠다는 건지는 모르겠는데 이제부터 알아보겠대. 그리고 헤어졌어."

　"그래서? 그렇게 헤어지고 지금까지 못 만났어?"

　"커피는 사러 와. 전처럼 커피 사러 와서 내가 있는 거 확인하고 몇 마디 하고 가. 바쁘대."

　시은이 침대에서 벌떡 일어나 앉았다.

　"뭐가 뭔지 모르겠다. 참 희한한 사람이네. 네가 좋다는 거야,

뭐야? 사귀자는 것도 아니고. 야, 그만둬라. 그 사람 얼굴값 하나 보다."

"나도 그러고 싶어."

수영이 두 손을 얼굴로 가져가 덮었다. 아무것도 생각하기 싫었다.

"그러고 싶어? 뭐야, 그러니까 그만둬야 하는데 그렇게 하기 싫다는 거야? 너 설마, 그 사람 좋아하니?"

시은이 수영의 얼굴을 덮고 있는 손을 치우며 득달같이 물었다.

"아니야."

"아니긴 뭐가 아니야. 얼굴 보니까 맞네. 당장 불지 못해? 너, 그 사람 좋아하지?"

시은이 신이 나서 박수까지 쳐가며 수영을 몰아갔다. 그런 시은과는 반대로 수영은 어두운 얼굴로 비척비척 일어나 침대 아래로 내려앉았다.

"모르겠어, 정말로 모르겠어. 김현태 때랑은 느낌이 달라. 이러다 정말 큰일 날 것 같은 데 생각처럼 마음은 그렇지 않고, 나도 뭐가 뭔지 모르겠어. 그냥 계속 도망 다닐까 봐. 안 마주치면 되는 거지, 뭐."

"큰일 날 게 뭐가 있어. 넌 좀 그 시작하기도 전에 철벽 치는 습관부터 버려. 연애라는 게 큰일이 나봤자 헤어지는 건데 그게 뭐가 대수라고. 그럼 또 새 사람 만나 연애하고 그러면 다 잊히고 그러는 거지. 그러다 딱 맞는 사람 만나면 결혼하는 거고."

시은의 말에 수영이 콧방귀를 뀌었다.

"말처럼 쉬우면 얼마나 좋아. 내 맘을 내 맘대로 못하겠으니까 그렇지. 아무래도 그냥 다시 도망 다니는 게 최고의 방법인 것 같아."

"아이고, 이 답답아. 안 되겠다. 나가자. 아무래도 우리한텐 맥주가 필요해. 우리 앞으로의 네 행동 방향에 대해서 허심탄회하게 논의 좀 해보자."

시은이 과장되게 자신의 가슴을 주먹으로 쾅쾅 치더니 억지로 수영의 팔을 잡아 일으켰다. 그래놓고는 수영이 현관에서 기다리는 동안 머리를 다시 만지네, 옷차림을 점검하네, 하며 미적거렸다. 기다리다 못한 수영이 현관문을 열고 복도에 나가 친구를 채근하기 시작했다.

"빨리 나와. 이러다 내일 되겠어."

문을 스토퍼로 고정해 열어놓고 복도 중앙에 서 있던 그녀는 엘리베이터에서 막 내린 사람이 지나가려 하자 문을 잡고 몸을 비켰다. 아마 복도로 주욱 늘어서 있는 다른 호수의 집 중 한 곳이 방문객이거나 주인일 것이다. 하지만 몸을 바짝 붙여 비켰어도 그 남자는 여전히 그녀의 등 뒤에 서 있었다. 인사라도 해두자는 건가. 그녀가 몸을 돌렸다.

"오수영?"

오, 마이 갓. 도대체 원수는 왜 매번 외나무다리에서 만나는 걸까.

"아, 여기서 왜……. 안녕하세요?"

"여기…… 살아?"

진우가 이상한 얼굴로 그녀에게 물었다. 그를 만난 후 지금껏

한 번도 보지 못한 이상한 표정이었다.

"아, 네. 저 이집 살아요. 이번에 독립해서 이리로 이사 왔어요. 오늘 첫날이라 친구랑 축하하려고 하던 중⋯⋯."

"안녕하세요? 오랜만이네요!"

마침내 단장이 끝난 건지 시은이 그들의 사이로 씩씩하게 끼어들었다.

그러나 진우는 시은의 말엔 대꾸도 안 하고 수영을 응시하고 있었다. 뭐가 재밌는지 시은만 숨을 죽이고 둘을 관찰하고 있었고, 수영은 곧 목구멍으로 숨이 넘어갈 것만 같았다. 표정만으로 사람 잡는 인물이 있다면 그건 바로 현진우였다.

"축하는 나중에 하고 나랑 잠깐 얘기 좀 해."

진우가 수영의 팔목을 잡았다. 시은에게 도움의 손길을, 아니 눈길을 청했지만 시은이 그녀의 눈을 피해버렸다. 친구라는 이름의 배신자였다.

"아, 제가 그렇잖아도 잠깐 일이 있어서 어딜 좀 다녀오려고 그랬거든요. 시간이 오래 걸릴 거예요, 아마. 하하! 수영아, 얘기 끝나면 전화해? 알았지?"

시은이 미련 없이 손을 흔들고 사라져 버렸다. 이제 그녀는 진우와 단둘이 남아버렸다.

"어떻게 된 거야?"

그가 다짜고짜 물었다.

"뭐가요?"

어쩜 이 남자는 만날 때마다 알 수 없는 소리만 하는 걸까?

"왜 오수영이 옆집으로 이사 왔어? 아니, 왜 우리가 옆집에 살게 된 거지?"

수영의 눈이 휘둥그레졌다. 뭐라는 거야. 이웃이라고, 이 남자랑 내가?

"그걸 내가 어떻게 알아요! 나야말로 묻고 싶은데! 왜 하필 진우 씨가 우리 집 옆집이에요?"

"하아⋯⋯."

지친 듯한 얼굴로 진우가 숨을 내쉬었다.

"일단 들어가서 얘기해."

그가 자신의 집을 가리켰다. 정말 그녀의 바로 옆 대문이 그의 집이었다.

수영은 자신이 전생에 운명의 여신한테 무척 악질적인 장난을 했던 게 분명하다고 생각했다. 아니라면 이럴 수가 없었다. 이 얼마나 얄궂은 운명의 장난이란 말인가.

이제 도망 다니긴 다 틀린 얘기다. 그가 망설이고 있던 수영의 손을 잡아끌고 그의 집으로 들어갔다.

"좋아, 이제 말해봐."

수영이 그의 집, 그의 부엌 아일랜드 식탁 앞 그의 높은 의자에 앉았다. 아무것도 아닌 일인데 왜 그녀가 자신의 집 안 그가 속한 곳에 앉아 있다는 게 그에게 퍼즐이 완성된 것 같은 만족감을 주는지 모를 일이었다. 그런 데다 지금 그의 마음은 그녀를 만난 반가움과 의심의 불길 사이에서 갈팡질팡하고 있었다.

"뭘요."

그녀는 뭔가를 단단히 결심한 듯한 얼굴이었다. 아마 또 도망이라도 갈 결심이겠지. 그는 마음이 조급해졌다.

"혹시 말이야, 혹시나 해서 묻는 거야. 오수영 씨, 혹시 우리 어머니 알아?"

그가 그녀의 반대편에 서서 허리를 굽혀가며 물었다. 어서 빨리 그녀가 자신 어머니의 계획이 아님을 알아야 했다. 하지만 결혼식장에 이어 옆집이라니, 그건 어딜 봐도 자연스럽지 못했다.

그녀는 그런 그를 한참을 바라보고 앉아 있었다. 그저 어리둥절한 모습이었다.

"네? 진우 씨 어머니요? 제가 진우 씨 어머니를 어떻게 알아요?"

거짓일 수가 없을 것이다. 생각하는 게 고스란히 얼굴에 드러나는 오수영이었으니까.

"그럼 오수영 씨 집은 누구 집이야? 오수영 씨가 직접 구한 건가?"

"엄마 집이죠. 2년 전에 엄마가 집세라도 받아서 생활하시겠다고 사신 오피스텔이에요, 여기가. 그렇게 수입이 잘 들어오는 것 같진 않고. 그래봐야 저 독립시키는 데 썼으니까. 그런데 왜요?"

아, 그랬다. 엄청난 혼돈을 겪느라 그는 미처 생각지 못하고 있었다. 그의 집도 역시 수혁을 통해 구했던 신 여사 명의의 집이었다는 걸.

"아니야. 내가 뭘 좀 착각해서. 하긴, 아무리 우리 어머니지만 같은 일을 또 저지르실 분은 아니지."

"그게 다 무슨 소리예요? 어머니라니 뭐가……."

그가 입가에 느긋한 미소를 지었다.

"우리 어머니가 아들을 결혼시키기 위해 부단히 노력을 기울이시는 분이라고만 말해두지. 가령 가는 데마다 소개해주고 싶은 여자를 미리 준비해놓는다거나 옆집에 맘에 드는 아가씨를 이사 오도록 사주하거나."

"옆집에 이사라니……. 그럼 아까 혹시 하는 게 내 얘기였어요?"

"물론 오수영 씨가 그럴 리 없지. 그냥 확인해본 거였어. 그건 그렇고, 이렇게 된 이상 어쩔 수 없네. 이제 시작해볼까?"

"시작이요?"

앵무새처럼 그가 한 말을 반복하고 있는 그녀는 생각보다 더 귀여웠다. 계속 놀려주고 싶을 만큼.

"지난번에 내가 말했잖아. 이제부터 알아볼 거라고."

"뭘 알아본다는 거예요? 지금 나랑 사귀자는 거예요?"

그가 또 미소 지었다. 그녀가 필사적으로 도망치려고 하는 모습이 그의 전투욕에 불을 붙였기 때문이다.

"내가 그러자고 했던가?"

그가 서서히 그녀에게 다가갔다. 불쌍한 그녀는 그가 자신을 구석에 가두고 있는 줄도 모르고 있었다.

"그럼 뭐 하자는 건데요?"

그녀에게선 끔찍이도 좋은 냄새가 났다. 커피 향 같기도 하고 코코넛 향기 같기도 한 달콤하고 맛있는 냄새였다. 한입에 꿀꺽하고 싶은 마음이 들 정도로.

"시작해보자는 거지. 이제부터."

"그러니까 뭘요."

그가 자신의 양팔과 아일랜드 식탁 사이에 그녀를 가뒀다. 그리고 천천히 그녀에게로 몸을 굽혔다.

"글쎄…… 뭘 것 같아?"

그녀의 눈동자가 정신없이 돌아가고 있었다.

"자, 잘 모르겠어요. 저는…… 이만 가볼게요……."

오늘은 여기까지만 해야겠다. 쥐를 너무 코너에 몰면 고양이를 무는 법이다.

"그래, 그럼."

그가 몸을 일으켰다. 얼굴이 하얗게 됐다 빨갛게 됐다를 반복하던 그녀는 꽁지가 빠지게 도망을 갔다.

그의 집 현관문이 닫히고 멀리서 옆집의 문이 급하게 닫히는 소리가 들렸다. 그는 그만 소리 내어 웃어버렸다. 그리고 마치 벽을 뚫고 그녀의 모습이 보이는 것처럼 말을 걸었다.

"기대되는데, 오수영 씨. 내일 보자고."

그는 마음을 굳혔다. 어머니가 개입한 것이 아니라면 더는 거리낄 것도 없었다. 그의 인생 처음으로 마음에 드는, 아니 마음이 움직이는 여자를 만났다. 계획만 제대로 된다면 어려울 것도 없었다. 그리고 그건 그의 인생 최대의 즐거운 계획이 될 것이었다.

방법 8. 따뜻한 곳에 놓아둔다

적반하장(賊反荷杖), 도둑이 오히려 몽둥이를 잡고 주인 노릇을 한다.

요즘 수영이 하는 일이었다. 적반하장. 저돌적으로 뭔가를 시작해보자던 그는 시작은커녕 리허설도 할 생각이 없어 보였다. 간간이 들리는 소식에 의하면 그가 온 이후로 외과가 무척 바쁘다고 하는데, 사실 외과야 언제나 바빴다. 그래도 그는 아침마다 커피를 사러 왔고, 예전과 똑같이 그녀를 대했다. 간혹 그녀에게 미소 짓거나 알은 척이라도 할라치면 그녀가 눈을 부라렸기 때문이었다. 그래놓고 그녀는 정말로 그가 모른 척하기 시작하자 이번엔 적반하장으로 불만이 가득 쌓이고 있는 것이다. 본인은 모르고 있어도 사실 그녀는 지금 안달이 나서 팔짝팔짝 뛸 지경이었다.

"그래서 사귀기로 한 거야?"

오후에 찾아온 시은은 수영이 그동안의 일을 미주알고주알 고
해바치자 요상한 표정으로 그녀에게 소리쳤다. 수영은 급하게 시
은의 입을 손으로 틀어막았다. 아주 그냥 병원 방송실에 가서 떠
들지 그러냐.

"몰라. 이건 사귀자는 것도 아니고 무슨 시작을 하네 마네 하
더니 매일 와서 커피만 사가지고 간다."

"니가 아는 척하지 말랬다매."

"그건 그거고!"

"그럼 뭐, 가게 한복판에서 열정의 포옹이라도 했어야 됐
냐?"

시은이 귀를 후비며 시니컬하게 대꾸하자, 수영이 멱살을 잡았
다.

"너 이 자식, 너 누가 보냈어. 누구 편이야."

"난 언제나 네 편이지, 친구야. 내가 보기엔 둘이 잘되어가고
있는데?"

"넌 장님이냐? 잘되긴 뭐가 잘돼?"

수영이 코웃음을 쳤다.

"어머, 우리 친구, 잘되고 싶긴 한가 봐? 도망 다니겠다고 한
건 어쩌고."

시은이 슬슬 놀려대기 시작하자 아니나 다를까, 파르르 전문인
수영이 또 발끈했다.

"조용히 하지 못해?"

"알았어. 입 다물게. 그 대신 나랑 갈 데가 있다."

수영의 눈이 의심으로 가늘어졌다.

"너 이맘때쯤이면 꼭 해야 하는 그거지? 난 안 가. 그리고 넌 이 시간에 웬 운동이야? 백화점 안 가?"

"내가 어제 그 망할 가시손 본부장이 화이트데이 디스플레이 무너뜨리는 바람에 야근했잖나. 걸어 다니는 재앙이야, 그 인간 은. 암튼 아침에 퇴근해서 오늘은 안 가도 돼."

백화점 디스플레이어인 시은은 비교적 출퇴근이 자유로웠다. 대신 일이 많고도 많았다. 시은이나 되니까 버티는 거라고 수영은 항상 생각했다.

"그러니까 같이 가자, 수영아. 이번엔 맹세코 하루도 안 빠지 겠습니다!"

시은이 하늘로 손을 치켜들었다.

"거짓말하지 마!"

시은은 안 간다는 수영의 머리를 팔에 끼고 가게를 나섰다. 언 제나 반항은 하지만, 결국엔 다 하게 돼 있는 수영이다.

"나는 이 세상에서 널 꼬시는 게 제일 쉬워."

시은은 수영이 반항을 그칠 때까지 수영의 목에 팔을 두르고 걸어갔다. 시은의 연중행사, 봄맞이 운동 기간이 시작된 것이다.

"우와, 이시은 회원님, 오수영 회원님, 이게 얼마 만입니까!"

그들이 체육관으로 들어서자 최 코치가 반색을 하며 뛰어나왔 다. 우락부락한 근육에도 불구하고 착하고 순진한 얼굴이 연신 웃으며 그들을 안내했다.

"최 코치님 오랜만이에요. 등록하러 왔는데 관장님 어디 가셨 어요?"

"아, 전 관장님은 서울로 이사 가셨어요. 모르셨구나. 이번에 새 관장님 오셨는데. 마침 저기 오시네."

최 코치가 말을 마치기도 전에 뒤에서 감탄사가 들려왔다.

"아따, 크다!"

누가 들어도 시은을 향한 말이었다. 시은의 눈이 불타올랐다. 인간 이시은이 세상에서 제일 싫어하는 말이 바로 크다는 말이었다. 시은의 공식 신장은 173센티미터. 수영이 보기엔 대학시절에도 계속 자란 것 같은데 시은은 절대 아니라고 우기고 있다. 큰 키와 커다란 몸이 콤플렉스였던 시은은 학창시절 내내 움츠러들어서 다녔었다. 그러다 운동과 다이어트를 시작해서 현재의 모델과 같은 몸매가 되었지만, 본인은 언제나 자신이 뚱뚱하다고 생각을 하는 게 흠이었다. 그래서 그녀의 다이어트는 매년 시작되고, 그때마다 수영이 희생되는 식이다.

"뭐라구요?"

시은이 최대한 표독스러운 목소리로 목소리의 주인을 위협하자, 그 남자는 유들유들한 표정으로 시은과 수영을 번갈아 쳐다보았다.

"코치 면접 보러 오신 거 아닙니까? 체격 조건이 딱 좋으신데."

뒤에서 코치들이 손을 휘저으며 아니라는 손짓을 필사적으로 해대도 여유작작한 남자였다. 시은의 눈매가 더 매서워졌지만 그는 아랑곳하지 않았다.

"아, 신입회원이시군요. 결례를 했네요, 미안합니다. 이쪽으로 오시죠."

젊지만 늙은이 같은 이 남자, 이 헬스클럽의 새로운 관장이었다. 느물느물하고 유들유들한 말투와 몸짓에 비해 얼굴은 지나치게 상쾌하다. 시은이를 훌쩍 넘기는 큰 키에 적당한 근육질의 잘 만들어진 몸. 아줌마들에게 인기깨나 있겠다. 그리고 자신만만한 얼굴을 보아하니 자신이 그렇다는 걸 아주 잘 알고 있는 듯하다. 자신을 김민형이라고 소개한 남자는, 수영과 시은을 자신의 사무실로 이끌었다.

"전에 등록하셨으면 회원 카드는 안 쓰셔도 되겠네요. 기간은 얼마나 하실 건가요?"

민형이 묻자 둘이 동시에 대답했다.

"1년이요."

"3개월이요."

작년에 이어 또다시 시은이 1년을 언급하자 수영은 그녀의 옆구리를 꼬집었다.

"너 작년에도 그래놓고 두 달밖에 안 나왔잖아!"

"이번엔 진짜야. 피티도 다시 할 거고."

굳은 의지를 보이며 시은이 주먹까지 쥐었지만 수영은 코웃음을 쳤다.

"그래, 그렇겠지. 근데 난 3개월만 할 거야. 피티도 안 할 거고."

"아잉, 수영아……."

시은이 어울리지도 않게 코 먹은 소리로 수영에게 아양을 떨었다. 하지만 그사이로 민형의 목소리가 파고들었다.

"이야…… 회원님은 아무리 봐도 딱 제 스타일이신데요?"

수영과 시은이 동시에 행동을 멈췄다. 그리고 동시에 말했다.

"누가요. 제가요?"

"오수영 회원님이요. 거기서 살만 조금 더 빼시면 완벽하시겠어요. 요즘 제가 특별 할인 기간인데……."

민형이 느물거리며 말했다. 진심이라고는 요만큼도 느껴지지 않는 그의 말에 수영이 대번 거절했다.

"됐어요."

"관장님 뭘 모르시네. 이 친구 임자 있어요. 그렇게 들이대시다가 큰일 치르실 텐데……."

시은이 곱지 않은 눈길로 그를 째려보며 말했다. 조금 전의 앙금이 남아 있는 눈치였다.

"하하. 골키퍼 있다고 골 안 들어갑니까? 아, 제가 좀 눈이 높아서요. 그러는 이시은 회원님도 살은 좀 빼셔야겠네. 좀 많이."

시은이 발끈하며 일어섰다.

"지금 저한테 싸움 거시는 거예요?"

"아휴, 그럴 리가 있나요. 손님은 왕인데. 지금부터 제가 이시은 회원님 특별관리 해드리겠습니다. 체격조건이 우수하셔서 가을쯤이면 대회 나가셔도 될 것 같아요."

"대회…… 라니요?"

"육체미대회요. 아주 딱인데. 남자 쪽으로 나가도 될 것 같기도 하고.

"뭐라구요? 근데 이 냥반이. 야, 수영아, 안 되겠다. 가자."

시은이 씨근덕대며 자리에서 일어났다. 웬만해서는 화를 잘 내지 않는 시은이 무척 화가 났다. 마치 시은을 잘 알고 있기라도 하듯 민형은 계속 시은의 발끈점을 공격했다.

"아, 농담이에요, 농담. 하하하! 기분 상하게 해드렸다면 죄송합니다. 앉으세요, 회원님. 그런 의미에서 회원님들께는 한 달 무료, 다음 달부터는 3개월간 50프로 할인해드리고 싶은데……. 어때요?"

파격적인 제안이었다. 수영은 솔깃했다. 엉거주춤 자리에 다시 앉는 걸 보니 시은도 꽤 솔깃한 모양이었다.

"두 분 회원님의 배를 제가 책임지겠습니다."

"아니, 내 배는 시집 안 보낼 거니까 책임 안 지셔도 돼요."

마음이 좀 풀렸는지 시은이 너스레를 떨었다. 삐거덕하는 듯하면서도 의외로 쿵짝이 맞는 두 사람이었다. 수영은 흥미롭다는 눈으로 두 사람을 지켜보고 있었다.

"아하하. 그런가요? 그럼 배는 안 빼드려도 돼요?"

"너무 심하게만 안 굴리시면 돼요."

"그럼 하시는 걸로 진행하죠. 두 분 다."

민형이 박수를 짝 하고 치고는 등록을 마무리했다. 수영은 때를 틈타 얼른 시은을 밖으로 몰고 나왔다. 눈을 굴리며 관장에게로 다가가는 시은은 아무래도 좀 위험해 보였기 때문이다.

"아, 왜 그래. 정보 좀 캐려고 했는데."

끌려 나오던 시은이 반항을 했다.

"가자. 지금 네 얼굴로 봐서 저 관장님 얼굴이 내일 사회면에 뜰 것 같단 말이지. 범인은 당연히 너고."

"내가 분명히 저 얼굴을 어디서 봤어. 쟤, 지금 나한테 일부러 그러는 것 같단 말이야."

"아유, 원래 그런 사람 같던데 뭘 그래. 빨리 가자."

수영이 억지로 시은을 끌고 체육관 밖으로 향했다. 그러자 그들을 지켜보고 서 있던 코치들이 우르르 따라 나왔다. 오래도록 이곳을 이용한 시은은 그들과 꽤 많은 친분이 있었다.

"등록하셨습니까? 곧 오십시오, 형님!"

"썩 꺼져!"

가뜩이나 심기가 사나워져 있던 시은이 소리치자 그들은 킬킬거리며 뿔뿔이 흩어졌다. 수영이 시은을 뜯어말리다가 문득 눈을 들자 김 관장이 사무실 문 앞에 기대어 그들에게 손을 흔들고 있었다. 그의 입술엔 뜻 모를 미소가 걸려 있었다.

탐정에 빙의한 시은을 억지로 뜯어말려 집에 보내놓고 파김치가 된 수영이 홀로 엘리베이터에서 내리자 진우가 집 앞에 서 있었다. 이젠 놀랍지도 않다.

"어디 갔다 와?"

"아, 네, 일이 좀 있어서요……. 진우 씨는 웬일이세요? 저 기다린 거예요?"

그가 고개를 끄덕였다. 그러자 잠잠하던 그녀의 심장이 다시 두근거리기 시작했다.

"차 한잔할래? 선물받은 홍차 티백밖에 없긴 한데."

그가 자신의 집을 가리키며 말했다. 그녀는 그저 고개만 끄덕였다. 좋다, 까짓것. 무슨 시작이 됐든 시작해보는 거다. 수영은 뛰고 있는 자신의 심장을 믿고 그렇게 맘속으로 다짐했다.

두 번째로 보는 그의 집은 그녀의 집과 거의 똑같았다. 빌트인 오피스텔의 특성상 가전, 가구가 거의 갖춰져 있는 데다 밖으로 나와 있는 살림도 거의 없어 잘못 보면 자신의 집으로 착각할 지경이었다.

그가 물을 끓이고 익숙지 않은 손놀림으로 홍차 티백을 컵에 넣고 있었다. 가만히 지켜보면 되는데 그새 수영은 참견하고 싶어 손가락이 근질거렸다.

"이건 그렇게 하면 안 돼요. 이리 주세요. 내가 할 테니까."

그가 컵에 물을 붓고 숟가락으로 티백을 눌러 짜려는 순간 그녀가 마침내 간섭을 하고 나섰다. 그가 기꺼이 그녀에게 자리를 내주었다.

수영은 떫은맛이 우러나왔을 게 분명한 차를 버리고 새로 만들기로 결심했다. 커피 배울 때 유명한 홍차전문점에서 하는 수업도 따로 듣길 잘했다는 생각이 들었다.

그는 느긋하게 싱크대에 기대어 그녀가 다시 물을 끓이는 것을 지켜봤다. 뭔가 마음에 드는지 입술 한쪽을 기울여 멋진 미소까지 만들면서 말이다.

"혹시 받침 있는 찻잔 있어요? 아니면 티백 꺼내놓을 접시나."

"응, 선반에."

그녀가 찻잔을 꺼내려 선반을 열자 당황한 진우가 그녀의 손을 막았다.

"그쪽이 아니야."

하지만, 그녀는 이미 잘못된 선반 문을 열었다. 진우가 필사적으로 막으려 한 그 선반 안엔 초콜릿색의 긴 상자들이 가득 들어 있었다.

"이게 뭐야. 체크……?"

그의 귀가 붉어진 것처럼 보이는 건 눈의 착각일까.

"오, 이런 거 좋아하시는구나. 오곡 초코체크, 초코체크 에일리언, 초코체크 해와 달?"

"시리얼이야."

"알아요, 시리얼인지. 그런데 왜 초코체크만 있어요? 초콜릿 좋아하시나 봐?"

"아침으로 먹는 거야. 간단하게."

질문에 대한 대답은 회피한 채 그가 다른 장점을 강조했다. 수영은 터져 나오려는 웃음을 간신히 참아냈다.

"그러게. 간단하게 먹는데 왜 초코체크만 있는 걸까. 어머, 우유를 부으면 초코우유가 된대요. 신기해라. 바닐라향의 에일리언 공이 들어 있구나. 맛있겠네요."

그녀가 상자의 글자를 따라 읽기 시작하자 그의 얼굴이 더욱 벌게지는 것 같았다. 결국 못 참겠는지 그가 그녀의 손에서 상자를 홱 뺏어들고 수영의 키가 닿지 않는 높은 곳의 선반에 넣고 문을 닫아버렸다. 수영이 놀란 듯 그를 쳐다보자 어디 해볼 테면 해보라는 표정으로 팔짱을 꼈다.

참, 알기 쉬운 양반이라니까. 수영은 다른 쪽 선반에서 찻잔을 꺼내 들었다.

"바쁘니까 먹는 거야."

그가 어린아이처럼 변명을 했다.

"맛있어서 먹는 게 아니구요?"

수영이 놀리자 그의 눈이 점점 가늘어졌다.

"알았어요, 알았어. 그래도 아침엔 밥을 먹어야죠."

수영이 항복의 의미로 손을 들어 보이자 그가 다시 꺼낸 상자의 뒷면을 보이며 그녀에게 역설했다.

"이래 봬도 3대 영양소가 골고루 들어 있다고. 그리고 우유도 넣어 먹잖아."

"봤어요. 오곡이 골고루 들어 있는 초코체크. 그런데 설탕은 어쩔 건데요?"

"알 게 뭐야."

그녀가 참지 못하고 웃음을 터뜨렸다. 저런 귀여운 구석을 빙산 어디에 숨겨놓고 있었던 걸까, 저 사람은?

"그게 의사가 할 소리예요?"

그녀가 계속해서 웃자, 그의 얼굴은 계속해서 일그러졌다.

"난 외과의사야."

"누가 뭐래요."

"이런 걸로 타박하는 건 내과의사나 하는 거라고. 정욱이 형처럼."

그가 여전히 팔짱을 낀 채 그녀에게 뾰로통한 소리를 했다. 가만있자, 뾰로통? 그녀는 싱크대에 기대서 있는 그를 다시 한 번 쳐다봤다. 역시나 차가운 표정이다. 그런데 분명 뾰로통하다. 수영은 알 수 있었다. 거참, 알기 쉽다니까.

맞다. 내과의사인 정욱이 이걸 봤으면 폭풍 잔소리를 세 시간은 했을 거다. 인스턴트 먹지 말고 밥을 먹어라, 고기도 가끔은 먹어야 한다, 비타민을 챙기느니 과일을 매일 먹어라…… 언제나 그가 하는 잔소리였다.

수영은 여전히 팔짱을 낀 채 그녀를 불퉁한 얼굴로 쳐다보고 있는 그를 올려다봤다. 왠지 그를 좋아할 수도 있을 것 같다.

"좋아요. 시작인지 뭔지 그거 해봐요."

아일랜드 식탁 맞은편에 그의 찻잔을 놓아주고 그녀가 반대편 자리에 앉았다. 그리고 그에게 스타트 권한을 내주었다.

"그거라면 이미 시작했어."

그녀가 찻잔을 입에 가져가기도 전에 그가 자리에 앉으며 말했다.

"전 동의한 적 없으니까 오늘부터 시작이에요. 그리고 확실히 했으면 좋겠어요. 이 시작이 무슨 시작인지."

그녀가 협상을 시작했다.

"사귀는 건 아니야."

그가 반항했다.

"그게 뭐예요? 그럼 이걸 뭐라고 부를 건데요?"

"그냥 시작이라고 하지, 일단은."

그는 물러설 생각은 없는 듯 보였다.

"그렇다면 난 됐어요. 분명하지 않은 건 딱 질색이니까."

그녀가 강경하게 말했다.

"꼭 말로 확답받아야 되는 스타일이야?"

그가 빈정거렸다. 수영은 그를 노려보다 자리에서 일어섰다.

"이도 저도 아닌 사이에 시간 낭비하고 감정 소모하긴 싫어서 그래요. 그런 건 한 번이면 족해요."

"한 번이라니?"

그가 그녀를 따라 일어섰다. 몸뿐 아니라 눈썹도 같이 일어섰다. 그녀의 말 어딘가에 맘에 들지 않는 곳이 있는 것 같다.

"그런 게 있어요. 사귀는 사이도 아닌데 뭘 그렇게 자세히 알려고 들어요? 그리고 저 어차피 이제부터 바빠요. 시은이랑 운동하기로 했거든요."

수영은 그에게 차갑게 말하며 주섬주섬 집으로 갈 준비를 했다.

"무슨 운동?"

그가 재차 물었다. 어느새 그는 그녀의 옆으로 바짝 다가와 있었다.

"PT 받기로 했어요. 오늘 등록하고 왔거든요."

"혹시 이 건물 뒤에 있는 비타민헬스 말하는 거야?"

"어떻게 알았어요? 맞아요."

"누구하고?"

"시은이랑 한다니까요, 누구긴 누구예요."

"누가 코치냐고."

그가 더욱 낮은 목소리로 물었다. 이제 그의 질문은 심문의 양상을 띠어가고 있었다. 수영은 자신도 슬슬 기분이 나빠지려고 하자, 테이블에 내려놓았던 차를 들어 한 모금 마셨다. 찻잔을 내려놓고 고개를 드니 그가 그녀를 노려보고 있었다. 그녀는 온몸이 오그라드는 느낌을 체험했다.

"설마 그 여자만 보면 수작을 걸어대는 김 관장은 아니겠지?"

그녀를 눈빛으로 뚫어버리기라도 할 것처럼 응시하던 그가 마침내 입을 열었다.

　"수작이요? 무슨 말을 그렇게 해요?"

　수영의 눈에도 마침내 불이 켜졌다. 수작이라니. 그런 것도 없…… 진 않았지만 그거야 영업의 일종이었고, 그녀는 결백했다.

　"그런 수법으로 여자 회원 끌어모으는 사람이야. 보아하니 오수영도 걸려든 것 같군."

　날 선 그들의 대화가 부딪치자 눈에 보이진 않았지만 파지직하고 불꽃도 일어난 것 같았다.

　진우가 코앞에까지 다가왔다. 너무나 가까이 다가와서 그의 솜털 하나하나, 모공 하나하나까지 다 세세하게 보이는 것 같았다. 그에게선 상쾌한 향수 냄새와 햇볕에 잘 마른 빨래 냄새, 그리고 분노의 냄새가 났다.

　어쨌거나 지금 굳이 냄새까지 안 맡아도 그의 눈에는 분노라고 이름 붙인 불길이 활활 타오르고 있었다. 온도에 따라 눈동자의 색깔이 달라진다면 진우의 지금 눈동자는 빨간색이지 않을까 생각하고 있는 수영의 귀 옆에서 딱 하는 소리가 들렸다. 그가 손가락을 튕기는 소리였다.

　"돌아와."

　"네?"

　"어디 가 있는 거야. 돌아와."

　"아."

　잠시 먼 곳을 헤매고 있던 그녀의 영혼을 그가 붙잡아 들였다.

　"뭐 하는 거지?"

"뭐가요."

"지금 뭐 하는 거냐고."

"운동하려고 하는 거잖아요."

수영은 일부러 엉뚱한 대답을 늘어놓고 있었다. 대화가 틀어진 이후부터 그는 묘하게 그녀의 심사를 자극하고 있었다. 이런 식이라면 그녀도 방법이 없는 게 아니었다. 그녀에게는 필살의 무기가 있었다.

"관장이랑?"

"네."

그녀가 얌전히 대답했다.

"왜 그 자식이랑 해야 되는데?"

"살을 빼야 돼서요."

"뭐?"

그는 정말 꼭지가 돈 것 같았다. 사실 이런 면에선 수영을 따를 사람이 없었다. 그녀의 두 오빠들을 상대로 실험해본 결과 100% 열 받아 펄펄 뛰게 만드는 대화법이었기 때문이다.

"그러니까, 오수영 씨가, 살을 빼야 하는데, 왜, 그 자식이랑, 해야 하는 거냐고."

그가 한 자, 한 자 정성스럽게 끊어서 그녀에게 물었다. 과연 빙산. 참을성도 빙산처럼 크고 넓었다. 하지만 그는 곧 무릎을 꿇을 것이다. 수영이 표정 하나 변하지 않고 이렇게 말했으니까.

"55킬로 넘었단 말이에요."

그녀는 자신의 몸무게를 밝히며 그의 허를 찔렀다. 그는 정말 그녀의 머리가 어떻게 된 게 아닌지 자세히 그녀를 살피는 것 같았다. 그러고는 마침내 폭발했다.

"그걸 왜 하필 그 자식이랑 하냐고!"

낮았지만 분명히 큰 소리를 냈다. 그가, 빙산인 그가.

"빼게 해준다고 하니까 그렇죠!"

그녀가 마주 소리를 질렀다. 멍한 표정은 잊지 않았다. 기회는 지금이다. 그동안의 복수를 몰아서 한꺼번에 하는 거다.

"공짜로요!"

진우의 입이 떡 벌어졌다.

"경사 났군."

그가 그녀에게로 더욱 다가왔다. 그리고 이를 갈아붙이며 그녀에게 경고했다.

"하지 마."

그녀도 피하지 않고 그의 눈길을 받아냈다. 고집과 고집의 충돌이었다.

"싫어요, 할 거예요. 사귀는 것도 아니면서 내가 운동을 하든 말든 무슨 상관이에요?"

"좋아. 마음대로 해!"

그가 테이블을 돌아 다시 의자에 주저앉았다. 진이 빠진 듯한 모습이었다. 그러나 자리에 앉은 상태로 계속 그녀를 노려보고 있었다.

"그럼 갈게요."

그는 대답하지 않았고 그녀는 그대로 그의 집을 나왔다. 나름 복수를 하긴 했지만 그녀도 속이 뒤집어지긴 마찬가지였다.

사귀자고 할 용기도 없으면서 무슨 시작을 한다고 저러는 걸까? 게다가 사귀는 것도 아니면서 그녀가 뭘 하든 무슨 상관이란 말인가.

수영은 생각하면 생각할수록 화가 나서 들으란 듯 현관문을 쾅 소리가 나게 닫고 자신의 집으로 들어갔다.

그는 정확히 그가 오던 시간에 맞춰 커피를 사러 왔다. 지옥에서 온 칸트도 아니고. 커피 사러 올 때마다 시계를 맞춰야 되겠다고 수영이 속으로 빈정거리고 있는 동안, 수영에게서 멀찌감치 떨어져 있던 동현은 진우의 얼굴을 보자 당장에라도 준비실로 뛰어들어갈 태세를 갖췄다. 진우의 얼굴은 그가 예전에 매일 아메리카노를 사러 올 당시와 흡사했고, 그런 그의 기분을 1%도 숨길 생각이 없는 게 확실했지만 수영은 상관하지 않기로 했다.

"아메리카노."

그가 위협적이게 아주 낮은 목소리로 커피를 주문했다. 그것도 아메리카노를.

좋아, 해보자는 거지?

수영은 일반 종이컵 사이즈보다 조금 더 작은 일회용 테이크아웃 잔에 보란 듯이 에스프레소를 담아 그에게 내밀었다. 실로 오랜만에 그의 눈썹이 활모양이 됐다.

"이게 뭐지?"

그가 더욱 낮게 으르렁거리며 말했다.

"에스프레소요. 이건 더블이니까 도피오라고 하죠."

그녀가 상냥하게 웃으며, 하지만 그의 냉기 따윈 북극에나 날려버릴 만큼 싸늘하게 대답했다. 그에 맞선 진우가 태양이라도 얼려버릴 듯한 살기를 내뿜었지만 수영은 끄떡도 하지 않았다. 그리고 얄미울 정도로 침착하게 설탕 봉지를 내밀었다.

"정 못 먹겠으면 이거라도 타서 드시든가요."

수영으로선 최대한의 배려였다. 마음 같아선 그냥 에스프레소를 단숨에 삼키라고 하고 싶지만, 그러기엔 너무 상냥한 그녀였다. 그가 말없이, 하지만 무시무시하게 커피잔을 받아 들고 가게를 나갔다. 수영은 달콤한 한숨을 내쉬었다. 뒤쪽에서 반쯤은 준비실로 들어가 있던 동현도 안도의 한숨을 내쉬고 있었다.

솔직히 말하자면 복수치고는 좀 허접스러웠다. 인정한다. 그래도 조금은 기분이 풀리는 걸 어쩌겠냐고.

수영은 얼마쯤은 개운한 기분으로 하던 설거지를 마저 했다. 이번엔 아무 소리도 나지 않아, 준비실에 반쯤 걸쳐 있던 동현은 다시 자기 자리로 가뿐하게 돌아올 수 있었다.

그 즈음 진우는 자기 책상에 앉아 마치 더러운 것이라도 되는 양 커피를 노려보고 있었다.

분명히 끔찍한 맛이겠지.

한참을 생각하던 그가 마침내 잔을 들어 한 모금을 마셨다.

역시나 끔찍한 맛이었다.

먹어보진 않았지만 아마도 불타는 타이어의 맛과 비슷할 것이다. 한참 커피잔을 주시하던 그는 결국 수영이 쥐여줬던 설탕 봉지를 주머니에서 꺼내 들었다. 이렇게 마시라고 하니 마셔보기로 하자.

그는 설탕 두 봉지를 몽땅 쏟아붓고 에스프레소를 잠시 흔들어보았다. 여전히 악마의 향기가 났다. 버릴까도 생각해보았지만, 수영이 준 커피라고 생각하니 그럴 수가 없었다. 몰래 버렸다간 그녀가 쫓아와 딱딱거리며 잔소리를 해댈 것 같다. 뭐, 그건 그 나름대로 맘에 드는 상황이지만 어쨌든 커피를 버릴 수야 없다. 그가 눈을 꾹 감고 한 모금을 마셨다.

어라? 먹을 만하다. 커피의 쓴맛과 설탕의 단맛이 조화롭게 합해져 입안에 향기로운 커피의 다양하고 진한 맛이 오래도록 남아 있었다.

이건 뭐랄까, 잔뜩 화가 난 오수영의 맛이다.

진우가 한쪽 입술 끝을 올려 웃으며 에스프레소를 한 모금 더 마셨다. 뭐, 나쁘진 않군.

그는 나머지 에스프레소를 한입에 털어 넣었다.

그는 질투가 많은 타입이 아니었다. 뭐, 엄밀히 말하자면 여자친구라고 부를 만한 게 없었으니 질투를 할 대상도 없었지만 말이다. 하지만 그는 어제 자신의 질투가 불러일으키는 힘을 몸소 체험했다. 지금껏 가면 속에 잘 숨겨왔던 그의 다혈질이 아낌없이 표출될 정도로 길길이 날뛰지 않았던가.

이제 입장을 확실히 해야 할 때가 왔다.

잠시 생각에 잠겨 있던 진우가 미소를 지었다. 그리고 휴대폰을 집어 들었다.

[좋아.]

그녀에게 문자를 보내자마자 번개같이 그녀의 답문이 들어왔다.

[뭐가요.]
[하라고. 운동.]
[하지 말래도 할 거예요!!]

오호, 느낌표가 2개다. 화났다 이거다. 이럴 때의 오수영은 정말이지 귀엽다. 그는 팔불출 같은 얼굴로 히죽 웃었다.

[지금 당장 내 방으로.]
[미쳤어요? 보는 눈이 수백 갠데.]
[그럼 내가 갈까?]
[맘대로 해요. 난 죽어도 안 가.]

이번엔 협박이 안 먹혔다. 까다로운 오수영이다. 진우는 다음 수술시간까지 얼마나 남았나 계산을 해본 다음 그녀에게 다시 문자를 했다.

[그럼 옥상으로 와. 안 오면 내가 직접 가서 끌고 올 거야.]

그녀가 버틴다. 진우는 속으로 숫자를 세며 그녀의 문자를 기다렸다.

[알았어요.]

10분 만에 그녀가 대답했다. 휴대폰을 향해 씨익 웃은 그는 재빨리 일어나 옥상정원으로 향했다.

옥상에는 아무도 없었다. 말이 정원이지, 조경을 꾸미다 안전 문제로 잠시 중지된 상태라 곳곳이 폐허로 변해 쓰레기장을 방불케 했다. 진우는 문 앞에서 기다리고 섰다가 문을 여는 그녀를 낚아채 창고로 쓰고 있는 작은 건물 뒤편으로 끌고 갔다.

"좋아."

그가 말했다. 그러자 그녀가 얼굴을 잔뜩 찌푸린 채 모든 성질 머리를 동원하여 그를 노려보며 말했다.

"뭐가 자꾸 좋다는 건데요?"

"좋다고. 오수영과 나, 오늘부터 사귀는 거야."

"누구 맘대로요? 난 싫어요."

그녀가 바짝 고개를 쳐들고 그를 물어뜯을 듯 거절의 의사를 분명히 밝혔지만, 그는 들은 척도 하지 않고 바짝 쳐든 그녀의 코끝을 손가락으로 찌르며 으르렁댔다.

"우리는 이제부터 사귀는 사이니까, 그 망할 관장 녀석이 오수영 몸에 손가락 하나라도 댔다간 그 자식도 죽고 오수영도 내 손에 죽는 거야."

"아니, 자세 잡으려면 몸을 잡아줘야 되는데 어떻게 손가락을 안 대요? 말도 안 되잖아요."

수영이 계속 반항했다. 그는 손가락을 그녀의 코에 댄 채 그녀에게 여전히 으르렁댔다.

"이제 오수영은 남.자.친.구.가 있으니까 그 빌어먹을 관장 놈에게 말해. 내 몸에 손대지 말라고."

그가 남자 친구를 강조하며 그녀에게 대답을 강요했다.

"대답!"

"니예니예."

쉽사리 대답하긴 자존심 상하고 최대한 그의 심기를 긁으며 그녀가 대답했다. 그가 쯧, 하고 혀를 찼다.

"어디서 그런 이상한 말들을 배워오는 거야?"

"알았다구요. 방금 두 번이나 '네.'라고 했잖아요."

그가 그녀를 노려보았다.

"대답은 한 번만 해."

수영이 히죽 웃었다. 그리고 이죽거리며 그에게 대답했다.

"니예에에에!"

그녀의 대답이 마음에 들지 않았는지 그가 손가락을 거두고 으르렁대며 말했다.

"도장을 찍어야 할 시간 같은데?"

"도장이라니 뭐……."

그의 입술이 천천히 내려왔다. 수영은 물으려던 말을 꿀꺽 삼켰다. 저항할 수 있는 충분한 시간이 있었음에도 불구하고 그녀는 그의 입술을 맞았다. 아마, 기꺼이.

촉촉한 그의 입술이 살짝 닿았다 떨어졌다. 이미 그녀는 아무 생각도 할 수 없었다. 이런 것이었다. 첫 키스란 바로 이런 것이었다!

그의 입술이 다시 내려왔다. 부드럽게. 그리고 그녀의 입술을 지그시 눌러 열었다. 그녀는 깊어지는 그의 키스에 자신을 모두 내어맡겼다. 아득해져 가는 정신 사이에 이제 정말 시작됐다는 확신이 자리했다.

그녀의 봄이 시작되고 있었다.

방법 9. 해빙주문을 외운다

첫 키스였다. 그것은 명실상부한 그녀의 첫 키스였다. 물론 오래전 어느 날, 그녀는 김현태와 키스 비슷한 걸 한 적이 있긴 했다. 그건 그가 그녀를 집으로 바래다주던 차 안에서 갑작스럽게 일어난 일이었다. 허락도 없이 무작정 덤벼드는 그로 인해 수영은 내내 입안에 말미잘이 한가득 들어 있는 듯한 느낌을 받아야 했다. 참을 수가 없었다. 오랫동안 그녀가 바라왔던 첫 키스는 그런 식으로 되는 게 아니었다.

결국, 그를 밀쳐내고 집으로 도망 온 수영은 자신의 정신 상태와 잘 상의한 후 그건 그냥 일종의 '사고'로 치기로 했다. 아무리 그 당시 김현태에게 콩깍지가 씌었어도 말이다.

그녀는 머리를 흔들어 김현태와 말미잘 모두를 털어낸 다음 머리를 비우기 위해 식사를 하기로 했다. 어딘가를 비우려면 다른 곳을 채워라. 평소 그녀의 신념이었다. 하지만 그녀의 머리는 다른 생각으로 다시 가득해졌다. 기껏 밥상을 차려놓고 그녀는 한숨을 지으며 '공식적인' 그녀의 첫 키스에 대해 생각했다.

첫 키스 이후 그녀와 진우는 조금 어색해져 있었다. 아니 수영 혼자만 그러는 걸 수도 있었다. 그저 그가 커피를 사러오면 조금 얼굴을 붉히는 정도, 그가 보일락 말락 한 미소를 띠면 조금 두근거리는 정도, 그리고 혹시나 그걸 누가 알아챌까 살짝 조바심이 나는 정도였다. 어떻게 보면 사내연애나 마찬가지였다. 물론 이것도 처음은 아니었지만 말이다. 조심해야 했다. 병원 내의 아이돌이나 다름없는 그가 자신과 연애를 한다는 걸 아는 순간 그녀의 모닝커피에 독극물을 탈 인간들이 득실득실했기 때문이다. 아마 그러면서 눈 하나 깜빡 안 할 것이다.

수영이 다시 머리를 흔들었다. 이번에야말로 다른 곳을 채워 머리를 비워낼 때였다.

막 첫술을 뜨려 하는데 누가 그녀의 현관문을 두드려댔다. 수영은 무시하고 밥을 먹기로 했다. 어떻게 알았는지 이사 온 그날부터 신문 구독을 강요하는 아저씨가 수시로 찾아왔다. 그러니 없는 척하기로 했다. 하지만 노크 소리는 끊이지 않고 점점 크게 들려왔다. 짜증이 물밀듯이 밀려왔다. 할 수 없이 자리에서 일어난 수영은 툴툴거리며 문을 열어주었다.

"신문 안 봐요, 아저씨. 몇 번을 말해……."

그런데 능글맞은 신문 아저씨가 서 있어야 할 그 자리엔 말끔한 현진우가 서 있었다.

쾅.

빛의 속도로 문을 다시 닫았다. 설마, 내가 헛것을 본 거겠지.

"이게 뭐 하는 짓이지?"

화난 것도 같고 웃음을 머금은 것도 같은 낮은 목소리가 문 밖에서 들려왔다. 문을 두드리는 속도가 높아진 걸 보니 아무래도 화난 쪽이 맞는 것 같다.

"자, 잠깐만요!"

수영은 현관 거울에 자신의 모습을 비춰보았다. 이런, 노숙자가 따로 없네.

하필 가지고 있는 것 중 제일 후줄근한 티셔츠에 무릎 나온 추리닝 차림이다. 더하여 밥이라도 편안히 먹겠다고 고무줄로 대강 묶은 머리는 사방으로 뻗쳐 있다. 게다가 분명히 씻었는데 얼굴은 왜 이리 푸석푸석한 거야. 여자는 샤워하고 난 뒤가 가장 예쁘다는 말은 헛소리 중의 헛소리다.

"이미 다 봤어. 문 열어."

뭘 다 본 거지? 어디부터 어디까지?

"싫어요!"

"전에 울었을 때 얼굴보다 훨씬 나아. 문 열어."

수영은 그녀의 모습이 보일 리도 없는 현관문을 눈이 돌아가도록 째려보았다.

"여기 계속 서 있어?"

생각 같아선 딱 그랬으면 좋겠다.

"조금만 기다려요."

수영은 일단 머리부터 풀어 흔들었다. 풍성해 보이면 좋을 텐데, 그러기엔 머리가 덜 말랐다.

"안에서 기다리면 안 될까?"

그의 목소리가 낮아지며 속삭이는 것처럼 들리자 몰골이고 뭐고 대문을 활짝 열고 싶은 충동에 휩싸였다.

"안 돼요."

내가 쉬운 여자로 보여?

"여기 좀 추운데."

"……그래요?"

쉬운 여자였다. 그의 말 한마디에 세 걸음만 걸으면 그의 집이란 걸 그새 까먹은 그녀가 문을 덜컥 열었으니 말이다. 그러자 진우가 이때라는 듯 문을 확 열어젖혔다. 방심하고 있던 그녀는 그만 그 반동으로 엉거주춤한 자세 그대로 문고리를 잡고 밖으로 딸려 나갔다. 우스꽝스러운 모양새였다. 하지만 자세를 수습할 틈도 없이 그가 집으로 들이닥치는 바람에 그녀는 서둘러 집 안으로 들어와야 했다. 그는 싱크대 옆에 기대서 있었다.

"아침이야?"

주인에게 허락도 없이 밀고 들어온 주제에 그는 물 말은 밥에 김치뿐인 그녀의 식탁을 보고 타박을 했다.

"그럴걸요."

삐딱한 대답을 돌려주었지만 그는 못 들은 모양이다.

"이럴 거면 시리얼이 낫지 않겠어?"

"아닐걸요."

삐딱한 자세를 추가했다. 초라한 자신의 몰골을 당당함으로 대처하고자 한 그녀의 마지막 자존심이었다. 하지만 그는 고개를 가로저으며 그녀의 앞을 막아섰다.

"오늘 출근 안 했어요?"

다 포기하고 그녀는 정상적인 대응을 하기로 했다.

"오프야."

"그런데 여긴 어쩐 일로?"

그럼 이번엔 도도한 여자인 척해보기로 하자. 비주얼이야 그렇지 않겠지만.

"5분 안에 준비해."

"뭘요?"

도도한 척하기로 해놓고는 정말 바보같이 입을 딱 벌리고 그에게 물었다. 정말 뭘 어쩌라는 건지 머리가 잘 돌아가지 않았다.

"딱 5분 줄 테니까 준비하고 나와. 밥은 가면서 먹고."

"지금요?"

"5분 넘으면 그 상태 그대로 떠메고 갈 거야."

"저 출근해야 돼요."

"4분 남았어."

"무슨 1분이 그렇게 짧아요?"

"3분."

"알았어요!"

쉬운 여자 맞다니까. 대답해놓고 나서야 두 번째의 패배감을 느꼈다. 그런데 진 것 같은 기분은 들지 않았다. 그러기엔 너무 바빴으니까.

정신을 차리고 보니 수영은 이미 그의 차에 타고 있었다. 사이드미러에 몰래 자신의 모습을 점검해보니, 비비크림도 안 뭉치게 잘 발랐고 아이라인과 립스틱으로 눈과 입도 제대로 생성했다. 사실, 5분도 안 되어 준비를 마치고 나타난 그녀를 보고 그는 눈썹을 치켜 올렸다. 설마 정말로 시간 안에 나올 줄은 몰랐나 보다. 세수도 안 한 얼굴에 비비크림을 바르고 나간 적도 있는 그녀에게 있어 샤워한 후의 5분은 30분과도 같았지만 그건 가문의 비밀이니 잠자코 있기로 했다.

그의 은색 세단이 부드럽게 지하주차장을 빠져나와 어느새 고속도로에 접어들고 있었다. 왜 이 사람을 만나면 귀신에 홀린 것 같은 기분이 드는 걸까. 시은도 그녀를 휘두르긴 하지만, 그는 거의 LTE급으로 그녀를 휘두른다. 정신을 바짝 차리고 있지 않으면 나중에 요금 폭탄을 맞을 것 같은 기분이다.

"어디 가는데요."

"전주."

"저 오늘 출근하는 날이라고요."

"알아. 전화해. 멀대 녀석한테."

"미리미리 얘기해주면 안 돼요?"

"안 될 거야 없지만, 그러면 재미없잖아."

그가 미소 같은 걸 지으며 말했다. 확실히 그의 표정은 점점 발전하고 있었다. 사귀기로 한 이후에 특히 그랬다. 빙산이 점점 녹고 있는 것 같은 기분이 든다. 그녀만의 빙산이었다.

수영은 기분이 좋아졌다. 그래서 당장 동현에게 전화를 걸었다. 수화기 너머로 동현이 울부짖었다. 그녀는 주연을 불러주겠다고 했다. 당장 목소리가 달라졌다. 임무를 완수한 그녀가 그를 쳐다보자 아까보다 조금 더 발전한 미소를 발견할 수 있었다.

"이거…… 데이트예요?"

그녀가 싱긋 웃으며 물었다.

"아니."

그가 말했다.

"뭐야……."

가슴에 자신의 가방을 마치 신줏단지인 양 꼭 끌어안고 그녀가 그를 옆으로 흘겼다. 그러자 그가 웃음을 터뜨렸다. 듣기 좋은 저음의 목소리가 차 안을 가득 채웠다.

"와, 나 진우 씨 웃는 거 처음 봐요. 그러니까 다른 사람 같은데요? 자주 좀 웃어요. 가만있으면 무서워 보이잖아요."

수영이 놀란 토끼처럼 눈을 동그랗게 뜨고 그를 향해 말했다.

"별로."

그가 멋쩍은 얼굴이 되어버렸다.

"왜요? 이렇게 보기 좋은데."

아쉬워하듯 그녀가 말하자 그가 다시 픽 웃었다.

"난 쉬워 보이는 게 싫거든. 그리고 내가 이렇게 된 데에는 다분히 오수영 책임도 있어."

"내가요?"

조금 전보다 더욱 커진 눈으로 그녀가 물었다.

"나 어디서 본 적 있는 것 같지 않아?"

"글쎄요. 처음 봤을 때 그런 느낌이 좀 들긴 했는데, 우리 어디서 만난 적 있어요?"

그녀가 눈을 가늘게 뜨며 과거의 기억을 훑었다. 하지만 생각나는 게 없었다.

"잘 생각해봐."

"모르겠어요."

항복의 표시로 두 손을 들었지만 그는 묵묵부답이었다.

"안 가르쳐 줄 거예요?"

"응."

그녀가 잠시 입을 다물었다. 하지만 아무리 삐쳐 있는 척을 해 봤자 안 통한다는 것을 알고 있었다.

"그래서 처음 만났을 때 나한테 반말하고 그래도 된다고 한 거였어요?"

그녀가 묻자 그가 의외라는 듯 눈썹을 치켜 올렸다.

"기억이 났어?"

하지만 그녀는 고개를 저었다.

"아뇨. 그러고 보니 엄마는 진우 씨 잘 아시던데. 어렸을 때 종종 보셨대요. 서울에 살 때는 가끔 왕래하고 그러셨나 봐요."

"나야말로 감사해야지. 어머니 덕분에 집도 잘 얻었고. 이렇게 이상한 이웃도 만나고 말이야. 인사 좀 전해드려."

그의 말에 수영이 과장되게 몸을 떨었다.

"됐어요. 이렇게 따로 만나는 거 알면 우리 엄마 아마 한복부터 찾아 입고 사주단자 만들고 계실걸요. 어휴. 요즘 만나는 남자 없냐고 전화로 들들 볶으세요."

"하하. 우리 어머니랑 비슷하시네. 오늘 오수영이랑 이러고 나온 걸 알면 우리 어머니도 아마 식장부터 예약하실걸."

"엄마들은 다 똑같은가 봐요."

"그래, 아마."

그가 잠시 말을 멈췄다. 그 뒤로도 무슨 말인가 했던 것 같다.

몇 번의 대화가 오고 가고 곧 침묵이 찾아왔다. 그의 운전은 부드러웠고 가끔 고개를 돌려 그녀를 확인했다. 굳이 말을 하지 않아도 편안한 분위기였다. 마치 오래 사귄 친구처럼 말이다. 지나가는 풍경을 바라보고 있자니 그녀는 점점 졸리기 시작했다. 그러고는 곧 잠에 빠져버렸다. 솜털 같은 가벼운 것이 볼에 닿는 느낌이 나기도 했다. 누군가가 뭔가를 속삭여주고 머리를 뒤로 넘겨준 건 아마도 꿈이었을 것 같다. 하지만 그녀가 눈을 떴을 때 눈에 보인 건 그의 얼굴이었고 그가 막 그녀의 볼을 쓰다듬으며 잠을 깨웠다는 걸 깨달았다. 그러니까 전부 꿈은 아니었던 것 같다.

"다 왔어. 일어나."

그가 코앞에서 속삭였다. 어찌나 가까웠는지 그의 숨결이 입술에 와 닿았다. 입술이 닿은 것도 아닌데도 간질간질하고 짜릿한 무언가가 등줄기를 내달렸다.

"왜, 왜요?"

눈을 마주치면 안 될 것 같아서 괜한 창밖을 바라보며 수영이 간신히 물었다. 그는 말없이 싱긋 웃더니 안전벨트를 풀어주었다.

"내려."

그가 물러났다. 멈췄던 숨을 다시 쉬려니 몰아쉬게 되고 그러면 꼭 헐떡이는 것 같아 숨을 쉴 수가 없다. 악순환이었다.

그가 다시 팔을 뻗어 차 문을 열어주었다. 그녀는 드디어 참던 숨을 몰아쉬며 차에서 내렸다. 완벽한 날씨였다. 마치 벚꽃이 화사하게 피어 있을 것 같은 봄 날씨였다. 물론, 벚꽃이 피려면 아직 멀었지만 그녀의 마음은 벚꽃축제를 해도 될 만큼 가득 벚꽃이 피었다.

"코 콜던데."

그가 그녀의 손을 잡으며 말했다.

"설마. 저 코 안 골거든요?"

잡힌 손이 따스했지만 그녀는 발끈하느라 그걸 알아차릴 수 없었다.

"침도 흘리고."

"안 흘렸거든요?"

그가 킥킥거리며 웃었다. 그녀는 새삼 놀라며 그를 다시 쳐다봤다. 이렇게 잘 웃는 사람이었던가?

"진우 씨, 전주는 처음이에요?"

"응."

그가 그녀의 손을 고쳐 잡았다. 그제야 수영은 자신의 손이 그의 손안에 들어 있다는 걸 깨달았다. 그리고 연인들이 왜 손을 잡고 걸어 다니는지 그제야 이해할 수 있었다, 손은 다른 곳보다 훨씬 더 따스함을 잘 감지할 수 있었으니까.

"어디 가볼 만한 데 있어?"

그가 물었다. 짙은 감색 터틀넥 스웨터 위에 밝은 갈색 가죽 재킷을 입은 그는 정말 멋졌다. 베이지색 바지가 그의 긴 다리를 잘 감싸고 내려와 갈색과 아이보리가 섞인 로퍼 위에 뚝 떨어졌다. 남성 잡지에서 방금 빠져나온 듯한 모습에 지나가던 여자들이 감탄의 눈초리로 그를 흘끔거리는 게 느껴져 수영은 잡고 있는 그의 손을 다시 한 번 꼬옥 그러잡았다. 한옥이 줄지어 있는 고즈넉한 골목을 그와 걷자니 마치 구름 위라도 걷고 있는 듯한 느낌이 들었다.

"처음이면서 오자고 했어요? 그럼 일단 좀 걷다가 팥죽 먹고, 칼국수나 석갈비정식 먹고 길거리아 햄버거 먹고……."

그가 걸음을 멈췄다. 그리고 그녀를 내려다보았다.

"계속 먹는 것만 하려고? 가볼 만한 데가 없는 거야?"

"지금 보고 있잖아요, 한옥들. 점심 안 먹어요? 오면서 아침 먹여준다더니 그냥 와놓고."

"휴게소도 못 들르게 쿨쿨 잔 게 누구였더라? 왜 점점 호빵이 되어가는지는 잘 알겠군. 커피나 한잔하지."

그의 목소리가 점점 자신을 놀리고 있는 듯한 기분은 그저 느낌일까?

"호빵이요? 호빵? 지금 나보고 호빵이라고 했어요?"

아니나 다를까, 또 시작이다. 그녀가 이내 눈꼬리를 치켜세우며 그에게 따지고 들었다. 그는 가만히 그녀를 보는가 싶더니 손을 뻗어 그녀의 볼을 잡아 늘였다.

"그래, 호빵. 울면 얼굴이 호빵이 되는 여자랑 사귀고 있는 거야, 내가."

"……."

그녀의 얼굴이 울상이 되자 그는 악마 같은 미소를 지었다. 그리고 그녀의 어깨를 감싸 안았다.

"가자. 햄버거든 커피든 칼국수든 먹자고."

화를 내야 함에도 수영의 감각은 온통 자신의 어깨에 집중이 되어 있어 그저 하릴없이 그에게 끌려 한옥이 멋들어진 골목을 둥둥 떠가고 있었다.

Rrrr.

"전화 안 받아요?"

그녀가 물었다. 아까부터 계속 울리는 그의 전화벨 소리에 수영이 코를 박고 먹던 팥빙수 그릇에서 얼굴을 들었다.

"괜찮아."

"계속 오잖아요. 병원 아니에요?"

그가 체념 섞인 한숨을 쉬었다.

"어머니야."

전화벨은 끊임없이 울리고 있었다. 몇 번씩이나 끊이지 않고 계속 울려대는 걸로 보아 받을 때까지 전화를 하려는 게 아닐까 싶었다.

"받아보세요. 계속 하실 것 같은데."

그가 마지못해 전화를 받았다.

"예, 어머니."

-얘, 너 어디니? 밖에 나갔니?

"무슨 일인데 그러세요?"

-너 오프라며? 어디 나갔어? 누구랑?

"멀지 않은 곳이요. 바빠요. 나중에 전화드릴게요."

-혹시 너 만나는 여자 있는 거 아니니? 요즘 전화도 잘 안 되고 오프마다 나가고.

그가 흘긋 수영을 바라보자 그녀는 모르는 척 팥빙수를 공략하고 있었다.

"아니에요. 어머니가 바라시는 그런 일은 일어나지 않을 테니까 괜한 희망 품지 마세요."

그가 거짓말을 했다. 여전히 의문점이 남아 있긴 했지만 그의 어머니가 그녀와의 일에 개입한 것 같지는 않았다. 그렇다면 수영과의 만남은 그의 어머니에겐 철저히 비밀로 해야 할 것이다. 모르면 몰라도 알게 된다면 당장 대전으로 쫓아 내려올 양반이었으니까.

그녀와 사귀기로 한 것은 그에게 있어선 다소 위험한 짓이었다. 그의 어머니를 고려해볼 때 그녀는 최고의 먹잇감이었다. 그의 어머니가 바라는 모든 것을 갖췄기 때문이다. 그럼에도 불구하고 그는 그녀에게 끌리는 걸 멈출 수가 없었다.

─그럼 언제 집에 한번 올라와라. 뭐 하느라 그렇게 얼굴 한번 안 비치고…….

"끊어야겠어요, 어머니. 전화 드리겠습니다."

그가 일방적으로 전화를 끊어버렸다. 수영이 그를 쳐다보고 있었다. 얼마쯤 당황한 얼굴이었다. 그러나 이내 그를 향해 생긋 웃어주었다. 가슴 어딘가에서 덜컹 소리가 들린 것 같았다.

"더 먹을래? 그릇은 먹는 거 아니야."

하지만 속마음과는 달리 그의 입에선 엉뚱한 소리가 되어 나왔다. 그녀가 곧 그를 무섭게 노려보기 시작했다. 그가 웃음을 터뜨렸다.

처음 만났을 때는 그저 진상에 불과했던 그녀였는데 어느 틈에 이렇게 다른 존재가 되어버린 걸까. 그 자신도 놀라웠다. 그녀의 표정은 재미있었다. 그리고 그를 웃게 했다. 문득문득 시간이 날 때면 그녀의 생각에 미소 짓는 자신을 발견하는 게 꽤 흥미로웠다. 아직은 그랬다. 여자에게 흥미를 느끼는 건 처음이었으니 이대로 뭐가 벌어질지 기다리는 것도 꽤 재밌겠다 싶었다. 그러나 흥미만이 아니라 점점 다른 것이 느껴지는 것이 문제였다. 아마 장난스러운 표정으로 그에게 다디단 카페라테를 내밀 즈음이었던 것 같다. 그녀의 입술에 진한 키스를 하고 싶어진 것은.

왠지 그녀의 입술에선 커피향이 날 것 같았다. 그녀가 만들어 준 다디단 그의 커피처럼 말이다. 그리고 꼭 그랬다. 미처 예상하지 못했던 건 그녀의 입술이 커피보다 몇 배는 달콤했다는 점이다.

무슨 조치를 취하지 않는다면 조만간 그는 자신을 제어하지 못할 것이 분명했다. 물론, 그 조치가 뭔지는 몰라도 전혀 취하고 싶지 않다는 게 함정이라면 함정이었다.

"아름다운 한 쌍이 여기 계시군요."

호들갑스러운 목소리가 그의 생각을 비집고 들어왔다. 이곳으로 오는 길에 마술공연을 하던 단원 중 한 명인 것 같았다. 그들이 들어온 카페와 협찬이 된 건지 우스꽝스러운 피에로 복장을 하고 그들의 옆에 서서 손을 마주 비벼대고 있었다.

"아주 잘 어울리는 커플이십니다. 필요한 게 있을 텐데……."

피에로가 수영을 보며 말했다. 그러더니 다음 순간 그의 빈손에서 펑, 하며 꽃다발이 등장했다. 여기저기서 환호성이 들리더니 박수가 터져 나왔다.

"우와, 부케가 나왔군요. 두 분 곧 결혼하시겠어요. 축하드립니다."

수영이 꽃을 보고 열광적으로 손뼉을 치는 것이 보였다. 피에로가 그녀에게 90도로 허리를 굽혀 절을 하더니 무릎을 꿇고 꽃다발을 전했다. 기뻐하는 수영의 모습에 그의 가슴에 뜨끈한 무언가가 퍼져 나갔다.

"고맙습니다."

피에로가 이미 다른 테이블로 옮겨갔음에도 수영은 계속 자신의 꽃을 바라보며 즐거워하고 있었다. 그리고 그 모습은 그의 마음도 즐겁게 만들었다.

하지만 그의 가슴 한 부분 어두운 구석에서 '결혼'이란 피에로의 말이 맴돌고 있었다. 그는 그저 기뻐하며 그 말을 받아들일 수만은 없었다. 그의 뒤에 버티고 있는 그의 어머니 때문에.

그가 씁쓸한 미소를 짓고 있자 수영의 묻는 듯한 눈길이 그를 향했다. 그는 아무것도 아니라는 듯 그녀에게 고개를 흔들어 보였다. 그리고 다시 그의 전화가 울리기 시작했다. 이번엔 정말로 병원에서 그를 찾는 전화였다. 그렇게 그들의 데이트는 시작처럼 갑작스레 끝나버렸다.

"미안. 저녁은 먹을 수 있을 줄 알았는데."

"괜찮아요. 이런 일이야, 뭐. 큰오빠가 자주 그래요, 우리 집도."

수영이 그를 위로했다. 그가 그녀의 집 앞에 도착하기도 전에 수영은 그에게 내려달라고 했다.

"시은이가 아프대요. 들렀다 가려구요."

그녀는 문자를 하고 있었다. 고개를 숙이고 있기에 의기소침해져 있는 줄 알았더니, 아니었나 보다. 왠지 허탈한 마음이 든 진우가 동네 어귀에 차를 세우고 그녀의 얼굴을 자신에게로 돌렸다.

"다음엔 제대로 데이트하자."

"좋아요. 다음번엔 미리 계획하고 해요."

"이번에도 계획하고 한 건데."

계획의 달인 현진우가 그녀에게 말했다. 수영은 어리둥절한 모양이었지만 이내 차에서 내렸다. 굿바이 키스를 하고 싶었던 진우는 그저 핸들만 부서져라 쥐고 있었다.

"내일 봐요."

진우는 차를 출발시켰다. 그리고 새로운 계획을 세우고 있었다. 끝이 어디일지는 모르겠지만 이대로 끝까지 달리는 거다. 그를 향해 손을 흔들고 서 있는 그녀가 그의 결심을 더욱 굳게 했다.

방법 10. 외부의 도움을 받는다

이른 아침의 헬스장은 한산했다. 그들의 개인 트레이닝 첫날이었다. 하지만 시은은 나타나지 않았다. 수영이 이를 갈며 전화를 했지만 휴대폰이 꺼져 있었다. 집 전화도 물론 받지 않았다. 이럴 줄 알았어야 했다. 한두 번도 아닌데 매번 당하다니! 울분에 차 스트레칭을 하며 수영은 반드시 친구를 붙잡아 죗값을 치르게 하겠다고 다짐했다.

"첫날인데, 왜 혼자세요? 이시은 회원님은요?"

약속된 시간이 되자 김 관장이 러닝머신을 걷고 있는 수영에게로 다가왔다.

"몰라요, 전화 안 받아요."

"그러면 어떻게 할까요? 저는 둘만 해도 괜찮은데. 이시은 회원님이 약속을 지키지 않은 거니까 그냥 오수영 회원님만 시작하기로 하죠. 훨씬 잘 봐드릴 수 있겠네요."

양쪽 허리에 손을 올리고 슈퍼맨처럼 근육을 자랑하며 서서 민형이 그녀에게 제안했다. 러닝머신의 속도를 서서히 올리며 수영은 대답하지 않았다. 별로 당기지 않는 제안이었다.

"다음에 하죠."

엄마야.

잘 알고 있는 목소리가 귓가에 갑자기 나타나는 바람에 발을 헛디딘 수영은 러닝머신에 밀려 바닥으로 보기 흉하게 떨어졌다. 사람들이 킥킥대는 소리가 들리는 것 같아 수영은 일어설 수가 없었다. 김 관장이 그녀에게 손을 내밀었지만 수영은 밀쳐냈다. 진우가 그를 밀쳐내기 전에.

"도대체 뭐 하는 거예요?"

수영이 버럭 소리를 지르며 그의 손길도 뿌리치고 혼자 일어섰다. 애써 미안한 표정을 짓던 진우가 그녀를 내려다보더니 자기는 아무런 잘못도 없다는 듯 팔짱을 꼈다.

"운동하는 거야. 나도 여기로 다니거든."

"거짓말."

수영이 의심에 가득 찬 눈초리로 그를 째려봤다. 진우가 어깨를 으쓱했다.

"못 믿겠으면 회원카드 확인해봐."

그러고 보니 지난번 그녀가 PT 얘기를 꺼냈을 때 그가 자세히 알고 있었던 이유가 바로 이 때문이었나 보다.

"됐어요."

수영은 손을 뻗어 러닝머신을 멈췄다. 창피해 죽겠다. 무슨 시트콤도 아니고. 떨어진 것도 창피하고 그 모습을 그가 보았다는 것도 창피하고, 그 모든 원인이 현진우라는 게 무엇보다 화가 났다.

"남자 친구 있으시다더니 현진우 회원님이셨군요?"

옥신각신하는 그들의 사이를 민형이 뚫고 들어왔다. 진우의 얼음장 같은 눈빛이 그를 향했지만 워낙 근육이 두꺼워서인지 그는 아무렇지도 않아 보였다.

"보시다시피."

진우가 짤막하지만 확실하게 대답했다. 민형은 아쉬워하는 기색도 없이 수영에게로 눈을 돌렸다.

"뭐, 결혼은 해봐야 아는 거고. 인생은 길고 피티는 시간이 정해져 있으니까요."

저게 무슨 미친 소리일까. 수영은 어이없는 그의 대답에 말문이 막혀버렸다. 하지만 뭐가 어떻게 된 건지 그게 진우에겐 통한 것 같았다. 눈에서 살기를 뿜어내고 있는 걸 보면 말이다.

"피티는 곧 그만둘 겁니다."

"아니, 왜요? 그건 오수영 회원님이 정하셔야죠."

민형이 느물대자 진우가 이를 악무는 모습이 보였다. 둘은 금방이라도 싸움을 시작할 것 같은 분위기였다. 이게 다 무슨 일이람. 수영은 갑자기 화가 치밀었다. 이대로 서 있다가 싸움구경을 하느니 집으로 돌아가는 게 낫겠다. 그래서 그녀는 그들을 남겨둔 채 몸을 돌렸다.

"아, 회원님 가시게요? 그럼 다음 주로 날짜 다시 잡아 연락드리겠습니다."

그녀의 등 뒤로 민형의 목소리가 들렸지만 수영은 뒤도 돌아보지 않았다.

"가려고?"

어느새 따라왔는지 진우가 엘리베이터 앞에 서서 그녀에게 물었다.

"보면 몰라요?"

수영은 짜증이 있는 대로 나자, 엘리베이터를 기다리다 말고 계단으로 내려갔다. 왜 짜증이 나는지 모르겠다. 하지만 그는 그녀를 따라 계단으로 내려왔다.

"왜 따라와요?"

"집에 가는 거야."

"운동 다 했어요?"

"아니."

"그럼 가서 운동하세요."

"싫은데."

그녀가 계단과 계단 사이 복도에 멈춰 섰다. 이른 시간이라 헬스클럽을 제외한 건물 안에 있는 모든 가게가 오픈 전이었다. 7층의 헬스클럽에서 들려오는 쿵쿵대는 음악 소리를 제외하고는 그 어느 소리도 들리지 않았다. 하지만 그나마도 비상계단의 철문이 닫히자 쿵쿵대는 소리 외엔 들리지 않았고 계단엔 그 둘만이 있었다. 멈춰 선 수영이 몸을 돌려 그를 노려보기 시작했다.

"나도 집에 혼자 갈 수 있어요."

"알아."

"가서 운동하시라구요."

"가는 길 위험해. 오수영 집에 데려다 주고 와서 해도 돼."

"글쎄, 됐다니까요."

수영이 그에게 짜증을 부렸다. 그는 한참 동안 어둑한 곳에서 그녀를 바라보고 서 있었다.

"왜 화가 났어?"

그가 달래듯 물었다.

"화 안 났어요. 내가 왜요?"

"어제, 경황이 없어서 연락 못 했어. 수술한 환자가……."

"아유. 알아요, 바쁜 거. 화난 거 아니라니까요."

사실 오늘 그를 만나 무척 반가웠다. 그는 너무 바빠 한동안 커피도 사러 오지 못했다. 그리고 수영은 어쩌면 조금은 삐쳐 있었을지도 몰랐다. 미안해하는 그를 보자 마음이 한풀 꺾인 수영이 그에게 설명하기 시작했다.

"안 위험해요. 아침이라 날도 훤하고. 앞으로 계속 운동하러 다닐 건데요. 뭣보다 제 얼굴이 무기라……."

말을 마치지도 않았는데 그가 팔을 잡아 홱 돌려세웠다.

"이렇게 되면 어떡하려고?"

돌아서는 속도 때문에 몸과 몸이 맞부딪쳤다.

"앞으로는 계단으로 다니지 마. 엘리베이터 기다렸다 아는 사람과 같이 타고. 계단으로 다니는 게 더 위험하겠어. 특히 저 관장은 믿을 수가 없으니까……."

그녀의 얼굴 앞으로 바짝 당겨진 그의 얼굴이 그녀를 훈계하고 있었다. 결국 또 그 얘기였다. 수영은 그를 밀어내려고 그의 가슴을 양손으로 밀쳐봤지만 그는 끄떡도 하지 않았다.

"그만해요!"

"위험이 얼굴 따지면서 덮치는 거 봤어? 특히 조심하란 말이
야. 이렇게 따라와서 아무도 없는 데서 일이 터지면 어떻게 할 거
야?"

수영은 또다시 벌컥 화가 났다. 지금 나한테 뭐라는 거야. 내
얼굴이 어디가 어때서?

자신이 직접 얼굴이 무기라고 한 건 까맣게 잊고 부아가 치민
수영은 잡힌 팔을 빼내려고 안간힘을 썼다. 그러나 그는 요지부동
이었다.

"자, 이제 어떻게 할 거지? 혼자 갈 수 있는 오수영 씨?"

수영은 씩씩대며 다른 한 손으로 그를 밀어내려고 갖은 짓을
다 했지만 그가 남은 팔마저 잡아버렸다. 두 손 모두 잡혀 등 뒤로
압박된 채 그녀는 그에게 완벽하게 밀착되어버렸다. 이유는 몰라
도 왠지 그도 화가 난 듯하다. 하지만 지고 싶지 않았다. 이젠 심
장이고 뭐고 닿아 있는 모든 곳이 난리 났지만 그래도 아직 포기
하긴 이르다. 수영은 고개를 바짝 쳐들고는 그에게 따졌다.

"그렇게 따지면 지금 진우 씨가 제일 위험한 거 알아요?"

"그렇지. 특히 아무도 없는 계단 복도는 더 위험하고."

그의 의미심장한 목소리에 묘한 기운이 스쳤다. 수영이 침을
꿀꺽 삼켰다. 그리고 어색한 침묵이 그들을 감쌌다. 게다가 그들
의 움직임이 멎자, 복도에 켜져 있던 센서 등이 갑자기 꺼졌다. 어
슴푸레한 빛줄기가 창문을 통해 들어오고 있긴 하지만, 아직은 어
둑어둑한 봄날의 새벽이었다. 진우가 그녀에게로 고개를 조금 더
숙였다. 그녀의 가슴이 두근거리기 시작했다.

"이제 어떡할 거지? 아주아주 위험한 상황인데."

놀리는 듯한 목소리인데도 분노가 숨어 있었다. 아니 왜 자기가 화를 내고 난리야. 수영은 말이 없었다. 아니 말을 할수 없었다. 또 침을 삼키고 싶지만 소리가 크게 날 것같아서 무서웠다. 그녀가 말없이 그를 계속 바라보고 있었다. 그가 그녀를 내려다보고 희미하게 미소 짓는가 싶더니 그의 얼굴이 내려왔다. 정확하게는 그의 입술이.

"⋯⋯."

뭐라 대답을 하려 했는데 그의 입에 막혀버렸다. 부드럽게 맞닿은 그의 입술은 잠시 그녀의 입에 멈추는가 싶다가 다시 떨어졌다.

"아주 위험한 상황이야, 오수영, 지금."

위험을 강조하는 듯 그의 목소리가 더더욱 낮아졌다. 묘하게 섹시해진 그의 눈빛과 어울려 수영은 몸이 녹아내릴 것만 같았다.

그가 잠시 머뭇거리는가 싶더니, 끄응 하는 소리와 함께 다시 그녀에게로 입술을 겹쳤다. 다소 급한 듯 입술을 겹친 그가 자신에게로 그녀를 끌어당겨 고정하고 완벽하게 입술을 밀착시켰다. 그러고는 그녀가 자신도 모르게 입을 벌릴 때까지 그녀의 윗입술과 아랫입술에 차례차례 입을 맞추고 맛을 보고 빨아들였다. 참을성 있게 그녀의 입술을 건드리고 두드리던 그의 혀가 마침내 벌어진 그녀의 입술을 가르고 입안으로 들어오자, 수영은 자신도 모르게 신음을 흘렸다. 순간, 그의 손에 힘이 들어가는가 싶더니, 그녀를 잡았던 두 손을 돌려 그녀의 허리를 단단하게 당겨 안았다. 더는 겹쳐질 수 없을 것 같았던 그들의 몸이 한 치의 틈도 없이 들어맞는 순간이었다.

얼마나 시간이 지났을까…… 계속해서 그녀의 입술에 머물렀던 그의 입술이 그녀의 입술을 떠나 목을 따라 쇄골까지 내려왔다. 그리고 그의 손은 허리에서 떠나 천천히 그녀의 가슴으로 올라왔다.

그 순간, 그녀가 펄쩍 뛰었다.

"뭐, 뭐, 뭐 하는 거예요?"

그가 불에 덴 듯 그녀에게서 손을 떼고 뒤로 물러섰다. 그리고 한참을 거친 숨을 내쉬다 이렇게 말했다.

"미안. 내가 잠깐 정신이 없었어."

수영은 펄떡이는 가슴을 애써 진정시키며 그에게 말했다.

"괜찮아요. 사과하지 말아요. 더 이상하니까."

"가자. 데려다 줄게."

그가 심호흡을 크게 한 번 하더니, 다소 거칠어진 목소리로 말했다. 진지한 그의 눈빛엔 장난기라고는 찾아볼 수 없었다. 그가 그녀를 감싸 안았던 팔을 풀어내고 그녀의 손을 잡았다. 그렇게 그들은 손을 잡고 말없이 집까지 걸었다.

"아침 먹으러 올래요?"

그들이 그녀의 집 앞에 도착하자 수영이 그에게 물었다.

"시리얼 먹을 거잖아요. 지금 들어가면."

그가 잠시 머뭇거렸다. 그러나 곧 고개를 끄덕였다.

"응."

"밥 먹으러 와요. 씻고."

"그래."

진우가 자신의 집으로 들어갔다. 수영은 그제야 몰아났던 숨을 한꺼번에 쉬었다. 조금 전까지 짜증 나고 화가 났던 게 먼 옛날의 일처럼 느껴졌다. 강렬한 두 번째 키스였다. 조금 놀라긴 했지만.

수영은 생각에 잠겨 집으로 들어갔다. 그를 향한 감정이 자꾸 자꾸 가속도가 붙어 버거울 정도였다. 정말 이대로 따라가도 괜찮은 걸까. 조금은 무섭기도 했다.

진우는 뽀송뽀송해져서 상쾌한 비누 향을 풍기며 나타났다. 문득, 자신에게서 땀 냄새가 나는 건 아닐까 수영은 심히 걱정되었다.

"맛있다."

찌개를 한술 뜬 진우가 말했다. 맛있다는 말이 이리 기쁠 줄이야. 엄마의 마음을 새삼 깨닫게 되는 수영이었다.

"당연하죠. 내가 만든 건데."

진우가 웃었다. 어제부터 계속 웃는다. 자꾸 자신이 특별한 사람이 된 것 같은 기분이 들게 그녀에게만 웃어주는 웃음인 것처럼 계속 웃는다. 마음이 심란했다.

식사를 마친 진우와 과일에 커피까지 나눠 마시고 나자, 마주 보고 앉아 있는 그의 눈빛에 갑자기 어색해진다. 설거지를 해야겠다.

수영은 접시와 잔을 챙겨 자리에서 일어났다. 따라 일어난 진우가 그녀에게 다가오려고 하자, 수영이 말했다.

"저리 가요."

"도와줄게."

"싫어요."

"왜?"

그가 영문을 모르겠다는 듯 그녀를 바라본다. 수영은 말을 할까 말까 고민하다 에라, 모르겠다, 그냥 해버렸다.

"가슴 만졌잖아요."

그녀의 기습에 놀랄 생각도 없이 그는 그저 싱크대에 기대 킥킥대고 웃으며 팔짱을 낀다.

저 여유는 어디서 나오는 걸까. 나는 이렇게 안달복달인데. 너무 얄밉다.

"그랬지."

"가슴 만졌어요."

"맞아."

"변태."

그가 크게 소리 내어 웃었다. 듣기 좋은 목소리가 그녀를 사로잡는다. 그의 웃음소리에 사로잡혀 그를 넋 놓고 쳐다보는 사이, 갑자기 그가 와락 끌어안았다. 그러고는 수영의 놀란 입에 쪽 소리가 나도록 입을 맞췄다.

"그래, 맞아, 변태. 그래도 익숙해져야 할 거야. 자주 이럴 거거든."

"누구 맘대로요?"

"내 맘대로."

그가 다시 한 번 입을 맞췄다. 수영이 기꺼이 그의 키스를 받아

들였다. 하지만 그와 그녀의 사이엔 그녀가 팔을 겹쳐 만든 엑스 자가 자신의 가슴을 방어하며 자리하고 있었다.

그는 수영과의 출근 전쟁에서 패배하고 혼자 차를 타고 병원으로 향하는 중이었다. 그도 한다 하면 하는 고집이었지만 수영에게는 당해낼 수 없었다. 게다가 조목조목 틀린 부분이 없으니 뭐라 항변도 못 해보고 패했다. 싸움에서 지고도 기분이 좋은 것이 제일 이해가 안 되는 대목이긴 했으나 기분이 좋은 걸 뭘 어쩌겠는가.

그는 질투에 눈이 멀어 하마터면 엉뚱한 곳에서 그녀를 안을 뻔 했다. 있을 수 없는 일이었다. 하지만 그녀와 있다 보면 그 어느 것도 예상대로 되는 게 없었다. 이젠 뭐가 뭔지조차 알 수가 없었다. 정신도 하나도 없고. 그의 어머니도, 결혼에 대한 그의 생각이나 여자에 대한 원칙이고 뭐고 그저 눈앞에 있던 그녀의 입술이 전부였다. 다른 건 아무래도 좋았다. 다만, 결연히 자신의 가슴 앞에 팔을 엑스 자로 겹친 채 그의 입술에 자신을 맡기던 그 여자자만 빼고 말이다. 그는 항복했다. 모든 것으로부터. 완벽하게 퍼펙트하게 그녀에게 항복했다.

그리고 이제 그는 한 단계 더 나아가 보기로 했다. 뭐가 어떻게 되든 운명에 몸을 맡겨보기로. 불확실한 미래에 대한 건 계획하지 않는 그였지만 이제 슬슬 준비를 해도 될 것 같았다. 결혼이란 알 수 없는 미래에 그는 드디어 한 발을 내디뎌보기로 한 것이다.

항상 주차하던 위치에 정확히 주차한 진우가 차에서 내리려는데 전화벨이 울렸다. 그의 형, 진성에게서 온 전화였다.

"어, 형. 웬일이야?"

－웬일은 무슨. 너 어떻게 지내나 궁금해서 했다. 대전은 지낼 만 하냐?

"응, 그럭저럭."

－오수혁 선생 후임이라니, 간도 큰 녀석. 아버지가 너 잘하고 있는지 궁금해하셔.

"제법 할 만해. 걱정 마."

－나야 걱정 안 하지. 여기서도 네 소식 간간이 듣고 있어. 아주 잘하고 있다고 칭찬이 자자하던걸.

"용건 있는 거 아냐?"

－자식, 급하긴.

"어머니 얘기라면 이만 끊고."

－너 요즘 어머니한테 대체 왜 그러니? 갑자기 펠로우 한다고 대전으로 내려가질 않나. 어머니가 네 맘에도 없는 결혼 밀어붙이셔서 그러는 거야, 아니면 다른 이유가 있는 거야?

"정말 몰라서 묻는 거야, 모르는 척하는 거야? 아무튼 형이나 아버지나 나는 도대체 이해가 안 가. 어머니 저러시는 것도 따지고 보면 형이랑 아버지가 모르는 척해서 그러는 건데……."

－인마, 어머니라면 내가 너보다 더 잘 알아. 뭣 때문에 네가 그러는지 대강 짐작은 간다만 네가 생각하는 것처럼 그렇게 심각한 문제 아니야.

"어머니가 이사진들 만나고 다니는 건 알고 있어? 그게 심각한 문제가 아니야?"

－떠도는 소문이야. 그리고 또 만나면 좀 어때. 어머니도 제대

로 일이 해보고 싶으실 수도 있잖아.

"어머니한테 직접 들은 얘기야. 그리고 임시직인데 무슨 일을 제대로 해? 형이 준비될 때까지만 하기로 한 거 아냐? 휴…… 형, 나도 제발 그랬으면 좋겠어."

―내가 알아서 할 테니까 넌 걱정 마.

"형…… 난 진짜 병원에 관심 없어. 만에 하나 무슨 일이 생기면 난 그냥 여기 있을 거야. 정말이야."

―괜한 소리 하려면 끊어, 인마. 어머니가 네 걱정 많이 하셔. 자주는 못 올라오더라도 전화라도 좀 드려라.

"어쨌든 난 병원 일에 끼어들 생각 없으니까 형이 다 알아서 해. 그리고 혹시 어머니 만나면 이제 나 선보일 생각 좀 그만하시라고 전해줘."

―음, 너 혹시 사귀는 여자 있는 거냐?

"암튼 그렇게 좀 해줘, 형. 곧 서울 갈 일 있으니까 그때 보자고."

그가 서둘러 전화를 끊었다. 그의 형은 과연 어디까지 알고 있는 걸까 의구심이 들었다. 언제나 빈틈없는 모습의 형을 보고 자랐다. 어머니의 행동을 모르고 있진 않을 진성이 아무 일 아니라면 그럴 수도 있었다. 하지만 한번 싹튼 의심의 씨앗은 아무리 뽑아내려 해도 더욱 뿌리를 깊게 내릴 뿐이었다.

철이 든 이후, 아무리 어머니가 형에게 살갑게 굴어도 그는 알고 있었다. 어머니가 자신을 대하는 태도와 형을 대하는 태도가 다르다는 것을.

초창기 현병원의 간호사였던 그의 어머니는 나이차가 많이 나던 현 박사와 어린 나이에 결혼했다. 전처였던 진성의 어머니가 지병으로 위독할 때 곁에서 돌보았던 것도 그의 어머니였고, 어린 진성을 동생처럼 돌보던 것도 역시 그녀였다.

그러다 진성의 어머니가 결국 세상을 떠나자 은숙과 현 박사는 몇 년 후 결혼을 했다. 고통 속에서 피어난 사랑이었지만, 축복은 커녕 그녀는 그 일로 병원 내의 곱지 않은 시선을 받아야 했다. 그것은 모두에게 상처가 되었다.

그리고 몇 년 후 진우가 태어났다. 친형인 줄만 알고 우상처럼 그를 따르던 진우에게 진성이 배다른 형이었다는 사실은 큰 충격이었다. 또한 알게 모르게 느껴지던 어머니의 편애는 마음 깊이 미안함으로 자리 잡았다. 내색하진 않았지만 진성은 언제나 외로운 것처럼 보였다. 가족이라고는 해도 따로 떠 있는 섬과 같았다. 그래서 그는 형이 가지고 있는 것, 형의 소유는 절대 건드리지 않았다. 그리고 병원도 마찬가지였다. 현병원은 아버지가 세웠지만 진성의 외가 쪽 자산이 많이 보탬이 되었다는 걸 들어서 알고 있었다. 그의 어머니가 임시로 이사장이 됐을 때 반대편에서 진성의 외삼촌을 부이사장으로 내세운 건 바로 그런 이유였다. 그러니 만약 그의 어머니가 다른 생각을 하고 있다면 그건 절대로 있어선 안 될 일이었다.

어머니와 형에 대한 생각은 언제나 그를 깊은 죄책감에 빠뜨렸다. 그는 너무 깊이 생각에 잠긴 나머지 자신의 방에 손님이 있다는 걸 인지하지 못한 채 자신의 방문을 열었다.

"어이, 현진우. 못 보고 가나 했다."

그의 방 소파에서 수혁이 일어섰다. 죄지은 것도 없는데 그의 가슴이 철렁하고 내려앉았다. 하지만 그는 내색하지 않고 태연한 표정으로 그에게 다가갔다.

"오늘 원장님께 인사하러 들르신다더니 여긴 어쩐 일이세요?"

"다 들렀지. 원장님도 뵙고 과장님도 뵙고. 회진 전에 인사드렸어. 너도 한 번 더 보고 가려고 기다렸다."

의국에서 인사도 다 나누고 송별회까지 마쳤다. 오늘 오전에 과장님과 원장님만 뵙고 가겠다던 선배가 그를 찾아오다니 궁금하기도 하고 한편으로는 찜찜하기도 했다.

"원장님이 너한테 거시는 기대가 아주 커. 현 원장님 한창때보다 네가 더 나은 것 같다고 하시더라고."

"아닙니다. 아직 선배한테는 못 당하죠. 군의관 다녀오실 동안 제가 여기서 잘 버티고 있겠습니다."

"하하. 그래, 너만 믿는다. 그런데…… 수영이도 부탁해야 하는 건가?"

"예?"

"무슨 사이야, 너희 둘?"

수혁의 눈매가 매서워졌다. 도대체 이 집안사람들은 직구밖에 모르는 건가. 진우는 어떻게 대답을 해야 이 난국을 헤쳐 나가게 될까 싶어 머리에 떠오른 변명들을 하나하나 지워가기 시작했다. 사실 그다지 좋은 수는 없었다. 직구에 맞서는 건 진실뿐이다. 수혁은 입가를 굳힌 채로 그의 대답을 기다리고 있었다. 하지만 그의 머릿속에선 알맞은 대답 대신 아침에 나누었던 그녀와의 키스가 재주넘기를 하고 있었다.

"아직…… 뭐라고 말할 단계는 아닙니다."

거짓말이었다. 키스까지 한 사이니까. 그래도 재주넘는 아침의 키스를 피해 한 대답치곤 꽤 선방이었다.

"아직?"

수혁의 미소가 조금 무시무시해진 것 같다.

"이제 막 사귀기 시작한 단계입니다. 더 진행되면 말씀드리려고 했습니다."

천하의 현진우도 조금씩 손이 떨리기 시작했다.

"그래?"

"예…… 예예. 그, 그렇습니다."

진우는 아침에 그녀와 나누었던 키스가 재주넘기를 그만두고 난동을 피우자 잠시 뒷방에 가뒀다. 떨리는 손과 혼란한 머릿속으로 인해 진우는 말을 더듬었다. 누가 봐도 켕기는 구석이 있는 사람의 행동일 게 뻔하다. 이런 식은 정말 곤란한데. 그는 마음을 가다듬었다.

그런데 대체 어떻게 알았지?

"아침에 수영이한테 갔었다."

그의 속을 꿰뚫어 보는지 수혁이 대번에 말했다. 진우는 등 뒤로 식은땀이 흐르는 듯한 기분이 들었다.

"아, 그건……."

어디까지 봤을까. 머리 뒤로 찌잉 하는 소리가 그를 뚫고 지나갔다.

"죽어도 혼자 가겠다고 고집을 피우고 있더라. 네가 못 당하던데."

못 볼 걸 본 건 아니었던 것 같다. 진우가 조용히 안도의 한숨을 쉬었다. 하지만 위험은 아직 남아 있었다.

"용건이 있어서 오신 게 아니었습니까?"

수혁이 그냥 되돌아갔다면 무슨 이유가 있을 터였다.

"뭐, 내가 끼어들 자리는 아닌 것 같고 해서……."

아무 일도 아니라는 듯 말을 툭 던졌으나 수혁의 눈빛은 그렇지 않았다. 진우가 말이 없자 그가 다시 말을 이었다.

"네가 무슨 생각으로 내 여동생에게 손을 뻗었는지 궁금해서 말이야. 다른 누구도 아닌 내 여동생을 그냥 흘러가는 감정으로 그랬을 리는 없고 말이지. 대체 무슨 생각이야, 현진우?"

그랬다. 다른 누구도 아닌 오수혁의 여동생이었다. 속된 말로 하자면 제 무덤을 판 셈이다. 다른 꼼수란 없으니 그저 그는 솔직해지기로 했다.

"생각이란 걸 할 여유가 없었습니다."

그의 말에 다소 놀란 듯 수혁이 한동안 자신의 턱을 문지르더니 픽 하고 웃었다.

"둘이 그렇게…… 불타는 사이는 아닌 것 같던데, 우리 수영이가 그렇게 매력 있는 거야? 이거, 내가 고마울 일인가?"

진우도 제 생각을 고르며 고민하다 이윽고 결심한 듯 이렇게 말했다.

"수영이가, 선배님도 잘 아시겠지만, 생각할 틈을 주질 않아서, 제가 좀 정신이 없습니다."

일순간 정적이 흘렀다. 허를 찔린 듯 이상한 표정으로 그를 보던 수혁이 갑자기 허리를 굽히며 박장대소를 하기 시작했다.

"그래, 맞아. 수영이가 생각할 틈을 주지 않지. 그렇게 따지면 네가 잘못 걸린 거고."

여동생의 얘기를 할 때만 웃던 전설의 오수혁 선배는 그의 앞에서 미친 듯이 웃고 있었다. 자신의 여동생 이야기를 하며. 진우는 그저 멍하니 그 모습을 바라볼 뿐이었다.

"진심이냐?"

웃음을 멈추고 한동안 그를 쳐다보던 수혁이 마침내 진지한 눈빛이 되어 그에게 물었다.

"예."

진지한 대답이 돌아왔다.

그저 병원 오는 길에 막냇동생을 태워올까 싶은 가벼운 마음에 들른 길이었다. 그런 장면을 목격할 줄은 몰랐던 것이다. 진우가 자신의 꼬맹이 여동생의 볼을 쓰다듬고, 꼬맹이가 단순한 감정이 아닌 눈빛으로 상대를 보고 있었다. 그 자리에서 진우를 박살 내고 싶은 마음은 굴뚝같았지만, 진우는 병원에 흔하디흔한 떨거지 같은 녀석들하고는 차원이 달랐다. 그가 가장 아끼는 후배이기도 했고 이대로만 간다면 차기 병원장 자리에 앉을 녀석이었다. 그래서 그는 일보 후퇴했다.

진심이라고 하니 어쩔 수 없다. 그가 지금까지 지켜봐왔던 진우는 허투루 아무 여자에게나 손을 뻗는 녀석이 아니었다.

"너 아니고 다른 자식이었으면, 벌써 내 손에 죽었어."

"예, 압니다."

수혁이 자리에서 일어섰다. 그리고 손을 내밀며 경고장을 날렸다.

"건드리지 마라. 나 군의관 다녀올 동안 무슨 짓도 하지 마. 내가 두 눈 똑바로 뜨고 지켜볼 거니까."

진우는 뒷방에 갇혀 날뛰던 수영과의 키스를 풀어주었다. 그리고 수혁의 눈을 마주 보며 또다시 진심을 얘기했다.

"그건 장담 못 드리겠는데요."

"지금 나한테 도전하는 거냐? 수영일 건드리겠다고?"

수혁의 손에 힘이 들어갔다.

"장담은 못 드리겠다는 겁니다."

진우의 손에도 힘이 들어갔다. 맞잡은 두 손에 힘이 들어가고 둘은 한동안 서로를 노려보며 힘겨루기를 하고 서 있었다. 그러나 먼저 손의 힘을 푼 건 수혁이었다.

"융통성 없는 자식. 아니라고는 끝까지 못하지. 알았다, 인마. 내키진 않지만 잘 부탁한다. 하지만 수영이 눈에서 눈물이 나거나 혹시 그럴 일은 없겠지만 배가 불러온다거나 그러면 그땐 널 죽여 버릴 거야. 기필코."

"염려 마십시오, 선배. 그런데 배가 불러오면 죽이면 안 되는 거 아닌가요? 애 아빠인데."

"뭐, 이 자식아?"

진우가 이죽거리자 수혁이 그의 등을 철썩하고 소리가 나도록 때렸다. 아플 만도 한데 진우는 여전히 히죽거리며 웃고 있었다.

"하여간 한마디도 안 지지. 네 녀석을 보면 똑같은 어떤 놈이 생각나서 내 머리가 다 아프다. 빨리 이 방을 나가야지."

서둘러 문 쪽으로 향하는 수혁의 뒤로 진우가 물었다.

"그게 누군데요?"

잠시 문 앞에 선 수혁이 진우를 향해 웃었다. 그리고 이렇게 말했다.

"수영이!"

방문이 쾅 소리가 나게 닫히고 방 안은 지나치다 싶으리만치 고요해졌다. 진우는 소파에 온몸을 내 던지고 풀썩 누워버렸다. 사상 최대의 전투를 지금 막 끝내고 난 패잔병 같은 기분이었다. 이겼지만 졌고, 졌지만 이긴 것 같은.

첩첩산중이라더니.

고르고 골라 하필이면 이런 어려운 길을 선택한 자신이 저주스러웠다. 하지만 저주가 무색하도록 이상하게 후회가 되지는 않았다. 그는 긴 한숨을 내쉬고 눈을 감았다. 그의 입가엔 미소가 감돌고 있었다.

수영은 모처럼만에 화장도 하고, 머리도 예쁘게 세팅하고 안 입던 원피스까지 꺼내 입고 출근을 했다. 오버스럽게 놀라는 동현의 귀를 한 번 잡아주고 원피스 앞에 새로 빨아온 앞치마를 둘렀다. 거울에 비춰 보니 자신이 봐도 매우 만족스러운 모습이다. 수영은 슬며시 미소 지었다. 하지만 미소를 지은 채 카운터 앞에 서자 눈앞에 김현태가 보였다. 수영은 자신의 눈을 믿을 수가 없어 눈을 몇 번 깜빡거렸지만, 다시 봐도 김현태였다.

"오랜만이야, 수영아."

여긴 왜 왔어, 이 말미잘 같은 자식아.

좋던 기분이 순식간에 구겨졌다.

"여긴 왜 왔어요?"

"얘기 좀 하자."

"전 할 얘기 없어요."

"수영아, 그러지 말고……."

"가게로 찾아오지 마세요. 별로 보고 싶지도 않고. 얘기하고 싶지도 않으니까."

"엄마가…… 너랑 만나도 된대. 우리 다시 시작하자."

뭐라니, 오징어 같은 게. 아니다, 자꾸 보니 생긴 것도 말미잘 같은 김현태다. 수영은 허우대는 멀쩡한 187센티의 동현을 시켜 이 자식을 짐짝처럼 밖에 내팽개칠까 생각했다. 이러다 시끄러운 김도라라도 나타나면 아주……

아니나 다를까, 나타났다, 김도라.

"오빠, 여기서 뭐 해?"

눈까지 표독스럽게 뜨고 나타났다.

"어, 선영아. 아니, 나는 그냥……."

김현태가 말을 더듬거리자 김도라가 도끼눈을 뜨고 수영에게 쏘아붙였다.

"내가 우리 오빠한테 들이대지 말라고 했을 텐데요?"

"그랬죠."

"그랬죠? 그랬죠? 와, 나 진짜 기가 막혀서. 그런데 뭐 하는 짓이에요?"

"아무것도 안 하는 짓이에요. 제가 간 게 아니라 김현태 선생이 왔는데, 안 보이세요?"

수영은 오늘만큼은 호락호락하게 넘어가 주진 않겠다고 결심했다.

"아, 겁나 웃겨. 야! 어디서 물장사나 하는 주제에 분수도 모르고 설쳐? 의사면 다 좋니? 어디서 수작질이야?"

성형으로 이룩한 그 예쁜 얼굴을 흉하게 일그러뜨리고 목소리를 높이고 있는 걸 보니 정말 가관이었다.

수영이 기가 막혀 어디서부터 대꾸를 해야 하나, 그냥 쫓아내야 하나 고민을 하는데 갑자기 목소리가 하나 끼어들었다.

"야, 김현태. 오랜만이다."

쩔쩔매며 선영을 말리던 현태는 갑자기 들려온 목소리 쪽을 돌아보고는 차렷 자세가 되어 90도로 인사를 했다.

"오수혁 선배님, 안녕하십니까?"

"어, 그래. 반갑다. 여긴 어쩐 일이야?"

아무렇지도 않은 듯, 아무것도 못 보고 못 들은 것처럼 수혁이 현태에게 인사를 건네자 옆에 있던 선영이 오히려 반색을 하고 달려들었다.

"어머, 오수혁 선생님 아니세요? 오늘 오신다더니 커피 드시러 오셨어요?"

"누구지? 김현태 선생, 여자 친구야?"

수혁이 자연스럽게 현태에게 물었다. 그는 대답이 없었다. 그러자 선영이 다시 나섰다.

"맞아요, 제가 여친이에요. 호호호. 아유, 선생님 말씀만 듣고 몇 번 못 뵀는데, 오늘 보니 너무 멋지세요."

"예, 안녕하세요. 그런데 무슨 일이 있으셨습니까? 소란스럽던데."

"참 나, 여기 사장인지 뭔지 저 여자가 자꾸 제 남친한테 들러

붙어서 제가 한 소리 하던 중이었어요. 소란 피워 죄송합니다. 제가 평소에는 안 이래요."

수혁이 몸을 배배 꼬며 애교를 떠는 김도라를 무시하고 김현태를 바라보자, 그가 얼어붙기 시작했다.

"그래? 김현태 선생? 우리 수영이가 들러붙었어?"

일동이 얼어붙었다. 수영을 빼고는 모두 자신의 귀를 의심하는 듯했다. 특히 김현태는 엄청난 충격을 받은 얼굴로 그들을 번갈아 쳐다보고 서 있었다. 감히 수혁의 질문엔 대답도 못 하고 입만 벌리고 있을 뿐이었다.

"내 동생이 그랬냐고 묻잖아!"

그런 현태를 보고 있던 수혁의 목소리에 힘이 실렸다.

"아닙니다! 그냥 제가 와본 겁니다. 선영이가 오해를 좀 해서……."

퍼뜩 정신을 차렸던지 현태가 자신의 여자 친구의 팔을 붙들며 변명을 시작했다.

"그래?"

수혁의 입 끝이 살짝 미소 지었다. 그건 거의 살인미소였다. 여자들을 홀리는 그런 미소가 아니었다. 말 그대로 살인미소였다. 수영은 지금 자신의 비밀이 간단히 탄로가 났음에도 불구하고 수혁에게 화를 낼 정신도 없었다.

"어머, 선생님? 동생이라뇨? 여기 사장님이 오 선생님 동생이시라는 말씀? 어머, 그거 아무도 몰랐는데. 어머, 웬일이야. 제가 좀…… 호호."

말을 잇지 못하는 김현태 대신 보다 못한 김도라가 나서서 떠들기 시작했다. 수혁은 몸을 쭈욱 펴고 매너 있게 김도라에게 손을 뻗어 살며시 옆으로 밀었다. 김도라가 밀려나자 현태의 앞에 선 수혁은 얼굴을 가까이 가져다 대고 낮은 목소리로 상대방을 위협하기 시작했다.

"너 이 자식, 내 동생이랑 무슨 일이 있었는지는 모르겠는데, 한 번만 더 내 눈에 띄거나, 무슨 이유로든 이 근처를 얼씬거린다는 소문이 들리기만 해봐. 넌 당장 내 손에 죽을 줄 알아."

장담하건대, 김현태 오줌 지렸다.

"네, 네네, 알겠습니다."

"그리고 네 여자 친구 간수 잘해. 어떤 식으로든 네 여자 친구가 내 동생 주변에 얼씬거리면 그때도 넌 내 손에 죽는 거야. 알겠나?"

"아, 알겠습니다."

"좋아, 가봐."

김현태가 자신만큼 사색이 되어 떨고 있는 김도라를 잡아끌고 사라지자 주변이 조용해졌다. 모르긴 몰라도 여기 앉아 있는 사람 모두가 들었을 것이다. '힐링' 여사장 오수영이 얼음 오수혁 선생의 여동생이었다는 걸. 그리고 아마 반나절이면 병원 전체에 소문이 나겠지. 정신이 아득해졌다. 일부러 숨기려고 한 건 아니었고 사실이 알려져도 별 상관은 없긴 했다. 하지만 병원은 이런 별거 아닌 소문에도 술렁거릴 게 뻔했고 그녀는 주변이 시끄러워지는 건 딱 질색이었다. 수영은 득의양양하게 서 있는 수혁을 향해 한숨을 내쉬었다.

"넌 좀 따라와."

수혁이 수영을 끌고 준비실로 들어갔다.

"너 현진우랑 사귀는 거 아니었어? 저건 또 뭐야?"

헉. 어떻게 알았지!

"저거라니. 김현태가 that이야?"

그녀가 딴청을 피웠다.

"지금 말장난할 기분 아니니까 제대로 대답해. 현진우. 김현태. 뭐냐고."

글쎄, 사귀지도 않는데 키스한 남자랑 전에 사귀었는데 진상이 된 남자?

"진우 씨랑은 만나는 거 맞고. 김현태는 전에 잠깐 만나다가 헤어졌어. 그게 다야."

"휴. 내가 너 때문에 병원 비우기가 겁이 난다. 여기 소문에 민감한 곳이라고 행동 조심하라고 했던 걸로 기억하는데."

수혁이 한숨을 쉬며 고개를 숙였다. 걱정 하나에 걱정이 더해졌다. 그리고 그의 한쪽 기억 속에서 슬그머니 손을 내밀고 있는 또 하나의 걱정도.

"조심했어. 그리고 소문은 방금 오빠가 만들어낸 것 같은데."

수영이 입을 삐죽거렸다.

"시끄러워!"

"알았어. 조심하면 되잖아. 오빠 걱정할 일 안 만들게. 됐지?"

그녀의 말에 수혁이 눈썹을 그러모아 엄격한 오빠의 모습을 만들어냈다. 말을 마친 수영이 팔을 모으고 움츠러들 때까지 그는 표정을 풀지 않았다.

"정작 걱정할 일이 이게 아닌 것 같아서 그런다. 너 어머니랑 어디까지 얘기가 된 거야?"

"엄마? 엄마가 나 진우 씨 만나는 거 알아? 아이 참, 그럼 곤란한데."

"그럼 네가 어머니께 알린 게 아니란 말이야? 어머니는 알고 계시던 것 같은데."

"응? 에이, 설마. 오빠가 말하지만 않으면 엄마는 아무것도 몰라. 당분간은 비밀로 좀 해줘."

수혁이 뭔가를 짚어보는 것처럼 한동안 말을 멈추고 생각에 잠겼다. 이윽고 그는 고개를 저으며 수영에게 말했다.

"아니다. 내가 괜한 생각하는 걸 수도 있지. 아무튼, 너 진우랑 이웃이니까 각별히 더 조심해. 지킬 건 지키고. 그 녀석한텐 씨알도 안 먹히는 것 같으니까 네가 정신 바짝 차리라고. 알겠어?"

뜻도 모를 훈계를 하는 자신의 큰오빠를 보며 수영이 심술궂은 표정으로 대답했다.

"니예니예."

수혁이 기가 차다는 듯 수영을 한껏 노려본 뒤 준비실을 나갔다. 조금 전 진우와 마찬가지로 수영도 소파에 풀썩 누워버렸다. 이제 그녀의 큰오빠가 알았으니 식구들이 알게 되는 건 시간문제였다. 거기다 오늘의 소동으로 병원 내 호사가들의 입에 오르내리게 될 건 자명한 일이었고 엎친 데 덮친 격으로 진우와 조금이라도 관련이 있다는 사실이 새어 나가기라도 한다면……. 그녀가 몸서리를 쳤다. 앞으로 벌어질 일들을 생각하기만 해도 두려워 그녀는 차마 준비실 밖으로 나갈 생각도 하지 못했다.

방법 11. 녹은 정도를 확인한다

　시은과 PT 시간을 잡는 건, 대배우와 인터뷰 약속을 잡는 것만큼이나 어려운 일이었다. 처음엔 출장을 간다고 운동을 미뤘다. 그리고 다음 번엔 봄맞이 세일 디스플레이를 한다고 미루고, 또 그다음 번엔 작업 끝났다고 술 퍼마시고 병나고, 그다음 번엔 또다시 작업으로 밤샘을 하고…… 그런 식이었다. 수영은 애원도 해보고 협박도 해보고 조르기도 해보다가 그만 포기해버렸다. 작년에도 이와 비슷한 일이 있었던 것 같다는 생각만 들었을 뿐이다.

　운동에 관한 한 시은이도, 그리고 옆집 남자도 짜증 나는 부류에 속했다. 시은이 갖은 핑계를 대고 운동을 회피하는 유형이라면, 옆집 남자는 정해진 시간에 정확히 운동을 하는 유형이었다. 수영은 일부러 그 시간을 피해 운동을 다녔다. 어차피 그는 시계처럼 움직이기 때문에 그를 피하는 건 식은 죽 먹기였다. 물론, 그를 우습게 본 건 그녀의 실수였다.

이틀째까지는 참아주던 그가 3일째부턴 그녀의 집 문을 두드리기 시작한 것이다. 여러 번 두드린 것도 아니다. 그저 처음 몇 번 묵직하게 두드린 다음 뒤이어 오는 오랜 침묵에 그녀가 말라붙어 문을 열러 올 때까지 문 앞에 서 있었다.

그리고 누가 봐도 알뜰살뜰한 연인처럼 그녀의 곁에 서서 운동이 끝날 때까지 있었다. 지키고 서 있었다는 게 맞겠다. 그의 살벌한 표정과 기운으로 세 코치는 물론이요, 헬스클럽 안에 있는 모든 남자가 그녀의 주변 반경 3미터 내엔 들어오지도 못했다. 단 한 사람, 관장만 제외하고.

그는 대단한 낯짝의 소유자였다. 잴 수만 있다면 얼굴의 두께가 일반인의 수치를 훨씬 넘을 거라는 걸 수영은 동현을 걸고 장담할 수도 있었다. 진우의 눈에서 불꽃이 튀기건 말건, 그 레이저 같은 눈빛으로 재가 되도록 쏘아보든 말든, 그는 계속 수영의 주변을 얼씬거렸다. 수영은 급기야 관장의 목적이 자신에게 추근거리는 것인지 아니면 진우를 자극하려는 것인지 헷갈릴 지경이었다.

예를 들면 이런 식이다.

사례 1.

"이야, 오수영 회원님 아무리 봐도 내 타입이라니까. 이따 시간 있으세요?"

"시간 없습니다. 지금 임자 있는 여자한테 추근대는 거라는 거 아십니까?"

"에이, 골키퍼 있다고 골 못 넣나요. 하하하. 어때요, 오수영 회원님?"

사례 2.

"에이, 자세가 이상하네. 전문가한테 배우셔야죠. PT는 언제 하시려고? 이시은 회원님 안 되시면 저랑 단둘이 하시죠?"

"그럴 일은 없을 겁니다."

"그건 저랑 오수영 회원님이 상의할 일 아닌가요?"

그때마다 진우는 꼭지가 돌았고, 주먹다짐이라도 할 것 같은 긴장된 상황이 지나고 나면 언제나 후폭풍은 수영이 맞았다.

진우가 운동을 마치고 보쌈하듯 그녀를 자신의 집으로 데리고 가서 집어삼키고 들이마시고 영혼까지 쪽쪽 빨아 마시고 나서야 수영은 녹초가 되어 자신의 집으로 돌아갈 수 있었다. 그런데 신기할 노릇은 진우에게 정기까지 빨리는 듯한데도 그녀의 피부는 날이 갈수록 탱탱해지고 있는 것이다.

아침마다 운동하느라 기운을 소모하고, 진우와 관장의 기싸움에 희생되고, 아침 먹기 전 진우의 집에 끌려 들어가 영혼까지 빨리고 났더니 출근해서 서 있을 수가 없다. 수영은 오늘도 준비실에서 시체처럼 늘어져 있었다. 동현은 이제 징징거리기도 포기한 것 같았다.

"어머, 수영아, 어디 아파?"

정형외과 서 간호사였다. 그녀의 고등학교 선배이기도 한 경미는 가끔 교대시간이 끝나고 수영을 찾아와 수다를 떨곤 했다.

"아냐, 언니. 운동하느라고 조금 힘들어서 그래. 아마 점심 먹고 나면 나을 거야."

경미가 의미심장한 눈으로 자신을 아래위로 훑어보는 것도 모르고 수영은 경미에게 소파 앞자리를 권했다.

"너 요즘 스타 됐더라. 오수혁 선생님 동생이지. 내과 선생님 중 그래도 제일 괜찮았던 김현태 선생님이 전 남친이지. 게다가 김도라랑 한판 붙는데 오빠가 와서 정리했다며? 아주 그 얘기들 하느라고 난리야, 요즘."

수영이 사색이 되어 경미의 팔을 붙들었다.

"진짜? 사람들이 뭐래? 나 나쁜 사람 된 거야? 언니, 나 일부러 속인 게 아니라는 거 언니가 알잖아. 그냥 말 안 하고 있었을 뿐인데."

"알아, 알아. 그래서 내가 다 처리했다."

경미가 자신을 잡은 수영의 손을 토닥이며 그녀를 달랬다.

"정말?"

"그래. 내가 누구니? 그렇잖아도 김현태 선생이랑 김도라 꼴 보기 싫었는데 아주 잘됐지 뭐야."

"어떻게 했는데?"

"별로 한 것도 없어. 워낙 김도라가 자기 남친 갖고 유난을 떨어서 다들 싫어했거든. 그냥 둘이 당한 게 시원했던지 네 얘긴 쏙 들어가고 그 커플 얘기만 돌고 있는 중이야."

수영이 가슴을 쓸어내렸다. 그 사건 이후로 카페가 떠들썩해지지 않을까 싶어 마음을 졸였는데 그렇게 넘어갔다니 너무나 다행이었다.

"그런데 현진우 선생님 말이야."

갑자기 경미가 고개를 숙이며 마치 비밀 얘기가 있다는 듯 목소리를 낮췄다.

"응."

자기도 모르게 같이 몸을 낮춘 수영은 한순간 심장이 철렁하고 내려앉았다. 설마, 들킨 건 아니겠지?

"요즘 빙산이 녹고 있다는 얘기가 심심치 않게 들려."

"빙산이…… 녹아……?"

"그래, 얘. 현 쌤 웃는 거 본 사람이 아무도 없었잖아. 선천적으로 못 웃는 사람이냐는 얘기가 돌고 있었다니까?"

수영이 픽 하고 웃었다. 원래 많이 웃는 사람인데 뭐가 그리 큰일이라고. 요즘은 아주 히죽거리는 것도 꼴 보기 싫어 죽겠다.

시큰둥한 수영을 채근하며 경미가 계속 말을 이었다.

"그런데 아까 수술실 같이 들어간 이 선생이 수술 끝나고 수고하셨다고 인사하니까 현 쌤이 무심코 웃더란다. 이렇게, 응? 이렇게 한쪽 입술을 씩 올리고. 이 선생 그 자리에서 기절하는 줄 알았대. 살 떨리게 섹시하다고. 아주 성은을 입었다고 동네방네 소문내고 다닌다고, 지금."

"그래?"

"그래, 얘. 눈빛만으로 임신할 지경이라며 어찌나 호들갑을 떨든지 눈꼴시어서 혼났어."

수영이 고개를 가로저으며 소파로 쓰러졌다. 아주 난리들 났구나. 그래요. 임신 많이들 하세요.

"요즘 현 쌤 무슨 일 있나? 요즘 계속 기분 좋은 거 같다고. 외

빙산을 느리게미만
녹이는 방법   231

과가 너무 평온해서 지루할 지경이라던데. 그런데 넌, 현 쌤이랑 어디까지 진도 나갔어?"

"응? 진도는 무슨. 우린 그냥……. 헛."

지나가는 말처럼 한 질문에 수영이 아무 생각 없이 대답하다 자리에서 벌떡 일어났다. 제대로 걸렸다.

"아하하. 내 이럴 줄 알았다. 이럴 줄 알았어! 아유, 지지배. 하여간 넌 안 돼. 어떻게 그렇게 하는 질문마다 족족 대답을 하니?"

손뼉까지 치면서 좋아하던 경미가 배를 잡고 웃기 시작했다.

어떡하지? 죽어버릴까?

"언니…… 아니야. 내가 말이 헛나왔어. 그게 아니고……."

"아니긴 뭐가 아니야, 지지배야. 내가 전부터 너 수상하다 했었어. 그 빙산 같은 현 쌤이 매일 커피를 사러 오는 것도 수상하고. 어쩜 그렇게 감쪽같이 연애를 하니?"

"언니, 미안해. 내가 미리 얘기를 했어야 했는데……."

"참, 나. 미안할 건 또 뭐 있어. 숨길 만해. 바로 그 현진우 선생님이랑 연애하는데 숨겨야지. 그 대신."

"그 대신?"

"앞으로 정보는 니가 나한테 제공해."

수영은 황당한 경미의 부탁에 그만 웃음을 터뜨리고야 말았다.

"언닌 진짜 미쳤어."

"그래, 맞아. 난 미쳤지. 그건 그렇고, 넌 왜 아직 진도를 못 뺐니? 현 쌤 그렇게 안 봤는데 너 엄청 아껴주나 보다?"

아껴주다니. 이렇게 사람을 골수까지 쪽쪽 빨아먹는데 뭘 아껴.

그는 수영을 수시로 옥상으로 불러내서 괴롭히고, 운동하고 집에 가서도 괴롭히고, 저녁에도 차 마시러 오라고 해서 괴롭혔다. 말처럼 괴로운 건 아니고 그저 정신이 반쯤 나가고 온몸이 버터처럼 녹아내리고 숨도 제대로 쉬지 못할 만큼 몰아붙이기는 하지만 결코 선을 넘지는 않는다. 그게 얼마나 대단한 건지는 잘 모르겠지만 말이다.

"아껴주긴 뭘 아껴줘."

수영이 콧방귀를 뀌며 말했다. 그러자 경미가 혀를 끌끌 찼다.

"얘가 뭘 몰라도 진짜 모르네. 현 쌤 같이 생긴 남자가 지금까지 널 그냥 두는데 그게 남자들한테 얼마나 힘든 건지 아니? 모르긴 몰라도 밤에 찬물로 샤워를 백 번쯤 하고 쇠꼬챙이 같은 걸로 허벅지를 천 번쯤 찌를걸?"

"서, 설마 그럴라고."

"설마는 무슨. 설마가 사람 잡는다고. 너 적당히 튕겨야지. 계속 튕겨내다간 튕겨나가서 안 돌아와요."

"내가 뭘 얼마나 튕겼다고 그래?"

수영이 입을 삐죽 내밀었다.

"야. 아이고, 답답해. 너 일단 목에 리본을 감아. 리본만 감아. 아무것도 입지 말고. 아니다, 야한 속옷만 입어라. 그 위에 바바리 같은 거 입고. 응? 그렇게 하고 현 쌤네 집에 가서 앉아 있어. 현 쌤이 홀랑 잡아먹게."

경미가 정말로 답답했던지 가슴까지 치며 그녀에게 잔소리를 해댔다.

"뭐? 그런 걸 어떻게 해!"

수영이 울상이 되어 그녀에게 소리쳤다.

"왜 못해? 다 그러면서 사귀고 그러다 결혼하고 그러는 거지. 암튼 너 빨리 뭐든 하고 나한테 후기 써. 알았지?"

"언니!"

경악에 가까운 수영의 비명에도 불구하고 경미는 수영을 대혼란에 빠뜨려놓은 채 왔을 때처럼 홀연히 사라졌다. 그래야 되나? 정말?

수영은 허우적거리고 있었다. 진우와의 스킨십이 점점 더 수위가 올라가고 있는 건 사실이었다. 사실 그도 그녀도 자제력을 놓아버리기 일보 직전이었다. 하지만 이 모든 게 너무 빠르다. 우린 이제 막 사귀기 시작했다고! 뭔가 해결책이 있어야 한다. 미친 듯이 치닫고 있는 이 폭주기관차 같은 욕망에 브레이크를 걸어야 한다. 그러나 수영은 소파에 모로 누워서 자신이 야한 슬립만 입고 그의 앞에서 섹시춤을 추는 장면을 상상해보고 있었다.

결과적으로 그건 정말 세상에 다시없는 특A급의 브레이크가 되었다. 그녀는 섹시도 안 되고 춤도 안 되고, 게다가 야한 속옷이 있을 리 만무했으니까.

GG!(Good Game : 보통 스타크래프트 류의 게임 시 자신이 졌다는 걸 알릴 때 쓰는 게임용어)

점심 먹으면 나아질 줄 알았던 그녀의 컨디션은 오후가 되자 난조를 보이기 시작했다. 아무래도 경미의 대형 떡밥 투척으로 인해 쓸데없는 생각을 너무 많이 한 탓에 열이 확 올라버린 것 같았다. 수영은 도끼눈을 뜨고 있는 동현에게 주연을 불러다 주고는 그길로 퇴근을 해버렸다. 제대로 몸살이 온 것 같다. 몸도 으슬으슬하고 열도 나기 시작했다. 겨우 집으로 돌아온 수영은 옷을 갈아입을 생각도 못하고 그대로 침대에 뻗어버렸다. 몸을 움직이자 비명이 터져 나왔다. 일주일이 넘도록 설렁설렁 해온 운동이 무리였을까. 그녀는 까무룩 잠이 들었다가 다시 깨기를 반복했다. 그 사이 밤이 되어버렸는지 주위는 칠흑같이 어두웠다. 열에 들떠 자신도 모르게 신음이 났다. 엄마한테 갈걸 그랬나 보다. 조금은 서럽다. 그러다 자신도 모르게 또 잠이 들어버렸다.

문득 이마에 차갑고 시원한 것이 닿았다. 팔 안쪽에도 차가운 것이 슥슥 지나갔다. 왠지 만족한 신음이 나왔다. 그게 무엇이 됐든 느낌이 좋았다. 그녀는 무거운 눈꺼풀을 억지로 움직였다. 흐릿한 시야로 그녀의 눈에 들어온 것은 링거액을 조절하는 진우의 모습이었다. 힘에 겨워 헐떡이면서 고개를 돌려 자신의 팔을 내려다보니 주삿바늘이 꽂혀 있었다. 아무 느낌도 없었는데, 능력 있는 선생님이네.

"어떻게……?"

수영이 마른 입술로 겨우 입을 열었다. 그가 걱정스러운 얼굴로 다가와 그녀의 얼굴과 이마를 만져보았다.

"가게 갔더니 멀대가 오수영 아파서 퇴근했다고 하더라고. 비밀번호는 지난번에 오수영이 누르는 거 봤고. 뭣 좀 먹었어?"

천연덕스럽게 비밀번호를 훔쳐서 들어왔다고 말하는 진우였다. 화내고 놀랄 기력도 없어 수영은 그저 고개만 가로저었다.

"죽 사왔어. 열 좀 떨어지면 먹자."

그녀가 다시 고개를 끄덕이고 눈을 감자, 침대 옆에 기대앉은 진우가 그녀를 향해 미소를 지었다.

"말 없는 오수영, 괜찮은데? 아픈 것도 썩 나쁘지만은 않네."

그녀의 머리카락을 귀 뒤로 넘겨주며 그가 말했다. 수영은 감은 눈을 반쯤 뜨고 그에게 이리 오라고 손짓을 했다. 머릿속엔 안개가 자욱했지만 그에게 꼭 할 말이 생각난 것이다. 진우가 아무 생각 없이 얼굴을 가까이 가져오자 수영은 링거가 꽂히지 않은 반대쪽 손으로 그의 볼을 잡아당겼다. 그의 눈과 한쪽 눈썹이 치켜올라갔다.

"웃지 마."

잔뜩 쉰 목소리로 그녀가 말했다. 진우가 기가 차다는 듯 그녀의 손을 쳐내고 황당한 표정으로 수영을 쏘아보았다.

"뭐라고?"

"웃지 말라고요. 병원에서 간호사들한테 웃어주지 말라고. 임신이나 시키고. 못 됐어."

그녀의 쉰 목소리는 왠지 그의 오감을 자극했다. 하지만 이게 다 무슨 소리인지. 그의 자극된 오감이 황당하다 소리치고 있었다.

"뭐라는 거야?"

열에 들떠 하는 헛소리겠지 싶다가도 눈빛이 반짝이는 걸 보면 진심 같기도 하고 당최 종잡을 수가 없는 여자였다. 그가 고개를 가로저으며 열에 들떠 꿈 얘기를 하나 보다고 스스로 세뇌시키고 있을 때 그녀의 다음 공격이 이어졌다.

"진우 씨…… 혹시…… 나 아껴주느라고 참는 거예요?"

콰쾅.

"뭐라고?"

"나 섹시춤은 못 추지만…… 안 참아도 돼요."

진우가 펄쩍 뛰어올랐다. 반쯤 감은 눈과 잔뜩 쉰 목소리 덕분에 묘하게 섹시해진 오수영이 그에게 원자폭탄을 투하했다. 삽시간에 그의 정신력의 반이 날아갔다.

"도, 도대체 무슨…… 말을 하는 거야?"

그가 침까지 꿀꺽 삼켜가며 그녀에게 소리쳤다.

"근데…… 그건 좀 기다려요. 내가 속옷이 없어……."

밑도 끝도 없이 말도 안 되는 문장들을 마구 그의 앞에 던져버리고 수영은 다시 잠이 들어버렸다. 하지만 반도 안 남은 그의 정신력에도 불구하고 그의 하체가 잠에서 깨어났다. 특히 그의 정신과는 별개의 독립체인 그 부분은 꼿꼿하게 일어서 거의 터질 지경이었다.

진우는 터질 듯 부풀어 오른 그의 남성을 달래며 눈앞에 놓인 이 요사스러운 생물체를 어떻게 하면 제대로 요리해서 잡아먹을 수 있을지에 대한 계획을 치밀하고도 꼼꼼하게 세우기 시작했다.

수영은 미로 같은 깊은 숲 속을 헤매고 있었다. 무언가로부터 도망치긴 했지만 어느 쪽이 앞인지 자신이 맞는 길로 가고 있는지도 모르고 무작정 헤매다니고 있었다. 무서워진 그녀는 커다란 나무 아래 앉아 잠시 쉬기로 했다. 하지만 그것은 잘못된 선택이었다. 나무는 바로 그녀가 도망 다닌 그 무엇이었다. 나무 요괴가 커다란 가지를 팔처럼 뻗어 그녀를 감싸 옭아매기 시작했다. 그녀는 나뭇가지로 꽁꽁 묶여 움직이지도 못하고 버둥거리다 꿈에서 깨어났다. 그리고 나무 요괴가 여전히 자신을 옭아매고 있다는 걸 깨달았다. 등 뒤로 뜨겁고 시커먼 것이 그녀에게 바짝 붙어 목덜미로 숨을 내뿜고 있었던 것이다. 나뭇가지인 줄 알았던 건 진우의 팔이었고, 그녀의 허벅지 위로 그의 허벅지가 단단히 붙어 있었다. 덧붙여 그녀의 허리 아래쪽으로 느껴지는 야릇하고 미묘한 것이 무엇인지는 아무리 경험이 없는 그녀라도 명확하게 알 수 있었다.

수영은 바르작거리기 시작했다. 일단 이 사태는 나무 요괴에게서 벗어난 후에 생각하자. 하지만 그녀가 움직일수록 결박은 더욱 단단해졌다. 목덜미로 느껴지던 숨결은 입술이 되어 그녀의 어깨를 타고 내려왔고, 허리를 감싸고 있던 손은 배를 타고 올라와 그녀의 가슴을 움켜쥐었다. 허벅지에 붙어 있던 그의 다리가 그녀의 다리 전체를 단단히 감싸자 등 뒤에서 느껴지던 그 무언가가 커지고 있다!

설마, 자면서 이러는 거야? 아니면 깨어 있는 거야? 아니, 그것보다, 왜 내 침대에서 자고 있는 거지?

그녀는 자신의 가슴을 감싸고 있는 그의 손부터 풀어내고 천근 같은 그의 다리를 풀어냈다. 그리고 그의 모습을 확인하려고 등을 돌려 얼굴을 마주했다. 자는 듯 눈을 감고 있던 그가 천천히 눈을 떴다. 그녀의 모습을 확인한 그가 나른하게 미소를 지었다.

"안녕?"

그가 인사했다. 하지만 그녀의 신체 부위 중 안녕한 곳은 단 한 곳도 없었다. 인사를 마친 그가 마주 본 그녀를 자신에게로 끌어당겨 단단히 안았기 때문이다. 닿아 있는 모든 곳이 불타올라 재가 되어버릴 것만 같다.

그녀가 미처 뭐라고 말을 하기도 전에 그가 입술을 겹쳐왔다. 살짝 벌어진 그의 입술은 부드럽고 따뜻했다. 그 부드러움에 입맞춤에 저항하려던 그녀가 속수무책으로 무너졌다. 부드럽게 그녀에게 닿았다 떨어진 그의 입술이 그녀를 계속 희롱했다. 깃털처럼 가볍게 닿았다 떨어지고, 또 닿았다 떨어졌다. 가벼운 스침, 가벼운 접촉만으로 수영의 몸 안의 모든 감각이 빙글빙글 소용돌이치고 있었다. 그가 그녀를 자신에게로 더욱 밀착시켰다. 가슴과 가슴이 맞닿고 아랫배가 그의 아랫배와 맞닿았다. 허벅지에서 발끝에 이르기까지 모든 곳이 딱 들어맞았다. 단 한 곳, 제자리를 찾지 못한 그의 분신만이 그녀의 아랫배를 공격하며 성을 내고 있었다.

그녀가 신음을 흘렸다. 그의 손이 그녀의 엉덩이를 움켜쥐고 더욱더 자신에게 끌어당겼다. 그와 동시에 벌어진 그녀의 입술 사이로 그의 혀가 움직여 들어왔다. 그가 자신의 혀를 그녀에게 세차게 밀어 넣으며 동시에 허리를 움직이기 시작하자, 그녀는 정신이 나갈 것만 같았다. 진우의 손이 그녀의 티셔츠를 잡아 올려 바지에서 끌어 내고는 그녀의 척추를 따라 올라오기 시작했다. 브래지어에 이르러 후크를 끌러내고 마침내 그녀의 가슴에 닿았다. 그가 엄지손가락으로 그녀의 정점을 어루만지고 쓸었다. 그녀의 신음이 한층 높아졌다. 그녀의 입속을 마음껏 유린하던 그의 혀가 그녀의 목덜미를 따라 내려왔다. 그리고 아래로 더 아래로 내려가고 있었다. 그러자, 하늘 높이 솟아올라 정신없이 돌고 있던 그녀의 정신이 돌아오기 시작했다.

"지, 진우 씨. 그만."

"안 돼."

거친 그의 목소리가 헐떡이며 대답했다.

"잠깐만요. 진우 씨. 그만둬요!"

그녀가 재차 그의 손과 입술을 피하며 그에게 소리치자 그가 얼굴을 들었다. 몽롱했던 그의 눈동자가 또렷해지기까지는 한참의 시간이 걸렸다.

"안녕?"

정신을 차린 그가 고개를 한번 흔들고 그녀에게 다시 인사했다.

글쎄, 안녕하지 못하다니까요. 어느 한 군데도.

그녀의 호흡은 아직 제자리로 돌아오지 못했다.

"환영 인사치곤 대단한데?"

그런 그녀를 보고 그가 웃으며 말했다. 누가 누구에게 환영인사를 한 건지는 따져봐야겠지만, 지금은 몸을 일으키는 게 급선무다.

"여기서 뭐 하는 거예요?"

마침내 자신의 몸을 추슬러 일어난 그녀가 잠긴 목소리는 추스르지 못한 채 물었다. 그가 싱긋 웃었다.

"너무하는군. 밤새도록 간호하다 지쳐서 잠든 건데."

그제야 그녀는 주위를 둘러보았다. 옷걸이에 다 맞은 링거병이

걸려 있다. 그녀의 땀을 닦아준 듯한 수건과 벗어둔 옷가지가 보였다. 어제 그녀의 얼굴을 만져주고 닦아준 그는 꿈이 아니었나 보다. 그러고 보니 열도 다 떨어진 것 같고, 컨디션도 어제보다 훨씬 좋았다.

"고마워요."

"별말씀을."

그가 자리에서 일어났다. 아이러니하게도 그녀는 섭섭한 마음과 동시에 그가 떠난 자리가 허전해짐을 느꼈다.

"그런데 잠이 왜 여기서 들어요. 집에 가서 자야지."

그녀가 자신의 이율배반적인 마음을 감추기 위해 자신의 가슴 앞에 팔짱을 꼈다.

"혹시 또 열이 오를까 봐 지켜보다가 그런 거야."

그가 어깨를 으쓱하더니 부자연스럽게 산뜻한 목소리로 대답했다. 그리고 그녀의 이마와 볼 목 뒤를 자신의 손으로 일일이 만져보았다. 그의 자상한 손길에도 불구하고 그녀의 등줄기엔 전율이 일었다.

"이제 열은 없는 것 같네. 그래도 혹시 모르니까 다시 아프면 병원으로 나와."

그녀가 고개를 끄덕였다. 자신은 마음속에 풍랑이 이는 것 같은데, 진우는 너무 아무렇지도 않게 그녀의 주변을 정리하고 있었다.

저 사람이 날 갖고 노는 게 아닐까? 어젯밤엔 아무 일도 없었던 거 맞지?

그녀가 어제의 기억을 떠올리느라 애쓰는 사이, 그는 부엌에서 부스럭대며 뭔가를 준비하고 있었다.

"죽 좀 먹고 오늘은 쉬어."

그의 목소리가 들렸다. 그녀는 대답 대신 일어나 부엌에 있는 그에게로 향했다. 그러나 잠시 후 그녀가 부엌에 발을 들이기도 전에 현관문이 닫히는 소리가 들렸다. 수영은 나가는 그의 뒷모습조차 볼 수 없었다.

수영은 황당하다고 해야 할지 아쉽다고 해야 할지, 뭐라고 정의할 수 없는 상태로 어정쩡하게 부엌에 서 있었다. 그가 차려놓은 밥상이 그녀를 기다리고 있었다. 하지만 그녀는 어지러운 마음과 육체로 한동안 그 자리에 서 있어야 했다.

뭐야! 세수하러 왔다가 물만 먹고 온 것 같은 이 기분은!

수영은 진우의 말대로 하루를 쉬고 그다음 날 아침 일찍 출근했다. 개운한 몸과 달리 찝찝한 그녀의 마음은 계속 그녀를 괴롭히고 있었다. 그는 무리하지 말고 푹 쉬라는 문자 한 통만 달랑 남기고 하루 종일 나타나지 않았다. 그렇다고 쉬라는데 먼저 전화를 하기도 그렇고, 옆집이지만 궁금하다고 찾아가볼 수도 없고 전전긍긍하다 하루가 지났다.

동현에게는 좀 늦게 나와도 된다고 이르고 그녀는 조금은 한가한 오전 시간을 혼자서 감당하기로 했다. 사실은 진우가 오는 시간을 혼자서 맞이해 잠시나마 그와 오붓하게 보내고 싶은 욕심이 컸다. 그러나 그녀의 그런 작은 소망에도 불구하고 진우는 정해진 시간에 나타나 커피를 받아 들고는 그녀에게 이제 괜찮냐는 안부만 한마디 묻고 다시 바람처럼 사라졌다.

왜죠? 어제 밀어내서 밀려나신 건가요.

너무 튕기면 튕겨 나간다는 경미의 말이 머릿속에서 4부 합창으로 울려 퍼지고 있었다.

수영은 휴대폰을 집어 들었다.

[화났어요?]

[아니.]

[그런데 왜 그래요?]

[뭐가.]

[웃지도 않고.]

[오수영이 웃지 말라고 했잖아.]

[내가요? 언제?]

[아팠던 날에. 그리고 다른 말도 했는데.]

[어떤 말이요?]

[기억 안 나?]

[네.]

[그럼 됐어.]

뭐가 됐냐고. 기억을 불러일으켜 달라고!

그녀는 패닉에 빠졌다.

술을 퍼마시고도 잘도 지워지지 않던 그녀의 기억이다. 이렇게 쉽게 자신을 배신을 할 줄은 몰랐다.

생각나. 생각나란 말이야.

마음속의 외침이 메아리가 되어 그녀의 주변을 떠돌았다. 하지만 그녀를 배신한 그날의 기억은 절대 그녀에게로 다시 돌아오지 않았다.

그는 달갑지 않게 신사적으로 굴었다. 교묘하게 예의 바르고 상냥하게 싸가지 없었다. 날마다 커피는 사러 왔지만 무뚝뚝하게 굴었고 옥상으로 불러내는 일도 없었다. 잠시 쉬는 게 좋겠다며 아침 운동시간에 데리러 오지도 않았다. 심지어 자기 일을 드디어 마치고 개선장군처럼 나타난 시은에게 PT를 하라며 수영을 거침 없이 넘겨주었던 것이다.

"그래서 뭐가 불만인데?"

스트레칭을 하며 시은이 물었다. 잘도 운동을 쏙쏙 피해 다닌 주제에 뻔뻔스럽게도 엄청 당당한 시은이었다.

"아니, 불만인 게 아니라 이상하잖아."

"뭐가 또 이상하냐? 왜 지금껏 발정 난 개처럼 덤벼들더니 이제 와서 수도승처럼 군다고?"

수영이 펄쩍 뛰며 시은의 입을 틀어막았다.

"미친 거 아냐?"

"미쳤다. 남자는커녕 스토커만 하나 들러붙어 있는 나한테 네가 지금 호강에 겨운 소리나 할 때냐?"

수영은 항복의 표시로 양손을 들어 올리고 자기 자리로 돌아가 나머지 스트레칭을 했다. 자신이 정말 호강에 겨운지 곰곰 생각해 보면서.

"안녕하세요? 드디어 두 분이 모이셨군요. 반갑습니다."

관장이 PT실로 들어왔다. 오전에는 에어로빅실로 오후에는 재즈댄스와 요가실로 번갈아 쓰이는 그곳은 10평 남짓한 체육관 구석 쪽을 유리벽으로 막아 만들었다. 안쪽에서 바깥쪽이 보이긴 하지만 방음은 제법 되는 편이어서 개인 트레이닝을 하기엔 안성맞춤인 곳이었다.

"스트레칭 다 하셨죠? 오늘은 첫날이라 간단하게 순환운동 두어 개 하고 스쿼드, 런지 가르쳐드리고 복근 운동으로 끝내죠."

수영은 기가 막혀 입을 딱 벌렸다.

"저기, 말씀하신 부분 중에 어디가 간단한 건데요? 끝내는 부분? 첫날 그러면 죽지 않아요, 보통?"

관장이 과장된 모션으로 박수를 두 번 치더니 크게 웃음을 터뜨렸다.

"쉬운 것만 할게요. 왜 이러세요. 두 분 다 작년에 PT 하셔놓고."

시은이 짝다리를 짚고 양 허리에 손을 올리고 관장에게 툴툴거렸다.

"젊었을 때잖아요, 그건. 올해는 늙어서 안 돼요. 오늘은 팔다리 운동만."

관장의 표정이 달라졌다.

"그렇게는 안 되죠. '할 때는 철저하게.' 제 모톱니다."

"'모든 일에 융통성 있게'가 제 모토예요."

시은이 마주 보고 정색하며 대답했다. 관장은 웃지 않았다. 심상찮은 기류가 둘 사이에 퍼지며 불꽃을 일으키고 있었다. 맞으면 바로 통구이가 될 것 같아 수영은 슬그머니 한 발짝 그들에게서 떨어졌다.

관장은 PT 시간 내내 시은에게는 필요 이상 가혹하게, 수영에게는 필요 이상 관대하게 굴었다. 첫날임에도 런지 멈추는 시간을 길게 잡아 시은의 눈에 독기가 오르게 하더니, 수영이 멈추는 타임에는 그녀의 등을 지탱해 수월하게 만들어주었다. 그녀가 흘긋 보니 시은의 얼굴에 오기가 차오르고 있었다. 시은에게 오기와 독기라니. 관장이 방금 지뢰를 설치한 것 같다.

수영이 본인 몫의 운동을 다 수행하고 났는데도 관장은 수영의 허리에 여전히 손을 올리고 있었다. 자세가 뭔가 잘못된 걸까. 수영이 관장을 올려다보니 한 손을 그녀의 허리에 댄 채로 유리벽 밖의 누군가에게 손을 흔들고 있었다.

나왔다.

암흑의 아우라를 흩뿌리며 그들에게로 질풍처럼 걸어오고 있는 현진우였다. 먼 거리였음에도 그의 눈이 이글이글 불타오르는 게 체육관을 몽땅 태우고도 남을 것 같았다.

"안녕하세요, 현진우 회원님? 이 시간에 어쩐 일로?"

분명히 걸어왔는데 축지법이라도 썼는지 이미 그들의 눈앞에 와 있는 진우에게 관장이 느물거리며 인사를 던졌다.

"실례."

그의 인사에 대꾸도 하지 않은 채 진우가 수영의 팔을 잡아 자신에게로 끌어당겼다.

"터치는 사양하겠습니다."

여전히 수영의 허리에서 떨어지지 않고 있던 관장의 손을 효과적으로 차단한 뒤 진우가 분명한 목소리로 그에게 말했다.

"이야, 감시 한번 철저한데요? 겁나서 운동하겠어요, 어디?"

관장이 킥킥대며 말했다. 그의 얼굴 어디에도 겁나는 빛은 없었으나 수영은 그저 잠자코 있었다.

"기구는 사용해도 됩니다."

진우가 말을 이었다. 하지만 관장은 들은 척도 안 했다.

"복근 운동 딱 100개만 하고 마칩시다. 자, 준비!"

수영과 시은은 누가 들어도 하기 싫다는 것으로 들릴 만한 끄응 소리를 내며 복근 운동 준비를 시작했다. 진우는 독수리 같은 눈을 빛내며 그 옆을 지키고 서 있었다.

수영은 그에게 화가 났다.

"여기서 뭐 하는 거예요?"

그는 그녀의 대답은 무시한 채 그녀에게 반대신문을 했다.

"그 자식한테 얘기했어?"

"뭘요?"

수영은 언제나처럼 그의 수법에 넘어가 넙죽 대답을 했다.

"남자 친구 있으니까 몸에 손대지 말라고."

그가 으르렁거렸다. 그 둘로부터 30센티도 떨어지지 않은 곳에서 흥미진진하게 구경하고 있는 시은이 있다는 걸 깨닫지도 못한 것 같았다.

"잘됐네. 안달하더니."

수영과 진우 둘 중 누가 더 놀랐는지 가늠할 수 없었다. 시은의 말에 둘은 펄쩍 뛰며 떨어졌다.

"안녕하세요? 또 뵙네요. 저 아시죠, 수영이 친구 시은이."

손가락으로 수영과 자신을 번갈아 가리키며 말하는 시은에게 진우가 고개를 끄덕이며 인사했다.

"내가 언제!"

뒤늦게 시은의 말에 반박을 하고 나선 수영을 손으로 젖혀두고 시은이 진우에게 당부했다.

"얘가 이렇다니까요? 아무튼, 잘해보세요. 이렇게 된 이상 절대 반품 안 되는 거 아시죠?"

수영은 아연실색했고 진우는 웃음이 터졌다. 그에 아랑곳없이 시은은 샤워실로 쏙 들어가 버렸다.

"친구들이 다 저래?"

그가 물었다.

"아뇨, 쟤만 저래요."

"재밌네."

"어디다 내놔도 부끄럽지요."

수영이 한숨을 쉬며 말했다. 그리고 다시 진우에게 돌아서 진지한 얼굴로 말했다.

"먼저 가요."

"싫은데."

수영이 어찌나 표독스럽게 그를 째려봤던지 진우가 움찔했다.

"먼저 가라고요. 난 시은이랑 할 얘기가 있으니까!"

그녀의 기세에 진우가 마지못해 고개를 끄덕였다. 그러고는 마치 주인 잃은 강아지 같은 얼굴로 헬스클럽의 문을 나섰다. 아마그 누구도 그가 그런 얼굴을 할 수 있다는 걸 믿지 않을 것이다.

수영이 샤워실로 시은을 쫓아 들어가자 시은은 언제 그랬냐는 듯 잔뜩 심술이 난 표정으로 돌아가 있었다.

"뭐 뀐 놈이 성낸다더니, 너 지금 나한테 시위하는 거야?"

수영이 묻자 시은은 독기 어린 표정으로 그녀에게 말했다.

"내가 조만간 저 관장 놈을 절단을 내고 말 거야."

그녀의 무시무시한 목소리에 수영의 기세가 꺾였다.

"왜 그래, 시은아. 관장이 스토커 같아?"

시은의 얼굴이 더욱 구겨졌다.

"스토커고 나발이고 저 자식 죽여버리겠어!"

"너 뭐 관장한테 잘못한 거 있니? 오늘 아주 날 잡았더라, 관장님이."

수영이 자신의 손으로 시은의 구겨진 얼굴을 하나하나 펴주며 말했다.

"내가 무슨 잘못을 해! 지난번에 보고 오늘 처음 보는데! 스토커는 모르겠고, 나한테 무슨 원한이 있는 게 분명해. 이상하게 낯이 익단 말이야."

"그럼 관장님이 스토커 아냐?"

"몰라. 스토커든 아니든 조만간 내가 정체를 밝혀주겠어."

시은이 이를 갈며 말했다. 오기와 독기와 분노에 가득 찬 시은을 보며 수영이 한숨을 쉬었다. 관장이 스토커든 아니든 간에 그의 남은 인생이 불쌍해지려는 참이었다.

방법 12. 다른 쪽으로 접근한다

함정을 만든 자는 스스로 함정에 빠지고, 바위를 굴리는 자는 스스로 바위에 깔린다.

지금의 진우를 일컫는 말이다. 그는 자신이 파놓은 함정에 자신이 빠져 진퇴양난이었다. 그의 계획은 착착 진행되어가고 있었다. 그러나 그는 욕구불만으로 거의 죽기 직전이었던 것이다. 수영에게 손끝 하나 대지 않는 건 엄청나게 큰 희생이 따르는 일이었다. 손만 뻗으면 닿을 거리에 사는 그녀였다. 조금만 수고하면 그녀의 얼굴을 어느 때고 볼 수 있었다. 그녀에게 파놓은 함정은 하나인데, 자신의 주변에 펼쳐진 함정은 수십 개였다. 그래서 그는 아예 그녀의 주변에서 떨어져 있었다. 당황하는 그녀의 얼굴과 애절한 눈빛은 잠시만 그에게 만족을 줄 뿐이었다. 그는 계획을 조금 앞당기기로 했다. 이대로 가다간 계획이고 원칙이고 수영을 그대로 보쌈해와 집에서 야금야금 먹어치울 수도 있었다. 조금 전 자신을 다스리지 못하고 헬스클럽에 발걸음을 한 것은 그의 심각한 실수였다. 운동하는 수영은 반짝반짝 빛이 나고 있었다. 그의 눈이 이상한 게 아니라 정말 그랬다. 진우는 이제 자신에게 정신장애가 생긴 게 아닌지 의심하기 시작했다.

가뜩이나 불편한 심기가 끓어오르고 있는데, 집 앞에는 그의 혈압을 들끓게 할 일이 그를 기다리고 있었다.

"어? 이상하다. 이 번호도 아닌가?"

그녀의 집 앞에서 웬 남자가 비밀번호를 두드리고 있었다. 계속 눌러서 오류가 나자 조금 기다려 또 누르고 있다. 수상하다. 얼마 전 수영에게 들은 바로는 그녀의 친구 시은에게 붙은 스토커의 마수가 수영에게까지 미친 게 아닐까. 진우가 그에게 위협적인 몸짓으로 다가서며 물었다.

"뭡니까?"

수상한 남자가 그를 흘긋 돌아다보더니 다시 자기 일로 돌아갔다.

"신경 쓰지 마십시오."

"그렇겐 못하겠는데요. 이 집 주인과 아는 사이십니까?"

수상한 남자가 도어록에서 몸을 일으켜 삐딱하게 문에 기대어서더니 진우를 똑바로 바라보며 말했다.

"아주 잘 아는 사이죠. 볼 장 다 본 사이라고나 할까? 인연도 깊고……. 아, 어디 내놓으면 안 되는 사진들도 몇 장 찍었구요. 그러는 댁은 뉘쇼?"

진우의 불타는 심기에 기름이 확 부어졌다.

"당신 뭐야. 뭐 하는 놈이야? 여긴 왜 왔어?"

진우가 앞뒤 잴 것도 없이 수상한 남자의 목을 틀어쥐려고 손을 들었다. 남자는 만만치 않았다. 자신에게로 오는 그의 손을 쳐내고 다른 손을 들어 그의 옷깃을 틀어잡았다.

"그러는 넌 누구야? 우리 수영이랑 무슨 사인데?"

우리 수영이? 진우의 피가 거꾸로 돌아 머리 위로 솟구치려고 하고 있었다. 진우는 반대쪽 손으로 남자의 손목을 잡고 얼굴에 주먹을 날리려고 한 손을 들었다. 반대쪽에선 그 남자의 주먹이 그에게로 날아들고 있었다.

그 찰나에 어디선가 비명이 날아들었다.

"오빠! 진우 씨!"

멱살을 마주 잡고 주먹을 허공에 올린 두 사람이 동시에 멈췄다. 수영이 소리를 지르며 그들에게 다가오고 있었다.

"뭐 하는 짓이에요, 둘 다?"

올린 주먹을 내리고 잡은 멱살을 놓은 두 사람이 동시에 수영을 향해 말했다.

"오빠?"

"진우 씨?"

어느새 그들의 앞으로 뛰어와 팔짱을 끼고 둘을 노려보며 서 있던 수영이 날카로운 목소리로 그들에게 명령했다.

"따라 들어와요."

진우와 수익은 서로 얼굴을 한번 마주 보고는 얌전히 그녀의 뒤를 따랐다. 집채만 한 남자 둘이 마치 엄마에게 귀를 잡혀 끌려가는 사내아이들처럼 수영의 뒤를 졸졸 따라 들어가 수영이 손가락으로 가리키는 의자에 나란히 앉았다.

수익은 뭐가 좋은지 싱글싱글 웃고 있었고 진우는 컵을 꺼내고 주스를 따르는 수영의 모습을 정신없이 눈으로 좇고 있었다. 너무 오랜만에 수영의 가까이에 앉아 있다. 그녀가 움직이고, 그녀가 말을 하고, 그녀의 냄새가 난다. 그리고 수익은 여전히 싱글거리며 그런 진우를 남몰래 관찰하고 있었다.

수영은 그들이 앉은 식탁 위로 주스 잔을 탕탕 소리가 나게 내려놓았다. 그녀는 눈초리가 사나웠으며 잘 들여다보면 이마 주변에 핏대도 세워져 있었다. 그녀를 잘 아는 사람이라면 수영이 지금 머리끝까지 화가 난 상태라는 걸 알 수 있었을 것이다.

"어린애들도 아니고, 그게 뭐 하는 짓이에요?"

그녀의 목소리는 화가 나 갈라지고 있었고, 이미 그녀의 잔소리 모드에는 빨간불이 들어와 있었다. 진우가 뭐라도 말을 하려고 입을 열려는 순간, 그의 무릎을 옆에 앉은 수상한 남자, 아니 그녀의 오빠가 자신의 무릎으로 툭 건드렸다. 얼굴은 여전히 천연덕스러웠으나 수익은 수영에게 안 보이도록 그를 향해 고개를 살짝 흔들었다. 대들지 말라는 뜻인 것 같다. 진우는 현명하게 입을 다물었다.

"내가 안 왔으면 둘이 주먹다짐이라도 하려고 그랬어요? 왜 앞뒤 안 가리고 싸움부터 하는 거예요? 오빠가 나이가 몇이야? 누구냐고 묻지도 못해? 진우 씨는 누군지 알아보지도 않고 왜 주먹부터 쓰려고 해요?"

그녀가 잔소리를 끝도 없이 늘어놓으며 과일을 깎고 있다. 종알종알 잘도 말이 나오는 저 입을 틀어막으려면 키스가 필요하겠

다고 생각하며 진우가 그녀의 입술을 멍하니 바라보고 있었다. 그
러다 그녀의 오빠가 그를 툭 쳐서 쳐다보니 눈을 찡긋한다. 입 모
양으로 보라고 말하더니 수영을 향해 말을 던졌다.

"우리 돼지 화났냐?"

"돼지라고 부르지 마!"

"그래, 돼지야. 근데 오빠 밥 안 먹었다."

수영이 과일을 깎다 말고 고개를 홱 돌렸다.

"아니, 여태까지 뭐 하고 밥도 안 먹었어? 진우 씨는요? 진우
씨도 아직이에요?"

진우가 고개를 가로저었다. 수영은 다시 자신의 오라비를 째려
보더니 깎고 있던 과일을 놓고 냉장고를 확인하고 있었다.

"잠깐 기다려. 밥이 있나 보고."

그녀의 오빠가 또다시 진우를 툭 쳤다. 진우는 짜증이 슬슬 올
라오고 있었다. 수영의 작은오빠란 이 남자는 무척이나 맘에 안
든다. 수영을 돼지라고 -자기들끼리 다정스럽게- 부르는 것도
그렇고, 은근히 자신이 오빠인 걸 과시하며 그녀를 대하는 것도
그렇고. 급으로 따지자면 체육관의 김 관장급이다.

"밥 말고, 라면 끓여줘."

그녀의 눈이 세모가 됐다. 진우의 눈도 따라 세모가 됐다.

"밥 놔두고 왜 라면을 먹어! 라면 없어!"

수익이 또다시 진우를 툭툭 건드리려고 하자 이번엔 진우가 팔
과 다리를 자기 쪽으로 확 피했다. 수익은 개의치 않았다.

"얘 라면 먹어봤어요?"

그가 여전히 싱글거리며 왠지 우쭐해하는 말투로 그에게 물었

다. 저 얼굴을 구겨버리고 싶다고 생각하던 진우가 고개를 저었다.

"안 먹어봤으면 말을 말아요. 세계 3대 진미 중 하나일걸. 그런데 절대 안 끓여주지."

미묘하게 존댓말과 반말을 섞어가며 말하는 수익이다. 진우는 점점 더 수익이 맘에 들지 않았다. 수익은 가방을 뒤져가며 너스레를 떨더니 라면과 지갑을 꺼내 들었다.

"라면 사왔지. 하하하. 현진우 씨라고 했나? 내가 아까 수영이 내놓으면 안 되는 사진 얘기했죠? 그거 볼래요?"

수익이 말을 끝내기도 전에 비명을 지른 수영이 달려들어 라면과 지갑을 동시에 빼앗아 들었다.

"끓여줄게. 끓여준다고! 그러니까 입 다물고 가만히 앉아 있어."

그녀가 빨개진 얼굴로 자신의 오빠를 노려보며 냄비를 꺼내 들었다. 수익이 진우에게 눈을 찡긋했다.

"봤죠? 오수영 다루는 법. 약점을 하나 잡아요."

진우는 마이너스 120점을 넘긴 그의 점수에 마지못해 5점을 플러스해주었다. 사진, 그리고 약점. 체크해뒀다. 그의 두 눈은 수영의 손에 들린 수익의 지갑을 계속 쫓아다니고 있었다.

그러는 사이 그녀의 라면이 나왔다. 그것은 생각했던 것보다도 훨씬 더 맛있었다. 수익이 그것 보라는 듯 그를 쳐다보는 바람에 감흥이 조금 깎이긴 했으나 먹어본 것 중 최고였다. 수영은 별일 아니라며 정성을 조금 기울이면 된다고 했지만 수익이 꼬치꼬치 물어보자 비밀이라며 절대 가르쳐주지 않았다. 조금 전 생성된 진우의 알아낼 것들 리스트에 내놓으면 안 되는 사진에 이어 그녀의 라면 비법이 슬며시 추가되었다.

"엄마가 저녁 먹으러 오라시더라. 너 요즘 집에 안 온다고."

라면을 다 먹고 만족한 체셔고양이(이상한 나라의 앨리스에 나오는 입만 크게 웃고 있는 고양이) 같은 표정으로 수익이 말했다.

"나가라고 할 때는 언제고"

수영이 구시렁거리며 그릇을 치우기 시작했다.

"현 선생이랑 같이 오라던데?"

진우와 수영이 동시에 놀라 수익을 돌아보았다. 그녀의 손에 들려있던 젓가락이 땡그랑 소리를 내며 개수대에 떨어졌다. 수익은 여전히 여유만만한 미소를 지으며 말했다.

"엄마가 모르시는 게 어딨냐? 날짜 잡아서 집에 한번 와. 현 선생이랑 같이."

그가 의미심장한 눈으로 진우를 보며 말했다. 그리고 수영의 손 가까이에 있던 자신의 지갑을 빼앗아 챙기고는 가봐야겠다며 자리에서 일어났다. 넋 놓고 그 모습을 보고 있던 진우는 수익이 자신의 팔을 잡아 일으키자 얼결에 따라 일어났다.

"그럼 오빠는 간다. 큰형 훈련 끝나려면 아직 멀었으니까 다음 주쯤에 한번 와서 밥 먹고 형 훈련 끝나고 나오면 또 오라고. 그건 형이 전하는 말씀. 아, 현 선생도 집에 갈 거야."

수익이 내몰듯 진우를 데리고 수영의 집을 나섰다. 수영은 아무 말도 못하고 입만 뻐끔거리며 그들이 나가는 모습을 멍하니 바라보고 있었다.

얼결에 밖으로 따라 나온 진우는 수익에게 그럼 들어가시라고 하고 바로 몸을 돌려 자신의 집으로 향했다. 길게 말 섞고 싶지 않은 사람이니 얼른 피하는 게 상책이겠다 싶었다.

"옆집이요?"

조금 전의 싱글벙글한 수익은 어디 가고 싸늘한 눈초리와 말투의 이상한 남자가 다시 나타났다.

"그렇습니다만."

진우가 뻬딱하게 대답했다. 수익은 얼굴을 굳힌 채 그의 앞으로 다가오더니 조용하게 그에게 속삭였다.

"앞으로 뭘 할 건지 모르겠지만, 그거 하지 마쇼."

진우가 비밀번호를 누르려다 말고 현관 도어록 버튼 덮개를 다시 내렸다. 그의 얼굴이 빙산처럼 굳어가고 있었다.

"형님 두 분 다 제가 뭘 할지에 대해 관심이 많으시군요. 앞으로 제가 뭘 할 건지는 모르겠지만, 할 때가 되면 할 겁니다. 형님 두 분이 뭐라 하든 간에."

수익이 싸늘하게 웃었다.

"그렇지, 내가 형님이지. 동갑이라고 들었지만, 내가 수영이 오빠거든. 수혁이 형이 훈련받는 8주 동안 내가 지켜볼 거요. 그 이후가 되면 지켜보는 사람이 둘로 늘겠지. 조심해요, 의사 선생."

점점 더 낮아지는 목소리로 다가와 자신의 가슴을 손가락으로 찌르는 수익을 진우는 똑같은 표정으로 맞았다. 그리고 그의 손가락을 움켜쥐고 천천히 아래로 내렸다.

"수영이와 저와의 일은 우리 둘이 알아서 합니다. 신경 쓰지 마세요."

진우가 그에게서 한 발짝 떨어지며 말했다.

"형님."

씹어뱉듯 한마디를 더 던지고 진우가 자신의 집으로 들어갔다.

남겨진 수익은 아무 표정 없이 그의 집 문을 쳐다보고 서 있었다. 그리고 거짓말처럼 싱글벙글 웃는 표정으로 돌아왔다.

"괜찮은데? 맘에 들어."

수익은 올 때와 다름없는 표정으로 휘파람을 불며 자신의 집으로 향했다. 다음 주가 정말이지 기다려졌다.

수익이 다녀간 이후로 진우는 커피도 사러 오지 않았다. 그녀의 PT 시간에도 나타나지 않았고, 아침에도 저녁에도 문 앞에서 마주치지도 않았다. 그렇다고 화가 났다거나 어울리진 않지만 삐친 것 같지도 않았다. 만나지 못하는 동안 매일 전화를 해주고, 가끔 바쁘다는 문자도 살뜰하게 챙겼다. 겉보기엔 다시없는 연인의 행동이었다.

하지만 뭔가 부족했다. 뭔가가 많이 부족했다. 편안하고 좋은 연인관계이긴 했지만 뭔가…… 갈증 같은, 그렇다, 갈증 같은 게 생겼다. 수영은 과연 자신에게 부족한 게 뭘까에 대해 고민하기 시작했다. 그리고 발전된 연인관계에 대한 그림을 머릿속에 그리며 계획을 세워보기로 했다.

"수영아, 너 택배 왔어!"

갑자기 경미가 준비실의 문을 열고 들어왔다. 수영이 머릿속에서 계획을 세우다 말고 보자기로 덮었다.

"택배? 나 택배 올 거 없는데?"

"보낸 사람이 현진우야. 너네 뭐야? 이거 누가 보면 어쩌려고? 내가 받아 왔길래 망정이지, 큰일 날 뻔했네. 뭘까, 이게. 내가 뜯어볼까?"

수영이 번개같이 경미의 손에서 택배 상자를 낚아챘다. 경미가 호기심 어린 눈초리로 자신과 상자를 쳐다보고 있는데도 궁금해서 참을 수가 없었다. 수영이 택배 상자를 열었다. 헉. 다시 닫았다.

이게 뭐야.

놀래서 동그래진 눈과 하얗게 된 얼굴이 급속도로 붉어지고 있었다.

"뭔데 그래? 뭔데?"

경미가 놀라서 방심한 수영의 손에서 상자를 갈취했다.

"어머, 이게 뭐야. 진우 쌤 취향이 이런 거야? 웬일이니, 웬일이니!"

수영이 경미의 손에서 다시 상자를 빼앗아 들고 믿을 수 없다는 듯 상자를 열고 내용물을 확인했다. 다시 확인해도 똑같은 물건이다.

미쳤나 봐.

"벌써 속옷 선물하는 사이가 된 거야? 너네 진도 엄청 뺐나 보다?"

수영이 멍하니 앉았다가 상자를 열고 문제의 레이스 쪼가리를 집어 들었다.

그건 정말 그냥 레이스 쪼가리였다. 까맣고 야한 레이스 조각.

망할 놈의 속옷은 사이즈도 정확했다. 브라 사이즈 75B, 팬티 사이즈 95.

어떻게 알았지?

수영은 그날 자신의 가슴을 움켜쥐고 더듬던 그의 손이 생각나자 미친 듯이 비명을 지르고 싶어졌다. 그렇게 알았구나!

"얘, 여기 카드 있다."

머리를 쥐어뜯으며 속으로 비명을 삼키고 있던 수영이 머리를 번쩍 들었다. 그리고 경미의 손에서 카드를 빼앗아 들었다.

〈기억 안 나?〉

카드엔 멋진 필체로 단 한 문장이 적혀 있었다.

글쎄, 그게 뭐냐고! 기억 안 난다고!

안 가겠다는 경미의 등을 밀어 억지로 내보내고 수영은 상자를 껴안고 소파에 파묻혔다. 이런 짓을 하려고 그동안 젠틀하게 굴었던 건가! 수영이 이를 갈았다.

그렇다. 이제 뭔가 수를 내야 했다. 슬슬 결전의 날이 다가오고 있었다. 연인들이 반드시 넘어야 한다는 바로 그 산. 그 산을 넘는 날이 도래한 것이다. 공식적으로도 비공식적으로도 경험이 없는 그녀로서는 기대 반, 걱정 반의 반, 그리고 공포가 반의반이었다. 하지만 연애에 일자무식인 그녀라도 본능적으로 알고 있었다. 이제 때가 되었다는 걸. 그리고 쓸데없는 데에서 전투욕을 불태우기 일쑤인 그녀에게 이번에도 발동이 걸렸다.

그녀는 가슴에 안고 있던 상자를 열어 다시 한 번 속옷을 확인했다. 이렇게 나오시겠다? 수영의 입가에 섬뜩한 미소가 걸렸다.

수영은 경미의 방문으로 잠시 덮어두었던 계획을 꺼내 다시 차근차근 세우기 시작했다.

현병원을 둘러싸고 심어진 벚나무에 흐드러지게 벚꽃이 피기 시작했다. 바람이 불면 벚꽃잎이 마치 눈처럼 흩날리며 장관을 연출했다. 내원객들과 환자들은 물론이고 침대에 누워 있던 환자들까지 벚꽃을 만끽하러 삼삼오오 벚나무 아래에 몰려나왔다.

그러나 언제나처럼 외과는 정신없이 바쁘게 돌아가고 있었고 진우는 벚꽃에는 눈길도 주지 않은 채 오전 외래진료를 일찌감치 끝내고 의국에 들른 참이었다. 오늘 진료했던 환자 하나를 입원 조치했건만 오간 데 없이 환자가 사라져 버렸던 것이다. 오더를 흘렸거나 환자가 도망갔거나 둘 중 하나였다. 일단 레지던트부터 확인하고자 찾아간 의국엔 레지던트, 인턴은커녕 개미 새끼 한 마리조차 찾아볼 수 없었다. 호출도 무시하고 의국에도 없는 머저리 녀석들을 다 잡아다 엉덩이를 한 대씩 차줄 심산으로 의국을 나서던 진우의 눈에 그들의 모습이 잡혔다. 어이없게도 그들은 신 나게 떠들며 의국으로 돌아오고 있었다.

"야, '힐링' 봤냐? 죽이지?"

"와, 가슴이 그냥. 커피 마시러 갔다가 심장마비 일으킬 뻔했어요. 크크크."

"'힐링' 사장이 원래 그렇게 이뻤나? 오늘 심장 안 좋은 환자는 그쪽으로 보내면 안 되겠어."

"원래도 이뻤지. 그래서 그 내과 누구더라, 그 선생이 쫓아다녔잖아. 그런데 꾸미니까 장난 아니네. 지금 다른 과 레지던트들도 난리 났어. 서로 대시하겠다고."

"그래? 그럼 나도 해볼까? 남자 친구 없는 것 같던데. 이따 커피 사러 또 가야겠다."

병원 내 소문에 민감한 간호사들과는 달리 이들은 그녀가 수혁의 동생이라는 사실을 미처 듣지 못했다. 알았더라면 구경은 했을지언정 불손한 언행으로 다른 누군가의 심기를 건드리진 않았을 터였다. 하지만 그들은 잠시의 쾌락에 겨워 자기들끼리 킬킬거리며 농담을 해대느라 의국에 진우가 있는 걸 미처 보지 못했다. 그리고 그들이 그 사실을 깨달았을 때에는 이미 진우가 지옥의 사자로 변신을 마친 뒤였다.

진우의 머릿속에는 '힐링, 가슴, 대시' 세 단어가 미친 듯이 휘몰아치고 있었다. 그 기세 그대로 불쌍한 인턴과 레지던트들이 휘몰아침을 당했다. 그들의 잘못이야 캐려고 들면 얼마든지 나올 수 있었고, 아침에 내린 오더를 여태 수행하지 못한 죄로 까이긴 했지만, 없으면 만들어서라도 그들을 만신창이로 만들어버릴 진우였다. 커피는커녕 물 한 모금 마시지 못할 정도로 그들의 인생을 사정없이 바쁘게 만들어버린 진우는 지옥에서 온 모습 그대로 까페 '힐링'으로 향했다.

그녀는 커피를 만들고 있었다. 그녀의 앞으론 분명 자신들의 앞으로 할 일이 태산일 게 분명한 레지던트와 인턴들이 줄을 길게 서 있었다. 진우가 나타나자 그 줄은 삽시간에 흩어져 사라졌다. 그중엔 아까 의국에서 보이지 않았던 그의 레지던트 4년차도 끼어 있었다. 정신 빠진 녀석들이라고 한 줄로 길게 세워 일일이 조인트를 까버릴 생각이었던 진우는 그들이 모두 사라지자 목적을 잃고 표류했다. 그리고 그의 목표는 카운터 뒤에 그림처럼 서 있었다.

그녀는 미친 듯이 사랑스러웠다. 요 며칠 얼굴도 제대로 보지 못했던 진우에게 수영은 천사처럼 보였다. 그저 목소리로만 갈증을 풀고 그의 계획에 따라 어제 그녀에게 속옷을 택배로 보냈었다. 그러나 그의 계획의 클라이맥스를 담당하고 있던 속옷선 물은 아무 효력도 발휘하지 못했다. 당장에 전화가 오든 찾아오든 무슨 반응이라도 있을 줄 알았는데 아무런 일도 일어나지 않았던 것이다. 심지어 그녀는 집에도 오지 않은 것 같았다. 실망한 진우는 그녀에게 밤마다 하던 전화도 하지 않았다.

"힐링이 필요하세요? 주문하시겠습니까, 손님?"

요염한 와인빛 입술이 그에게 말을 걸고 있었다. 그녀는 천사가 아니었다. 마녀였다. 얼굴에 무슨 짓을 했는지 평소와는 다른 고혹적인 모습으로 그에게 말을 걸고 있었다. 완벽한 얼굴과 섹시한 목선이 그의 눈에 들어왔다. 오늘 그녀는 머리를 틀어 올려 핀으로 고정하고 빠져나온 몇 가닥을 그녀의 하얀 목선 뒤로 늘어뜨리고 있었다.

그는 복부에 대공포를 맞은 것 같은 느낌이 들었다.

그는 아무 말도 하지 못했다. 아니, 할 수가 없었다. 지금 입을 열었다간 신음만 나올 것 같았다. 그녀가 생긋 웃더니 뒤를 돌아 커피머신으로 다가갔다.

맙소사.

그녀는 온몸에 달라붙는 뭔가를 입었다. 검은색이다. 원피스라고 불리는 것일 테지만, 그건 그냥 피부였다. 완벽하게 몸에 달라붙어 보기 좋게 그녀의 라인을 그대로 보여주는 그것은 그녀의 엉덩이를 지나 조금 더 내려와 바로 끝나 있었다. 그 밑으로 반짝이는 무언가가 섞인 검은색 스타킹이 모양 좋은 그녀의 긴 다리를 감싸고 있었고 그 밑으론 아찔한 하이힐이 그녀를 받쳐주고 있었다. 어딘가에서 저격수가 스나이퍼 라이플로 그의 머리에 총알을 두 방 박아 넣었다.

커피를 담아 다시 돌아오는 그녀를 보니 그 검은색 원피스의 양쪽 어깨에서 주름 같은 것이 엑스 자로 내려와 그녀의 가슴을 교차하고 있었다. 그는 다시 가슴에 박격포를 두 방 맞았다. 다리가 휘청거리는 것만 같다.

"커피 나왔습니다."

그녀가 말했다. 진우는 가슴과 복부에서 피를 철철 흘리며 그녀에게 다가갔다. 그리고 안간힘을 써서 목소리를 끄집어냈다.

"옥상으로 올라와."

신음 비슷한 말이 분노에 휩싸여 그르렁그르렁 소리로 들렸다. 동현은 아까부터 준비실로 들어가 나오지도 않았다.

"좋아요."

수영이 산뜻하게 웃으며 말했다. 그는 자신의 몸이 땅이 울릴 정도로 떨리는 것이 분노 때문인지 욕망 때문인지 분간이 가지도 않았다. 그녀는 정신이 나가버릴 정도로 섹시했고, 그의 세찬 분노에도 끄떡없이 침착했다. 그는 최대한 자신의 위엄을 지키려고 애쓰며 꼿꼿하게 '힐링'을 걸어 나갔다. 다행히도 휘청거리지는 않은 것 같다.

그녀는 진우가 기다림으로 미치기 일보 직전에 나타났다. 그는 그녀가 나타나기 무섭게 창고 뒤로 끌고 들어가 그녀에게 키스를 퍼부었다. 그동안 참았던 시간이 모두 물거품이 될 정도로 진우는 그녀의 입술을 가지고 또 가졌다. 수영은 잠자코 그의 거친 키스를 모두 받아냈다.

"당장 벗어."

마침내 입술을 그녀에게서 떼어낸 진우가 이를 갈며 말했다.

"여기서요?"

숨을 헐떡이며 수영이 대답했다. 진우는 그녀에 대한 욕망과 분노로 정신이 딸깍 나가버렸다. 그가 그녀를 다시 집어삼켰다. 하지만 그는 곧 초인적인 자제력을 발휘해 그녀에게서 벗어났다. 그리고 이를 갈며 그녀에게 한 마디, 한 마디 쥐어짜서 내뱉었다.

"집으로. 지금. 가서. 당장. 벗어. 다신 입지 마."

"알았어요."

그녀가 다시 선선히 대답한다. 진우는 미쳐서 펄펄 뛸 지경이었다.

"누구 보여주려고 이런 걸 입어? 이것도 옷이야?"

그는 아예 소리를 지르고 있었다. 머리끝에서 김이 나올 지경이었다.

"진우 씨 보여주려고 입었잖아요. 그 속옷에는 이 옷밖에 못 입는단 말이에요."

얄미울 정도로 침착한 목소리로 그녀가 말했다. 진우의 모든 행동이 딱 멈췄다. 머리에서 나던 김도 멎었다.

"속…… 옷……?"

"응, 속옷. 진우 씨가 나한테 선물로 보냈잖아요. 기억 안 나요? 지금 입었어요. 이 속에."

그녀가 자신의 가슴 쪽을 손가락으로 가리켰다. 진우는 다리가 풀려서 주저앉을 뻔했다. 그런 그를 흘긋 본 그녀는 어디서 나왔는지 앙증맞은 클러치를 꺼내 휴지를 찾은 뒤 그의 손에 쥐여주었다. 그리고 뭉개진 자신의 입술을 휴지로 잘 닦고 다시 와인빛 립스틱을 고쳐 발랐다. 진우가 그저 황망히 서 있자 수영은 그의 손에 들린 휴지를 뺏어 들고 그의 입술을 꼼꼼히 닦아주었다.

"집에 가서 기다릴게요. 빨리 와요."

그녀가 엉덩이를 살랑살랑 흔들며 옥상 문 뒤로 사라지자 그는 창고 뒤 아무렇게나 버려진 더러운 벤치에 풀썩 주저앉았다.

그는 맹세할 수도 있었다. 그녀의 엉덩이 뒤로 꼬리가 보였다. 아마 9개쯤?

요물에게 걸린 게 분명하다. 저건 요물이다. 간이 뜯어 먹힐 것이다. 하지만 그는 절대 멈출 수 없었다.

진료를 마친 진우의 전화가 걸려왔을 때, 수영은 그의 침대에 앉아 있었다. 몇 시간째 그를 기다리고 있었지만 시간이 어떻게 갔는지는 그녀도 알 수 없었다.

―어디야?

다짜고짜 그가 물었다.

"집이에요."

그는 전화를 끊지도 않았다. 그의 숨소리가 거칠게 들리고 옆집의 문소리가 들렸다. 수영의 집으로 들어간 듯했다.

–어디냐고?

그가 전화에 대고 다시 물었다.

"집이에요. 진우 씨 침대."

전화 저편에서 짐승의 소리와 비슷한 울음소리가 들린 것 같았다. 쾅 하는 소리가 나더니 현관에 뭔가 부딪히는 듯 요란한 소리가 났다. 그리고 그가 들어섰다.

외래진료가 있던 터라 그는 오늘도 근사한 슈트를 입고 있었다. 그녀를 보고 숨을 몰아쉬는 진우는 다리가 풀릴 만큼 섹시했다. 침대에 앉아 있는 게 얼마나 다행인지. 그녀는 자신의 모습과 앉아 있는 각도, 그리고 그의 동선을 체크했다. 머리는 푸는 게 좋을까? 그에게 풀어달라고 할까? 만 가지 생각이 그녀의 머리를 떠돌았다.

진우는 들어올 때의 모습과는 사뭇 다르게 천천히 구두를 벗기 시작했다. 그녀를 계속 주시하며 한쪽을 벗고, 다른 쪽 다리를 들어 올려 나머지 구두를 천천히 벗겨냈다. 마치 그녀의 옷을 벗기듯 천천히.

초고속 카메라가 슬로 모션으로 돌아가듯 그가 그녀에게로 서서히 다가오고 있었다. 그가 슈트 재킷을 아무렇게나 벗어서 던졌다. 그리고 귀찮다는 듯 한 손으로 넥타이의 매듭을 잡아당겼다. 그건 가슴이 놀라 튀어나올 정도로 멋진 모습이었다. 여전히 그녀를 잡아먹을 듯 주시하며 걸어오는 그는 흡사 암사슴을 노리는 표범의 모습과 같았다. 그녀도 그를 쳐다보며 천천히 올렸던 머리를 풀었다. 그러자 그가 걸어오다 휘청하는 걸 본 것 같은 기분이 들었다.

한 손으로 넥타이의 매듭을 다른 한 손으론 넥타이 줄을 잡아 늘이며 넥타이를 풀어 던져버린 그가 마침내 그녀 앞에 섰다. 그녀는 어떻게든 숨을 쉬려고 안간힘을 썼다.

고개를 숙여 그녀의 얼굴과 자신의 얼굴이 같은 위치가 되자 그가 말했다.

"내가."

그의 목소리는 거의 들리지도 않을 만큼 낮았고, 조금 떨리는 듯도 했다.

"미치는 꼴이 보고 싶은 거야?"

그가 웃었다. 악마와 같은 미소였다.

그녀가 침을 꿀꺽 삼켰다.

"그래요."

그녀의 목소리도 잠겨가고 있었다. 자신이 말을 하는 건지 신음을 내는 건지 분간이 가지 않았다.

"성공했어."

말을 마친 그가 그녀의 입술로 와락 달려들었다. 그의 입술에는 그녀가 느껴보지 못했던 그의 필사적인 욕망이 들어 있었다. 그가 그녀를 집어삼킬 때에도 그는 마지막 자제력만큼은 언제나 남겨두었었다. 하지만 오늘은 그 모든 것을 벗어던진 강렬한 욕망만이 남아 있을 뿐이었다. 그는 그녀의 얼굴을 두 손으로 감싸고 미친 듯이 그녀의 입술을 탐했다. 그의 혀가 단번에 그녀의 입술을 가르고 들어오자 온몸이 짜릿함으로 부들부들 떨렸다. 그녀의 입속을 마음대로 탐험하던 그가 크게 신음을 토해내고 그녀에게

268

서 가까스로 입술을 떼어냈다.

그가 그녀에게 천천히 다가오고 있었다.

"멈출 거면 지금 말해."

그가 그녀의 등 뒤를 더듬으며 말했다.

"그래도 안 멈출 거니까."

그가 그녀의 입술을 삼키고 등 뒤에 단추가 없는 걸 확인하자 그녀에게 몸을 겹치며 그녀를 침대 위로 눕혔다.

"망할 놈의 단추가……."

그리고 자기 셔츠의 단추가 마음대로 열리지 않자 그는 투덜거리며 옷을 홱 잡아당겼다. 그의 셔츠에 남아 있던 단추들이 모두 뜯어져 사방으로 튀었다. 그녀가 놀라움으로 숨을 들이마시며 두 눈을 크게 떴다. 자신의 옷을 찢어버리듯 벗어버린 그가 그녀의 원피스를 아래에서 위로 단숨에 벗겨냈다. 그리고 다시 신음을 삼켰다.

자신의 작품임에도 불구하고 그녀의 속옷은 아찔할 만큼 뇌쇄적이었다. 모든 것이 다 레이스로 이루어진 그 물건은 그녀의 소중한 부분들을 아슬아슬하게 가려주고 있었다. 그의 입에서 흐느낌과도 비슷한 신음이 흘러나왔다. 그는 서둘러 나머지 옷도 벗어버렸다. 그리고 어느 틈에 나신이 된 그가 그녀에게로 돌아왔다. 운동으로 다져진 그의 몸은 훌륭했다. 과하지 않은 근육들이 그의 몸을 완벽하게 이루고 있었다. 그를 만져보고 싶은 욕구에 그녀가 그에게로 손을 뻗자 그가 그녀의 손을 가로채 그녀의 손바닥에 입을 맞췄다.

몽롱한 그녀의 눈이 겨우 떠지자, 그의 상기된 얼굴과 목에 툭

툭 일어난 힘줄이 보였다. 아찔할 정도로 자제하고 있는 그가 안쓰러워 그녀가 몸을 떨었다. 그러자 그가 그녀의 팔을 풀어주었다. 그리고 손을 움직여 그녀의 팬티를 단숨에 찢어버렸다.

"안 돼."

수영이 신음하듯 소리쳤다. 그가 살짝 미소를 짓더니 그녀에게 완벽히 몸을 겹친 후 그녀의 이마에 가볍게 입을 맞추고 말했다.

"또 있어. 빨간색."

그녀가 입을 딱 벌리자 그가 다시 입술을 겹쳤다. 그의 혀가 그녀의 입으로 들어옴과 동시에 그의 남성이 그녀의 안으로 들어왔다. 진우가 그녀에게서 입술을 떼고 그녀의 눈을 들여다보며 말했다.

"괜찮아?"

그의 눈엔 걱정이 가득했다. 그리고 그의 진심이 담겨 있었다. 그녀가 말없이 고개를 끄덕이자 다음 순간 그는 완벽하게 끝까지 밀고 들어왔다. 그녀는 헉하고 숨을 들이켜며 허리를 휘었다. 아픔도 느껴지지 않을 만큼 커다란 충격이 그녀를 강타했다. 그리고 그 충격이 가시자 아픔에 앞서 놀라운 만족감과 함께 자신을 꽉 채운 그를 느낄 수 있었다. 그는 그녀가 그것을 깨달을 때까지 충분히 오랜 시간을 놀랍도록 인내하며 기다려 주었다. 그가 그녀의 목에 얼굴을 묻고 가쁘게 숨을 내쉬었다. 고통스러운 것은 그녀가 아니라 그인 것 같았다. 마침내 그녀의 몸에서 긴장이 풀리고 그를 완전히 받아들일 준비가 되자, 그가 억제된 신음을 내며 천천히, 아주 천천히 몸을 움직였다.

그것은 정말 놀라웠다. 온몸이 흐물흐물 녹아내리기 시작했고 그녀의 안의 무언가가 조금씩 부풀어갔다. 그의 움직임에 맞춰 서서히 녹아내리고 다시 부풀고 있는 그것이 그녀의 중심에서 조금씩 시작해 온몸으로 퍼져 나갔다. 따뜻하고 간질간질한 느낌이 다가올 격정을 예고하고 있었다. 수영은 그 격정의 시작에 들어서서 끝으로 치닫고 싶은 마음으로 애가 닳았다. 하지만 그는 숨이 넘어갈 정도로 천천히 그녀에게 들어오고 있었다. 조용히 나갔다가 천천히 스윽. 그건 온몸이 녹아내릴 정도로 달콤했지만 만족할 수는 없었다. 그녀는 안달이 났다.

이게 뭔지는 모르겠지만 빨리 나한테 주는 게 좋을 거예요.

그녀의 다리가 그의 엉덩이를 감았다. 진우가 놀라 얼굴을 들자 그녀가 그의 얼굴을 자신에게로 끌어당겼다. 그리고 그의 입술을 삼켰다. 그의 놀란 입속으로 그녀의 혀가 기세와는 달리 다소 수줍게 침범해 들어갔다. 하지만 그는 움찔했다. 그러자 수영이 그의 등에 손톱을 세웠다.

그는 짐승 같은 신음을 냈다. 가늘게 버티고 있던 그의 자제력의 끈이 툭 하고 끊어지는 소리가 그녀의 귀에도 들리는 것 같았다.

그가 흐느낌인지 분노인지 모를 소리를 내며 거칠게 움직이기 시작했다. 그녀의 입술을 마주 삼키며 그녀의 혀에 엉켜들었다. 동시에 미친 듯이 치고 들어왔다. 그녀는 입을 벌렸으나 비명이 나오지 않았다. 아득한 감각의 끝에서 그녀에게로 무엇인가 다가오고 있었다. 몸 안의 모든 감각이 그녀의 안에서 격렬하게 움직이고 있는 그에게로 집중되고 있었다. 그가 전진과 후퇴를 거듭할수록 그녀에게로 다가와 부풀어가던 희열이 점점 빨라지고 강해졌다. 온 세상이 빙글빙글 돌고 있었다. 그리고 하늘 높이 날아올라 새하얗게 산화되었다.

수영에게 찾아온 절정은 그에게도 역시 찾아왔다. 잔인할 정도로 강하게 진우가 그녀의 몸으로 파고들었다. 그녀의 몸이 속절없이 흔들렸다. 이윽고 외마디 소리를 지른 그는 그녀에게로 자신의 체중을 실어왔다.

수영은 자신의 안에서 끊임없이 터지고 있는 불꽃을 바라보며 새로 찾아온 또 다른 절정을 따라 어딘가로 한없이 떠밀려가고 있었다.

"수영아, 오수영. 정신 차려."

그가 그녀를 부르고 있었다. 어딘가로 떠났던 그녀의 정신이 서서히 돌아오고 있었다. 조금 전 그녀는 두 번의 절정을 겪고 정신을 놓았다. 아득하고 황홀한 경험이었다. 가까스로 눈을 뜨고 그를 올려다보니 그의 걱정스러운 얼굴이 그녀를 내려다보고 있었다. 그는 화가 난 것처럼 보였다.

처음인 것이 분명한 그녀였다. 어떻게든 아픔을 덜어주려고 초인적인 의지로 자제하고 있던 그는 수영의 도발에 한순간에 이성을 잃어버렸다.

"그게 무슨 짓이야? 다치기라도 했으면 어쩌려고 그래?"

그가 자신의 이성을 잃게 한 수영의 도발을 책망하고 있었다. 하지만 걱정이 가득한 그의 눈은 자제력을 잃은 자신을 책망하고 있었다. 수영이 손을 들어 그의 얼굴을 감쌌다.

"난 괜찮아요. 좋았어요, 아주. 그리고 별로 아프지도 않았어."

그가 여전히 걱정스러운 얼굴로 그녀를 향해 미소 지었다.

"정말이야? 조심해야 돼. 지금은 괜찮은 것 같아도 내일이 되면 더 아플 수도 있어."

그녀의 말에 다소 안심이 되자, 그가 그녀의 얼굴에 온통 입을 맞추기 시작했다.

"괜찮다니까요. 내가 좀 특이체질이거든요. 진우 씬 봉 잡은 거예요."

그녀가 그의 입술을 피하며 킬킬거렸다. 그 웃음은 진우에게 바로 전염되어 그도 역시 쿡쿡대며 웃고 있었다. 그의 웃음소리는 정말 즐겁게 들렸다.

"이건, 언제 다시 할 수 있어요?"

한참을 그의 입술과 장난을 치던 그녀가 깜찍하도록 섹시한 표정으로 그에게 물었다. 진우가 그녀의 목에 얼굴을 묻더니 크게 웃음을 터뜨렸다.

"잠깐만 기다려."

그가 일어나 그녀의 입술에 길게 키스했다. 그리고 짙어진 눈동자로 그녀에게 말했다.

"지금."

그녀의 몸 안에서 그가 다시 커지고 있었다. 그가 연주하는 황홀한 율동이 그녀의 안에서 새롭게 시작되자, 수영은 그만 아무 생각도 할 수 없게 되었다.

방법 13. 불순물을 제거한다

　수영은 샤워를 하고 새 옷을 입고 자신의 집 거울 앞에 서 있었다. 거울 안에서 그녀가 자신을 보며 방긋방긋 웃고 있었다. 그저 비비크림 하나 발랐을 뿐인데 얼굴에서 광채가 나는 것 같았다. 여느 날과 다름없는 날인데 마치 인생의 첫날을 새로이 쓰는 것 같은 기분이 들었다. 갑자기 웃음이 비어져 나와 수영은 미친 여자처럼 샐샐거리며 춤을 추듯 방 안을 걸어 다녔다. 주체하지 못할 행복감이 심장에서 머리에서 쏟아져 나와 방 안을 채우는 것 같았다. 그동안 스쳐 갔던 만남과 처음이자 마지막으로 했던 잘못된 지난 연애가 그녀의 기억에서 사라져 갔다.

　그러다 그녀의 입에서 배어 나오던 웃음이 희미해지기 시작했다. 문득 어떤 깨달음이 그녀의 정신을 강타했기 때문이었다.

　큰일 났다!

그녀 몸속의 호르몬이 롤러코스터를 타는 것처럼 그녀의 기분을 타고 널을 뛰고 있었다. 행복과 불안이 동시에 찾아오고 웃음과 눈물이 섞여져 나왔다. 그녀는 바닥에 주저앉아 자신을 다스려보려 애쓰다 눈물을 쏟으며 전화기를 찾기 시작했다. 그러자 거짓말처럼 전화벨이 울려댔다.

－야, 너 어제 밤새 어디 갔었어?

전화기를 들자마자 버럭 외치는 친구의 목소리에 그만 눈물이 터져 버렸다.

"시은아!"

－뭐야. 야, 너 왜 그래? 왜 울어! 무슨 일이야! 너 진우 씨랑 무슨 일 있었어?

"시은아……."

－그래, 왜. 부르지만 말고 말을 해봐.

"나, 나 아무래도……."

－그래, 아무래도 뭐?

"진우 씨 사랑하는 것 같아."

－…….

왈칵 눈물이 솟아나 잠시 말을 할 수 없었다. 수영이 침묵하는 동안 시은도 마주 침묵하고 있었다. 수영의 눈물이 잦아들 즈음 시은이 조용히 말했다.

－식전 댓바람에 이게 웬 테러야, 대체. 이게 뭐야. 새로운 염장질이야?

"아니야. 그냥 가슴이 갑자기 턱 막히고 내가 미친 짓 하는 것 같고. 좋았다가 슬펐다가. 눈물도 막 나고. 나 왜 이러지?"

-이게 진짜. 야, 너 어제 뭐 했어. 너 혹시 진우 씨랑 잤냐?

예리한 시은의 말에 허를 찔린 수영은 한동안 아무 말도 못 했다. 그러다 퍼뜩 정신을 차리고 친구의 말을 부정하기 시작했다.

"아, 아니. 아무것도 안 했는데?

-잤네, 잤어. 아주 그냥 확실하게 잤어. 아무것도 안 했는데 아침부터 울고불고 사랑 타령이세요? 사랑 맞지, 이 자식아. 그럼 니가 사랑하지도 않는 남자랑 잤겠냐?

"아니라니까!"

-아유, 예. 제가 속아드리지요. 내가 전생에 무슨 죄를 지어서 이 좋은 날 웬수 같은 친구한테 전화해서 안 들어도 될 얘기를 듣고. 아이고, 내 팔자야. 그런데 너 피임은 했어?

"응."

-안 잤다며.

"그러니까."

-이 자식이 근데.

시은의 말에 수영이 깔깔대고 웃어버렸다. 역시 이럴 때 필요한 건 친구였다. 그녀의 기분이 다시 돌아와 있었다. 수영은 이제 정신을 차리고 시은에게 용건을 물었다.

"제가 다 잘못했습니다. 잘못했어요. 그런데 왜 전화하셨어요, 친구님?

-됐다. 됐고, 넌 어서 네 서방님한테나 가보세요. 전 용건이 있었는데 멘붕이 와서 좀 추슬러야겠네요.

말을 마친 시은이 일방적으로 전화를 끊어버렸다. 아무래도 치킨 셔틀 한두 번으론 어림없을 것 같은 불길한 예감이 들었다. 하지만 울 만큼 울고 친구에게 고백도 하고 나니 속이 후련해졌다. 그녀는 거울을 보고 자신의 얼굴을 점검한 뒤 집을 나섰다. 연인으로서의 첫날이 시작되려 하고 있었다.

그들은 진우의 집 침대에 앉아 벽에 걸린 대형 TV로 영화를 보기로 합의했다. 모처럼의 휴일이지만 수영의 상태가 걸어 다닐 만큼 좋지 않다는 결론을 진우가 냈기 때문이었다. 아무리 아니라고 우겨도 그는 끄떡도 하지 않았다. 난 주치의고 넌 환자니까 내 뜻을 따라야 한다는 강경한 주장이 뒤따랐다. 뭘 어쩌겠는가. 의사가 그렇다는데.

그러한 이유로 그들은 집에서 휴일을 보내기로 했다. 간단하게 점심을 만들어 먹고 지나간 영화를 한 편 받아보자는 그의 제안에 수영은 고개를 끄덕였다.

서로의 의견을 충분히 반영한 끝에 그들이 고른 건 SF영화였다. 무섭거나 잔인한 영화를 못 보는 수영과 손발이 오그라드는 로맨스영화나 눈물을 부르는 영화들은 싫다는 진우가 합의해서 골랐지만 영화의 중반쯤 들어서고 나서야 수영은 자신이 속았다는 걸 깨달았다.

지구의 근원을 찾아 광활한 우주를 탐험하는 아름다운 이야기일 줄 알았던 영화는 점점 음산한 BGM이 깔리기 시작하더니 이제 막 에일리언의 탄생을 예고하고 있었던 것이다.

웃음을 참고 있는 그의 모습이 눈을 돌리지 않아도 보이는 것 같았다. 이제는 놀랍지도 않다. 꼭 이러지, 꼭.

눈을 질끈 감았다. 징그러운 에일리언 애벌레가 사람의 입으로 막 들어가려던 찰나였다.

"이게 뭐예요?"

음산하도록 조용하게 그녀가 물었다.

"오수영이 고른 거잖아."

분명 그의 대답 중 히끅 소리가 들어간 것 같다. 분명.

"우주를 탐험하는 거라면서요."

"여태 우주 탐험했던 거 못 봤어? 같이 봐놓고."

시치미를 떼고 있지만 쿡 찌르기만 해도 배를 잡고 웃을 것 같은 얼굴과 목소리로 그가 말했다.

"나 놀리는 게 그렇게 재미있어요?"

"소일거리로 나쁘지 않지."

"못됐어, 진짜."

"그리고 충분히 매력적이고."

"아, 예."

"그거 긍정이야?"

"니예니예."

그의 눈썹이 휘어져 올라갔다. 그리고 TV 화면의 일시정지를 눌렀다.

"그건 대체 어디서 배운 말이야?"

그는 약이 오를까 말까 한 상태인 것 같다.

"안 알라줌."

그녀가 얄밉게 대답했다.

"뭐라고?"

이젠 아예 그녀 쪽으로 몸까지 돌린 그가 목소리를 높였다.

"약 오르죠?"

그녀가 낄낄거렸다.

"아무래도 어디선가 이상한 말을 해서 남자들을 약 올리는 재주를 가르쳐주는 것 같은데……."

그가 팔짱을 끼며 한숨을 쉬었다. 그리고 영화를 다시 재생시켰다.

영화는 후반으로 달려가고 있었다. 이제 에일리언과 인간의 싸움이 절정에 달하고 있었고, 눈에 띄게 잔인하고 피 튀기는 장면들이 난무했다. 그녀가 질색할 만한 장면들이 화면에 가득했지만 보고 싶지 않은데 흥미진진한 내용이라 그럴 수가 없었다. 그의 취미인 듯 커다란 화면과 각종 스피커가 갖추진 홈시어터 시스템도 그녀의 단호한 결정을 방해했다.

결국, 그녀는 진우의 등 뒤에서 나머지 부분을 감상하기로 했다. 여차하면 등 뒤로 숨으면 될 일이고 그의 넓은 등이 확실하게 시야를 가려주었기 때문에 안심하고 무서운 장면을 피할 수 있을 것이다. 다만, 무서워서 움찔거릴 때마다 그의 숨이 가빠지며 몸에 힘이 들어가는 것 같은 기분이 드는 건 어쩔 수 없었다. 그리고 그 예상은 정확히 맞았다.

"자꾸 그렇게 등 뒤에서 야릇하게 움직거리면 환자고 뭐고 의사가 달려드는 수가 있어."

그가 경고했다.

"그럼 무서운데 어떻게 해요? 자기가 이상하게 생각하는 거면서. 이 변태!"

그녀의 말이 끝나기 무섭게 변태 의사 선생은 화면에 나오는 에일리언만큼 무서운 괴물로 변해 그녀에게 덤벼들었다. 환자의 권리는 조금도 생각하지 않는 변태 선생. 하지만 지나치게 매력적이지.

그녀가 막 괴물에게 잡아먹히려는 순간 그들의 사이로 파고든 벨소리가 그녀를 살렸다.

"전화받아요."

"안 받아."

제물의 목을 탐하며 그가 말했다.

"계속 울리잖아요."

"괜찮아."

새로 입은 그녀의 티셔츠를 걷어 올리며 괴물이 답했다.

"병원일 수도 있잖아요. 급한 환자면 어떻게 해요?"

이제 막 그녀의 가슴을 잡았던 그의 손이 멈췄다. 그리고 마침내 그녀의 목에 묻었던 얼굴을 들었다. 눈빛으로 사람을 죽일 수 있다면 아마 지금 그의 눈빛으로 수백 명은 거뜬히 죽일 수도 있을 것 같았다.

꼼짝하지 말고 여기 있으라는 무언의 메시지를 손가락으로 보낸 그가 전화를 받으러 일어섰다. 전화벨은 끈질기게 울리고 있었다.

휴대폰을 확인한 진우가 이를 갈았다. 수영이 침대에 있는 걸 확인한 그가 이를 갈며 전화를 받았다.

"또 왜요?"

짜증스러운 목소리가 저도 모르게 튀어나왔다. 침대에서 수영이 벌떡 일어나는 게 보였다.

－너는 엄마가 전화했는데 첫마디가 뭐 그러니?

그의 짜증을 예상했는지 그의 어머니는 말과 다르게 평온한 목소리로 말했다.

"지금은 전화받을 만한 상황이 아니에요. 제가 나중에 전화드릴게요.

그가 목소리를 낮췄다.

－왜, 뭐 하는데? 너 오늘 오프 아니니?

"어머니는 제가 오프인 줄은 어떻게 그렇게 잘 아시는 거예요? 무슨 첩자라도 심어두셨어요?"

－무슨 말을 그렇게 하니? 아들한테 관심이 많으니까 잘 아는 거지.

"무슨 일이세요?"

－별일은 아니고…… 혹시 누구 찾아온 사람 없었니?

"……누구 보내셨어요? 이번에도 이상한 여자 찾아오는 거면 저 진짜 가만 안 있습니다."

－아니야. 얘는 언제 적 얘기를 또 끄집어내고 그래. 엄마가 미쳤니? 나는 혹시 예전 일로 또 누가 널 찾아가고 그럴까 봐, 하필 지금 같은 때…….

"하필이라뇨? 무슨 말씀 하시는 거예요?"

이상한 예감이 들었다. 분명 뭔가가 있었다.

－아니야. 아니라면 됐다. 그냥 괜히 마음이 불안해서 엄마가 헛소리했어.

"무슨 일 벌이시는 거 아니죠?"

－아니라니까. 넌 엄마를 그렇게 못 믿어?

"믿을 만한 일을 좀 해보세요, 그럼."

―아유. 머리 아파. 끊는다.

그의 어머니가 전화를 끊었다. 누가 찾아오다니. 이게 과연 무슨 소리일까.

"누구 전화인데 그렇게 받아요? 보험 들라는 전화예요? 아는 사람 같던데…… 병원은 아니죠?"

침대로 돌아온 그에게 수영이 물었다.

"그런 거 아니야. 하긴, 따지고 들자면 보험이나 병원보다 훨씬 성가실 수도 있겠지만."

침대에 양반다리를 하고 앉아 있는 그녀의 앞에 마주 앉으며 그가 말했다.

"귀찮게 구는 사람이에요? 스토커?"

그가 껄껄대고 웃었다.

"아니야. 우리 어머니였어."

"어머니요? 무슨 어머니 전화를 그렇게 받아요?"

"우리 어머니를 알면 그런 소리 안 할걸."

"어머니가 왜요? 기억은 잘 안 나지만 좋은 분 같았는데……."

"아주 어렸을 적이라 기억 안 날 텐데 좋은 분인 줄 어떻게 알아? 혹시 우리 어머니가 찾아오거나 전화하거나 그런 건 아니지?"

"아, 아니에요."

전화가 한 번 오긴 했었다. 좋은 분이었다고 말하려고 입을 열었다가 절대로 아들에게 말하지 말라던 그의 어머니의 부탁이 떠올라 수영은 입을 닫았다.

"어머니랑은 엮이지 않는 게 좋아. 지금 원대한 야망에 젖어 계시거든. 오수영이면 아주 딱 좋은 먹잇감이지. 현병원을 꿀꺽하실 생각인데 그 첫발을 내 결혼으로 시작하려는 이상한 계획을 세우셨어. 난 어머니가 원하는 결혼 절대 안 할 생각이고."

얼굴을 굳히며 미간을 찌푸린 그는 어딘지 낯설어 보였다.

"뭘 또 그렇다고 결혼을 안 해요?"

그 모습이 싫어서 수영은 입을 삐죽거리며 그를 건드렸다.

"뭐야, 오수영 지금 나한테 프러포즈 하는 거야?"

그가 곧 표정을 바꾸며 그녀를 놀려댔다.

"누가 그렇대요?"

그녀가 발끈했다. 그의 어깨를 때리려던 손이 그의 손에 잡혔다. 그가 히죽 웃었다.

"어머니 얘기는 그만하자. 이리 와."

그녀를 뒤로 밀어 침대에 쓰러뜨린 그는 다시 변태 의사 선생이 되어 그녀를 덮쳤다. 그의 에로틱한 검진을 거부하는 척하며 수영은 조금 전의 대화로 인해 새로이 생성된 불안감을 애써 잠재웠다. 그리고 그건 확실히 효과가 있었다.

월요일 오전, 모처럼 근사한 기분으로 출근한 진우는 외과 스테이션에 기대 전자 차트를 훑어보고 있었다. 완전해진 기분. 굳이 표현하자면 그러했다. 그는 지난밤 이후 자신이 태어나 처음으로 완벽해진 느낌이 들었다. 그동안 뭔가 부족한 기분으로 인생을 살아왔던 건 아니었다. 하지만 그는 이제 알았다. 자신도 몰랐던 깊숙한 곳 어딘가에 채워지지 않았던 부분이 완전해졌다는 걸.

그녀를 가지고 나서야 깨닫게 되었다. 세상엔 그런 남자들이 있다. 밤을 보내고 나서야 제대로 알게 되는 그런. 그리고 그는 정확히 그런 남자였다.

회진까지는 아직 한 시간이나 남아 있었고, 이제는 완전해진 그의 근사한 기분의 이유가 1층 카페에 앉아 있었다. 그런 이유로 그는 지금 슬금슬금 배어 나오는 웃음을 억지로 눌러 참으며 차트에 집중하는 척하고 있는 중이었다.

"선생님, 커피 한 잔 드릴까요?"

스테이션 안쪽에서 간호사 하나가 불쑥 얼굴을 들이밀었다.

"아니. 커피는 내가 알아서 먹을 수 있으니까 앞으로 신경 쓰지 말아요."

그동안 그가 그렇게 얘기를 했는데도 간호사들은 돌아가며 그의 커피를 챙겼다. 성가신 배려. 그의 주변엔 언제나 그러한 감정의 낭비가 넘쳐났다. 전혀 고맙지 않은 눈웃음과 선물 혹은 가벼운 접촉, 딱 질색이었다. 그에게 있어 여자란 성가신 존재였다. 아무리 싫은 내색을 내비쳐도 주변을 떠나지 않는 귀찮은 존재.

그런데 왜 성가신 걸로 따지자면 그중에서도 T.O.P인 수영은 귀찮지 않은 것일까. 왜 계속 그의 주변에 붙어 있어주었으면 하고 바라는 것일까. 어떻게 그를 완전하게 만들어주었을까.

사귀기로 하면 그녀에 대한 궁금증이 가라앉을 것으로 생각했다. 조금만 만지면 그녀에 대한 갈망이 채워지리라 생각했다. 그녀를 가지고 나면 욕망이 해소되고 나면 불쑥불쑥 떠올라 그녀에게로 달려가고 싶은 마음이 사라질 것으로 생각했다.

하지만 지금, 눈으로 차트의 글자를 쫓아가는 그의 머릿속엔 온통 수영의 생각뿐이었다. 아무래도 회진 전에 커피를 한 잔 마셔야겠다.

그는 결심한 듯 눈에 들어오지 않는 차트를 스테이션 데스크에 내려놓고 엘리베이터 쪽으로 걸음을 옮겼다.

"여기 있었네?"

그가 막 엘리베이터 안으로 들어가려던 찰나 그의 앞을 빨강 에나멜 구두가 막아섰다. 핏빛 빨강 스틸레토 힐 위쪽으로 날씬한 다리가 미니스커트의 아랫부분까지 이어져 있었다. 그리고 그 위를 한참 올라가 눈이 멀 것 같은 강렬한 색의 오렌지빛 머리카락이 보였다.

제기랄.

"오랜만이야, 현 선생. 나 안 보고 싶었어?"

이거였다. 어머니의 전화를 받았을 때 예상했었어야 했다. 그의 어머니가 말한 누가 찾아온다는 건 이것을 두고 한 얘기였을 것이다.

"무슨 일이야?"

잔뜩 찌푸린 얼굴이 그의 현재 기분을 드러내고 있었다.

"어머. 어쩜 이렇게 하나도 안 변했을까. 아무래도 여기서 할 말은 아닌 것 같은데, 회진시간까지 좀 남았지? 현 선생 방으로 갈까?"

동의를 구하는 것 같은 명령. 그녀의 방식이었다. 그리고 이미 그녀는 그의 방으로 향하고 있었다.

그녀를 자신의 방에 들인다는 건 생각하기도 싫었다. 과거의 기억이 되살아나며 그는 다급히 그녀를 쫓았다. 하지만 작정을 한

지연을 막기엔 역부족이었다.

"차도 한 잔 안 주는 거야?"

소파에 앉으며 지연이 말했다. 그가 무표정한 얼굴로 그녀를 돌아다보며 전기포트의 전원을 넣었다. 그의 넓은 등과 긴 다리가 그녀를 향해 있었다. 지연은 미소를 지으며 손가락으로 자신의 입술을 훑었다. 여전히 멋지구나, 현진우.

"10분 줄 테니까 빨리 말하고 가."

그녀의 짜릿한 상상을 흩어놓으며 그가 그녀의 앞에 종이컵을 내밀었다.

"어디 갈 데 있니? 회진까지 30분이나 남았는데 바쁜 척이야. 어머, 그런데 이거 녹차야? 혹시 기억하고 있었어, 내가 녹차만 마시는 거?"

그저 제일 먼저 손에 잡히는 걸로 내놨을 뿐이었다. 어서 빨리 쫓아내고 싶은 마음이었다. 하지만 지연은 만족한 웃음을 머금고 그를 향해 교태 어린 시선을 보내고 있었다. 당장 끌어내고 싶지만 그녀라면 당연히 소란을 피울 것이 분명했다. 예전에 당할 만큼 당해 본 터라 그는 여기서도 구설에 휘말리고 싶진 않았다.

"여긴 웬일이야? 박 선생 한강대학 병원으로 간다고 하지 않았어?"

"어휴. 여전히 멋없긴. 아직 녹차에 입도 안 댔다."

새빨간 입술로 종이컵을 마지못해 가져다 대며 지연이 말했다.

"녹차 마시러 온 거 아니잖아."

일어선 채 그녀 앞에 팔짱을 끼며 그가 말했다. 얼른 마시고 꺼져. 그의 몸짓이 그녀에게 말하고 있었다. 하지만 지연은 그를 못 본 척하고 입술을 삐죽거렸다.

"나 여기 펠로우 지원했어. 앞으로 잘해보자."

"여기? 한강병원은 어쩌고. 그리고 여기 내과 펠로우 티오 없을 텐데?"

정신이 아득해졌다. 또다시 이럴 순 없다.

"아버지가 힘 좀 써주셨지. 못다 한 일이 있다고 내가 졸랐거든."

"박 이사님이?"

"이번에 상무 되셨어. 우리 아버지, 너희 어머니랑 같은 라인이잖아. 우리 아버지가 무척 힘이 되어드리고 계시지."

진우는 머리가 지끈지끈 아프기 시작했다.

"그래서? 그게 나랑 무슨 상관인데? 못다 한 일은 또 뭐고?"

"왜 상관이 없어? 이제 우리 둘, 너무 어울리게 된 거 아니니? 조건도 완벽해졌고, 또 우리 둘이 같이 일하게 되면 그림도 좋아지겠고."

"무슨 소리야? 알아듣게 말해."

"결혼 말이야, 못다 한 일. 예전에 너랑 나, 어머니가 억지로 밀어붙이시는 바람에 안 좋게 끝났잖니. 이제 어머니 빼고 우리끼리 연애하자. 연애해서 결혼하면 되잖아. 이렇게 딱 맞는 조건 아무리 찾아봐도 없는 것 같아. 겸사겸사 우리 결혼이 너희 어머니께 힘이 되면 더욱 좋은 거고. 좋은 조건 찾으시려고 여기저기 너 선보게 하시는 것 같던데 이제 내 조건이 더 좋으니까 나랑 하면 어때?"

"제정신이 아니군. 잊었어, 서울에서 박 선생이 무슨 일을 벌였는지? 그래놓고 여기 와서 잘도 뻔뻔스럽게 결혼이 어쩌고 하다니. 기가 막히는군. 정신과 진료를 좀 받아보지그래?"

그가 이를 드러내며 그녀를 위협했다.

"원래 내가 그래. 목적을 위해선 수단을 가리면 안 되는 거 아니야? 저번엔 잘 안됐지만 어차피 현 선생도 혼자고, 이럴 바엔 나랑 결혼해."

물론 먹히진 않았다. 예전에도 앞뒤 안 가리고 밀어붙이던 지연이었다.

"우리 어머니 때문에 일이 잘못된 게 아니야. 애초에 아무 사이도 아니었다고, 박 선생과 나는. 게다가 온통 거짓말을 하고 다닌 건 박 선생이야. 결국 그것 때문에 모든 걸 망쳤지. 바로 박 선생이."

"정리해, 그 여자."

그의 말은 전혀 그녀의 귀엔 들리지 않는 것 같았다. 아니, 들을 생각이 없는 듯했다. 그가 말한 건 아무것도 아니라는 듯 자신의 손톱을 살피며 엉뚱하게 그녀가 말했다.

"무슨 말을 하는 거야?"

"만나는 여자 있지? 정리하라고."

"기가 막히는군. 여기서 당장 나가, 박 선생. 그리고 허튼짓했다간 내가 가만두지 않을 거야."

진우의 소름 끼치도록 차가운 말투에도 불구하고 얼굴엔 웃음까지 담은 채 지연이 정신 사나운 오렌지빛 머리를 사뿐히 날리며 자리에서 일어났다.

"임신했다고 거짓말했던 건 정말 미안해. 난 그러면 곧 결혼할 줄 알았지. 그것 때문에 난리가 날 줄은 몰랐다니까. 사귀다 보면 뭐 그럴 수도 있는 거 아니야? 이번에는 안 그럴 테니까 좀 봐줘."

"나가."

그가 이를 갈며 그녀에게 말했다.

"아이구, 무서워 죽겠네. 가라니까 가볼까. 현 선생이 정리 못하겠으면 그 여자는 내가 알아서 해결할게. 그럼 또 봐."

또각또각 문 앞으로 걸어간 지연이 잠시 멈춰 서서 눈부신 미소를 지으며 그를 향해 말했다. 동시에 문이 닫혔다. 그녀가 떠나고 나자 지독한 향수냄새가 온 방 안에 남아 지독한 예감처럼 그의 기분을 조금씩 갉아먹고 있었다.

그는 10분째 그녀의 집 문 앞에서 그녀를 기다리고 있었다. 달그락거리는 소리가 들리는 걸로 봐서 곧 나올 것 같아 없는 참을성을 만들어내는 중이었다. 문을 두드리려고 손을 들었다가 그만 벽에 어깨를 기댔다.

그녀는 타고난 고집쟁이였다. 말 하나는 기가 막히게 잘 듣는 그녀의 성격 중 한구석에 숨어 있던 막내의 고집이었다. 고집이라면 한다 하는 그가 그녀에게 명함도 못 내밀고 있는 이유는 바로 '지킬 건 지켜야 한다'는 그녀의 논리 때문이었다. 가까이 살기 때문에 서로의 공간을 존중한다. 어디 한 군데 이의를 제기할 수 없는 것이 문제였다.

"이렇게 하나씩 허용하다 보면 동거랑 뭐가 다르겠어요? 난 싫어요."

하루에 한 번 커피 마시러 갈 때나 얼굴을 보곤 겨우겨우 시간을 내야 만날 수 있는데도 그녀는 언제나 집 앞에서 그를 밀어냈다. 턱을 쳐들고 고개를 까딱거리며 그에게 훈계하는 그 모습에 가끔씩 그는 그녀의 목을 졸라야 할지 숨 막힐 때까지 품 안에 끌어안고 키스를 퍼부어야 할지 헷갈렸다.

그래, 다 좋다. 일찍 집에 들어가는 것도 좋고, 그녀의 집에 자신을 들이지 않는 것도 좋다. 하지만 대체 왜 아침마다 따로 가야 하는지는 이해할 수 없다. 지난번 그의 방에 나타난 이후 지연은 모습을 드러내지 않고 있었다. 새로운 내과 펠로우가 올 거란 소문이 병원 내에 파다했고, 숨은 실세라는 얘기도 돌았다. 그러니 잘 다니던 한강병원을 그만두고 오는 것이란 소문도. 아마 그쪽 병원의 일을 해결하고 오려면 시간이 조금 더 필요할 것이다. 그 안에 뭔가를 해두어야 했다. 될 수 있으면 그 뭔가가 수영에게 얘기하지 않고 넘어가는 것이면 좋겠다. 그래서 그는 이제부터 그녀와 함께 출근하기로 결심, 아니 결정했다.

물론 때가 되면 그녀에게 모두 얘기해야겠지만 쉽게 오해할 수 있는 상황이라 그에 대해서는 쉽게 결정을 내리지 못하고 있었다. 어쨌든 그때가 될 때까진 수영을 지켜야 했다. 그러기 위해선 될 수 있는 한 같이 있어야 했고.

그러나 문에 기대어 기다리고 있던 시간이 15분을 넘어가자 그의 이마 위로 핏대가 올라오기 시작했다.

"어?"

드디어 문을 열고 나온 그녀가 그를 보고 내뱉은 첫마디였다.

그는 말 그대로 심통이 났다.

"그래, 난 잘 잤어. 당신은?"

'어?'라니. 아침 인사가 '어?'라니. 대체 왜 난 이 여자와 사귀는 걸까.

"왜요?"

그의 말 따위는 들리지도 않는지 어리둥절한 표정으로 그녀는 다시 그에게 물었다.

"오늘부터 같이 출근할 거야."

무시무시한 목소리를 냈지만 그녀에겐 어림없었다. 문을 조심스럽게 닫은 후 그의 얼굴을 찬찬히 살피던 수영이 물었다.

"명령이에요?"

그녀가 그의 팔짱을 꼈다. 그는 솟아오르려는 입꼬리를 부단한 노력 끝에 그 자리에 머물게 했다.

"권유지."

하지만 자신도 모르게 웃음에 젖은 부드러운 목소리가 나왔다. 그녀가 작게 한숨을 쉬는 소리가 들렸다.

"진우 씨 가만 보면 되게 어리광쟁이인 거 알아요?"

웃음이 빠른 속도로 사그라지고 입꼬리가 아래로 처졌다. 그리고 그는 대꾸하지 않았다.

"내가 싫다 그러면 삐칠 거잖아요. 아니긴 뭐가 아니에요. 지금도 볼 삐쭉 나온 게 삐쳤구만."

맹세코 아무 말도 안 했다. 그리고 볼이 나오긴 어디가!

"좋아요. 같이 출근해요. 그 대신 지하주차장에서 바로 내릴 거예요. 누가 보면 진우 씨가 책임져요."

고작 이런 일에 기분이 좋아지다니. 그는 아무래도 자신이 그녀에게 철저히 조련당하는 것 같다고 생각했다.

"하여간 남자들이란."

그녀가 조수석에 앉아 입을 삐쭉 내밀며 말했다. 하지만 그는 자신도 모르게 히죽히죽 웃고 있는 자신을 발견했다. 머리를 내저으며 그가 차를 출발시켰다.

난 아마 이 여자한테 안 될 거야. 평생 못 벗어나겠지.

지하주차장엔 다행히 아무도 없었다. 그녀의 우려에 응답이라도 하듯 진우에게 응급호출이 왔고 그는 차 문을 잠금과 동시에 계단으로 뛰어 올라가야 했다. 솔직히 말해서 그가 호출을 안 받았다면 계단으로 뛰어 올라가는 건 수영이 됐을 수도 있었다. 그러려고 했고 말이다.

덕분에 시간을 좀 얻어서 수영은 백미러에 얼굴도 비춰 보고 가방도 고쳐 매고 옷차림도 점검한 다음 엘리베이터로 향했다. 몇 미터 못 가서 가로막혔지만.

"잠깐만요."

강렬한 오렌지빛 머리칼과 새빨간 입술이 마치 선전포고를 하듯 그녀를 가로막았다. 모르는 얼굴이었다. 환자 보호자인가? 길을 묻는 것 같아 수영은 다음 질문을 기다리며 그녀의 얼굴을 바라보고 있었다.

"현진우 선생이랑 무슨 관계예요?"

응? 이건 예상치 못한 질문이다.

"네?"

당연히 되물을 수밖에.

"방금 현 선생이랑 같이 차에서 내린 거 아니에요? 내가 봤는데. 둘이 무슨 사이예요?"

수영의 육감이 말하고 있었다. 이건 적이라고.

"제가 왜 그걸 알려드려야 하죠?"

오렌지의 얼굴이 일그러졌다. 뭐, 바라던 바였다.

"사귀는 여자가 있다더니, 겨우 이거였어?"

혼잣말하듯 허공을 향해 입을 달싹이고 있었지만 분명히 들으라고 하는 소리였다. 그런데 지금 '이거'랬지? 나한테 'this'라고 한 거야?

"누구시죠?"

최대한 침착하게 얘기하려고 했다. 하지만 뱃속이 부글부글 끓고 있다. 너야말로 진우 씨랑 무슨 관계냐고 머리채를 잡고 싶다.

"나, 현진우 선생이랑 결혼할 사이예요. 더 상처 받기 전에 정리하는 게 좋을 거예요. 원래 현 선생한테 벌레 꼬이는 거야 예전부터 그랬지만 이 이상 관대하게 대해주진 않을 거니까."

뭐래, 이 마녀 같은 게.

결혼이란 단어가 나온 순간 뒷골이 띵해지고 눈앞이 흐려졌지만 이대로 주저앉는다면 이 여자한테 지는 거다. 비릿한 미소를 띠고 수영의 대답을 기다리고 서 있는 오렌지에게 만족감을 주긴 싫었다. 수영은 속으로 열까지 셌다. 그리고 크게 숨을 한번 쉬고 이렇게 말했다.

"결혼한 건 아니죠? 일단 범죄는 아니니까 나머지는 제가 알아서 해결하도록 하죠. 그리고 제가 좀 바빠서요. 출근 시간이 벌써 지났거든요."

오렌지가 입을 딱 벌리고 기가 차다는 듯 수영을 흘겨보고 있었다.

"좀 비켜주세요. 엘리베이터 왔거든요."

약이 바짝 오른 게 보이는데도 오렌지가 길을 비켜주었다.

"의사예요?"

엘리베이터 안에서 1층을 누르고 서 있던 수영에게 바깥에서 오렌지가 물었다.

"글쎄요."

문이 닫혔다. 여전히 입을 벌리고 서 있는 오렌지의 얼굴이 문에 가려 사라졌다.

"뭐 저런 게 다 있어?"

문 밖으로 그녀의 마지막 말이 들렸다. 엘리베이터가 올라가는 소음에 묻혀 잘 들리지 않았지만 분명 악쓰는 소리도 들린 것 같았다.

수영은 몇 분째 계속 똑같은 컵을 닦고 있었다. 이러다 정신병에 걸릴 것 같아 마지못해 닦던 컵을 제자리에 돌려놨다.

분명 아닐 것이다. 그랬다면 알았을 것이다.

양다리를 걸칠 만큼 뻔뻔한 성정의 소유자도 아니고 거짓말할 사람은 더더욱 아니다. 그리고 무엇보다 그럴 만한 시간이 없는 사람이다. 그런데 왜 이렇게 불안하지?

수영의 얼굴이 점점 어두워졌다. 아까부터 암흑의 오로라를 뿜어대고 있었기 때문에 동혁은 주변에 얼씬도 하지 않았다. 준비실이라도 정리하고 있겠지.

수영은 다시 숨을 몰아쉬고 아까 닦았던 커피 머신을 또다시 닦았다. 스팀을 뽑아 소독도 다시 했다. 그래도 불안한 마음이 가시질 않는다.

"의사 아니었네요?"

주차장에서 만났던 오렌지 머리가 불쑥 나타났다. 가슴이 철렁 내려앉았지만 수영은 얼굴 가득 웃음을 짓고 그녀를 맞았다.

"힐링이 필요하세요? 주문하시겠습니까?"

기가 막힌다는 얼굴이 답으로 돌아왔다.

"그게 인사예요? 유치해서 원. 그런데 나랑 얘기해야 하지 않아요?"

"제가 그래야 하나요?"

"나 현진우 선생 약혼자라니까."

오렌지의 목소리가 높아졌다.

"아까는 결혼할 사이라면서요."

"그게 그거잖아요. 지금 나랑 장난해요?"

눈꼬리가 하늘로 치솟아 오르며 소리를 지르는 지연에게 수영이 말했다.

"지극히 심각한 건데요. 주문 안 하실 거면 나가주세요."

애쓴 덕에 평온한 목소리가 나왔다. 하지만 오렌지의 씨근덕거림이 한층 심해진 것 같다.

"얘기하자고, 당장. 시끄러워지기 전에."

지연이 이를 갈았다. 이쯤 해둘까. 수영은 마지못해 고개를 끄덕였다.

"지금은 근무시간이라 곤란합니다, 손님. 12시에 병원 건너편에 있는 별다방에서 뵐까요?"

여전히 상냥하게 말하고 있는 수영의 얼굴에 침이라도 뱉을 기세로 씩씩대던 지연이 몸을 홱 돌려 '힐링'을 나갔다. 정말 얘기가 하고 싶은 거라면 기다리겠지.

수영은 일부러 시간을 끌다 30분이나 지난 후에야 그 자리에 나갔다. 멀쩡한 자신의 가게를 놔두고 거대 글로벌 기업의 커피를 마셔서 그들의 배를 불려줘야 하는 데 대한 분노도 함께 지닌 채로 말이다. 그런데 아직 자리에 다 앉지도 않았는데 공격이 들어왔다.

"헤어져요. 둘이 무슨 사이가 됐든 문제 삼지 않을 테니까."

아직 다 앉지도 않았다고, 이 마녀야. 페어플레이 몰라?

"제가 왜 그래야 하죠?"

쉽게 당할 생각은 없다. 수영은 침착하게 받아쳤다.

"진짜 머리 나쁜가 보네. 내가 현진우랑 결혼할 사이라구요. 몇 번을 말해? 이 시점에서 댁이 상간녀가 되는 거지. 나한테 머리채라도 잡혀봐야 정신 차리겠어요?"

일부러 그러는 건지 원래 말투가 그런 건지, 기분 나쁜 어조에 간간이 섞여드는 반말도 한몫하고 있다. 그냥 태생이 거슬리는 사람인 느낌. 다시 말해 재수 없다.

"모르시는 것 같아서 드리는 말씀인데, 상간녀는 상습간통녀의 줄인 말이거든요. 상습적으로 간통하는 여자. 아까도 말씀드렸지만 진우 씨랑 그쪽이 결혼할 사이인지도 잘 모르겠지만, 일단 결혼을 한 사이는 아니니까 전 간통녀도 아니고 상습이라니 그건 더더욱 아니에요. 그리고 더 하실 말씀 없으시면 전 바빠서 이만 가보겠습니다."

또박또박 말을 마치고 수영이 자리에서 일어났다.

"가긴 어딜 간다고 그래!"

뾰족한 목소리가 빨간 입술을 가르고 나왔다. 지연은 당황한 기색이 역력하게 수영을 붙들어 앉혔다. 놀란 가슴을 가다듬고 다음 할 말을 생각하느라 자기도 모르게 손톱을 입으로 가져갔다. 은색과 분홍이 그러데이션 된 손톱이 그녀의 빨간 입술을 짓이겼다. 조금 전까지 완벽하던 네 번째 손톱을 못난이로 만들어놓고 나서야 그녀의 다음 말이 나왔다.

"만만치 않네요, 오수영 씨. 그러니 약혼자 있는 남자를 가로 챘겠지. 무슨 카드가 있길래 이렇게 당당하게 구는 거예요? 혹시 임신했어요?"

대답할 가치도 없는 말에 수영은 당연히 대꾸하지 않았다. 침묵을 긍정으로 받아들였는지 막 세 번째 손톱을 물어뜯던 지연이 기세등등해졌다.

"그걸로 현 선생을 잡을 수 있을 것 같아요? 이봐요, 순진한 아가씨. 결혼은 조건 대 조건이에요. 일개 카페 직원 주제에 병원 원장 아들을 차지하겠다니, 꿈 한번 크네."

결혼이라……. 수영은 지난번 어머니 때문에 결혼은 절대 안 할 거라던 진우의 말이 떠올라 헛웃음이 지어졌다.

"글쎄요. 결혼까지 생각해보진 않았는데."

그녀의 말에 지연이 반색을 했다.

"생각 잘했어요. 결혼은 안 되지. 그래도 아주 머리가 안 되는 건 아닌가 봐? 좋아요. 얼마면 되겠어요? 이 일은 내 선에서 처리하는 게 좋겠어요. 현 선생네 어머님이 이 일 아시면 나처럼 좋게 끝내진 않으실 거니까. 댁의 직장이 그분 거라는 말이에요. 일이고 뭐고 다 잃고 거지꼴로 쫓겨나고 싶지 않으면 내 말 잘 들어요. 주제를 알고 처신하라는 말이야."

수영은 양손으로 테이블까지 쳐가며 자신을 위협하려 애쓰고 있는 지연을 물끄러미 쳐다보고 있었다. 그의 어머니의 전화는 이미 받았다. 지나치리만큼 다정하게 잘해보라고 조용히 둘의 사이를 지원하겠다던 목소리가 떠올랐지만 그저 잠자코 있었다. 문득 지연이 준다는 돈은 얼마일까 궁금해졌다. 받아버릴까. 사고 싶은 가방이 있긴 한데.

지연은 자신의 말을 멍하니 듣던 수영의 고개가 툭 떨어지는 것을 보며 쾌재를 불렀다. 드디어 목적이 달성된 것이라 생각이 들어 자리에서 일어나 손뼉이라도 치고 싶었다. 이제 곧 눈물바람이 불겠지. 그녀의 흐느끼는 어깨를 어서 보고 싶어 안달이 나 죽을 지경이었다.

하지만 그녀의 기대는 고개를 든 수영의 화난 얼굴과 귀에 가져다 댄 휴대폰을 보자 대번에 박살이 나버렸다.

"지금 뭐 하는 거예요?"

휴대폰을 뺏으려는 지연의 손을 수영은 가볍게 피했다. 뭐, 이 것도 페어플레이는 아니지만 어쨌든 반칙은 그쪽이 먼저 했으니까. 예상치 못한 상황에 당황하여 어쩔 줄 모르는 지연을 보며 수영이 생각했다.

운에 맡겨보기로 했다. 응급호출을 받고 갔으니 못 받으면 그만이지만, 혹시 받을 수 있으면 받겠지.

─여보세요?

그가 전화를 받았다. 행운의 여신은 수영의 편이었다.

"진우 씨, 결혼해요?"

수영이 쏘아붙였다.

─뭐라고?

"진우 씨랑 결혼한다는데요, 오렌지색 머리의 여자분께서. 이름은 모르겠고."

순식간에 사태가 파악된 진우가 애꿎은 수영에게 소리를 버럭 질렀다.

─거기 어디야?

그는 바람처럼 달려 나왔다. 하도 험악하게 모든 일을 내팽개치고 달려 나와서 그 누구도 그를 말리지 못했다. 하긴 응급상황이라면 그에게 이만한 응급상황은 아마 없을 것이다.

"지금 뭐 하는 짓이야? 박지연 선생, 내가 분명히 말했을 텐데? 허튼짓하면 가만두지 않겠다고."

지연은 지옥에서 온 사자처럼 자신의 앞에 무서운 형상으로 서 있는 진우를 보고 벌어진 입을 다물지 못했다. 자신이 알고 있는 현진우는 응급상황을 뒤로하고 달려 나올 수 없는 인간이었다. 절대 그러지 않을, 그럴 수 없는, 그럴 리 없는 뼛속까지 외과의사 현진우가 지금 자신의 눈앞에 있다는 걸 믿을 수 없었다. 가운도 벗지 못한 채로, 고작 이 여자 때문에. 일개 카페 직원인 하찮고

비천한 이따위 여자 때문에 말이다.

"현 선생 지금 응급 까고 온 거야? 수술 아니었어?"

지연의 말엔 대꾸도 않은 채 그는 수영의 팔을 잡아 일으켰다.

"이 여자 말 믿지 마. 다 거짓말이니까."

수영은 순순히 그의 팔에 붙들려 일어났다. 이미 그의 화난 얼굴과 당황한 지연의 얼굴을 보고 사태를 파악했지만 짐짓 모르는 척 그에게 물었다.

"약혼자 아니에요?"

"약혼자는 무슨 약혼자!"

그가 버럭 하고 소리를 지르는 바람에 질문한 수영과 엉거주춤 따라 일어나던 지연은 물론 주위에 앉아 있던 사람들까지 모두 놀라 그를 쳐다봤다. 이렇게까지 화난 그는 처음이었다.

"난 현실을 알려준 것뿐이야. 어차피 네가 결혼을 한다면 결국 나 정도 조건의 여자랑 하지 않았겠어? 너희 어머니도 날 좋아하셨잖아. 너랑 이 아가씬 죽었다 깨나도 안 돼. 어머니가 가만 계시지 않을걸. 즐기는 건 적당히 해. 나도 억지로 갈라놓을 생각은 없으니까. 그래도 적당히 해. 난 아이는 못 키워줘."

억지로 몸을 곧게 세운 지연이 몸의 떨림을 애써 감추며 그들에게 말했다. 쉬울 거라 생각했으면 여기까지 따라오지도 않았다. 이제 시작인데 여기서 멈출 순 없었다.

"너야말로 적당히 해. 어머니? 그래, 아시면 아주 난리가 나겠지. 난 상관없어."

너무 좋아서 난리가 날 테니 그게 문제였지만 그의 말을 다르게 해석한 지연은 입에 미소까지 띠며 그에게 경고를 날렸다.

"좋아. 그럼 너희 어머니께는 내가 알릴게. 그래도 되겠어?"

"네 마음대로 해. 단, 내가 그대로 당하고 있지만은 않을 거란 건 알아둬. 그리고 수영이 가만 놔둬. 한 번만 더 접근했다간 네가 좋아해 마지않는 권력이란 걸 나도 휘둘러볼 참이니까. 아마 네가 휘두르는 것보다 내가 하는 게 훨씬 더 위력적이겠지."

말을 마친 그는 수영의 손을 잡고 거침없이 그녀의 시야를 벗어났다. 진심이 담긴 그의 협박에 지연은 등골이 오싹해졌다. 하지만 그녀의 오렌지빛 머리색만큼 그녀의 성질도 오렌지빛 불꽃 같았다.

"내가 이대로 끝낼 줄 알아?"

그래도 서슬이 시퍼런 그의 등 뒤의 기운이 무서워 그녀는 그저 작은 목소리로 중얼거릴 수밖에 없었다.

방법 14. 가열한다

지연의 출현은 병원 내의 모든 핫한 소식을 단번에 제치며 이른바 센세이션을 일으켰다. 나타나자마자 모든 병원 여자 직원을 적으로, 모든 남자를 자신의 추종자로 만드는 기이한 매력으로 그녀는 병원에 등장한 지 세 시간 만에 윤별로를 밟고 일어섰으며, 아직 아무 남자도 후리지 않았음에도 불구하고 이미 병원 내 남자 후리기계의 끝판왕으로 올라섰다. 이 모든 소식은 물론 경미의 입을 통해 수영에게로 전달됐다. 하지만 여느 때와 다를 바 없이 어느 쪽에도 서지 않고 별 관심도 두지 않는 수영으로 인해 경미는 지금 극도의 스트레스를 받고 있는 중이었다.

"그 오렌지 마녀가 현 쌤을 얼마나 쫓아다니는 줄 알아? 니가 이러고 있을 때가 아니야."

"오렌지 마녀가 누구야?"

"누구긴 누구야, 박지연 선생이지. 자기가 내과 펠로우지, 외과 펠로우야? 웃겨, 진짜. 현 쌤이 그렇게 찬바람을 날리는데 아주 그냥 외과에 가서 살더라고. 다른 사람들이 그렇게 눈총을 주는데 꿈쩍도 안 하는 거 있지? 아무튼 내가 본 여자 중에 제일 재수 없어. 너도 조심해. 미리 가서 머리채를 확 잡든가. 언제든 싸울 준비가 되어 있어야 한다고. 얘, 내가 도와줄까? 응?"

경미의 눈이 반짝반짝 빛나고 있었다. 언제든 싸울 준비가 되어 있는 건 경미가 아닐까 싶다.

"하여튼 별명 만드는 거 어지간히 좋아해. 온 병원 선생님들을 다 별명으로 부를 셈이야?"

수영이 킥킥거렸다. 오렌지 마녀라니. 딱 맞는 별명이긴 했다.

"지금 그게 중요해? 그 여자가 본원 박 상무님 딸이란다. 자기 입으로 얼마나 말을 하고 다녔는지 온 병원에 모르는 사람이 없어요. 자기는 급이 다르다, 이거지. 간호사들은 싹 무시하고 여선생들은 취급도 안 해. 자기를 여신으로 받들어줄 만한 남자 선생들하고만 어울리고. 어디서 벼락 안 떨어지나? 귀신은 뭐 해? 아우 짜증 나!"

경미가 소리를 빽 질렀다. 그러다 문득 멈춰 서더니 수영에게로 다가와 코를 킁킁대며 냄새를 맡기 시작했다.

"뭐야, 이거 이 냄새. 어디서 분명히 맡아봤는데……. 헉. 너 이거 오늘 현 쌤한테서 나는 냄새랑 똑같은 거 같은데?"

이번엔 수영이 당황할 차례였다.

"뭐? 무슨 냄새? 아무 냄새도 안 나는데."

"아무 냄새가 안 나다니. 지금 꽃향기 비슷한 거 나는데. 오늘 현 쌤한테서 향기난다고 섬유유연제 뭐 쓰냐고 지금 난린데, 원인이 너였어?"

수영이 아예 자신에게로 코를 박고 냄새를 확인하고 있는 경미를 밀어냈다.

"아유, 아니래도. 그리고 언니는 정형외과 간호사가 외과의사 몸에서 나는 냄새까지 알아?"

"아니, 그건 내가 아까 잠깐 외과에 심부름 갔다가……."

경미의 눈이 가늘어지며 수영에게 다가왔다.

"너 설마, 진도 나갔니? 응? 왜 둘이 같은 냄새가 나는 거야?"

탐정의 눈으로 변한 경미를 피해 수영이 자리에서 일어났다. 경미의 집요한 질문이 그녀를 다그치려고 하는 순간, 때마침 울려 준 문자 알림 덕에 그녀는 경미에게 핑계를 대고 자리를 뜰 수 있었다. 도망치듯 가게 문을 나서는 그녀의 뒤로 경미의 외침이 들려왔다.

"나한테 후기 쓰랬잖아. 후기 써! 니가 그냥 이대로 넘어갈 수 있을 줄 알아?"

현병원의 내과는 6개로 세분화되어 각기 다른 전문의에게 진료를 받을 수 있었다. 센터가 있는 과들은 소장이, 그렇지 않은 과들은 과장이 진료를 맡았으며 전임의들도 진료를 하고 있었다. 하지만 지연은 그 어디에도 속하지 않았다. 진료는 먼 나라 얘기였고 사실 그녀에게 할당된 일도 별로 없었다.

그녀의 사무실은 의국에 딸린 작은 방이었다. 진우의 것처럼 독립된 것도 아니었고 원래 있던 방도 아니었다. 의국 한쪽을 임시 벽으로 막아 책상과 소파를 가져다 놓은 게 전부인 급조된 방, 그게 지연의 방이었다.

병원을 떠도는 소문과는 달리 사실 그녀도, 그녀의 아버지도 말처럼 실세가 아니었다. 서울에서 내려온 낙하산이자 내과의 애물단지, 그게 현재 그녀의 위치였다. 그에게 차이고 호기롭게 한강병원 펠로우를 지원하긴 했지만 보기 좋게 물을 먹었고, 여기저기 알아보다 아버지의 힘을 이용해 대전으로 내려온 것이었다. 그 아버지의 힘도 딱 여기까지라 이제부터는 자신의 힘으로 무엇이든 해 나가야 했다. 그녀는 '무엇이든'의 맨 앞에 진우를 넣었다. 잘될 거라 생각했고 손쉬울 것이라 여겼다. 하지만 첫 단추부터 잘못 꿰었다.

지연은 엄지손톱을 잘근잘근 물어서 못난이로 만들고 있었다. 뭐 하나 자기 생각대로 되는 게 없어서 조바심이 나자 잘 다듬어져 있던 그녀의 손톱은 모두 사라졌다. 사실 그녀는 지금 사면초가에 몰려 있었다.

진우는 그녀를 투명인간 취급했고, 그가 무서워 수영에겐 접근하지도 못했다. 몰래 숨어서 그녀의 일거수일투족을 감시하긴 했지만 그도 시간이 남을 때나 가능했다. 미운털이 콕 박힌 터라 그녀에게 일도 거의 주어지지 않았고 외래진료도 그녀의 몫은 없었다.

조금 전 확인한 바로는 현진우의 그녀 오수영은 엘리베이터를 타고 사라졌다. 꼭대기 층에서 내린 걸 보니 옥상으로 간 것 같은데, 진우의 스케줄상 비어 있는 시간에 동시에 사라진 걸로 봐서는 둘이 몰래 만나려는 것일 게다. 따라가서 훼방 놓고 싶은 마음이 굴뚝같았지만 현진우는 한다면 하는 인간인지라 그의 성미를 건드려봤자 자신에게 좋을 게 하나도 없었다.

지연은 다시 손톱을 물어뜯기 시작했다. 의국과 분리된 칸막이 앞 소파에 누워 짜내고 짜내도 나오지 않는 좋은 방법을 강구하려니 머리에서 쥐가 날 지경이었다.

가려져 보이지도 않는 의국의 문이 열리는 소리가 들렸다. 그녀는 자리에서 일어날 생각도 하지 않았다. 어차피 여기 있는지 알지도 못할 테고 누구 하나 들여다보는 사람도 없을 테니까.

"오빠, 요즘 대체 왜 그래?"

뚜벅거리는 발소리가 나더니 그 뒤를 종종거리며 또각대는 소리나 나고 연이어 새된 목소리가 흘러나왔다. 또 저것들이네. 내과 바퀴벌레 한 쌍.

김 선생과 김 간호사, 그 둘이었다. 지연은 처음부터 김현태가 마음에 들었다. 제법 곱상하게 생긴 얼굴과 자신을 얼빠진 듯 바라보던 그 눈길이 특히 그러했다. 하지만 그의 옆엔 뭐가 하나 붙어 있었다. 간호사 김선영. 출근한 첫날부터 눈에 쌍심지를 켜고 자신을 경계하나 싶더니 이젠 아주 김현태의 옆에 찰싹 달라붙어 있었다.

조만간 본때를 보여줘야겠다고 지연은 생각했다. 저 김현태도 어지간히 쓸개 빠진 놈이다. 이렇게 다 드러내놓고 같은 과 스태프하고 사귀다니. 불이익을 감수할 만한 위대한 사랑도 아닌 것 같은데 말이지.

"선영아, 나 피곤해."

"오수영 그 여자랑 관련 있는 거 아냐? 설마 나 몰래 그 여자 만나고 다니는 건 아니지?"

오수영이라고? 지연이 괴롭히던 손톱을 놓아주고 소파에서 소리 없이 일어나 앉았다.

"또 그 소리야? 이제 제발 좀 그만해."

"뭘 그만해. 지금 나랑 헤어지자는 거야?"

"그런 거 아니야."

"아니긴! 오빠 그날부터 좀 이상해. '힐링' 그 여자가 오수혁 선생님 동생이란 거 알고 난 이후부터. 아니야? 오빠 다시 오수영 그 여자한테 가려고 하는 거잖아. 내가 모를 줄 알아?"

"글쎄, 아니라고."

"어머니가 아셨다며? 그 여자가 사장이고 아버지가 이 병원 원장 할 뻔한 오 박사님이고 부자고! 어머니 이제 내 전화도 안 받으시고, 지난번에 만났더니 그 여자 얘기만 물어보셨단 말이야."

"그만해!"

오수영은 일개 카페 직원이 아니었다. 지금 들은 말이 사실이라면 지연은 얼마 전 그야말로 번데기 앞에서 주름을 잡은 격이었다. 오 박사라면 현 원장과 지금의 현병원을 일군 개척자였다. 대전병원을 일으켜 세운 것도 그였고, 당연히 원장이 되어야 했지만 본인이 극구 사양하여 정형외과 과장으로 지냈던 것이다. 그가 살아 있을 때도 그랬지만 작고한 이후에도 그의 위치는 현병원 내에서 굳건했다. 그의 가족이 가지고 있는 지분도.

그렇다면 조건을 놓고 봐도 자신이 엄청나게 불리했다. 그녀는 자신도 모르게 입으로 가져가려던 손톱을 억지로 내렸다. 이젠 물어뜯을 손톱도 남아 있지 않다. 이제 다른 방법을 써야 한다.

지금 의국에서 추하게 싸우고 있는 저 둘이 그 열쇠가 될 수 있을 것 같다.

"둘 다 그만두지 못해요?"

갑작스러운 지연의 등장에 소리를 높여 싸우던 그들은 얼음처럼 굳어버렸다.

"김 간호사, 지금 여기가 어디라고 들어와서 행패예요? 근무 시간 아니에요? 지난번 내린 오더도 제대로 처리 못해서 수간호사 선생님한테 야단맞고 있던데. 이럴 시간이 있어요? 가서 일 봐요. 당장."

아무 말도 못하고 흙빛 얼굴이 된 선영이 퇴장하자 김현태가 어두운 낯빛으로 고개를 숙였다. 지연이 상냥한 표정으로 그에게 다가갔다.

"김현태, 김선영 선생이랑 오래 사귀었어?"

"예? 그건 왜……."

"내가 들으려고 들은 건 아닌데, 나올 틈이 없어서 어쩌다가 들어버렸네. 궁금해서 그러는데, 혹시 전에 오수영 씨랑 사귄 것 때문에 김 선생이 오해한 거야?"

"그런 것 같습니다."

역시 사귀었나 보네. 지연은 현태에게 다가가 위로하는 척하며 그의 팔을 슬슬 쓰다듬었다. 그녀가 온 이후로 김현태는 그녀의 주변에서 어물쩍거렸다. 우유부단한 바람둥이. 그냥 척 봐도 그의 정체가 보였지만 이런 부류가 이용해 먹기 딱 좋다는 걸 아는 지연은 적당히 상대해주며 그를 곁에 두었었다.

"얼마나 사귄 거야, 오수영 씨랑?"

"아⋯⋯ 예. 조금."

그녀가 슬슬 어르기만 해도 정보가 술술 풀려 나왔다. 물론 그녀에게 득이 되는 정보였다.

"왜 헤어졌어? 오 선생님 동생이라며? 조건도 좋고 얼굴도 예쁘고 성격도 좋던데, 혹시 네가 차인 거니?"

"아, 아닙니다. 어머니가 반대하셔서."

"어머, 그럼 김 선생이 찬 거야? 대체 왜?"

"오해를 좀 하셨어요. 그냥 카페 직원인 줄 알고."

그녀가 범했던 실수를 똑같이 저질렀다니 그건 자신들이 바보가 아니라 오수영이라는 사람이 강적이라는 얘기였다.

"저런, 그랬구나. 아쉽게 됐네. 이런 말 하긴 뭣하지만 김선영 선생 평판이 안 좋던데, 내 눈에는 오수영 씨가 훨씬 나아 보여. 지금도 안 늦은 것 같은데 한 번 더 잘해보지그래? 오수영 씨 마음 약해 보이잖아. 김 선생이 진심을 보여주면 잘되지 않을까?"

"그래 보이세요?"

혹한 게 눈에 다 보인다. 조건도 조건이지만 오수영한테 미련이 있다는 것이다. 생각보다 매력이 많은 여자인가 보다. 사실 지연은 그 여자의 어디에 매력이 있는지 도통 이해가 되질 않았다. 그렇다기보다 자기 외에 다른 여자들이 매력 있다는 게 이해가 안되는 걸 테지만.

"내가 다 안타까워서 그래. 요즘 외로워 보이더라구. 지난번에 얘기할 기회가 있었는데, 헤어진 남자 친구 얘기하더라. 그게 자기 얘기 아냐, 김 선생? 아까도 보니까 오수영 씨 혼자 옥상으로 올라가던데 둘이 혹시 만나던 데가 거기야?"

"아닌데요. 옥상으로 갔어요, 수영이가?"

물론 아니지. 현 선생 만나러 갔거든. 그러니까 네가 가서 훼방 놓고 문제 좀 일으키라구.

"응. 힘든 일 있는지 축 처져서 올라가더라."

"그, 그랬군요."

김현태가 망설이는 게 보였다. 참 끝까지 우유부단한 놈이다. 이렇게 밀고 있는데 반 발짝씩밖에 안 나가고 있었다. 하지만 포기할 박지연이 아니다.

"여자들은 그래. 이렇게 외로울 때 누가 옆에 있어주면 그 사람한테 쉽게 마음을 열거든. 내가 보기에도 김선영 선생보다야 오수영 씨가 백배 낫지. 김현태 선생한테도 훨씬 도움 되고 말이지. 안 그래?"

그는 대답을 하지도, 고개를 끄덕이지도 않았지만 이미 눈빛이 흔들리고 있었다. 손을 가만 놔두지 못하고 서 있는 게 안절부절 못하는 것 같았다. 좋아, 이제 다리만 놓으면 되는 거다.

"좋아, 봐줬다. 별일 없으면 따라갔다 와. 이런 기회를 놓칠 수야 없지 않겠어? 여긴 내가 맡고 있을게. 네가 평소에 이쁜 짓을 많이 해서 내가 잘해보라고 응원하는 거야. 아무한테도 말 안 할게."

"가, 감사합니다, 선생님!"

김현태가 뛰어나갔다. 순진한 놈 같으니, 저런 것들이 조종하기는 참 쉽단 말이야. 지연은 모처럼 만족스러운 기분에 자신의

손톱을 내려다봤다. 다시 잘 다듬어서 검은색을 발라야겠어. 그녀
가 콧노래를 흥얼거리기 시작했다.

　박지연, 일명 오렌지 마녀와의 대면 이후 단단히 화가 난 수영
은 진우를 피해 본가로 들어가 있었다. 그의 전화는 일절 받지 않
았고, 그가 올 시간엔 카페에 나가지도 않았기 때문에 안달하던
그는 마지막 수단으로 그녀의 본가 앞에서 그녀가 올 때까지 기다
리고 있어야 했다.

　자기가 잘못한 주제에 그는 뻔뻔하게도 얼굴을 일그러뜨리고
그녀의 집 앞에 서서 팔짱까지 낀 채 불편한 심기를 드러내고 있
었다. 물론 거기에 겁먹을 수영이도 아니었다.

　"숨겨놓은 전 애인이 또 있어요?"

　그의 앞으로 터벅터벅 다가가서는 그의 얼굴에 대고 다짜고짜
그녀가 물었다.

　"애인 아니야. 숨겨놓지도 않았고. 물론 또 있는 것도 아니
지."

　그는 움찔했지만 이내 이를 악물고 말했다. 턱이 다 꿈틀거릴
정도로. 그래도 말이 돼서 나오는 게 신기할 정도였다.

　"그럼 내 앞에 약혼자라고 하는 여자가 또 나타날 경우는
요?"

　보란 듯이 그의 앞에서 턱을 들고 팔짱을 꼈다.

　"없어."

　그녀가 그를 노려보았다.

　"뭐가 그렇게 당당해요?"

　"당당하니까."

그의 뻔뻔함에 수영이 그만 지고 말았다.

"미워죽겠어."

그녀가 투정하듯 그의 가슴을 치며 말했다.

"누가 할 소리. 사람 미치게 하는 재주를 가진 여자야, 넌."

그가 그녀를 품에 안았다.

"이리 와. 집에 가자."

정말 누가 할 소리. 그의 목소리엔 거역할 수 없는 힘이 들어 있었다. 수영은 옥상으로 향하는 엘리베이터 안에서 그날 밤의 일을 떠올리고는 미소를 지었다. 썩 유쾌하진 않았지만 누군가의 말처럼 아름다운 밤이었다.

띵 하는 소리와 함께 엘리베이터가 멈췄다. 수영은 내리기 전 주위를 살펴 아무도 없다는 것을 확인한 다음에야 눈에 띄지 않게 옥상으로 향했다.

그날 이후 어디서든 오렌지색 머리가 나타날 것 같아 사방을 살피는 것이 버릇이 되어버렸다. 다행히 그녀와 다시 마주친 적은 없었다. 소문은 끊임없이 들렸지만 눈에 띄진 않는 걸 보니 진우의 영향력이 단단히 발휘되는 모양이다.

진우는 옥상 창고 뒤 벤치에 앉아 그녀를 기다리고 있었다. 정원을 꾸미려다 버려진 의자를 가져다 잘 닦아놓았더니 나름 괜찮은 그들만의 휴식처가 되었다. 주변 풍경이야 여전히 황량하긴 했지만, 옥상에서 내려다보는 전경만큼은 주변을 잊을 만큼 훌륭했다.

수영이 진우의 옆에 앉기 무섭게 그가 수영을 들어다 자신의 무릎에 앉혔다.

"나한테 무슨 냄새 안 나?"

그가 물었다.

"무슨 냄새요? 나는 아무 냄새도 안 나는데. 그렇잖아도 아까 경미 언니가 진우 씨 오늘 무슨 냄새 난다고 하긴 하던데."

그녀가 그의 가운 위로 드러나 있는 그의 셔츠 주변과 그의 목에 코를 대고 냄새를 킁킁 맡으며 말했다. 그가 몸을 부르르 떠는 게 느껴진다.

"사람들이 계속 수군거려서 신경 쓰여."

그녀의 목에 코를 묻으며 그가 말했다.

출근한 이후 계속 그를 흘끔거리는 시선에 시달리다 그는 죄도 없는 3년차를 붙잡고 진상을 캐물었다.

"선생님한테서 향기가 난대요. 여자 냄샌데 향수 같지는 않고 비누나 로션 이런 거 같다고…… 혹시 핸드크림 바르셨어요? 사람들이 선생님 여자 생긴 거 아니냐고 저한테도 자꾸 물어서 귀찮아 죽겠어요. 어디 가서 씻고 오시든가."

결국 3년차는 그의 발에 엉덩이를 걷어차였다.

정작 본인은 느끼지 못하고 있었지만 그에게서 수영의 향기가 났다. 혼자 있는데도 왠지 그녀와 있는 듯한 기분이 들었던 건 바로 그런 이유였을 것이다. 그리고 그 이유가 그는 무척이나 마음에 들었다.

"아, 맞다. 그거 스위트피이에요."

여전히 그녀의 목에 얼굴을 묻은 채 그가 대답을 하는 둥 마는 둥 하자 그녀가 그의 목을 잡아 일으켰다.

"왜?"

"어제 내가 바른 로션 있잖아요. 그거. 그게 이름이 스위트피 이라고요."

"그래서?"

"아무래도 음…… 그게 진우 씨 몸에도 묻어서……."

말을 마치지도 못하고 그녀의 얼굴이 발갛게 물들어갔다. 그가 소리 내어 웃으며 그녀의 머리에 입을 맞췄다.

"어쩐지. 하루 종일 오수영이랑 함께 있는 느낌이더라니."

잘도 이런 말을. 수영은 입을 열었으나 말을 할 수 없었다.

"덕분에 아무것도 할 수가 없더라고."

"왜요?"

겨우 입을 열어 질문을 하자 목쉰 소리가 나왔다.

"어젯밤의 향기가 나니까."

대체 이 사람의 어느 구석에 이런 낯간지러운 말들을 아무렇지도 않게 하는 능력이 숨어 있었을까. 그렇지만 왠지 싫진 않았다. 그리고 그 말을 덮어버리듯 그녀가 뭐라 말을 하기도 전에 그의 입술이 그녀에게로 내려왔다. 그들의 입술이 섞이고 그들의 혀가 얽히고 그들의 향기가 합쳐졌다.

"수영아!"

하지만 그들의 향기로운 연애 행각은 쾅 하는 철문 소리와 함께 들려온 목소리로 인해 순식간에 깨어졌다.

"여기 있어?"

언제 그랬었냐는 듯 바람처럼 분리된 그들이 각자 매무새를 고치고 있을 때 그 목소리는 다시 한 번 그들을 분리했다.

"뭐야, 저건."

어지간히 분통이 터진 것 같은 낮은 목소리로 진우가 인기척이 나는 쪽으로 몸을 돌렸다. 하지만 수영이 그의 소매를 붙잡았다. 분명 아는 목소리였다.

"제가 갈게요. 진우 씬 여기 있어요."

진우를 달래어 자리에 앉혀 놓고 수영은 홀로 문 쪽으로 나섰다. 창고 쪽에 있는 벤치는 그쪽으로 들어서지 않는 이상 보이지 않는 곳에 있었다.

"여긴 왜 왔어요?"

수영이 그의 앞에 모습을 드러내자 김현태는 반색을 하며 그녀의 손을 잡으려 뛰어왔다. 하지만 수영은 그의 손을 피했다. 멋쩍어진 그가 빈손으로 자신의 머리를 긁었다.

"우리 얘기 좀 하자."

"난 할 얘기 없어요."

뒤쪽 어딘가에 그가 있다. 아무 사이 아니었다 할지라도 신경 쓰일 만한 일인데 심지어 김현태는 전 남친이다. 들리지 않는다고 해도 결국 설명해야 할 것이다. 말 한마디 한마디가 신경이 쓰일 수밖에 없었다. 그냥 이대로 말없이 사라져 줬으면.

"가게로는 찾아갈 수도 없고, 전화는 해도 안 받고 내가 어떻게 하면 좋겠니? 요즘은 집에도 안 들어가는 것 같던데, 어디서 뭐 하고 다니는 거야?"

진우가 들을까 걱정하고 있던 수영의 귀에 엉뚱한 소리가 들려왔다. 지금 이걸 말이라고 하고 있는 거야? 그녀의 분노가 활성화되기 시작했다.

"이거 보세요, 김현태 씨. 댁이랑 나랑 아무 사이도 아니에요. 당신이 그런 말 할 입장이 아니라구요. 우리 헤어진 지 오래인데, 당신이 문자로 그만 만나자고 한 거, 혹시 기억 안 나요?"

"내가 원해서 헤어진 게 아니야. 그건 우리 엄마가……."

그리고 활성화된 그녀의 분노에 김현태는 계속 기름을 들이붓고 있었다.

"엄마 핑계 대지 말아요! 김현태 씨도 똑같은 사람이니까. 어디서 비겁하게 변명이에요? 카페, 내 건 줄 알고 나랑 사귀자고 한 거잖아요. 그리고 아닌 거 알게 되니까 뒤돌아선 거고. 지금 여자 친구도 있으신 분이 왜 이러세요?"

그가 다시 한 번 수영의 팔을 잡으려다 거침없이 그의 손을 쳐내는 수영의 기세에 눌려 포기한 채 울상을 지었다.

"선영이는…… 그냥 내가 좋다고 해서 몇 번 만난 것뿐이야. 아무 사이도 아니니까 신경 쓰지 마. 이러지 말고 우리 어디 가서 얘기 좀 하자 여긴 보는 눈이 많아서……."

"아뇨. 전 할 얘기 없어요. 사람 눈이 신경 쓰이면 그냥 내려가서 일 보세요. 그리고 김 선생이 여자 친구이든 아니든 나랑은 상관없어요. 대체 나한테 왜 이러시는지 모르겠네요."

수영이 단호하게 나가자 김현태는 당황한 듯 보였다.

"엄마가 이제 너랑 다시 잘해보래. 반대 안 하신다고. 수영아, 우리 다시 시작하자. 응?"

"몇 번을 말해요. 나 다시 잘해보고 싶은 생각 없어요. 당신네 엄마가 어쨌든 상관없다구요. 우린 끝났어요. 못 알아들어요? 자꾸 문자 보내고 전화하고 이렇게 찾아오고 이러지 마시라구요."

이렇게 말이 안 통하는 인간이었나? 수영은 이 지긋지긋하게 돌고 도는 대화를 빨리 끝내고 싶었다. 하지만 김현태는 계속 같은 말을 반복하며 그녀의 팔을 잡으려고 안간힘을 쓰고 있었다. 실랑이가 계속되자 김현태의 얼굴이 붉어지는가 싶더니 그녀에게로 분노를 내뿜었다.

"그러게 오수혁 선생님이 오빠라고 미리 말을 했었어야지. 그러면 일이 이렇게까지 되진 않았어!"

적반하장도 유분수라더니. 지금 상황을 놓고 말하는 게 분명했다. 자신에게 불리하니 본색이 드러나고 있었다.

"지금 누구 탓을 하는 거예요? 우리 오빠가 누구인 게 당신이랑 무슨 상관인데!"

마음껏 소리 지를 수 없는 수영은 이를 악물고 최대한 낮게 소리를 내질렀다. 열이 머리끝까지 뻗쳐 곧 기절할 것만 같다. 그녀는 치밀어 오르는 화를 삭이고 그를 피해 옥상을 내려가기로 결정했다. 아무래도 자리를 피하는 게 지금으로선 최고의 선택일 것 같다. 그러나 그녀는 그 틈을 노린 김현태에게 손목을 잡혀버렸다.

"어디 가서 차분히 얘기하자. 응? 여기서 이러지 말고."

"이거 못 놔요?

그녀가 몸부림을 칠수록 그는 잡은 손에 힘을 주며 강제로 그녀를 끌고 내려가고자 했다. 이제 수영은 병원이고 뭐고 목청껏 소리를 지르기 위해 숨을 한껏 들이켰다.

그때였다.

"너 이 새끼, 그 손 당장 못 놔?"

어둠처럼 낮게 깔리는 음산하고 오금이 저리는 목소리. 어느새 그들의 뒤로 다가온 진우가 김현태의 팔을 낚아챘다.

"지금 누구 몸에 손을 대는 거야? 너 죽고 싶어?"

파랗게 질린 김현태는 당장에라도 자리에 주저앉을 것 같은 표정으로 넋이 나가 있었다.

"헉, 선배님. 선배님이 여긴 왜……."

"누가 네 선배야, 이 새끼야."

그는 낚아챈 김현태의 손을 팽개치듯 놓는가 싶더니 어느 틈에 구둣발로 그의 정강이를 가격했다. 김현태가 옥상 바닥을 뒹굴었다.

"괜찮아?"

나뒹구는 김현태는 보지도 못한 것처럼 그가 수영에게 다가와 물었다. 그녀의 손목을 확인하자 뚜렷한 멍 자국이 보였다. 그의 눈이 파르라니 짙어지고 있었다.

"죽여버리겠어."

그가 아직 일어나지도 못한 김현태에게로 몸을 돌려 멱살을 잡아 일으켜세웠다. 그가 팔을 들어 김현태의 얼굴에 주먹을 날리려는 순간 수영이 바람처럼 달려와 그의 팔을 잡았다.

"안돼요, 진우 씨! 이러지 말아요."

"이거 놔."

"제발. 여기 병원이에요. 저 괜찮아요. 살짝 멍만 들었어요. 진우 씨 제발."

그는 한참을 갈등하다 마침내 팔을 내렸다. 그러고는 괜찮다는

듯 수영의 팔을 토닥여 자신의 뒤로 보낸 뒤 김현태의 앞에 위압
적으로 다가섰다.

"김현태, 너 여기 왜 왔어."

"예?"

그에게 한 발 한 발 힘으로 밀려 철문 옆 시멘트 벽에 밀어붙여
진 김현태는 금방이라도 울 것 같은 표정이었다.

"니가 내 여자한테 무슨 볼일이 있어서 여기까지 따라왔냐고,
이 자식아!"

"내…… 여자요?"

그에게 비굴한 표정으로 자비를 갈구하면서도 현태는 수영을
힐끔거리며 상황을 인식해가고 있었다.

"그래, 내 여자. 귀먹었어?"

"아, 아닙니다. 안 먹었습니다."

"한 번만 더 내 여자 몸에 손대봐. 그땐 기꺼이 내 손으로 널
죽여버릴 테니까. 내 여자 주변에 기웃거린다는 소리만 들려도 네
남은 인생은 거기서 끝나는 거야. 알아들어?"

"예, 예, 선배님. 아니, 선생님, 알겠습니다."

"똑똑히 잘 들어, 김현태. 넌 이제부터 내 눈에 띄지 않는 거
야. 네 남은 레지던트 기간 동안 나한테서 잘 숨어 다녀야 할 거
야. 한 번이라도 내 눈에 띄면 그때 넌 끝이니까. 이제 여기서 꺼
져."

그가 김현태에게서 한발 물러났다. 그러자 마치 발에 걸어차이
기라도 한 듯 김현태가 용수철 튀기듯 자리에서 뛰어나갔다. 그리
고 옥상 문을 열고 미친 듯이 계단을 달려 내려가기 시작했다.

벽에 한 손을 기대로 숨을 크게 들이쉬고 있는 진우에게로 다가가자 여전히 얼굴에 분노를 담은 그가 고개를 들었다.

"아무 사이도 아니라고?"

전에 그녀가 별 사이가 아니라고 했던 것을 기억하며 진우가 그녀에게 덤벼들 듯 물었다.

"아니에요."

진우가 눈에서 힘을 풀지 않은 채 그녀에게로 조금씩 다가서고 있었다. 그러나 수영은 눈도 한번 깜빡이지 않고 그에게 맞섰다.

"전에도 말했지만, 잠깐 만났었던 사이 그 이상도 이하도 아니에요."

그가 소름이 끼칠 것 같은 미소를 지으며 그녀에게 얼굴을 들이밀었다.

"내가 본 건 그게 아닌 것 같은데?"

그의 무서운 얼굴을 한동안 들여다보고 있던 수영은 그의 어깨를 양손으로 붙잡고 발끝을 들어 그의 입술에 쪽 하고 입을 맞췄다. 그리고 그에게 미소 지었다.

기가 막힌다는 듯 자신의 머리를 헝클어뜨리고 혀를 한번 쯧하고 찬 그가 그녀의 몸을 가볍게 벽으로 밀었다. 그리고 한 손을 뻗어 그녀의 뒤통수를 감싸는가 싶더니 난폭하게 입술을 겹쳐왔다. 잔혹하리만치 사나운 분노의 키스였다. 수영은 그의 분노를 고스란히 받아들였다. 그녀가 고분고분하게 자신의 몸을 내어주자 그의 키스는 점점 다른 양상을 띠기 시작했다. 그녀의 입에서 신음이 흘러나왔고, 그는 겨우 그녀의 입술에서 자신을 떼어낼 수 있었다. 그리고 다음 순간 그녀를 거칠게 끌어당겨 품에 안았다.

"그래?"

약간은 헐떡거리며 그가 말했다. 뜬금없는 그의 말이 한참 전 그녀가 했던 말에 대한 대답임을 겨우 이해한 수영이 숨 막히게 끌어안긴 그의 등 뒤로 겨우 팔을 뻗어 그를 다독였다.

"그래요."

마침내 진정이 되자, 진우는 그녀를 품 안에서 떨어뜨려놓고 손가락으로 그녀의 코끝을 두드리며 으르렁댔다.

"숨겨놓은 전 애인이 또 있어?"

"아뇨."

어제 그녀가 했던 말을 그대로 돌려주는 그가 우스워 수영은 그만 쿡쿡거리며 웃고 말았다. 그가 그녀의 눈앞에서 손가락을 흔들었다. 경고의 의미였다.

"없어요. 한 명도."

그녀가 정색하고 다시 말했다.

"그럼 옥상으로 쫓아 올라오는 저런 녀석이 또 있을 경우는?"

"아마……."

"아마?"

"없을걸요."

"무슨 대답이 그래?"

"없어요."

"좋아."

"뭐가 좋아요?"

"도장은 찍었으니 공표를 해야지."

"네?"

그가 어리둥절하게 서 있던 그녀의 손을 잡았다. 그리고 옥상 문을 나서서 계단으로 끌고 내려갔다.

쨍그랑.

그들이 손을 잡고 외과 병동으로 들어서자 숨을 들이켜는 소리, 낮은 비명과 뭔가를 떨어뜨리는 소음이 동시에 그들을 따라왔다. 차마 얼굴도 들지 못하고 그의 손에 이끌려 가는 수영의 등 뒤로 날카로운 눈빛들이 날아와 꽂혔다.

난 아마 죽을 거야. 맞아 죽든지 독살되든지 아니면 등에 칼을 맞든지.

외과 너스-스테이션에 서 있던 3년차 박 선생은 마침 진우를 기다리던 차였다. 그가 휴식을 취하러 가겠다고 자리를 비우기 직전 내렸던 오더를 재확인하려던 박 선생은 그 무시무시한 외과 펠로우가 여자의 손을 잡고 있다는 걸 인지한 순간 억 소리를 내고야 말았다.

"서, 선생님!"

믿을 수 없었다. 차갑기로 유명한, 돌처럼 단단한 외과의 우상 현진우가 여자의 손을 잡고 있었다. 그것도 입가에 웃음을 띠고. 웃고 있다고! 빙산이!

"이렇게 됐으니까, 넌 이제 커피는 의국에서만 마셔. 괜히 1층에 가서 기웃거리지 말고. 알겠어?"

"예? 예!"

"치프도 괜히 커피 산다고 자리 비우고 그러는데 얼씬도 하지 말라고 하고."

"예……."

쥐구멍이라도 찾는 듯 고개를 숙이고 시뻘게진 얼굴을 어떻게 든 머리카락으로 가리려 애쓰는 저 여자는 그럼. 박 선생이 경악 했다. '힐링' 오 사장 아닌가! 저 여자라면 자기네 치프가 몇 개월 전부터 작업 한번 걸어보려고 갖은 수를 다 쓰고 있었는데. 이 사실을 알면 빙산이 치프를 죽일 거다. 그의 목숨을 보전하려면 한 시바삐 이 사실을 치프에게 알려야 했다.

"일 봐."

진우가 고갯짓으로 3년차에게 일을 명했다. 그리고 스테이션 위로 하나같이 얼굴을 내밀고 믿어지지 않는 사실을 확인하고 있는 외과 간호사들에게 고갯짓을 한번 하고는 유유히 자신의 방으로 걸어 들어갔다. 그의 손에 부속물처럼 딸려 죽지 못해 끌려가고 있는 자신의 여자 친구를 이끌고.

"난 몰라. 이제 어떡해. 난 죽었어. 끝이야."

그녀가 그의 방 소파에 무너지듯 주저앉았다. 오는 길에 받았던 그 모든 죽일 듯한 시선을 합치기만 해도 그녀는 가루가 되어 우주로 흩어질 수 있을 것 같았다.

"이제 쓸데없이 옥상으로 쫓아오는 놈들은 없을 거야. 이렇게 된 이상 출근도 같이하고."

그는 크림을 핥은 고양이같이 만족한 미소를 지으며 그녀의 옆 자리에 늘씬하고 유연한 몸을 뉘었다.

"왜요? 왜? 왜? 어째서?"

마치 주문을 외우듯 그에게 질문을 해대는 그녀의 모습이 우스운지 그는 연신 싱글거리고 있었다.

"응?"

"왜 그랬어요? 나 죽는 꼴 보고 싶어서?"

그녀가 울상이 되어 그에게 따졌다.

"이제 다 해결됐잖아. 아침 출근도 그렇고, 내가 사귀는 여자한테 들러붙는 놈들도 다 처리했고. 깔끔하지 않아?"

"뭐가요! 어디가요! 어떡할 거예요, 이제!"

"뭘 어떡해?"

그가 울부짖는 그녀의 머리를 잡아 자신에게로 끌어당기며 살살 달랬다.

"지금쯤이면 온 병원에 소문이 다 났을 거라구요. 이제 병원에 어떻게 나와."

"나랑 같이 오면 되지."

도끼눈을 뜨고 그를 노려보며 그의 품에서 몸을 일으킨 수영이 그의 팔을 아프게 꼬집었다.

"그걸 말이라고 해요? 남의 혼삿길을 이렇게 막아놓고!"

"밥 먹으러 언제 갈 거야? 어머님이 오라고 하셨잖아."

아프지도 않은지 자신의 팔뚝에 손도 대지 않고 그는 그녀의 정신을 빼놓을 만한 질문을 하나를 던졌다.

"응? 밥? 우리 엄마요? 언제요?"

그리고 언제나처럼 그의 작전은 단번에 먹혀들었다.

"지난번 오수영 둘째 오빠가 그랬잖아. 밥 먹으러 같이 오라셨다고."

"그러긴 했는데……."

그녀가 말문을 흐렸다.

"별말씀 없으셔?"

"왜 말을 안 하겠어요. 왜 안 오냐고, 언제 올 거냐고 계속 성화죠. 어휴, 전화로도 들들 볶고."

마치 잔소리하는 자신의 어머니가 떠오르는 듯 수영이 몸을 부르르 떨었다.

"그럼 이번 주에 가는 걸로."

그가 간단하게 대답하며 그녀를 자신에게로 끌어당겼다.

"왜요. 안 와도 돼요."

그의 품 안으로 끌려가며 그녀가 멍하니 대답했다.

"가야지. 우리 사귀는 것도 아신다면서. 집도 구해주셨는데 인사는 드려야 하지 않겠어? 원래는 사귀기 시작하면서 찾아뵀어야 했는데, 지금도 늦은 거야."

"어휴. 괜히 일만 복잡해질 텐데. 엄마가 이상한 말해도 난 몰라요. 진우 씨가 알아서 해."

"괜찮아."

그가 그녀의 뺨을 쓰다듬으며 말했다. 얌전히 그의 손길을 받아들이던 수영이 갑자기 몸을 일으키며 그를 밀어냈다.

"이게 아닌데! 또 이렇게 얼렁뚱땅 넘어가려고! 아까 사람들 눈빛 못 봤어요? 아휴, 이제 어떡해……."

또다시 그녀를 향해 다가오는 그의 손길을 피해 비척비척 자리에서 일어난 수영은 문 앞으로 비틀거리며 걸어가 그에게 소리쳤다.

"미워죽겠어! 앞으로 나한테 말 걸지 말아요!"

말을 마친 그녀는 쾅 소리가 나도록 문을 닫고 그의 방을 나갔다. 하지만 소기의 목적을 달성한 진우는 그저 만면에 미소를 띤 채 소파에 몸을 기댔다. 조금 전의 일은 행운이 따라주긴 했지만 모든 것이 그의 계획대로 착착 진행되어가고 있었다. 두말할 것 없는 완벽한 하루였다.

방법 15. 폭탄을 터뜨린다

"우리 PT 그만하자, 시은아."

"안 돼. 그 자식 정체를 밝혀야 돼."

그들은 오늘도 헬스장에 나와 있었다. 예전 같으면 일주일에 한 번쯤은 PT를 빠졌을 시은이 눈에 불을 켜고 운동을 나오고 있었다. 수영은 비장한 눈빛으로 사이클을 열심히 돌리고 있는 시은을 허탈하게 바라보며 죽지 못해 페달을 밟았다.

"그래서 어떻게 됐는지나 계속 얘기해봐. 병원이 난리가 났겠네?"

시은이 수영을 재촉했다. 그들은 수영의 연애사건으로 발칵 뒤집어진 병원 얘기를 하던 중이었다.

진우가 그들의 연애를 커밍아웃한 이후, 카페엔 커피를 사러 와서 사실을 확인하려는 사람들로 발 디딜 틈이 없었다. 부러워하는 사람에 대놓고 비꼬는 사람, 그냥 얼굴 보는 사람들로 북새통이어서 당분간 가게에 나가지 말까, 하는 생각마저 들 지경이었다.

물론 김도라와 윤별로는 세트로 나타나서 추태를 부리고 갔다.

"아주 남자 후리는 기술 하나는 타고났나 봐요? 이번엔 아주 대어를 낚으셨대?"

그동안 코빼기도 안 보였던 김도라의 첫마디였다.

"제가 분수를 잘 알거든요. 주제도 모르고 들이대진 않아요."

수영이 생긋 웃으며 대답했다. 언젠가 그녀가 수영에게 했던 말을 일부러 똑같이 던져준 것이다. 언제까지 당하고만 있을 내가 아니라고!

김도라의 얼굴이 허옇게 되는가 싶더니 몸까지 부들부들 떨기 시작했다. 뭐라고 대꾸를 하고 싶은데 아무 말도 안 나오는 느낌. 고분고분하게 당하고 있을 것 같은 수영이 자신을 눌러버릴 한 방을 날릴 줄은 꿈에도 몰랐다는 표정. 수영은 미소를 지으며 상냥하게 물었다.

"주문하시겠어요, 손님?"

"뭐, 뭐라구요?"

"오늘 손님이 많아서요. 특별한 주문 없으시면 다음 손님에게 양보해주세요. 죄송합니다."

"뭐, 뭐……."

수영은 일부러 길게 늘어선 줄을 목을 빼서 확인한 다음 김도라에게 물었다.

"주문하시겠어요?"

김도라의 얼굴에 여러 가지 색깔이 나타나고 있었지만 그녀는 한마디도 못하고 서 있었다.

"가자, 선영아. 너한텐 현태 오빠가 있잖아."

그걸 위로랍시고 하는 건지 눈치 없는 윤별로가 그녀의 등을 토닥였다. 김도라의 눈빛에 살기가 돌았다. 스트레이트 스트레이트 어퍼컷 제대로 맞았는데 친구가 뒤에서 뒤통수 때린 격이라고나 할까.

"우리 오빠지, 너한테도 오빠야? 얘가 웃겨, 아주!"

죄 없는 친구에게 화살을 돌리며 김도라가 수영에게서 등을 돌렸다. 왠지 돌아서는 눈빛이 쓸쓸해 보였던 건 수영의 착각만은 아니었던 것 같다.

수영은 그날의 김도라를 떠올리며 통쾌함보다는 연민을 느꼈다. 사랑받는 사람이라면 그런 초조함을 보이진 않을 것 같은 생각이 들었기 때문이다.

하지만 쾌재를 부르는 목소리가 그녀의 연민을 깨뜨렸다.

"그것참 통쾌하구나, 친구야. 십 년 묵은 체증이 다 내려가는 느낌이다. 아우, 고소해."

시은이 손뼉을 쳐대며 즐거워하고 있었다.

"그런데 너 제대로 안 돌릴래? 신 나게 팍팍 타야 살이 빠지지. 왜 그래, 다리가 짧아서 돌리기 힘들어서 그래?"

시은이 기쁨에 겨워 운동의지가 불타는지 신나게 사이클을 돌려댔다.

"야, 내 다리가 어때서. 나 다리 안 짧거든?"

"아유, 그러세요. 청바지 10만 원짜리 사면 3만 원어치는 줄이 시잖아요."

"참 나, 그렇게 따지면 댁은 브래지어 왜 하시는데요?"

서로의 약점을 잘 알고 있는 절친의 싸움은 보통 피를 봐야 끝이 난다.

"이런 씨. 추워서 입는다, 추워서!"

시은이 불이 나게 돌리던 사이클을 웽웽 돌리고 있었다. 이제 곧 불꽃슛이라도 날리러 나갈 것 같은 시은의 모습을 보며 수영은 어떻게 하면 이 과열된 데스매치 같은 PT를 그만둘 수 있을까에 대해 생각하기 시작했다.

날이 갈수록 그들의 PT는 전쟁이 되어가고 있었다. 시은과 김 관장의 대립으로 점점 더 심해지는 PT 스케줄은 여기가 대체 태릉선수촌인 건지, 아니면 프로선수 훈련장인지 알 수가 없었다. 그리고 둘의 대립이 심화될수록 수영은 점점 관람객의 입장으로 밀려나갔다. 어찌 보면 그게 더 나았다. 수영이 김 관장이 시킨 간단한 체조나 복근운동을 한두 개 하고 나면 그는 시은에게는 두 배의 고된 프로그램을 들이밀었고 시은은 그걸 또 도전으로 받아들여 죽기 살기로 해냈다. 아마 수영이 그걸 했다간 바로 병원으로 실려 갔을 것이다. 체격 조건이 우수한 시은이나 해낼 수 있는 힘든 운동이었고, 거기다 악에 받친 시은은 세상에 당해낼 자가 없었다.

휴우. 수영이 한숨을 내쉬었다. 그러고 보니 둘은 성격이 무척이나 닮았다. 유치한 초딩 싸움을 질리지도 않고 해대는 걸 보면 말이다. 어쨌든 이제는 살이고 뭐고 다 그만두고 싶어 죽을 지경인 수영이었다.

"분명히 봤다고. 아, 미치겠네. 생각이 날 듯 말 듯 해서 죽겠어."

"스토커는 아닌 것 같다며. 그럼 된 거 아냐? 그냥 한 달 치 PT비 내고 그만두자. 나 숨 막혀서 이거 못 하겠어, 시은아."

"참아."

시은이 단호하게 대화 종료를 선언했다. 친구의 눈빛에 비장함이 감돌자 수영은 그녀의 말대로 그냥 참기로 했다. 그리고 그대로 시은의 손에 이끌려 힘없이 PT실로 향했다.

하지만 가는 도중 불청객을 만나버렸다.

"이야, 오늘도 사이좋으시네요. 무슨 얘기가 그렇게 매일 재미있으세요, 두 분은?"

먼 곳에서 그들을 지켜보고 있던 최 코치가 어느새 그들에게로 다가왔던 것이다. 수영과 시은이 동시에 멈췄다.

"너는 몰라도 돼. 저리 가. 훠어이. 훠어이."

고맙게도 수영의 목을 놓은 시은이 새를 쫓듯 최 코치를 쫓아내려 하자 최 코치가 수영에게 다가와 팔꿈치로 쿡 찌르며 말을 걸었다.

"오수영 회원님, 요즘 남자 친구분은 왜 안 나오세요? 그 알래스카에서 살다 오신 것 같은 인상 차가우신 분이요."

"뭐라구요? 우리 진우 씨가 어디가 어때서요?"

"와, 남자 친구라고 편드는 것 봐. 인상 진짜 무서우시거든요, 현진우 회원님은? 말 많고 맨날 때리는 우리 관장님보다 말없이 서 있는 현진우 회원님이 훨씬 무서워요. 잘못 걸리면 진짜 뼈도 못 추리게 생겼어."

최 코치는 오늘도 말이 길어지고 있었다. 시은이를 쳐다보니 이미 영혼은 다른 곳에 가 계셨다. 뭘 생각하고 있는지 눈도 열심히 굴리고 있다.

"진짜 무섭고 차갑게 생겼잖아요. 말도 안 하고 운동만 하시고. 오수영 회원님이랑 같이 오실 때가 진짜 피크였는데. 진짜 찬바람이 살벌하게 불었어요. 옆에도 못 가고 막. 그래서 우리끼리 알래스카에서 살다 온 거 아니냐고 웃었는데, 그거 관장님한테 걸려서 진짜 혼났어요. 싫어하는 줄 알았는데 아니었나 봐요. 알래스카 소리에 진짜 막 화를 버럭버럭 내시더라니까요."

나왔다. '진짜' 최 코치. 말하다 흥분하면 진짜라는 소리가 마구 섞여 나온다. 어떻게든 쫓아버려야겠다고 수영이 작전을 짜고 있는데 갑자기 멀리 가 계시던 시은이 끼어들었다.

"알래스카?"

"그래요, 그거. 별말도 안 했는데 알래스카가 뭐냐고 소리를 어찌나 지르던지, 원. 아니, 자기보고 살다 왔냐고 한 것도 아닌데 왜 화를 내고 그래, 진짜."

시은이 눈을 계속 굴리고 있다. 아마도 머리가 쌩쌩 돌아가고 있나 보다.

"알래스카라고 그랬는데 김 관장이 화를 냈단 말이지?"

"네. 사실 관장님이 오수영 회원님한테 티 나게 들이대느라고 현진우 회원님이랑 붙었었잖아요. 이시은 회원님 못 봤죠? 진짜 장난 아니게 살벌했다니까요. 그런데 우리가 알래스카 얘기하고 있는데 들어오더니 누구더러 알래스카랬냐고 막 화를 내서, 진짜. 우리 다 도망갔잖아요."

시은이 만면에 미소를 띤 채 최 코치를 불렀다. 자기가 말이 너무 많았나 싶어 입 다물고 가까이 온 최 코치의 머리를 쓰다듬으며 시은이 상냥하게 말했다.

"수고했다, 최 코치. 누나가 담에 밥 살게."

"예? 왜, 왜요, 갑자기?"

"아니, 밥을 산대도 난리야!"

시은이 소리를 버럭 지르자 최 코치가 밥 안 먹겠다고 무서워서 못 먹는다고 너스레를 떨며 사라졌다. 하지만 무슨 일인지 그가 사라진 이후에도 시은의 얼굴에 미소가 가실 줄을 몰랐다.

그날의 PT는 김 관장의 선공으로 시작했다. 하긴 칼자루는 언제나 관장이 쥐고 있는 법이지만.

스쿼드와 런지가 깨알같이 포진해 있는 순환운동을 두 번쯤 돌고 나니 온 세상이 돌고 있는 느낌이 들었다. 지구의 자전주기가 피부로 느껴지는 것 같았다.

복근 운동을 하려고 깔아놓은 요가매트 위에 숨을 몰아쉬며 널브러져 있는데 시은이 끙끙거리며 몸을 일으켰다.

"관장님, 저랑 알지 않아요?"

겨우 몸을 일으켜 김 관장에게 다가간 시은이 그에게 묻자 그가 싸늘하게 비웃으며 대답했다.

"글쎄, 몇 번을 말씀드립니까. 전 이시은 회원님 처음 뵌다니까요. 제가 흔한 얼굴도 아니고. 이렇게 잘생긴 얼굴이 또 있다는 말씀입니까?"

시은이 안 어울리게 상큼한 미소를 지으며 김 관장을 올려다보
았다.

"이상하네. 이상하게 본 것 같네."

"헛다리 짚지 마시고, 저한테 신경 끄세요. 저요, 들이댄다고
다 사귀어주는 쉬운 남자 아닙니다."

김 관장, 민형이 느물거리며 시은을 자극하고 있었다. 그리고
시은은 잘도 그 미끼를 덥석덥석 물고 있었다.

"뭐라구요? 누가 들이댔다고 그래요? 저도 눈 있거든요?"

"눈이 있으니까! 지금 이시은 회원님이 들이대고 계시잖습니
까? 사람 보는 눈이 그렇게 좋아서 이 험한 세상을 어떻게 살아가
시려고 그러십니까?"

징그러울 정도로 느물대던 민형은 그녀들을 괴롭힐 다음 운동
을 위해 아령을 집어 가져오고 있었다. 시은이 그 모습을 독기 어
린 눈으로 쳐다보더니 민형이 있는 쪽을 향해 작게 중얼거렸다.

"알래스카."

민형이 움찔했다. 그러자 시은이 이번에는 똑똑하게 그를 쳐다
보며 말했다.

"야, 알래스카!"

민형의 눈은 다시 없이 커다래졌고 시은의 미소는 점점 커지고
있었다.

"뭐, 뭐, 뭐, 뭐라고 하시는 거예요? 아, 아, 알래스카라니!"

민형은 눈에 띄게 당황하고 있었다. 승기를 잡은 시은이 이를
드러낸 채 악마와 같은 얼굴로 그에게 다가갔다.

"왜 말은 더듬으실까? 알.래.스.카?"

"내, 내 내, 내, 내가 언제 마, 마, 말을 더듬었다고!"

손에 든 아령까지 바닥에 떨어뜨린 민형은 서둘러 PT실을 나가려고 문을 향했다. 그의 등 뒤로 시은이 마지막 공격을 감행했다.

"야, 알래스카 물돼지. 너 많이 컸다?"

민형이 무너지듯 자리에 주저앉았다. 시은은 의기양양한 걸음걸이로 그에게 다가가 턱을 당겨 그를 내려다보았다.

"이게 어디서 약을 팔아? 야, 김민형. 니가 나를 몰라? 3년 내내 같은 반이었는데? 너 내 가방 들어주던 거 생각 안 나니? 와, 그런데 너 사람 됐다. 알래스카 물돼지가 사람이 됐네. 성형했냐? 지방도 흡입했지, 너?"

"내, 내, 내가 무슨 성형을 했다고 그래? 사, 살 빠지니까 이렇게 됐는데! 그리고 알래스카 물돼지라고 하지 마. 내, 내가 너 때문에 트, 트라우마 생겨서 마, 말도 더듬게 된 거야."

"참, 나, 너 원래 말 더듬었거든? 너 흥분해도 말 더듬고, 화나도 말 더듬고, 울어도 말 더듬고 맨날 더듬었잖아. 그거 내가 고쳐주려고 얼마나 노력했냐?"

"니, 니, 니가 언제-!"

민형이 앉아 있던 자리에서 분연히 일어나 그녀의 앞에 우뚝 섰다.

"니가 날 제일 괴롭혔잖아! 내가 너 때문에 중학교도 멀리 다니고……."

민형의 분노에 찬 발언은 시작도 제대로 해보기 전에 시은이 자신에게 얼굴을 가까이 들이대자 꼬리를 감추며 흩어졌다.

"니가 중학교 멀리 간 게 내 탓이야? 너 나한테 고백하려고 했었다며? 우철이가 그러던데. 아니야? 내가 괴롭혔는데 나한테 고백은 왜 하려고 했을까?"

민형의 얼굴이 순식간에 붉어졌다. 어쩜 저렇게 새빨갛게 변할 수 있을까. 수영이 둘을 바라보며 생각했다. 그녀는 지금 바닥에 깔아놓은 요가매트에 앉아 흥미진진하게 둘의 싸움을 구경하고 있었다. 아, 아쉽다. 이럴 때는 팝콘이라도 있어야 하는데.

민형은 얼굴을 잘 익은 피망처럼 만들어놓고 입만 뻐끔거리고 있었다. 시은이 그의 귀를 잡아당겼다.

"야, 됐고. 운동은 다 한 것 같으니까 어디 가서 맥주 한잔하자. 너도 좋지?"

민형이 고개를 흔들었다. 그러자 그의 귀를 잡고 있던 시은의 손이 맥없이 떨어져 나갔다.

"맥주는 무슨 맥주야?"

민형이 단호하게 거절했다. 운동화를 신고 있는 시은은 민형의 턱 밑에 있었고, 옛날처럼 그의 귀를 잡기엔 이제 키도 힘도 딸렸다. 시은은 전법을 바꿔 그의 팔짱을 꼈다. 더는 붉어질 수 없을 것 같았던 그의 얼굴이 터질 듯 빨개졌다.

와, 용암 같아.

수영은 입을 벌리고 그의 얼굴을 쳐다보고 있었다. 시은이 수영에게 고개를 까딱하며 말했다.

"가자, 수영아. 내가 친구 소개해줄게. 초등학교 동창이거든, 이 자식."

시은이 민형의 팔짱을 끼고 PT실을 나섰다. 수영은 요가매트에서 폴짝 뛰어 일어나 신 나게 그들의 뒤를 쫓았다.

"그래서?"

시은이 저승사자처럼 버티고 앉아 그에게 묻자 김 관장, 일명 알래스카 물돼지는 모든 걸 포기하고 자백했다. 자신이 그동안 일부러 시은을 괴롭혀왔음을, 그리고 그가 어릴 적 시은을 남몰래 좋아했었음을, 또한 민형이 자신을 좋아한다는 걸 알게 된 시은이 한 첫마디가 '뭐? 돼지가 사람을 좋아한다고?'라는 걸 친구 우철에게 전해 듣고 충격을 받았다는 걸, 그 이후 피나는 노력 끝에 몸짱이 되었음을 전부 고백했다. 그리고 지금껏 시은에게 돼지나 되라는 주문을 걸고 있었다는 것 또한 쓸데없이 고백하여 매를 벌었다.

시은은 이 모든 자백을 관대하게 받아들이고 그를 용서해주었다. 딱 한 가지만 빼고.

"뭐, 인마? 돼지나 되라고 했다고? 내가 그럼 너 때문에 중고등학교 시절을 돼지로 살았던 거야?"

시은이 그의 멱살을 쥐고 흔드는 동안 수영은 한 손엔 치킨, 한 손엔 맥주를 들고 신 나게 그들의 싸움을 관전하고 있었다. 그러다 문득 의문이 생겼다.

"그럼 스토커는 누구야?"

시은이 그제야 깨달은 것처럼 수영을 한 번 쳐다보고 독 안에 든 민형을 다시 한 번 주의 깊게 들여다보았다. 그러고는 민형의 멱살을 쥐고 흔드는 속도를 약 두 배쯤 더 높였다.

"스토커도 네 짓이지? 니가 나한테 매일 문자 하고 집에다 피자 열 판씩 배달시키고 나한테 장미꽃 들어 있는 물 뿌리고 도망가고 그랬지?"

시은이 스토커의 짓을 하나하나 열거할수록 굳어져 가던 민형이 자신을 잡아 흔들고 있던 시은의 손을 풀어내고 심각한 표정으로 말했다.

"스토커라니, 무슨 소리야?"

이번엔 시은이 당황할 차례였다.

"너 아냐?"

사태의 심각성을 깨달은 민형의 종용으로 시은은 자신을 둘러싼 스토커 사건에 대해 그에게 몽땅 설명했고, 이야기를 듣는 동안 그는 유약한 알래스카 물돼지에서 카리스마 김 관장으로의 변신을 마쳤다.

"난 아니야."

시은의 얘기를 듣고 난 뒤 민형이 단호하게 말했다. 이로써 간단히 밝혀질 줄 알았던 범인의 정체는 여전히 오리무중이었고, 사건은 점점 미궁 속으로 빠져들고 있었다.

"그럼 누구지? 너 아니면 코치 3명 중 1명인가?"

"왜 꼭 범인이 우리 헬스클럽에 있다고 생각해?"

민형의 질문에 한참을 고민하며 자신의 머리를 쥐어뜯고 있던 시은이 포기했다는 표정으로 두 손을 들고 그에게 말했다.

"내가 운동 시작한 이후로 문자가 안 와. 그리고 등록한 날 바로 문자 왔었거든. 운동 잘하라고."

"우리 회원일 수도 있는 거고, 네 일거수일투족 감시하는 놈이면 운동하는 거 쉽게 알 수 있을 거 아냐."

항복을 선언하듯 계속 손을 들고 있던 시은이 허탈하게 자신의 몸을 의자 위로 던졌다.

"에이 씨, 그럼 범위가 너무 넓어지잖아. 몰라. 난 포기. 그냥 코치 중 하나로 해. 빨리 잡고 끝내게. 그래도 고르라면 난 황 코 치 할래. 이쁘니까 그냥 데리고 살지, 뭐. 그럼 스토커 짓도 다 용 서해줘야지."

그러자 지금껏 시은에게 멱살 잡혀 있느라 마침 사용하지 않았 던 포크의 뒷부분으로 민형이 시은의 이마를 딱 소리가 나도록 때 렸다.

"아야! 왜 때려!"

"그걸 말이라고 하냐?"

"그게 왜 말이 안 돼? 스토커도 내 맘대로 못 골라?"

시은이 자기 포크를 들고 그의 이마를 때려주려고 일어서자 민 형이 그녀의 두 팔을 붙잡았다. 거대한 몸체 둘이 옥신각신하는 걸 보니 괴수대 용가리가 생각이 난다. 수영이 자리에서 일어섰 다.

"나 진우 씨가 데리러 왔대서 이만 가볼게. 두 분이 회포 잘 푸시구요. 나중에 결론만 들려주세요."

수영이 시은과 민형에게 차례로 인사하자, 싸우던 둘이 슬며시 자리에 앉았다.

민형이 특유의 느물느물한 김 관장으로 돌아와 수영에게 말을 건넸다.

"아직도 사귀시는 거예요? 두 분 생각보다 꽤 오래 사귀시네.

무섭고 차가운 남자가 좋으세요? 에이, 남자라면 저 정도는 되야죠. 언제든지 기다리고 있겠습니다, 오수영 회원님."

민형이 수영에게 윙크까지 날리자 기다리고 있었다는 듯 시은이 그의 이마를 포크로 가격했다.

"내 친구한테 들이대지 마! 이 알래스카 물돼지야!"

새로운 싸움이 시작됐다.

수영은 더는 기다릴 것도 없이 당장 그 자리를 벗어났다.

종합병원 커피숍의 토요일은 대체로 한가하다. 외래진료가 없는 덕도 있겠지만 오전에는 문병객도 거의 없어 일주일 중 제일 좋은 시간을 꼽으라면 수영은 단연코 토요일 오전을 꼽았다. 그 덕에 수영은 토요일이면 오후 늦게 출근할 수 있었다.

하지만 그녀는 집에서 점심만 먹고 가게로 피신을 나왔다. 아침 내내 음식과 사투하는 신 여사를 보노라니 마음마저 갑갑해져 이걸 누가 다 먹느냐고 한마디 했다가 등짝을 얻어맞고 부엌에서 쫓겨나는 신세가 되었던 것이다. 사실 한마디라기보다는 어디 군대라도 불러서 먹일 거냐고, 장원급제한 아들이라도 오는 거 아니냐고, 남친 인사 오는 거지 대단한 사람 오는 거 아니라고 세 마디 정도 하긴 했다. 그래도 그렇지 딸내미를 그렇게 매몰차게 내치다니, 아무래도 계모가 아닐까 싶기도 하다. 닮은 애로 주워다 놓은 거겠지.

다소 어두운 얼굴의 경미가 오후에 나타날 때까지 수영은 오랜만에 한가한 하루를 보내고 있었다. 호기심에 가득 찬 병원 내 현진우 추종자들이 자취를 감춘 탓이었다.

가게에 들어서면서부터 수영의 눈치를 살피던 경미가 테이블을 차지하고 앉아 커피까지 주문하자 수영은 왠지 불안한 마음이 들어 말없이 그녀의 앞에 자리를 잡았다.

　"신 나는 소식하고 가슴 아픈 소식하고 두 가지가 있어."

　수영이 자리에 앉자마자 경미가 우울한 얼굴로 그녀에게 말했다.

　"신 나는 소식부터."

　수영이 나쁜 예감과의 대면을 회피했다.

　"김현태 선생님 잘렸단다."

　그건 신 나는 소식이 아니었다.

　"어머, 왜. 어쩌다. 진우 씨랑 관계된 건 아니지?"

　"아유, 아니야. 들어봐. 아주 어제 난리 났었단다."

　"그게 무슨 신 나는 소식이야, 안됐지."

　"왜 신 나지가 않니? 난 꼴 보기 싫은 게 셋이나 안 보이게 돼서 신이 나 죽겠구만."

　"셋? 셋이라니 무슨 소리야?"

　"야, 김현태 선생이 양다리였다더라."

　"응? 김선영 선생 말고 또 여자 친구가 있었어?"

　설마 나는 아니겠지?

　"그게 윤별로였대."

　"뭐?"

　수영은 그날 선영을 위로하며 '현태 오빠'라고 하다 그녀에게 구박을 받은 윤 간호사를 떠올렸다. 그게 그런 거였구나.

　"어제 둘이 머리끄덩이 잡고 난리도 아니었나 보던데, 조금 전에 병원에서 둘이 또 한바탕했다더라. 김도라 오프였는데 친구 데리고 나타나서 윤 간호사를 다 뜯어놨어."

수영은 근래 들어 놀랄 일이 자주 있었지만 어젯밤 이후 이렇게 기함할 만한 일이 또 생기리라고는 상상치도 못했다는 걸, 카운터에서 온 신경을 이쪽으로 곤두세우고 있는 동현을 걸고 맹세할 수도 있었다.

"진짜 충격적인 소식이다, 언니. 그런데 이게 뭐가 신 나. 도라 선생 좀 안됐다."

경미가 혀를 끌끌 찼다.

"안되긴 뭐가. 하여간 넌 왜 그리 물렀니. 그만큼 당했으면서. 어쨌든 김도라 오늘 사직서 내고 갔어. 알고 보니까 김도라네 아버지가 원무과 과장님이더라고. 이사라고 소문 자자했었잖니. 이사는 무슨, 그 빽으로 들어온 모양인데, 사고를 하도 많이 쳐서 어차피 잘릴 거였대."

"윤 선생은 괜찮아?"

"아까 울고불고하다가 기절했는지 시늉을 했는지 응급실 갔다 왔다더라. 김현태 선생님은 코빼기도 안 비치고. 어쨌든 병원 내에서 물의를 일으켜서 잘린 모양이야. 원무과 과장님이 김 선생님 멱살 잡고 펄펄 뛰셨다고 하던데, 뭘. 알아서 사직서 내고 나갔다지만 받아줄 병원이 있을까 몰라. 윤 간호사도 그 난리가 났으니 더는 병원에 못 있겠지."

수영이 한숨을 내쉬었다. 평소 별로 좋아하지는 않았던 세 사람이었지만 이런 일이 나고 보니 왠지 잘됐다는 생각보다는 안됐다는 마음이 더 컸다.

"그럼 이제 안 좋은 소식."

수영이 가슴을 펴고 숨을 들이쉬며 말했다. 정신을 차리고 듣자.

"현 쌤한테 일이 좀 있었어."

"무슨 일?"

경미가 수영의 눈치를 살피며 말을 흐렸다.

"그게 현 쌤 잘못은 아닌데……."

"빨리 말해. 무슨 일이야?"

"어제…… 현 쌤이 수술한 환자가 폐색전이 와서…… 오늘 아침 사망했어."

"뭐?"

수영이 자리에서 벌떡 일어섰다. 그런 수영을 경미가 따라 일어서며 팔을 붙들었다.

"환자 보호자가 오늘 찾아와서 멱살 잡고, 따귀 때리고…… 주먹으로도 몇 대 쳤는데, 현 쌤이 그걸 고스란히 당하고 있더란다. 그게 현 쌤 잘못이 아닌데, 천재지변이나 마찬가지인 건데. 어떡하니, 수영아?"

수영의 몸이 바들바들 떨렸다.

"그래서…… 그래서 진우 씨 지금 어딨대?"

"몰라. 나도 방금 들었어. 오늘 오후 퇴근이라며. 방에는 없대. 퇴근한 게 아닐까?"

수영은 자신의 팔을 잡은 경미를 뿌리치고 가게 밖으로 달려 나갔다. 진우가 있을 곳이라면 딱 한 군데 짚이는 곳이 있었다.

역시 그는 거기 있었다. 벤치에 기대앉아 멍하니 하늘을 바라보며.

수영은 살며시 열었던 옥상의 철문을 소리가 나지 않도록 조심스레 닫고는 그의 곁으로 다가갔다.

그가 그녀를 돌아보자 수영이 그를 향해 애써 웃음 지었다. 그러자 그도 힘없는 미소를 그녀에게 되돌려주었다. 하지만 티 나게 부은 한쪽 볼과 터진 입술이 보이자 그녀의 눈에 왈칵 눈물이 솟았다.

"들었어?"

수영은 솟아 나오는 눈물을 억지로 참았다. 그리고 그의 옆에 꼭 붙어 앉아 무릎에 놓인 그의 손에 자신의 손을 가져가 깍지를 꼈다. 그 모습을 진우가 가만히 바라보고 있었다.

"네."

수영이 대답하며 그의 어깨에 자신의 머리를 기댔다. 그리고 진우가 바라보고 있는 하늘을 멍하니 마주 바라보기 시작했다. 그들은 한동안 그렇게 같은 하늘을 바라보고 앉아 있었다. 수영의 눈에서 참았던 눈물이 조금씩 흘러내렸다.

"울어?"

"아뇨."

그가 피식 웃었다. 그의 어깨가 이미 젖기 시작했지만 그는 모른 척하기로 했다.

"난 괜찮아."

그가 터진 입술을 혀로 확인하며 말했다. 어딜 봐도 괜찮지 않은 모습에 수영은 속이 새카맣게 타서 없어질 것 같았다.

"난 안 괜찮아요."

이미 다 들켰지만 어떻게든 멀쩡한 척하려고 그녀가 목소리를 가다듬으며 말했다. 하지만 코맹맹이가 된 목소리 때문에 그녀의 노력은 그다지 신통치 않았다.

"그 환자, 34살이었어. 유방암 1기인 데다 림프절 전이도 없었고 수술도 아주 깨끗하게 잘됐지. 병력도 없고 젊어서, 수술 후 폐색전이 오리라고는 상상도 못 했어. 그러니까 그건 내 책임이 맞아. 7살, 5살짜리 아이들과 남겨진 남편의 심정을 내가 어떻게 이해하겠어. 몇 대 맞는 것쯤은 괜찮아."

맞은 그가 오히려 울고 있는 그녀를 다독이고 있었다. 울고 싶지 않은데 눈물은 자꾸 나고 참으려 하니 가슴이 타는 것 같다.

"아파요?"

손을 들어 그의 볼을 만지자 그가 움찔하는 게 느껴졌다.

"아니."

그녀는 꺼이꺼이 울고 싶었다.

"거짓말."

그는 대답하지 않았다. 수영은 그의 어깨에 머리를 기대고 하염없이 울었다. 그들이 나란히 바라보고 있던 파란 하늘이 점점 어두워지며 붉게 물들고 있었다.

"박지연 선생 말이야……."

한참을 그렇게 있던 그가 갑자기 지연의 얘기를 꺼냈다. 이제 눈물이 말라가는 중인데도 지연의 얘기를 들으니 슬며시 화가 난다.

"미안해. 박 선생이랑 만나게 해서."

뜬금없기는. 수영이 그의 눈을 찬찬히 들여다보며 대답했다.

"뭐, 엄밀히 말해서 진우 씨 잘못은 아니잖아요. 나도 미안해요. 김현태가 옥상까지 쫓아오게 해서. 오늘 잘리긴 했지만."

진우가 터진 입술로 씨익 웃었다.

"그건 엄밀히 말해서 오수영 잘못이야."

수영의 눈이 세모가 됐다.

"뭐예요?"

진우가 킥킥대며 웃었다. 그리고 그녀의 머리를 당겨 다시 자신의 어깨로 기대게 했다. 그곳이 마땅히 있어야 할 그녀의 자리라는 듯. 수영은 마다하지 않았다. 그곳은 물론 그녀의 자리가 맞았으니까.

"난 의사가 되고 싶었어. 어머니 아버지도 바라긴 하셨지만 어릴 때부터 의사가 되는 게 유일한 꿈이었어. 다른 건 생각해보지도 않았으니까. 그런데 형이 법대에 들어가고 나니까 모든 기대가 나한테 쏠리더라고. 의대에 들어가고 나서도 병원에 실습을 나가도 나한테는 현병원 원장 아들이라는 꼬리표가 따라붙었지. 그게 늘 마음의 짐이었어. 난 그저 의사가 되길 바랐을 뿐인데 남들은 그보다 더한 걸 내게 원하더라고. 박 선생도 그중 한 명이었고."

그가 나지막한 목소리로 자신의 얘기를 시작했다. 마치 혼자 독백이라도 하듯 가슴에서 울려 나오는 목소리는 그의 어깨를 타고 그녀의 심장까지 전해졌다.

"난 괜찮다니까요. 그 얘긴 더 안 해도 돼요."

그가 손을 뻗어 자신의 어깨에 기댄 수영의 머리를 토닥였다.

마치 자신의 얘기를 더 들어보라는 듯.

"난 숨어 있는 게 최선이라는 결론을 내렸어. 그래서 실습을 나가든 인턴을 하든 병원에서 제일 안 보이는 곳에 아지트를 만들어서 숨어 있곤 했지. 웬 아가씨가 습격해오기 전까지는 꽤 괜찮은 생각이었어."

"……."

그의 말에 뭔가 조금씩 그녀의 기억을 헤집고 떠오르려 하고 있었다.

"그날도 사람들을 피해서 병원 뒤쪽에 숨어 있는데 이상한 여자가 들이닥치는 거야. 오빠한테 준다나. 옷가지가 든 가방을 들고. 마스크를 썼다가 선글라스를 썼다가……."

그러고는 번쩍, 기억이 돌아왔다.

"어!"

"우리 만난 적 있다니까."

수영이 고개를 들고 그를 향해 손가락을 세웠다.

"어……. 어!"

"그래, 오수영. 그게 나야. 어떻게 나를 잊어버릴 수가 있어? 꽤 강렬한 인상 아니야?"

"오빠한테 옷 전해줄 걱정이 한가득이라 그때는 뭘 살펴보고 할 여유가 없었어요. 그냥 병원 선생님이겠거니 했죠. 그게 진우 씨였구나. 어쩐지 선생님치곤 너무 어리다 했어."

"이거 좀 섭섭한데, 난 그때부터 지금까지 한 번도 잊어본 적이 없는데."

수영의 가슴이 덜컹했다. 이것은 고백일까? 하지만 그는 그 이후 아무 말도 하지 않았고 수영은 그의 어깨에 기대어 역시 아무 말 없이 앉아 있었다. 긴 시간이 흐른 것 같았다.

수영이 그의 어깨에 볼을 비볐다. 코도 몇 번 훌쩍이다가 주머니에서 휴지를 꺼내어 얼굴을 닦고 계속 꼼지락거리더니 결심을 했는지 숨을 몇 번 들이쉬고는 그에게 말했다.

"진우 씨."

"응?"

무심코 진우가 대답했다. 그러자 그녀가 지나가는 말처럼 아무렇지도 않게 속삭이듯 말했다.

"사랑해요."

그의 가슴이 철렁하고 내려앉았다. 뒷머리를 심하게 맞은 것 같은 충격이 지나가자 심장이 거세게 뛰는 소리가 어깨를 통해 수영에게까지 전달될 것 같아 그는 자신도 모르게 깍지를 낀 손에 아프도록 힘을 주었다. 어깨에 기댄 그녀의 머리를 내려다보니 미동도 없다. 그의 어깨는 그녀의 눈물로 축축했고 고백 이후 온몸에 힘을 잔뜩 줬는지 그녀의 머리는 무거웠다. 하지만 어깨에서 시작된 따뜻함이 심장까지 전해지는 기분이 들어 그녀의 머리가 그곳에 있는 게 좋았다.

"……."

수영은 숨을 죽이고 대답을 기다리고 있었다. 터질 듯이 뛰는 가슴을 겨우 진정시킨 진우가 웃음을 참으며 속으로 숫자를 세기 시작했다. 그가 천천히 센 숫자가 20을 막 넘어갈 무렵 드디어 수영이 입을 열었다.

"진우 씨는 뭐 할 말 없어요?"

진우는 터져 나오려는 웃음을 참을 인 자를 수없이 써가며 참아야 했다.

"없는데?"

웃음을 참느라 숨 막힌 듯한 목소리가 나왔는데도 수영은 신경도 안 쓰는 것 같았다.

"쳇."

수영이 볼멘소리로 대답하자 마침내 진우가 커다랗게 웃기 시작했다. 어찌나 소리가 컸던지 병동과 병원 밖까지 들릴 것 같아 수영이 말려봤지만 그는 아랑곳없이 미친 듯이 웃어젖혔다. 어렵게 한 사랑 고백에 그가 배를 잡으며 웃자 수영은 그만 삐쳐버렸다.

"하여간 성가시다니까."

그가 그녀의 볼을 쓰다듬으며 말했다.

"내가요? 내가 어디가요?"

하지만 그의 손길이 눈물 나도록 다정해서 그녀는 다시 울어버리고 싶었다.

"욕심이 많아, 오수영. 일일이 다 말해줘야 아는 거야?"

"말 안 하는데 어떻게 알아요?"

그녀가 볼을 부풀렸다. 그리고 그 모습이 우스운지 그가 다시 웃음을 터뜨렸다. 이번엔 그녀의 볼을 잡아당기며 호빵이라고 놀리는 만행도 서슴지 않았다. 수영이 점점 삐쳐서 볼을 부풀릴수록 그의 웃음소리는 커져갔고 이제는 어두워져 버린 저녁 하늘까지 가득 메웠다.

방법 16. 무력을 동원한다

수영의 만류에도 불구하고 진우는 그 모습 그대로 수영의 집을 방문했다. 맞아서 터진 입술과 울어서 부은 얼굴이 나란히 집 안으로 들어서자 신 여사는 너무 놀라 들고 있던 국자를 떨어뜨릴 뻔했다. 그러나 신 여사가 누구인가. 그녀는 의사인 남편과 40년 가까이 살았었다. 또한 외과의사인 아들, 그리고 방랑벽 있는 또 하나의 아들과 어디로 튈지 모를 딸을 키워낸 그 노련함으로 자신의 놀라움을 완벽하게 감출 수 있었다. 환하게 웃는 얼굴로 딸과 딸의 남자 친구를 맞이한 그녀는 상다리가 휘어지게 차려져 있는 식탁 앞으로 그들을 안내했고, 놀란 그들의 얼굴에서 만족감을 얻었다.

진우는 딸 가진 그 어느 어머니가 보더라도 작정하고 탐을 낼 만큼 늠름하고 멋지게 성장해 있었다. 의사라는 스펙을 떠나서 겉

모습만 보더라도 일등 사윗감이었다. 마음 가득 자부심이 들면서 한 여사에게 협조한 것이 정말 잘한 일이라 생각되는 신 여사였다. 물론, 마음 한구석 찔리는 면이 없지 않아 있지만, 이렇게 잘 어울리는 둘이라면 그런 사소한 일쯤이야 아무것도 아닐 것이라 애써 위안했다.

"세상에…… 그 아기가 이렇게 다 컸다니 세월이 정말 빠르구나 싶네. 부모님 모두 안녕하신가?"

신 여사가 최대한 정이 묻어나는 목소리로 그에게 물었다.

"예, 잘 지내십니다."

진우가 씩씩하게 대답했다. 수영이 나이가 들면 이런 모습이겠구나 싶게 똑 닮은 그녀의 어머니는 여성스럽고 단아한 겉모습과 달리 말투는 무뚝뚝한 수혁을 닮아 있었다. 그 부조화가 오히려 너무 잘 어울려 진우는 첫눈에 신 여사가 마음에 들었다.

진우가 자리에 앉자마자 때맞춰 수익이 집으로 들어섰다. 특유의 싱글벙글한 표정으로 들어선 수익이 하필이면 자신의 옆자리에 자리를 잡자, 가뜩이나 몸 여기저기 불편했던 진우는 그만 심기까지 불편해지고 말았다.

"와, 의사 선생. 얼굴 볼만하네? 오다가 누구랑 한판 붙었어?"

자기가 형님인 걸 유세라도 하듯 이젠 대놓고 반말을 하고 있는 수익이었다. 못 본 척해줄 수도 있건만, 굳이 얼굴을 들먹이는 그를 흘깃 보며 진우는 겨우 웃는 표정을 지을 수 있었다. 굳이 한판을 해야 한다면 꼭 옆에 앉아 계신 이 '형님'과 붙어보고 싶은 게 솔직한 그의 심정이었다.

"아닙니다. 어디 좀 부딪혔어요."

얼버무리는 진우에게 얼굴을 들이밀며 수익이 말했다.

"에이, 아닌데. 이건 누구한테 맞은 건데. 허허. 어디 가서 맞고 다닐 사람은 아닌 것 같은데 오늘은 일진이 나빴나 봐?"

여전히 킥킥거리며 진우를 놀리는 수익을 수영이 곱지 않은 시선으로 쳐다보았다.

"왜 그래, 오빠. 별일 없었어. 그만해."

"와, 우리 돼지. 오빠 아직 아무것도 안 했는데 뭘 그만해야 할까?"

"오빠……."

수영은 한마디 더 하려다 입을 닫고는 항복의 눈길을 수익에게 보냈다. 오수익이 깐죽거리기 시작하면 아무도 못 말린다. 느슨하게 웃고 있던 그의 입꼬리가 점점 늘어지고 있었다. 그 모습을 간과했던 게 화근이었다. 그들에게서 등을 돌린 상태로 밥을 푸고 있던 수영의 뒤로 진우의 푸웃 하는 웃음소리가 들렸다.

"귀엽지 않아? 이 사진 수영이가 다 없애서 나밖에 없는 거야. 의사 선생이 원하면 줄 수도 있는데."

들고 있던 밥그릇을 떨어뜨릴 뻔했다. 그들의 화제에 오른 게 무엇인지 깨닫는 순간 수영의 입에서 비명이 터져 나왔다.

"꺄악. 오빠! 그거 이리 내놔! 미쳤나 봐. 이리 줘요, 진우 씨!"

기필코 그녀의 오라비를 죽여버리겠다고 다짐했다. 아니, 기필코 저 둘을 가만두지 않으리라 다짐했다. 하지만 그녀가 밥그릇을 들고 우왕좌왕하는 사이 진우가 재빨리 사진을 챙겨 자신의 양복

안주머니에 넣어버렸다. 둘 중 누구의 손에 사진이 있는지 모르는 수영은 때마침 등장한 어머니로 인해 결국 사진을 회수하지 못하고 자리에 앉아야만 했다.

"밥 먹자."

신 여사가 자리에 앉으며 말했다. 수영은 어머니의 눈치를 보며 식탁 아래로 수익의 다리를 툭툭 쳤다. 수익이 고개를 저었다. 이번엔 진우 쪽으로 눈길을 향했으나 그는 그녀의 어머니에게 살인미소를 날리는 중이었다. 다리를 걷어차고 싶은데, 그의 다리가 너무 멀다. 수영은 일단 후퇴하기로 했다.

"많이 들게."

진우 쪽으로 음식을 슬며시 밀어주며 신 여사가 다정하게 덧붙였다. 그러자 그의 옆에 앉은 수익이 음흉한 웃음을 지으며 끼어들었다.

"야, 우리 엄마 너무하시네. 갈비찜하고 잡채는 왜 의사 선생 쪽으로만 놓는 건데? 아들은 입도 아닌가? 사윗감이라고 편애하시는 거예요?"

신 여사가 아들에게 눈을 흘겼다. 그 옆에 앉아 있던 수영도 자신의 오빠에게 눈을 흘겼다. 닮은 얼굴 둘이 동시에 눈을 흘기는 신기한 장면이 진우의 맘에 들었다. 특히 그 대상이 수익이라는 점이 더더욱.

"그런데 엄마, 현 선생네 어머니랑 친하지 않았어요?"

뜬금없는 질문에 진우의 밥그릇 위로 갈비찜을 올려주던 신 여사의 손이 멈췄다. 수영과 진우가 동시에 그를 쳐다보자 수익이 다시 한 번 씨익 웃고는 신 여사의 멈춘 젓가락에서 갈비찜을 빼앗아 들었다.

"대전에 분원 내고 느이 아버지가 내려오시기 전까지는 그랬지. 어쨌든 창립멤버 아니냐. 너희들 아기 때 이리로 이사 오고 몇 번 전화하다 연락이 끊어졌지. 그리고 보니 진우 어머니 뵌 지도 무척 오래됐구나."

신 여사가 진우의 눈치를 보며 변명하듯 설명했다.

"에이, 아버지 장례식 때 봤을걸? 다 오셨잖아요. 아, 현 선생도 왔었나? 그리고 현 선생 사는 집, 엄마 거잖아요. 이번에 전화 안 하셨어요? 서로?"

신 여사는 아들의 말을 못 들은 척 진우에게 갈비찜을 더 들지 않겠느냐고 권했다. 진우는 물론 그러겠다고 대답했다.

"맞습니다. 저도 갔었죠. 그냥 조용히 다녀오느라 그땐 인사도 못 드렸습니다. 죄송합니다."

진우의 표정이 미묘하게 변하고 있었다. 수영은 대화의 내용을 따라가려고 애썼지만 번번이 흐름을 끊는 신 여사로 인해 그도 쉽지 않았다.

"아이고, 죄송은 무슨. 괜찮네. 아니, 너는 왜 이렇게 쓸데없는 얘기가 길어? 그만하고 밥이나 먹지 못해?"

수익의 말을 계속 못 들은 척하며 진우의 앞에 해물탕이며 튀김이며 각종 쌈에 전까지 밀어다 주던 신 여사가 그만 못 참고 성격을 드러내고야 말았다. 서슬 퍼런 어머니의 목소리에 설렁거리며 진우를 찔러보던 수익이 그제야 입을 다물었다.

아무래도 그녀의 아들은 무언가 꿍꿍이가 있는 듯 보였다. 신 여사는 그 어떤 행동도 절대 용서치 않겠다는 무언의 눈빛을 아들에게 쏘아 보냈다. 그 신호는 아무리 천하태평 수익일지라도 거역할 수 없는 단호한 것이었기에 수익은 이쯤에서 한발 물러서기로 했다.

수익이 입을 다물자 신 여사는 표정을 바꿔 한없이 자애로운 목소리로 입안이 터진 것 같은데 괜찮냐고 진우에게 물었다. 진우는 괜찮다고 대답했고 신 여사는 그런 그를 못내 대견해하며 그의 밥그릇이 비워지자마자 식사 종료를 선언했다. 덕분에 떠드느라 밥을 절반쯤 밖에 못 먹은 수익까지 자리에서 일어나야 했기 때문에 진우는 이러한 신 여사의 저녁식사 방침이 매우 마음에 들었다.

"아무튼, 자네가 우리 수영이를 데려가 준다니 정말 고맙네. 나이는 차는데 결혼할 생각도 안 하고 내가 아주 걱정이 많았거든."

거실에 앉아 과일을 먹던 그에게 신 여사가 말했다. 수영은 바닥에 앉아 신 여사가 쟁반째로 떠안긴 과일을 깎고 있었고, 수익은 그들에게서 조금 떨어진 1인용 소파에 책상다리를 하고 앉아 흥미진진한 눈으로 진우를 주시하고 있었다.

"엄마! 진우 씨가 언제! 진우 씬 그런 말 안 했어."

나왔다, 동급최강 신 여사.

"이왕 이렇게 된 거 빨리 날짜부터 잡았으면 좋겠는데. 혹시 어머니는 아시나, 우리 수영이 만나는 거? 아직 안 했으면 내가 내일쯤 전화드리려고 하는데."

"엄마!"

"넌 좀 가만있어! 어디 어른 얘기 하는데 끼어들어?"

"아직 모르시지만 조만간 말씀드릴 계획입니다. 곧 식사 자리도 마련하겠습니다."

그는 당황한 기색도 없이 빙긋이 웃으며 신 여사의 돌발성 질문을 침착하게 대처해 나가고 있었다.

"그럼, 그래야지."

"엄마 왜 이래? 뭐가 '그래야지.'야. 우리 이제 막 사귀기 시작했다고. 오늘 밥 먹으러 온 거야. 엄마가 밥 먹으러 오랬잖아."

당황한 건 수영이었다.

"니가 나이가 몇 갠데 밥 먹고 사귀고 다 하면서 세월을 보내! 과일가게를 가봐라. 크고 이쁘고 맛있는 건 금방 팔리는 법이야. 깜빡 지나면 죄 멍들고 못생긴 것만 남잖니! 너무 익어서 터지면 아무도 안 사. 네 오빠 결혼할 때 그냥 묶어서 너도 치워야겠으니까 잔말 말고 엄마가 시키는 대로만 해."

"엄마는 무슨 자기 딸을 다 익어서 터진 과일에 비유를 해? 나 이래 봬도 신상이야. 왜 세일을 하고 그래! 그리고 내가 쓰레기야? 치우게?"

"푸핫!"

소파 위에서 수익이 먹던 과일을 뿜으며 자지러졌다. 진우도 평정을 가장하고 있지만 턱이 떨리는 걸로 봐선 웃음을 억지로 참고 있는 듯했다.

"아무튼, 나는 일을 추진하겠으니 자네도 알아서 일 처리하고 어머니께도 알리고 하게."

"예. 저도 가능한 한 빨리했으면 좋겠습니다."

소파에 쓰러져 있던 수익이 일어섰고 거실은 정적에 휩싸였다.

진우는 대체 자신의 말의 어디가 이들의 입을 떡 벌어지게 만든 건지 도통 이해가 되질 않았다. 그저, 어머니든 딸이든 둘 중 누가 됐든 숨이나 좀 쉬어줬으면 하는 바람이었다. 그리고 그런 그의 기대에 부응한 건 역시 어머니 쪽이었다.

"그래, 결혼 이야기가 나왔으면 서둘러야지. 그럼 부모님께 말씀드리고 나서 상견례 날짜부터 잡아야겠네. 그런데 자네도 아는지 모르겠네만 우리 수익이 결혼이 얼마 안 남아서, 가을은 되어야 하지 않겠나 싶어."

뒤늦게 정신을 수습한 수영이 그들의 모의에 반기를 들고 일어섰다. 대강 보기에도 죽이 척척 잘 맞을 것 같은 두 사람이었다. 이대로 있다간 프러포즈는커녕 사랑한다는 소리 한 번 못 들어보고 웨딩마치 울리게 생겼다.

"결혼? 무슨 결혼! 난 이 결혼 반댈세!"

수영이 옥상 정원에서의 일을 떠올리며 분기를 끌어모았다. 수영이 갑자기 양반다리를 하고 앉아 자신의 무릎을 탁 치며 그들에게 엄한 목소리로 통보했지만 괜한 개그로 무안해지기만 하고 둘중 누구도 그녀의 말을 들어주지 않았다. 수영은 강 건너에서 불구경 하듯 흥미진진하게 진우와 어머니의 대화를 주시하고 있는 둘째 오라비에게 구원을 요청했다. 하지만 수익은 자신의 손을 번쩍 쳐들고는 이렇게 말했다.

"난 찬성!"

"오빠!"

아무짝에도 쓸모없는 오라비였다.

이젠 도저히 못 참아. 수영이 자리에서 벌떡 일어났다.

"내 결혼이잖아. 왜 내 미래를 두 사람 마음대로 정하는 거야?"

신 여사가 진우의 눈치를 보며 서둘러 그녀를 붙잡아 앉혔다.

"얘가 어디서 큰소리야? 가만있지 못해?"

수영이 투덜거리며 이 모든 사건의 원흉을 노려보았지만, 범인은 딴청을 부리는 중이었다.

"아무튼 난 이렇게는 결혼 못 하니까 그렇게들 아세요."

수영이 고집스럽게 턱을 내밀고 등을 돌리고 앉아 있자 그녀의 어머니가 고개를 내 저으며 혀를 끌끌 찼다.

"아이구, 나이를 헛먹었지 헛먹었어. 아무튼 고맙네. 이 천둥벌거숭이를 데려가 준다니 내가 자네한테 절을 골백번을 해도 모자라."

신 여사의 말에 진우가 웃으며 고개를 끄덕였다. 수영은 약이 올라 바닥을 데굴데굴 구르고 싶었다.

"엄마-! 내가 아직 서른도 안 됐는데 무슨 결혼……."

수영이 순간적으로 이성을 날려버리고 자신의 어머니에게 목소리를 높였다. 그러자 놀랍게도 번쩍하고 손이 움직이나 싶더니 그녀의 등 뒤로 날카로운 스매싱이 전광석화처럼 날아와 박혔다. 철썩하는 소리와 함께 수영이 억 소리도 못 내고 앞으로 엎어지자 진우가 먹던 딸기를 뚝 떨어뜨렸다. 수익은 박장대소를 하기 시작했고 신 여사는 슬그머니 자리를 피했으며 수영은 창백해졌으나 분노에 찬 얼굴로 괜한 진우를 노려보며 분을 삭이는 수밖에 없었다.

그녀는 진우의 팔을 억지로 잡아끌고 자신의 방으로 올라갔다.

"내가 아까! 그랬을 때, 응? 할 말 없다더니. 갑자기 무슨 결혼!"

진우가 웃음을 터뜨렸다.

"차근차근 말해봐. 무슨 말을 하는지 알아들을 수는 있어야지."

"누구 마음대로 결혼을 하냐고요."

수영이 그의 앞에서 턱하니 허리에 손을 올리고 어디 한번 해보라는 식으로 턱을 들어 올렸다. 세상에, 이렇게 깜찍할 수가. 진우가 생각했다.

"그럼 안 할 거야?"

진우가 부드럽게 그녀를 달랬다. 하지만 통하지 않았다. 수영이 턱을 한 번 더 치켜들었다.

"안 할 거예요."

"왜?"

그녀가 그를 사납게 노려보며 말했다.

"프러포즈도 안 했잖아요!"

"할게."

"됐어요. 필요 없어요."

"왜?"

"안 할 거니까!"

"뭘?"

"결혼!"

그녀가 버럭 했다. 고장 난 엠피쓰리도 아니고 낮부터 왜와 뭘만 구간 반복하는 대화를 계속하자니 이젠 머리가 아플 지경이었다. 진우가 머리를 감싸 안고 있는 그녀에게 다가와 살며시 끌어안았다.

"결혼하자, 수영아."

그가 '수영아.'라고 불렀다. 그가 이렇게 한 번씩 자신의 이름을 불러줄 때마다 그녀는 머리끝까지 짜릿해지는 느낌에 그가 원하는 건 무엇이든 들어줄 수 있는 자신을 발견하곤 했다. 그걸 자신도 잘 아는지 위기 때마다 써먹는 것 같은 느낌이다. 바로 지금처럼 말이다. 아무튼 여우 같은 남자다.

"결혼해줘. 아무래도 난 오수영이 필요해."

뭐냐, 이 멋없는 프러포즈는.

수영이 발끈했다. 하지만 그의 녹아드는 목소리를 거부할 수가 없다.

그는 어쨌든 프러포즈를 했다. 그것도 두 번이나. 이따위의 프러포즈로 이렇게 이런 식으로 넘어가고 싶진 않았으나 그의 그윽한 목소리를 듣고 있자니 정말 지옥으로 가자고 해도 따라가고 싶을 지경이었다.

"그 전에 뭐 할 말 없어요?"

한껏 수그러진 목소리로 그녀가 말했다. 그녀의 머리 위에 얹힌 그의 얼굴이 떨리는 걸로 봐서 그는 아무래도 웃고 있는 것 같다.

"없는데?"

숨넘어가는 듯한 목소리로 그가 대답했다. 으악! 미워 죽겠어!

"쳇."

그녀의 포기 선언에 진우가 이제 마음 놓고 웃으며 그녀를 꼭 끌어안았다. 수영은 그에게 속절없이 휘둘리는 자신이 한심하긴 했지만 그래도 뭐, 딱히 싫진 않았다. 그의 입술이 천천히 자신에게로 내려오는 것을 느끼자 그녀는 눈을 감았다.

수영이 진우와 함께 2층으로 올라가자 신 여사는 뒷정리를 위해 부엌으로 들어갔다. 그렇게 염원하던 막내딸의 결혼이 이제 막 성사되려 하고 있었다. 신 여사는 절로 어깨춤이 나올 것 같았다.

"엄마, 물어볼 게 있는데."

그런 그녀의 뒤로 수익이 조용히 와서 물었다.

"뭔데? 넌 이 녀석아, 매제 될 사람 앞에서 그게 무슨 짓이야?"

식사시간에 있었던 일을 두고 신 여사가 아들을 꾸짖었다.

"엄마, 혹시 쟤네들 이어주려고 일부러 나란히 집 얻어주신 거예요?"

수익이 의심스러운 눈초리로 그의 어머니를 다그쳤다.

"뭐라고? 그런 말이 어디 있어? 일이 되려다 보니 그렇게 된 거지. 마침 나란한 집밖에 없었고."

신 여사가 아들의 눈길을 피하며 말했다.

"아닌 것 같은데. 형 말 들어보니까 그런 거라던데. 수영이 독립도 그래서 갑자기 시키게 된 거고."

신 여사가 아들의 입을 틀어막았다.

"듣겠다. 조용히 못해? 하도 진우네 엄마가 비밀이라고 신신당부하길래 그렇게 됐지! 진우가 제 어미한테 한 번만 더 선자리들이밀면 호적을 파겠다고 난리를 쳤다잖니. 그러니 어째? 다른 방법을 알아봐야지."

수익이 자신의 이마를 탁 치고는 그의 어머니를 마주했다.

"엄마, 그러니까 뭐 한 거 맞네. 정말 어쩌려고 이러세요? 현 선생 딱 봐도 한 성질 하게 생겼던데, 이거 알면 가만 안 있을걸요? 게다가 현 선생이랑 현 선생 어머니랑 사이 안 좋다면서요? 이러다 괜히 수영이만 다치는 거 아니에요?"

"누가 그러니, 사이 안 좋다고? 부모 자식 사이에 안 좋고 좋고가 어디 있어?"

신 여사가 끼고 있던 고무장갑을 벗었다. 현기증이 이는지 그녀는 이마를 짚고 식탁에 앉아 손짓으로 아들을 앉혔다.

"형이 그러던데요. 잘은 모르지만 현 선생 어머니가 같은 병원 의사인가 무슨 이사 딸인가 하고 결혼시키려고 하다가 서울 병원이 난리 났었대요. 그래서 사이 안 좋은 거라고."

"시끄러워. 너만 입 다물고 있으면 아무 문제 없어. 괜한 입 놀리지 말고 넌 가만히 있어. 이미 좋아졌는데 뭐가 문제야? 그저 돌아가는 대로 놔두면 다 순리대로 되게 되어 있어."

"어휴, 난 항복. 나중에 수영이 울고불고 난리쳐도 전 몰라요. 다 엄마 잘못이니까."

"이 녀석이 못 하는 말이 없어! 넌 그렇게 됐으면 좋겠니?"

"아무튼 조심해요, 엄마. 이제 아무것도 하지 마세요. 아셨죠?"

수익이 불경스럽게 손가락까지 흔들어가며 말을 마쳤다. 아들이 나가자 신 여사는 몰려오는 불안감에 다시 현기증이 나 냉수를 벌컥벌컥 들이켰다.

식사 때 한 말과는 다르게 그녀는 한 여사와 꽤 가까운 사이였다. 자주 만나진 않았지만 가끔씩 전화로 아이들의 안부도 묻고 살아가는 이야기도 하고는 했다. 물론 아이들이야 그런 세세한 어머니들의 친분은 몰랐겠지만 바로 그러한 이유로 자신의 아이들을 짝지어주려 했던 건 사실이었다.

그들의 계획처럼 진우가 사위가 되어준다면 그것만큼 좋은 것도 없을 것이다. 하지만 수익의 얘기를 듣고 나니 걱정이 되는 것 또한 사실이었다. 오피스텔에 나란히 입주시킨다는 것은 그녀의 생각에도 그리 좋은 계획은 아니었다. 딸 가진 어미의 입장에서 그것은 폭탄을 지고 불속으로 뛰어드는 것이나 마찬가지인 셈이었으니까. 하지만 아이들만 생각하자던 한 여사의 꼬임에 그만 넘어가고 말았다. 둘만 놓고 보라고, 얼마나 잘 어울리는 아이들이냐며 아마도 날 때부터 짝으로 점지되었을 거라는 한 여사의 속삭임에 덜컥 그러자고 해버린 것이다.

하지만 집을 얻어준 것과 시간을 맞춰 결혼식장에 보낸 것 외에는 별로 한 일도 없었다. 한 여사가 뭔가를 더 한 것일까? 한참을 생각하며 현기증과 싸우던 신 여사는 이내 걱정을 떨쳐냈다.

잘될 것이다. 그렇게 생각했다. 저렇게 결혼하겠다고 인사를 온 것을 보면 감정이 깊어진 사이인데 뭐가 문제랴 싶었다. 자신이 다 알아서 하겠다고 큰소리치던 한 여사가 걱정이 되긴 했지만, 자식의 일이니 그다지 큰 사고는 없을 것이라고 가볍게 생각하는 신 여사였다.

아침부터 시작해 장장 6시간이 걸린 수술이 마침내 끝이 나고 지칠 대로 지친 진우는 소파에 누워 휴식을 취하고 있었다. 몸은 피곤했지만 나른한 즐거움이 어깨의 피로를 풀어주는 것 같았다. 최근엔 계속 이런 식이었다. 무슨 일을 해도 힘들지 않았다. 그저 아침에 마시는 커피 한 잔이면 만사형통이었다. 물론 그 힘은 커피에 있는 것이 아니라 커피를 만들어주는 사람에게서 나오는 것임을 그는 잘 알고 있었다.

결혼이라…….

그의 계획엔 없던 일이었다. 그의 어머니 때문에라도 절대 결혼은 하지 않겠던 그가, 아니 어머니를 위한 결혼만은 하지 않겠던 그로서는 최악의 상대와의 결혼을 선언한 것이다. 그런데도 날아갈 듯 행복한 기분은 무엇이란 말인가.

그는 수영의 얼굴을 떠올렸다. 그녀와 평생을 같이한다, 어디로 튈지 모르는 럭비공 같은 그녀를 평생 구속할 수 있다. 왠지 그 하나만으로도 주변의 모든 일이 희미해지는 느낌이었다. 어머니의 야망도, 병원을 사이에 둔 지긋지긋한 전쟁도 모두 무의미한 일로 여겨졌다. 그게 뭐라고. 그게 무슨 상관인데?

중심만 잘 지키고 있으면 될 것이다. 어차피 그의 어머니는 결코 그를 이길 수 없을 것이고 오히려 결혼 이후 대전에서 계속 지낼 수 있는 명분이 생길 테니 경영에 휘말릴 일은 없을 것이다. 그렇게 정했고 그렇게 따를 것이다. 오히려 모든 것이 분명하고 명쾌해진 것 같다. 그는 제 생각에 흐뭇해져 머리 뒤로 깍지 낀 손을 넘겼다. 다음 수술 때까지 잠시 쉬어볼 요량이었다. 하지만 그의 평화는 불청객에 의해 곧 깨어졌다.

"왜 나는 안 되는 거야? 오수영 씨랑 내가 다를 바가 뭔데?"

지연이 그의 방문을 쾅 소리가 나도록 열어젖히며 들어온 것이다. 왜 좋은 일 뒤엔 항상 마가 끼는 걸까. 그는 무섭도록 천천히 소파에서 몸을 일으켰다.

"또 뭐야?"

지연의 입이 표독스럽게 일그러졌다.

"현 선생 결혼한다며?"

"그게 박 선생이랑 무슨 상관이지?"

"현 선생이 그랬잖아. 그런 결혼은 안 할 거라고. 조건 따지고 자로 재서 갖다 붙이는 결혼은 하는 게 아니라며? 그런데 이게 뭐야. 오 박사님 딸하고 하는 거면 나보다도 더 좋은 조건이랑 하는 거잖아. 결국 원한 게 이런 거였어? 나는 성에 안 차서 그 망신을 주면서 거절한 거야? 이번엔 어머니가 개입해도 상관없을 만큼 맘에 들었나 보네. 정욱 선배까지 동원해서 이사장님이 아주 큰 상을 차리셨던데."

"뭐라고?"

진우의 눈빛이 달라졌다. 그러자 기다렸다는 듯 지연이 그의 앞에 마주 앉았다.

"난 그저 이사장님이랑 우리 아빠가 시키는 대로 한 것뿐이었어. 그리고 나 솔직히 그 전부터 현 선생 좋아했었고. 그런데 부모님이 개입했다는 게 그렇게 현 선생한테 거부감을 일으키는 거란 건 몰랐어. 알았으면 내가 그랬겠어?"

"본론만 얘기해."

"무서운 여자던데, 오수영 씨? 혹시, 현 선생 지금 사는 집 누구 집인지 알아?"

"……."

그는 대답하지 않았지만 그의 눈빛엔 이미 알고 있다는 기색이 역력했다. 그녀는 기가 막혔다.

"어머, 혹시 알고 있었어? 그럼 지금 오수영 씨가 사는 집도 그렇고. 이상하다 싶지 않았어? 어떻게 둘이 나란히 옆집으로 들어가 살게 됐을까. 그런 의심해보지도 않았나 보네. 무척 믿음 가는 사람인가 봐, 오수영 씨가."

"나가."

여전히 지연을 노려보고 있었지만 그의 눈동자는 흔들리고 있었다. 이제 조금만 더 가면 된다. 조금만 더.

"내 말이 안 믿겨? 좋아, 믿는 건 현 선생 맘이고 결혼하겠다니 그냥 묻어버리면 되겠네. 그래도 혹시나 해서 하는 말인데 확인하고 싶으면 정욱 선배한테 물어봐."

사실, 확인한 바는 없었다. 하지만 대강 꿰맞추어 보면 간단한 퍼즐이 맞춰지듯 쉽게 설명이 가능한 일이었다. 그저 운만 뗐을 뿐인데 정욱은 별것 아니라는 듯 그녀에게 모든 걸 얘기했다. 알아본 바로는 둘이 같은 오피스텔에 거주한다고 했다. 게다가 옆집이라니. 이보다 쉬운 것이 어디 있을까. 스토리를 더하고 말 것도 없이 양쪽의 어머니가 계획한 일이라는 건 불 보듯 훤했다. 깜찍한 이 연인만 그걸 모르는 것 같고.

지연은 그 상황을 유리하게 이용하기로 했다. 차갑지만 한번 화가 나면 걷잡을 수 없이 폭발하는 진우의 성질을 잘 아는 그녀였다. 아마 그의 성격 상 자기가 또다시 속았다는 사실을 알면 펄펄 뛰고도 남을 것이다.

"어쨌든 난 피해자야. 나도 그저 당한 거라고. 하지만 오수영
씨는 아냐. 이를테면 가해자 같은 거지. 이사장님이랑 짜고 현 선
생한테 접근한 거잖아. 옆집으로 이사까지 가고 말이야. 아무나
할 수 없는 건데……."

"박지연 선생."

그가 조용히 그녀의 이름을 불렀다. 그의 긴 다리 위에 팔꿈치
를 올려놓고 양손을 맞잡아 깍지를 낀 채로 그저 고개를 들어 그
녀를 쳐다보고 있었다. 단순히 고개를 들어 올려보는 것일 뿐인데
도 서늘한 무언가가 그녀의 등줄기를 훑고 지나갔다. 위험할 정
도로 낮은 목소리는 그에 한기를 더했다.

"왜…… 왜 그러는데?"

그녀가 불편한 듯 몸을 움직이더니 꼬았던 다리를 풀었다.

"내가 그런 게 상관이 있을 것 같아?"

"무슨 말을 하는 거야? 왜 그게 상관이 없어?"

"박 선생이 무슨 짓을 했었든 나하고는 상관이 없다고. 난 박
선생 같은 여자를 아주 싫어하거든. 그와 반대로 오수영이 무슨
일을 했든 그것도 나는 상관없어. 어쨌든 그건 우리 문제고 바꿔
말하면 박 선생이 간섭할 일이 아니란 거지. 아, 그리고 난 우리
얘기가 박 선생 입에서 나왔다는 것도 아주 불쾌해."

지연의 손이 부들부들 떨렸다. 아니 온몸이 덜덜 떨리고 있다
고 해도 과언이 아니었다.

"아무 상관이 없다고? 그냥 내가 싫다는 거라고? 내가?"

"그래. 난 박 선생이 싫어. 본인은 모르나 본데, 박 선생 지금

아주 위험해. 내가 전에 한번 경고했었지. 어차피 귀담아듣지 않았겠지만, 난 아무 말이나 함부로 하는 사람이 아니거든. 말 한 건 꼭 지키고. 지금 병원에서 본인의 평판이 어떤지 알고 있다면 이렇게 경우 없이 내 눈앞에 나타나서 거슬리는 행동을 하진 않았을 텐데, 아쉽게 됐군."

"무, 무슨 말이야, 그게. 지금 날 협박하는 거야?"

"끼어들지 말라고 하는 거야. 박 선생이 여기서 주제넘게 내 일에 나서서 이럴 때가 아니라고. 조만간 발표가 있겠지만 아버지 오래 보고 싶으면 지금이라도 옆에 있어 드려. 철창 사이에 두고 마주 보고 싶지 않으면."

"뭐라고?"

"당장 나가."

"우리 아버지가 뭘 어쨌는데? 조금 전에도 현 선생 결혼 축하한다고 전화하셨단 말이야. 이사장님 라인 타고 상무 되신 건데, 네 결혼에 자리가 더 탄탄해질 거라고. 그런데 그게 무슨 소리야? 아버지가 왜 철창엘. 무슨 일을 꾸미는 거야, 대체?"

보태지 않아도 될 말을 내뱉은 그녀의 말에 진우의 눈빛이 얼음처럼 굳어졌다. 자리에서 서서히 일어나는 그는 무시무시한 기운을 뿜어대고 있었다.

"경비원에게 끌려서 나가고 싶어? 당장 나가!"

서슬 퍼런 그의 기운에 달달 떨던 지연이 자리에서 비틀거리며 일어섰다. 문으로 달려가던 그녀가 멈춰 섰다.

"우리 아빠 건들지 마. 부탁이야."

그가 조소 어린 미소를 지었다. 다신 보고 싶지 않도록 끔찍한 미소였다.

"늦었다는 생각 안 들어?"

그녀가 조용히 문을 닫았다. 들어왔을 때와는 다르게 축 처진 어깨 너머로 흐르는 눈물이 보이는 듯했다. 그는 소파에 못이 박힌 것처럼 뻣뻣하게 굳은 채 앉아 있었다. 깍지 낀 두 손의 관절이 하얗게 되도록 힘을 주어 꽉 잡고 있던 그는 마침내 두 손을 풀어 휴대폰을 손에 쥐었다.

드문 아들의 전화에 그의 어머니는 반색을 하며 전화를 받았다.

―진우니? 웬일이니, 우리 아들. 먼저 전화를 다 하고.

"다 어머니가 계획하신 거였어요?"

그가 단도직입적으로 물었다. 그의 어머니는 전화기 너머로도 들릴 정도로 숨을 헐떡이며 당황해했다.

―뭐, 뭐라고? 무슨 말이니? 뭣 때문에 이렇게 화가 났어?

떨리는 어머니의 목소리에 휴대폰을 쥔 진우의 손에 힘이 들어갔다.

"전부터 계획하신 거였어요, 아니면 제가 대전에 내려온다고 하니까 때맞춰 생각해내신 거였어요?"

―알아들을 수가 없네. 얘, 한국말로 말해. 계획이 다 무슨……

"이제 와서 모른 척하지 마세요. 다 알아봤으니까. 제가 박지연 선생 일 이후로 또 이런 일이 있으면 연을 끊겠다고 말씀드렸던 것 같은데. 어머니는 그 말이 농담으로 들리셨나 보군요."

건조한 듯한 그의 목소리에 한 여사는 아들이 정신없이 화가 났음을 직감했다. 그녀의 이마 위로 식은땀이 송송 맺히기 시작했다.

　−아냐, 얘. 진우야, 그런 거 아니다. 네가 대전에 내려간다고 하길래 마침 생각이 났던 거야. 안부도 물을 겸, 너 살 곳도 알아봐달라고 할 겸 내가 전화를 해서⋯⋯.

　"어머니, 대체 왜 이러시는 거예요? 왜 그렇게 제 결혼이 갑자기 어머니한테 중요해진 겁니까? 정말 뭔가 이유가 있으신 거예요? 설마 형한테서 병원이라도 뺏으시려구요?"

　격한 그의 말에 이번엔 한 여사가 발끈할 차례였다.

　−뭐야? 그런 말이 어딨니? 누구한테서 뭘 뺏어? 얘가 아주 사람을 이상하게 만드네. 아니, 애미가 너 결혼 좀 시키겠다는 게 그렇게 욕을 먹을 일이야?

　그가 긴 한숨을 쉬었다.

　"그냥 결혼을 시키시려는 게 아닌 것 같으니까 그렇죠."

　−너 설마 엉뚱한 짓 벌인 건 아니지? 응? 진우야! 너 이번엔 그러면 안 돼. 수영이는⋯⋯.

　"수영이요? 수영이? 언제부터 어머니가 수영이 이름을 그렇게 친근하게 부르신 거예요? 둘이 이전부터 잘 알던 사이였어요? 언제부터 따로 연락하신 거예요? 설마 수영이도 이 일에 연관이 있는 거예요?"

　−아니야, 진우야. 엄마 말 들어봐. 수영이는 아무것도 몰라. 그저 너 잘 만나고 있나 엄마가 전화 한 번 해본 게 다야.

　"전화요? 전화도 따로 하셨단 거예요, 둘이?"

　−아냐. 진우야, 오해하면 안 돼. 엄마는 그저⋯⋯.

"나중에 얘기해요. 여기 일만으로도 지금 버거우니까. 어머니는 이번에 서울 가서 따로 얘기해요. 아버지랑 형한테는 제가 전화할게요. 그때 뵙겠습니다. 끊어요."

일방적으로 그가 전화를 끊었다. 휴대폰이 잠잠한 걸 보니 한 여사도 깊은 생각에 잠긴 듯했다. 아니면 다른 방법을 모색하는 걸 수도.

그는 한동안 그렇게 휴대폰을 쥔 채로 우두커니 앉아 있었다. 너무나 소중해서 상자에 넣어두었던 그의 보물이 마치 진흙탕에 떨어져서 더럽혀진 걸 보는 것 같은 기분. 흙탕물을 뒤집어쓴 그의 소중한 것을 집어 든 것 같은 그런 기분이 들었다.

잠시 휴대폰을 쥔 손을 내려다보던 그의 손이 조금씩 떨려오기 시작했다.

"제기랄!"

외마디 소리를 지른 그가 손에 쥔 휴대폰을 벽으로 집어 던졌다. 더러운 것을 내팽개치듯 내쳐져 버린 그의 휴대폰이 어마어마한 속도로 벽을 향해 날아가 박살이 나서 떨어졌다. 그가 자신의 머리를 양손으로 움켜쥐며 고개를 숙였다. 소중한 걸 잃고 싶진 않았다. 아직 모든 걸 알고 있진 않지만, 이제 사실을 밝히기 위해 움직여야 했다. 그건 그의 인생 최대의 어려운 일이 될 터였다.

방법 17. 체온을 나눠준다

그날은 왠지 이상한 날이었다. 화창하지도 흐리지도 않은 날씨에 그렇게 봐서 그런지는 몰라도 표정이라곤 도통 찾아볼 수 없는 손님들이 아침부터 컴플레인의 퍼레이드를 벌였다. 게다가 오전에는 평소보다 한산하더니 오후가 되자 손님이 물밀듯이 몰려들어 직원들은 전부 파김치가 되어버렸다.

한바탕 몰려든 고객들이 모두 썰물처럼 빠져나가자 수영은 준비실 소파에 넋을 놓고 누워버렸다. 차라리 오늘처럼 몸이 힘든 건 참아낼 수 있다. 하지만 지금 몸보다 더 힘든 건 그녀의 마음이었다. 마음에 불안의 씨앗이 심어지면 언제나 그랬다. 상황보다 한발 앞서 모든 나쁜 결과를 예상하는 그녀의 버릇은 이번에도 어김없이 그녀를 한계까지 몰아갔다.

최근 그가 이상해졌다. 아침마다 의식이라도 벌이는 것처럼 커피를 사러 오던 그가 발길을 끊었다. 갖은 핑계를 다 갖다 붙여서 그녀를 옥상으로 불러대던 그가 갑자기 달라졌다. 다 녹은 얼음처럼 풀려서 시도 때도 없이 실실거리던 그가 다시 빙산이 되어가고 있었다. 이유를 물을라치면 앵무새처럼 바쁘다는 대답만 되풀이될 뿐이었다. 대체 무슨 일이 일어나고 있는 것일까.

이런 건 좋지 않다. 그녀가 아무리 남녀관계에 대해 일자무식일지라도 이런 건 아니다.

가게를 정리하고 직원들을 모두 내보낸 그녀는 조용히 그를 기다렸다. 오후 늦게 끝나고 할 말이 있다는 그의 문자를 받았기 때문이었다.

"무슨 일이에요?"

CLOSE 팻말을 내 걸고도 한참이나 지난 후에야 그가 들어왔다. 그녀는 그가 자리에 앉을 때까지 차분하게 기다렸다. 그리고 물었다.

"무슨 일인데 그래요? 진우 씨, 계속 나 불안하게 하는 거 알아요?"

그녀가 다그쳐도 그는 그대로 한동안 말없이 앉아 있었다. 그리고 한참이나 지난 후에야 무겁게 입을 열었다.

"지금 정욱이 형 만나고 오는 길이야."

"그런데요?"

"우리가 여기서 처음 만났던 거, 우연이 아니더라고. 정욱이 형이 일부러 날 불러냈던 거였어. 오수영이 거기 있을 줄 알고."

차가운 얼굴, 어두운 눈동자, 그는 그녀가 너무나 잘 알고 있는 그가 아니라 무척 낯선 사람처럼 보였다. 그리고 그것이 그녀를 두렵게 했다.

"정욱 오빠가요? 왜요?"

"물론 어머니들 사주였지. 우리 어머니와 오수영의 어머니."

묻고 있는 듯한 눈빛이 그녀를 꿰뚫었다. 하지만 그녀는 대답해줄 말이 없었다.

"그게 무슨……."

"우리 어머니뿐 아니라 모두가 한패였다고. 우린 장기 말들처럼 정해진 길을 명령대로 따랐고. 우습지 않아? 자기도 모르게 누군가의 꼭두각시가 된다는 거. 그렇게 안 되려고 여기까지 왔는데, 난 결국 또 어머니의 손에 놀아났어."

"……."

수영은 기억을 되짚느라 대답할 여력이 없었다. 그는 왜 둘이 만들고 키워왔던 그들의 사랑을 누가 해줬다고 하는 걸까? 수영은 어머니들의 간섭이라고 하는 그가 도통 이해가 되질 않았다.

"그런데 더 재미있는 건 다들 하나같이 오수영은 아무것도 모른다고 앵무새처럼 되풀이하더라고."

"내가 뭘 모른다는 건데요?"

"그러게. 오수영이 뭘 모른다는 건지 나도 궁금해."

그의 눈이 차갑게 그녀를 향해 있었다. 수영이 주먹을 꼭 그러쥐었다.

"하고 싶은 말이 뭐예요?"

"우리 어머니랑 무슨 얘기 했어?"

"어머니랑요?"

"그래. 어머니가 오수영이랑 통화했다고 하던데. 자주 통화하던 사이야?"

정신을 차려야 했다. 사납게 휘몰아치는 그의 감정에 맞서려면 제대로 생각을 해야 했다.

"진우 씨, 지금 뭣 때문에 화가 났는지 모르겠는데 얘기를 알아듣게 좀 해봐요. 진우 씨 어머니랑 통화했냐구요? 했어요. 반갑다고 전화하셔서 옆집이라니까 진우 씨 좀 잘 부탁한다고 그러셨어요. 그런데 그게 왜요?"

"왜 나한테 얘기 안 했어?"

"어머니가 신신당부하셨어요. 진우 씨 화낼 거라고. 봐요, 이렇게 화내잖아요."

"결혼식장엔 어떻게 가게 된 거야? 우리 어머니가 얘기해서 미리 가 있었던 거야?"

하지만 아무리 정신을 차리려고 해도 그의 질문을 따라갈 수조차 없다. 그녀가 고개를 흔들었다.

"지금 무슨 말 하는 거예요?"

"내가 묻고 있잖아!"

감정이 격해졌는지 그가 갑자기 그녀에게 소리쳤다. 수영이 그를 달랬다.

"지금 왜 이러는지도 모르겠고 진우 씨 계속 나 몰아붙이고 있잖아요. 범인 심문하는 거예요, 지금?"

그가 자신 앞에 놓인 찻잔과 물잔을 한동안 노려보는가 싶더니 물잔을 들어 단숨에 들이켰다.

"그때랑 너무 똑같아. 오수영 반응도 그렇고."

"그때라뇨?"

"박지연 선생 때랑 같다는 말이야. 내가 가는 곳마다 미리 알고 나타나고, 누군가가 만나자고 해서 나가보면 거기에 있고."

넋이 나간 듯 그녀가 그를 바라보다 덜덜 떨리는 손을 부여잡았다.

"지금 날 박지연 선생이랑 같은 사람이라고 말하는 거예요?"

"모르겠어. 나도 잘 모르겠다고."

"잘 생각하고 말해요, 진우 씨. 아무리 화가 나도 할 말이 있고 못할 말이 있는 거예요."

수영의 눈에서 눈물이 한 방울 떨어져 내렸다. 뒤를 이어 또 두 방울. 하지만 이렇게 울 순 없었다. 수영은 눈물방울을 닦아내고 터지려는 울음을 참았다.

"오면서 내내 생각했어. 어디서부터 어디까지가 어머니가 꾸민 일인지. 나는 누구 손에 놀아난 건지."

허탈한 웃음을 터뜨리며 찻잔을 만지작거리는 그의 모습을 바라보다 수영은 깨달았다. 그가 묻는 말의 진의를.

"그러니까…… 결국 확인하려고 온 거네요? 내가 일부러 접근했는지 묻는 거죠? 어머니들의 사주를 받고?"

"그런 말이 아니잖아. 아니었으면 좋겠다는 거야."

넥타이를 풀고 머리를 헝클어뜨린 그가 애원하듯 그녀를 보며 말했다.

"아니었으면 좋겠어요? 만약 그랬으면요, 만약 내가 처음부터 진우 씨 노리고 접근한 거였으면요, 다 그만두게요? 어머니들이 일 꾸민 거니까 거기 놀아났으니까 화나고 자존심 상하니까 우리 사이도 다 그만두자고요?"

"말 함부로 하지 마. 그런 말이 아니잖아!"

"뭐가 아니에요, 그런 건데."

"나도 모르겠어. 어디까지 오수영을 믿어야 할지, 어디부터 잘못된 건지 나도 잘 모르겠다고."

그가 자신의 두 손에 얼굴을 묻었다. 그의 괴로움이 그녀에게까지 전해졌다. 하지만 그를 위로해줄 순 없었다. 그의 말이 그녀의 심장을 비수가 되어 찔렀기 때문이었다.

"차라리 날 못 믿는다고 말해요. 비겁하게 믿고 싶다고 하지 마요. 우린 결국 믿음이 없는 관계였어요."

"그러지 마, 오수영. 지금 나도 힘들어."

그가 다시 애원했다. 하지만 이미 차갑게 굳어가는 그녀의 심장이 그를 외면했다.

"믿음이 없는 사랑은 잘될 수가 없어요. 결국 아무것도 아니었다는 거죠. 어머니들이 개입을 했든 안 했든 나한테는 별로 중요한 문제가 아닌데, 진우 씨에게는 너무나 중요한 문제가 되니까 대화가 안 될 거예요. 만남이 어떻게 이루어졌는지가 진우 씨에겐 그렇게 커다란 문제예요? 그게 뭐가 어때서요. 중요한 건 우리예요. 어머니들이 무슨 일을 벌이셨어도 우리가 싫었으면 그만인 일이라구요."

"이게 어떻게 문제가 안 된다는 거야? 누가 우리 인생을 쥐고 흔드는 데 그게 문제가 안 돼?"

"네, 문제가 안 돼요. 난 그래요. 어머니들은 원래 그러라고 있는 거니까. 언제나 우리 인생을 조종하려고 들죠. 그게 잘될 때도 있고 안 될 때도 있고. 그러면서 컸잖아요. 누구든 서로의 인생을 간섭해요. 다 그렇죠. 그 사이에서 내 인생을 사는 거예요. 진우 씨가 그렇게 어머니의 간섭에 반발해서 반대로만 하려고 하는 것도 결국 어머니에게 조종당하는 거라고는 생각 안 해봤어요? 그것도 결국엔 그 사람에 의해서 계속 영향받는 인생인 거예요. 어머니한테서 그만 벗어나요, 진우 씨."

그가 그저 멍하니 그녀를 바라보고 있었다. 그리고 지친 듯 말을 이었다.

"그냥 아니라고 해주면 안 돼?"

"그냥 아니라고 믿으면 안 돼요?"

나한테 구걸하게 하지 말아요. 수영이 눈으로 그에게 애걸했다.

"이러지 말자. 내가 의심해서 이러는 게 아니잖아. 믿고 싶어. 믿고 싶다고."

하늘이 그녀의 머리 위로 와르르 무너져 내렸다. 눈물이 말릴 새도 없이 뺨을 타고 흘러내렸다.

"그러니까…… 믿고 있는 게 아니라 믿고 싶은 거네요, 진우 씨는. 좋아요. 듣고 싶다니까 얘기할게요. 그래요. 내가 진우 씨랑 결혼하려고 진우 씨 어머니랑 미리 전화해서 옆집에 집 구하고 덫을 놨어요. 미안하게 됐어요. 이렇게 됐으니 할 말이 없어요. 진우 씨가 원하는 대로 해줄게요. 헤어져요, 우리."

"뭐 하는 거야!"

그가 소리를 지르며 벌떡 일어서자 의자가 시끄러운 소음을 내며 뒤로 쓰러졌다. 그가 그 상태로 자리에 서서 수영을 노려보며 서 있었다.

"뭐 하는 거 같아요?"

수영은 말간 눈으로 그를 올려다보며 조용히 물었다.

"수영아."

그의 목소리가 애절하게 들렸다. 그의 눈에 안개가 섞인 것 같았다. 수영은 그저 어찌할 바를 모르고 앉아 있었다.

"진우 씨, 나 지금 무척 화가 나는데 그걸 어떻게 설명을 해야 좋을지 모르겠어요. 그러니까 일단 오늘은 이만 집에 가요. 찬찬히 생각해보고 다시 만나요."

수영이 고개를 떨군 채로 힘없이 말했다. 그 모습을 내려다보던 그가 신경질적으로 머리를 쓸어 올렸다.

"내가 지금 휴대폰이 망가졌어. 그리고 주말에 서울에 갈 일이 있고. 어머니랑 이 일을 해결하러 가는 거야. 그러니까 다녀와서 얘기하자."

"그래요."

그가 일어나 '힐링'을 나갔다. 마치 두 번 다시 돌아오지 않을 것처럼 뒤도 돌아보지 않았다.

수영의 눈에서 참았던 눈물이 쉴 새 없이 떨어졌다. 이제 집으로 가야 하는데, 집에 가서 침대에 누워서 생각해보면 이제 좋은 생각이 날 텐데. 그런데 다리가 움직여주질 않는다. 설마 이게 다 꿈은 아니겠지?

그녀가 상상한 최악의 시나리오처럼 되지는 않았지만 어쩌면 그보다 훨씬 심한 스토리가 될 수도 있겠다는 나쁜 예감이 들었다.

진우는 호텔 입구에 들어서며 새로 산 휴대폰을 확인했다. 같은 번호로 했으니 그녀의 전화를 받을 수 있을 것이다. 물론, 걸려오진 않았지만.

이런 건 전혀 수영답지 않은 일이었다. 며칠 동안 단 한 번의 전화도 걸려오지 않았고 단 한 건의 문자도 없었다. 이런 일은 전에 없던 일이다.

갑자기 솟구치는 짜증에 휴대폰을 쥔 손이 떨렸다. 어머니만 아니었어도 이런 일은 일어나지도 않았을 것이다. 그는 걸음을 멈추고 로비 한쪽, 어두운 거리가 고스란히 보이는 유리벽 앞에 섰다. 오래전에 끊었던 담배 생각이 간절한 시간이었다.

죽을 만큼 그녀가 보고 싶었다. 갑자기 이 모든 일이 다 허무하게 느껴졌다. 그래, 이게 다 무슨 상관이란 말인가.

한참을 그렇게 서서 휴대폰을 만지작거리던 그는 체념한 듯 다시 주머니에 집어넣었다. 일을 다 마무리한 후에 연락을 해도 늦지 않을 거란 생각이 들었다.

그가 가족회의를 소집한 건 이번이 처음이었다. 고급스럽게 꾸며진 차이니스레스토랑의 VIP룸 안에는 적당히 큰 원탁이 가운데 자리하고 있었고 몇 개의 의자 중 세 자리에 그의 가족이 모두 앉아 있었다.

"그래, 무슨 일이냐? 밥이나 먹자고 이렇게 우리를 불러낸 것은 아닐 테고."

그가 자리를 찾아 앉자마자 그의 아버지가 은근한 미소를 띠며 그에게 물었다.

"제 결혼에 관한 얘깁니다."

그의 선언에 모두가 놀랐다. 아, 그의 어머니는 빼고.

"결혼을 한다고? 허허. 그럼 경사 아니냐. 만나는 아가씨가 있었던 거야? 어쩐지 네 어머니가 그렇게 선 자리를 들이대도 관심 없어하더니, 결혼할 사람은 따로 있었구나. 그래, 어느 집 아가씨냐? 혹시 대전에 있는 아가씨야?"

그의 아버지가 놀라워했다. 하지만 그의 얼굴은 기쁨에 겨워 싱글거리고 있었다.

"어머니에게 물으셔야 될 겁니다. 저 몰래 옆집에 살게 하셨거든요."

그가 어머니를 쳐다보며 차갑게 대꾸하자 잠자코 있던 한 여사가 그런 아들이 못마땅한 듯 혀를 끌끌 찼다.

"응? 저게 무슨 소리요, 여보. 당신이 뭘 어쨌다고?"

"수영이에요, 여보. 당신 친구 오 박사님 딸. 기억나시죠?"

"그럼, 기억나지. 그런데 오 박사 딸이 그렇게 컸어? 수영이라면야 대 환영이지. 그런데 옆집에 살게 했다니 그건 무슨 얘기요?"

현 원장이 묻자 한 여사는 별것 아니라는 듯 손을 내저으며 말했다.

"아유, 저 녀석이 소개만 시켜준다면 하도 질색을 하길래 쟤 몰래 대전 형님한테 부탁해서 다리를 좀 놨어요. 그랬더니 저렇게 펄펄 뛰고 저를 잡지 뭐예요?"

기가 차다는 듯 진우가 나섰다.

"그게 다라구요? 지금 제 결혼을 이용해서 뭔가를 꾸미고 계신 건 아니구요?"

"네 결혼으로 꾸밀 게 뭐 있어! 너는 이 어미가 자식 이용해서 내 욕심 차릴 사람으로 보이니?"

한 여사가 언성을 높이자 진성이 한 손으로 진우를 말리며 한 여사를 달랬다.

"참으세요, 어머니. 이 녀석이 욱하는 데가 있어서 그래요. 그냥 어머니가 소개해준 사람하고 결혼하게 됐으니 자존심이 상한 거겠죠."

"형, 일이 그렇게 단순한 게 아냐. 어머니가 박 상무님 딸을 저 가는 곳마다 따라다니게 하셨던 건 어떻고? 그래요, 어머니. 이제 속 시원히 말씀 좀 해보세요. 박 상무님하고는 어떻게 된 거고, 이사진들은 왜 하나하나 만나고 다니시는 거예요? 정말 무슨 일을 꾸미시는 겁니까?"

진우의 말에 한 여사가 적잖이 당황한 눈치였다. 진성을 흘긋 거리며 현 원장의 눈치를 보며 우물쭈물하고 있었다.

"그…… 그건."

"괜찮아요, 어머니. 제가 얘기하죠. 내가 부탁드렸어, 진우야. 이사진들 좀 만나달라고. 나와는 상관없는 것처럼 조용히 일을 진행해달라고 부탁드려서 아마 너한테도, 아버지께도 말씀 안 드린 걸 거다."

그의 말에 조용히 앉아 있던 현 원장이 다소 놀랐는지 의자에 깊숙이 앉아 있던 몸을 일으켰다.

"무슨 일이냐?"

"부이사장이 뭔가를 꾸미고 있다는 얘기를 어디서 들었어요. 공금 횡령이 단계적으로 일어나고 있다는 정보도 있고. 결탁한 세력을 찾을 때까지 어머니와 공조를 좀 하기로 했었습니다."

"부이사장이? 이런……."

"아버지가 이사장 자리를 맡지 않으시고 은퇴하신다는 소문이 돌았어요. 그러니 이사장 자리가 어머니한테로 가거나 저에게로 오게 되겠고, 그렇게 되면 자신의 위치가 불리해질 걸 알고 일을 꾸민 것 같습니다. 자세한 얘기는 내일 출근하시면 보고드리겠습니다."

말을 마친 진성이 진우에게로 몸을 돌렸다.

"그런데 나도 어머니가 어머니 쪽으로 하필 박 이사를 고를 줄은 몰랐어. 사실 이번 일의 핵심세력이었거든. 너한테도 귀띔했지만 이번에 해임될 거다."

편안하고 만족스러운 표정으로 그의 얘기를 듣고 있던 한 여사가 그의 말에 사색이 되어버렸다.

"뭐라고? 박 상무가 횡령? 아니, 어떻게 박 상무가……. 그런 사람일 줄은 몰랐는데……."

"저도 어머니가 도와줄 사람으로 하필 박 이사를 고르셨을 땐좀 놀랐어요. 게다가 박 이사 딸까지 진우에게 소개하시고."

한 여사가 진성에게 곱지 않게 눈을 흘겼다.

"그걸 내가 알았으면 그랬겠니? 사람도 좋고, 진우랑 동기고애도 싹싹하니 괜찮으니까 내가 소개시켰지, 그 사달을 낼 줄 누가 알았겠니?"

"하하, 그러게요. 그래도 어머니 덕분에 일도 잘 막았고, 그럼이제 남은 건 진우 결혼인가요?"

멍하니 앉아 그들의 말을 듣고 있던 진우는 시선이 자신에게로 집중이 되기 시작하자 겨우 정신을 차렸다.

"결혼?"

"그래, 결혼, 인마. 너 결혼 애기하려고 가족회의 소집한 거라며? 어머니 준비할 생각에 신 나셨던데. 날은 언제로 할 거냐?"

"아, 그게……."

"너 설마 또 어머니 때문에 일 뒤집고 올라온 거 아니지?"

진우가 말이 없자 수긍의 의미로 받아들인 한 여사가 놀라 외쳤다.

"뭐? 너 수영이한테 무슨 짓 하고 온 거니? 설마, 아니지? 너 박 선생한테 하듯 수영이한테 난리쳤으면 이번엔 이 엄마가 용서 못 해!"

"그건 아니에요."

잔뜩 풀이 죽은 목소리로 진우가 말했다. 들어올 때와는 전혀 다른 모습이었다.

"결국, 네가 걱정한 게 뭐야? 어머니가 이사장 자리 차지하시려고 날 물 먹이려고 하실까 봐? 야, 이거 감동적인데? 네가 그렇게까지 이 형을 생각해주는지는 정말 몰랐다."

"형……."

"얘는 어릴 때부터 누굴 닮아 이렇게 성질이 급해요, 어머니? 게다가 욱하는 성질은 또 어떻고. 네가 무슨 빙산이냐, 인마. 너는 활화산이야."

진성이 능글능글하게 동생을 놀려댔다.

"어머니가 다 너 잘되라고 하시는 거지, 박 이사 딸은 좀 너무하긴 하셨다만 수영인 아니지. 네 생각처럼 그렇게 만만한 병원

384

아냐. 어머니도 그쯤은 알고 계시고. 그런 게 걱정됐으면 이 형님한테 와서 얘길 했어야지, 왜 네 마음대로 대전입네 결혼입네 혼자 난리를 쳐. 그러니까 네가 아직 애라는 거야, 이 녀석아. 수영이한테도 상처 주고 왔겠네. 네가 어떻게 했을지 다 보인다. 그러다 수영이 놓치지 말고 잘 해결해. 너 같은 바보를 용서나 해주려나 모르겠지만. 아마 손이 발이 되도록 빌어야 할걸."

말을 마친 진성이 빙긋 웃으며 자신을 쳐다보자 진우는 뒤늦은 실수를 후회할 틈도 없이 마음이 조급해지기 시작했다.

"가봐야 하는 거 아니냐?"

진성이 또다시 그를 자극했다.

"가긴 어딜 가? 아직 밥도 안 먹었는데."

한 여사가 큰아들을 말렸다. 몇 달 만에 얼굴을 마주 한 둘째 아들이었다. 이대로 그냥 내려보내다니 그건 말도 안 된다.

진우도 어머니의 말에 동의하며 고개를 끄덕였다. 하지만 주머니 속에서 전화벨이 울리기 시작했다. 모르는 번호였다. 하지만 뭔가를 느낀 그가 전화를 받았다.

─진우 씨, 저 시은인데요. 놀라지 마시고…….

그가 전화를 들고 일어섰다. 놀라 일어서는 가족들을 뒤로하고 그는 그대로 호텔을 나와 달렸다.

수영은 이미 넉 잔째의 맥주를 비우고 있었다. 다시 말해 꽐라가 되어가는 중이었다. 또다시 실연을 해서 또다시 술판을 벌이게 될 줄은 몰랐다며 시은을 괴롭히는 중이기도 했다.

"그게 뭐, 그렇게 화낼 일이야? 그럼 선보는 사람들은 다 뭐야, 다 마마보이, 마마걸이라 엄마가 나가라는 선 자리에 나가는 거냐고. 난 도무지 이해가 안 돼."

"나름대로 무슨 이유가 있었겠지. 그 박지연이라는 여자도 어머니가 강제로 어떻게 해보려다가 잘못된 거라며. 그래서 더 화가 난 게 아닐까?"

시은이 친구를 토닥이며 말했다. 그녀로선 친구인 수영도, 그 남친인 진우도 이해가 갔다. 일어날 수 있는 오해라 생각했다. 지금 당장은 속이 상해 울고 있는 수영도 아마 마음 깊은 곳에선 그의 마음을 이해하고 있을 것이다. 헤어졌다며 울고 있는 수영이지만 결국은 자기를 믿어주지 않는 진우에게 화를 내고 있을 뿐이다. 뭐, 본인은 털끝만큼도 인정할 생각이 없는 것 같지만.

"야, 너 누구 편이야! 너 왜 아까부터 진우 씨 편들어?"

딱 이런 식으로 말이다.

"편드는 게 아니라, 솔직히 오해할 수도 있지. 상황이 딱 자기만 빼고 다 알고 있는 것 같은데 화가 안 나겠니? 집도 일부러 그런 것처럼 바로 옆집이지. 어머니는 전적이 있지. 너야 또 오죽 오지랖이 넓냐. 그러니까 막 커피 주고 이러면서 접근한 거라고 생각할 수도……."

"야!"

"기다려 봐. 헤어지자고 한 건 아니라며. 해결하고 온댔다며."

"내가 헤어지자고 했어."

수영이 코를 훌쩍거리며 말하자 시은이 무릎을 탁 쳤다. 결국 이거였어. 여태 울고불고 한 이유가.

"으이구, 이 촐싹아. 매달려도 모자랄 판에."

"그럼 내가 두 번이나 차여야 돼? 그것도 두 번이나 남자들 때문도 아니고 그 어머니 때문에?"

"그래그래, 잘했다, 잘했어. 아이고, 내 팔자야. 내가 너랑 전생에 무슨 악연이길래 나도 두 번씩이나 네 실연 주정을 받아줘야 되냐, 이 웬수야."

아예 술집 테이블에 엎어져 울고 있는 수영의 등을 토닥이며 시은이 한숨을 내쉬었다. 이 일에 개입을 해서 진우에게 전화를 해봐야 하나 생각하던 시은이 머리를 흔들며 수영을 일으켰다.

"그만 가자. 너 많이 취했어. 내가 아까 김 관장한테 우리 태우러 오라고 전화해놨어. 지금쯤 왔겠다."

"한 잔만. 응? 한 잔만 더 하자."

"한 잔 같은 소리 하고 있네! 밖에 차 왔어. 얼른 일어나!"

시은이 억지로 수영을 일으켜 세웠다. 언제나처럼 말 잘 듣는 수영은 더 이상의 실랑이 없이 그녀를 따라 밖으로 나왔다. 하지만 그들을 기다리고 있던 건 민형이 아니라 최 코치였다.

"어, 최 코치? 네가 왜 왔어?"

"관장님 바쁘시다고 저보고 두 분 모셔다 드리랬어요. 타세요."

최 코치가 뒷문을 열고 수영을 먼저 태웠다. 자리에 앉자마자 얌전히 잠이 든 수영을 확인하자 시은도 조수석에 몸을 실었다.

"와, 최 코치 차 좋네. 깨끗하고. 겉보기엔 차도 되게 더러울 줄 알았는데."

"무슨 말씀을 그렇게 하세요, 진짜? 맨날 나만 갖고 그래."

평소처럼 최 코치가 구시렁거렸다. 정말 그의 차는 먼지 하나

없이 깔끔하게 관리되어 있었다. 방향제를 좋은 걸 쓰는지 상쾌한 향기가 풍겨 차 안은 더없이 깨끗하고 쾌적했다.

"누나가 다 너 잘되라고 하는 소리야, 새겨들어. 차만큼 깨끗하게 하고 다니라고, 인마. 이 수염부터 좀 깎고. 이게 뭐냐, 얌생이처럼."

시은이 그의 턱에만 나 있던 수염을 잡으려고 손을 뻗자 최 코치가 얼굴을 멀리 빼 그 손을 피하며 차를 출발시켰다. 시은이 실패한 자신의 손을 거둬들여 안전벨트를 매자 최 코치가 말했다.

"이게 최신 유행이라고 그랬단 말이에요."

"누가?"

"내가 잘 가는 사이트가 있다구요. 거기 진짜 잘나가는 남자들만 모여 있거든요."

우락부락하고 험상궂게 생긴 외모와는 다르게 최 코치는 예민하고 소심했다. 일부러 남자인 척하며 호탕하게 굴었지만 속은 여린. 그래서 시은은 일부러라도 최 코치에게 말을 시키고 싸움을 걸었다. 자꾸 사람들이랑 어울려야 한다는 명목이 있었지만 사실은 최 코치를 놀리는 게 재밌어서 그러는 거였다.

"참, 안 봐도 뻔하다. 맨날 구질구질하게 남자들끼리 모여서 여자들은 다 그렇고 그러네. 어디 가서 뭘 사줘야 하네. 된장녀네 그런 소리 하는 거지?"

"아니거든요? 여자들이 정말 좋아하는 게 뭔지 가르쳐주거든요? 거기 선수들이 얼마나 많은데요. 문자 하는 법, 꽃 보내는 법, 선물 대신 집에 몰래 배달 시켜주는 법 그런 거 다요. 가끔 말 안 들으면 벌주는 방법도 있는데 전 그런 건 안 하려구요."

발끈한 최 코치가 항변했다.

"안 하려구요? 그럼 앞에 건 다 해봤다는 소리야? 너 여자 친구 없잖아. 어디다 해봤어? 참 나, 무슨 그런 사이트가 다 있냐. 무슨 스토커 양성 사이트냐?"

"그런 거 아니거든요? 그리고 여자 친구 없어도 다 해봤어요, 이거 왜 이러세요."

시은이 갑자기 입을 다물었다. 큰소리치던 최 코치는 그녀가 조용하자 흘긋흘긋 그녀를 보며 눈치를 살폈다. 시은이 뭔가 골똘히 생각하는 사이 차안은 정적에 감싸였다. 뒷좌석에서 색색 자고 있는 수영의 숨소리만 들릴 뿐이었다.

"너 그거 어디서 해봤어? 문자 하고 꽃 가져다주고 선물 대신 집에 뭐 배달시키고?"

"그, 그건 왜요!"

"내가 익히 알고 있는 순서잖아. 응? 야, 너 그거 니가 그랬지?"

"아니에요. 내가 그걸 왜 해요?"

"그게 뭔 줄 알고 아니래! 너 맨날 나한테 문자 하고 집에 피자 배달시키고 저번에는 카페에 꽃다발 던지고 그랬잖아, 이 자식아. 그거 너지!"

"아, 아니라니까요. 이거 놔요. 운전하는데!"

흥분한 시은이 그의 귀를 잡아당기자 최 코치가 비명을 지르며 부인했다. 그의 반응에서 확증을 잡은 시은은 그의 귀를 거세게 잡아당기며 소리를 질러댔다.

"아니긴 뭐가 아니야 딱 너구만. 너 아니면 누가 그래! 이 자식, 너 오늘 잘 만났다. 빨리 안 불어? 좋은 말 할 때 사실대로 말해라. 아니면 내가 관장한테 가서……."

"아, 아! 잘못했어요, 누나. 그냥 누나가 좋아서 그런 건데. 거기서 그런 거 하면 여자가 좋아한다고 그랬단 말이에요."

시은의 기세에 눌려 ─귀를 잡은 손의 힘에 눌렸는지도 모르겠다.─ 최 코치는 범행을 자백했다. 시은이 더욱 기세등등하게 그의 귀를 잡아챘다.

"누가 네 누나야? 응? 너 오늘 죽어볼래?"

난리통에 수영이 잠에서 깨어 고개를 내밀었다.

"왜 이렇게 시끄러워. 왜 차에서 싸우고 그래? 어? 앞을 봐야지, 최 코치!"

"꺄아아아악!"

고개를 돌려 앞을 보던 시은이 비명을 질렀다.

쾅!

최 코치의 차가 가로수를 들이받았다. 뒷좌석에서 안전벨트를 매고 있지 않던 수영은 그 충격으로 앞좌석에 한 번 유리창에 또 한 번 머리를 부딪혔다. 시은의 비명과 최 코치의 비명이 한꺼번에 들렸다가 사라졌다. 눈앞이 캄캄해지더니 모든 것이 암흑 속으로 빨려 들어갔다.

찰칵.

잠깐 눈을 떴다. 뜨뜻한 무언가가 머리에서 얼굴로 흐르는 것 같았다.

"수영아, 수영아. 정신 차려. 어떡해, 어떡해."

시은이가 엉엉 울고 있다. 왜? 왜 울어, 시은아? 그런데 눈을 뜰 수가 없다.

"119에 전화해! 119! 어서!"

119는 왜? 누가 다쳤어? 나 다친 거야?

찰칵.

"눈 뜨지 마세요. 피가 눈에 들어가면 안 됩니다, 눈 뜨지 마세요."

누군가의 목소리가 들렸다. 왜 눈을 뜨면 안 되는 걸까. 피? 누구 피?

몸을 붕 하고 들어 올려졌다. 나 죽는 걸까?

찰칵.

뭔가에 실려 몸이 움직이고 있었다. 조금 무서운 생각이 들었다.

그리고 진우가 보고 싶었다. 그런 생각을 하니 거짓말처럼 진우의 목소리가 들려오는 것 같았다. 그가 소리 지르고 있었다. 그가…… 울고 있었다.

눈을 뜨려고 했지만 잘 떠지지 않았다. 너무 피곤했다. 출근해야 하는데 머리에서 묵직한 통증이 느껴졌다. 왜 이러지? 술을 마셨던가, 내가?

"내가 바보 같았어. 그리고 보면 난 항상 바보 같았지."

어딘가에서 목소리가 들려왔다. 낯익은 목소리였다. 왜 눈이 떠지지 않을까?

"그렇게 말하려던 건 아니었어. 그저 너무 화가 났을 뿐인데 그걸 어떻게 해야 좋을지 모르겠더라고. 그렇게 오수영한테 풀어 선 안 될 일이었어. 내가 잘못했어."

진우 씨구나. 그런데 목소리가 왜 그래요? 울어요, 진우 씨?

"따지고 보면 오수영 말이 다 맞아. 내가 인정하기 싫었어. 지 금까지 고집스럽게 갖고 있던 걸 깨버리기가 어려웠던 것 같아. 결국은 우리가 중요한 거였는데."

무슨 소릴 하는 거예요, 진우 씨? 그녀가 억지로 눈을 뜨려고 하자 갑자기 머리로 통증이 밀려들었다. 자신도 모르게 머리 위로 손이 올라갔다. 그러자 그녀의 손을 누군가 잡았다.

"수영아, 정신이 들어?"

"진우 씨?"

드디어 눈이 떠졌다. 통증으로 흐릿해진 시야로 주위를 둘러보 자 자신이 집이 아닌 병실에 있다는 걸 깨달았다.

"어떻게 된 거예요?"

"기억이 안 나?"

그의 얼굴은 초췌했고 눈을 충혈되어 있었다. 병실에서 밤을 지새운 것 같았다.

"시은이랑 술 마시고 최 코치 차에 탔었는데……."

"사고가 났어. 차가 가로수를 들이받았어. 생각하려고 하지 마. 뇌진탕이야, 오수영. 머리가 찢어져서 피가 많이 났어."

조심스레 머리를 만져보니 붕대가 감겨 있었다. 사고가 났었구 나.

"시은이는 괜찮아요? 최 코치는?"

"둘 다 안전벨트 하고 있어서 괜찮았어. 다행히 속도를 많이 내지 않았다더군."

"다행이에요."

사고의 기억이 전혀 나지 않았다. 무언가를 생각해내려고 하면 마치 지우개로 지운 것처럼 멍해지고 머리가 아팠다.

"다행? 혼자 이렇게 다쳐놓고 다행이야? 난······."

그녀의 손을 잡고 있는 그의 손이 떨리기 시작했다.

"난 내 인생에 그렇게 무서웠던 적은 처음이었어."

그의 목소리도 떨리고 있었다.

"지금 몇 시예요? 진우 씨 여기서 이러고 있어도 돼요?"

그녀가 걱정스러운 목소리로 그에게 묻자 가만히 그녀를 바라보던 그가 픽 웃었다.

"쫓겨났어. 어제 오수영 실려오는 걸 보고 미친놈처럼 날뛰었거든. 과장님이 저놈 어디다 가두라고 해서 오수영이랑 여기에 갇혔지."

그의 설명에 그녀가 따라 웃었다. 머리가 아프긴 했지만 기억해내려고 하니 조금씩 기억이 돌아오는 것 같았다.

"죽는 건가 했어요. 잠깐씩 어디에 빨려 들어가는 것처럼 어두워졌어요. 그리고 진우 씨가 생각났어요."

"너무 억지로 기억할 필요 없어. 차차 기억이 돌아올 거야."

그녀가 두통으로 얼굴을 찡그리자 그가 말했다. 하지만 그녀의 기억은 급속도로 돌아오고 있었다.

"우리······ 싸웠어요."

그가 당황했다.

"아니야, 그건⋯⋯."

수영이 눈을 동그랗게 뜨고 새로운 사실을 알아낸 것처럼 그를 바라보며 말했다.

"우리⋯⋯ 헤어졌어요."

"아니야, 수영아. 그게 아니잖아. 잘 생각해봐. 내가 서울에 다녀오고⋯⋯."

그가 그녀의 손을 잡았다. 하지만 그녀는 멍하니 한 곳을 바라보느라 그를 신경 쓰지 않는 것 같았다.

"그래요. 믿음이 없는 관계. 우린 잘 안될 거예요."

그녀의 눈이 그를 향해 있었다. 마침내 모든 것을 기억하게 되었노라고 말하고 있었다.

"괜찮아. 할 수 있어. 우린 할 수 있어. 수영아, 내 말 들어봐. 우린 결국 잘될 거야. 잘할 수 있어."

"왜요? 어떻게?"

"내가⋯⋯ 내가 널 사랑하니까. 내가 이렇게 널 사랑하니까. 다른 건 아무것도 필요 없어. 설사 어머니가 널 보내셨다고 해도, 아니, 그러면 어때. 그렇게 되면 어머니한테 받은 것 중 제일 좋은 선물이 되겠지. 나한테 그래. 수영아, 사랑해."

"제일 좋은 선물이요?"

"응. 최고의 선물이야, 오수영은."

"흐음⋯⋯."

"난 항상 뭘 계획해. 그냥 언제나 그랬어. 그래서 이번에도 계획을 세웠어. 서울에 가서 다 해결하고 모든 게 다 정리가 되면 내려오기로. 그런데 뭘 해결하러 간 건지 의문이 생기는 거야. 내가 왜 여기에 와 있을까. 내가 있을 곳이 수영이 네 옆이라는 걸 그때야 깨달았어."

그의 말엔 진심이 담겨 있었다. 하지만 수영은 대답하지 않았다. 그러자 그가 말을 이었다.

"사랑해, 수영아. 아마 처음부터. 처음 본 그날부터인 것 같아. 널 잃을 뻔하고서야 사랑한다고 하는 내가 바보 같겠지만 이젠 절대로 놓지 않을게. 미안해. 널 믿지 못한 날 용서해줘."

"아니에요. 미안은 무슨."

마침내 그녀가 미소 지었다. 그리고 돌아오는 기억과 함께 그녀의 유머감각도 자리를 찾은 건 유감이지만 말이다. 아무것도 모르고 그녀가 미소를 짓자 그도 그녀의 얼굴을 쓰다듬으며 마주 웃어 보였다.

"사과하지 말아요. 어차피 헤어졌는데."

그녀의 얼굴을 쓰다듬던 그의 손이 멈추고 그의 입이 놀라 벌어졌다. 놀라 굳어진 그의 손에서 자신의 손을 빼내어 배 위에 단정히 포개 놓은 그녀가 다시 한 번 싱긋 웃었다.

"현병원 환자식 맛있다고 소문났던데 아침은 뭐가 나오려나."

그녀가 딴소리를 하기 시작했지만 그녀의 손을 잡았던 포즈 그대로 허공에 손이 굳은 진우의 표정은 점점 굳어가고 있었다. 그의 인생 처음으로 무서운 경험을 두 번째 하고 있는 중이었다.

현병원 최대의 인기남이자 최고의 카리스마 빙산과도 같은 현 진우 선생이 매일 아침 커피숍에 방문하여 사장인 오수영에게 프

러포즈하고 거절당한다!

돈을 주고도 볼 수 없는 희한한 광경에 온 병원이 떠들썩했다.

내기는 물론이요, 그 시간이 되면 눈에 띄지 않게 좋은 자리를 차지하느라 자리싸움이 치열하게 벌어지곤 했다. 물론 현진우 선생의 싸늘한 눈빛 한 방이면 모두들 꽁지가 빠져라 달아나기에 급급했지만 말이다.

물론 빈자리도 있었다. 진작 그만두고 나간 김현태를 비롯하여 그 뒤를 이은 간호사 김선영, 윤정아가 있었고, 최근 또다시 자기 발로 그만두고 나간 박지연 선생이 그러했다. 그녀는 아버지 박 상무가 여러 혐의로 해임되자 견디지 못하고 사직서를 제출했다.

수영은 그 사실을 입원 중 경미에 의해 알게 되었다. 그리고 그 사실은 수영에게 그다지 충격을 주진 못했다. 안타까운 마음도 들지 않았다. 오로지 경미만이 손뼉까지 쳐가며 그 일을 즐거워했을 뿐이었다.

어쨌거나 진우의 성화에 일주일이나 병원에 입원하여 호기심 어린 눈총에 실컷 시달린 수영은 비어 있는 모든 시간을 동원해 그녀의 병실에 붙어 있으려는 진우를 철저히 외면했다. 그리고 퇴원하자마자 오피스텔에서 모든 짐을 싸서 본가로 들어가 버렸다. 하루나 이틀이면 풀릴 줄 알았던 수영이 버티기에 돌입하자 진우는 갖은 방법을 강구해 그녀의 곁을 맴돌았다. 그리고 마지막 선택이 바로 아침마다 벌어지는 프러포즈의 향연이었다.

첫째 날.

성장을 한 진우가 한 손에 작은 상자를 들고 그녀에게로 다가왔다.

결혼해줄래? 그가 절대 거부할 수 없을 만한 미소를 지으며 말했다.

그녀가 따라 웃었다. 그리고 말했다.

싫어요.

둘째 날.

꽃을 손에 들고 반지를 다른 쪽 손에 든 진우가 '힐링'에 들어섰다.

아침인데 손님이 두어 명 있었다. 하지만 왠지 커피는 마시지 않는 것 같다.

사랑해. 결혼해줘, 오수영. 그가 말했다.

나가요. 그녀가 말했다.

셋째 날.

손님이 늘었다. 테이블의 반을 채우고 있었다.

진우가 손에 반지도 들지 않은 채 가운을 입고 나타났다.

걸어오고 있는 그의 뒤로 얼음이 뚝뚝 떨어지더라는 목격자가 나중에 나타났다.

결혼 안 할 거야? 카운터를 양팔로 짚은 채 그가 위협적으로 말했다.

수영이 미소를 지으며 그의 귀에 속삭였다.

아닌데? 안 할 건데?

넷째 날.

진우는 오지 않았다.

'힐링'의 모든 테이블은 손님으로 가득했다.

그리고 진우의 휘하에 있는 모든 레지던트와 인턴들이 쭈뼛거리며 나타났다.

일렬로 서서 수영에게로 오고 있는 그들에게 −특히 맨 뒤에서 손에 반지를 들고 있는 정 선생을 지목하여− 수영이 외쳤다.

썩 꺼져요!

그들이 모두 달아났다.

다섯째 날.

그는 오지 않았다. 테이블을 꽉 채운 손님들이 실망하여 돌아 갔다.

여섯째 날.

손님이 반으로 줄었다. 매출에 영향이 있다.

일주일째.

이제 슬슬 걱정이 된다. 너무 튕겼나?

남아 있던 손님이 모두 돌아갔다. '힐링' 안이 조용하다.

정 선생이 나타났다.

그가 슬며시 웃더니 등 뒤에서 조그마한 바구니를 그녀의 손에 쥐여 주었다.

"제발 부탁드립니다, 형수님."

흘끔흘끔 눈치를 보며 외과 레지던트 3년차 정일호 선생이 그 녀에게 말했다.

"우리 죽겠어요, 진짜. 이거 생각하느라고 날밤 새웠다구 요."

그가 주머니에서 초콜릿을 한 움큼 꺼내서 수영이 들고 있는 바구니 안에 넣었다.

이어서 박 선생이 나타났다.

그도 역시 주머니에서 초콜릿을 꺼내 그녀의 바구니에 담고는 조용히 속삭였다.

"살려주세요. 진우 형이 조만간 우릴 다 죽일 거라구요."

프러포즈 한번 더럽게 낭만적이다.

그녀가 박 선생을 째려보자 그가 슬금슬금 뒷걸음쳐 가게 한구석으로 물러났다.

그렇게 차례차례 인턴까지 모두 나타나고 바구니가 초콜릿으로 그득해질 무렵 그녀의 휴대폰으로 문자가 들어오기 시작했다.

[사랑해.]
[이제 그만 날 용서해주는 게 어때?]
[결혼해줘.]
[죽기 직전이야. 오수영이 그리워서.]
[이번에도 거절하면 그대로 보쌈해온다.]

풋.

수영이 웃었다. 그리고 문자를 송신했다.

[좋아요.]

거짓말처럼 눈앞에 그가 나타났다. 그리고 그녀가 들고 있는 초콜릿 바구니 안에서 제일 큰 초콜릿을 찾아내어 껍질을 벗겼다. 그러자 반지가 나타났다. 손발이 오그라들 것 같아 수영이 팔짱을 꼈다.

반지를 끼워주려던 진우의 손이 멈칫했다. 의아한 눈으로 그녀를 보고 있는 진우에게 수영이 말했다.

"조건이 있어요."

"뭐야. 빨리 말해."

그가 주변을 둘러보며 재빨리 말했다. 아, 그도 어지간히 창피한가 보다. 귀가 빨갛게 됐다.

수영이 킥킥거리다 그가 쏘아보자 멈췄다.

"사진 내놔요. 그거 진우 씨한테 있죠?"

"없는데."

수영이 팔짱을 낀 손가락을 까딱까딱거리며 불만에 찬 몸짓을 했다.

"결혼하기 싫은가 봐요?"

진우가 절반쯤 항복했다.

"귀엽던데, 뭘."

수영이 소리를 빽 질렀다.

"돼지 같은 게 뭐가 귀여워! 아니, 그 사진으로 뭐 하려고! 당장 내놔요."

"우울할 때마다 볼 건데."

그의 입에 걸린 미소가 느긋해졌다. 이 남자가 정말.

그의 손이 다가왔다. 팔짱 낀 그녀의 손을 풀어 네 번째 손가락에 반지를 끼워주었다. 그리고 이를 드러내며 환한 미소를 지었다. 그의 뒤편에 주욱 서 있던 그의 부하(?)들이 손뼉을 쳤다. 하지만 그가 이를 드러내 다른 용도로 사용하며 그들을 훑어보자 번개같이 흩어졌다. 이제 '힐링'엔 수영과 진우 단둘이 남았다. 눈치

빠른 동현이 이미 진우가 들어올 때부터 준비실로 뛰어들었었기 때문이다.

"내가 잘할게."

진우가 말했다.

"당연하죠."

카운터를 돌아 그의 옆으로 다가가며 수영이 말했다.

"사랑해. 오수영."

그가 그녀를 꼭 끌어안았다. 그리고 수영이 신음을 내며 헐떡일 때까지 그녀의 입술에 오래도록 입을 맞췄다.

"뭐 할 말 없어?"

기대에 찬 눈을 빛내며 진우가 수영에게 물었다. 수영이 눈이 부시도록 아름다운 미소를 그에게 돌리며 이렇게 말했다.

"없는데요? 왜요, 손님? 힐링이 필요하세요?"

진우가 듣기 좋은 목소리로 소리 내어 웃었다. 그의 웃음소리는 수영의 심장까지 닿아 행복의 물결을 일으켰다.

"아니, 당신이 필요해."

진우가 그녀의 입술에 다시 키스하기 전 그가 다시 말했다. 그들의 키스는 준비실에 갇힌 동현이 더는 참지 못하고 차라리 방을 잡으라며 소리를 지를 때까지 계속되었다.

에필로그. 녹았다, 빙산!

"다녀왔어요."

수영이 집으로 들어섰다. 평상시 같으면 떠들썩하게 반기는 움직임이 있어야 하는데 오늘따라 집 안이 쥐 죽은 듯 조용했다. 이럴 리가 없는데…….

집 안으로 들어서니 거실이 빛이 나도록 반짝인다. 우렁각시라도 다녀간 걸까. 오후에 밑반찬 가져다주신다고 잠깐 들르기만 하겠다던 엄마가 또 청소까지 해놓으신 모양이다. 그렇다고 아이들까지 데려가진 않으셨을 텐데 이상하리만치 조용했다. 잠이 들었나…….

아무 생각 없이 거실을 가로질러 부엌으로 들어선 그녀는 눈에 보이는 광경에 그만 비명을 지르고 말았다.

"예진아!"

현씨 가문의 둘째, 수영과 진우네 집의 막내, 방년 3세 현예진 양이 오늘도 또 사고를 치고 계셨다. 식탁 의자 위에 올라가 까치발을 딛고 서서는 넓고 긴 식탁 한가운데 뚜껑을 씌워 놓아두었던 샘플용 초콜릿을 몽땅 집어 먹고 그것도 모자라 온몸에 고루고루도 바르셨다.

얼굴과 두 손, 특히 입 주위와 중간중간 닦을 생각은 들었는지 새로 입혀놓은 원피스 배 부분에도, 가슴 부분에도 초콜릿 손자국이 찍혀 있었다.

엄마의 외마디 비명에 놀라 금방이라도 울음을 터뜨리려던 예진이 그래도 뭔가 마음을 잡았는지 아빠를 닮은 입술을 앙다물고 엄마를 향해 소리쳤다.

"아니야!"

손에 든 짐은 이미 떨어뜨렸다. 빈손으로 자신의 이마를 짚고 깊은 한숨을 쉬고 난 수영이 차분한 목소리로 자신의 딸을 향해 물었다.

"그래, 예진아, 언뜻 보면 모르겠다. 어쩜 그리 감쪽같이 먹었니. 응? 엄마는 모르겠네?"

눈썹까지 아빠를 쏙 뺀 예진이 어리고 총총한 눈썹을 가운데로 모은 채 다시 한 번 항변했다.

"아니야! 안 머쪄!"

아, 이젠 웃겨 죽겠다.

"그래그래, 안 먹은 것 같다. 누가 봐도 모르겠다. 그런데 초콜릿 못 봤어, 예진이?"

가슴에 팔짱을 끼고 오늘의 현장범이 어디까지 발뺌을 하나 볼

심산으로 수영이 취조를 시작했다.

"안 머쪄! 애지니가 아니야!"

자신의 결백을 주장하며 눈물이 방울방울 어린 딸의 발그스레한 볼로 떨어지고 있었다. 그리고 동정심에 호소하기로 작정했는지 엄마를 향해 돌아서서 그 자그맣고 통통한 팔을 벌렸다. 어떻게 거부할 수 있을까. 이렇게 사랑스러운 생명체를.

수영이 두 팔을 활짝 벌려 자신의 딸을 품에 안았다. 끈적끈적한 팔이 그녀의 목을 감고 초콜릿 향이 섞인 아기 내음과 함께 딸아이의 얼굴이 자신의 얼굴에 맞닿았다.

"어? 당신 언제 왔어?"

자신은 딸과 함께 초콜릿 샌드가 되어 있는데, 얄미우리만치 말쑥한 차림의 진우가 부엌으로 들어오고 있었다. 걸어 다니는 사고뭉치를 방치했으니 공범이다. 아니, 같이 저지르진 않았으니 그저 방조죄인가.

예진을 품에 안은 채 수영이 몸을 돌려 자신의 남편을 매섭게 째려보았다. 그녀가 뒤로 돌자, 그녀의 품에 안긴 인간 초콜릿 덩어리가 드러났다. 진우가 숨을 헉하고 들이켰다.

"무슨 일이야, 이게?"

아내의 얼굴이 위험신호를 가리키고 있었다. 일단 사태 파악부터 해야 하지만 그래도 아닌 척해보는 게 먼저일 수도 있다.

"보고도 몰라요?"

아, 안 되겠다. 증거가 너무나 완벽해서 발뺌을 할 수가 없다.

"정말 잠깐이었어. 30초 전까지 거실에 있는 걸 내 눈으로 확인했다구. 화장실만 잠깐 다녀왔는데."

그가 변명을 시작했다.

"10초면 게임 오버라고 내가 했어요, 안 했어요?"

게임 오버. 말 그대로 게임 끝났다. 빌자.

"미안. 내가 잘못했어."

아빠가 혼나는 걸 알았는지 아빠딸 현예진이 그녀의 품을 밀며 진우에게 팔을 뻗었다. 그 때문에 수영의 주의가 살짝 흐트러지자 진우가 그녀의 품 안에서 딸내미를 낚아채 옆구리 사이에 끼운 채 2층으로 번개같이 달려 올라갔다.

"도망가자!"

작전상 후퇴를 외치며 뛰어 달아나는 아빠의 옆구리에 달려 몸을 대롱거리며 예진이 깔깔대며 웃었다. 순식간에 일어난 일이라 그저 넋을 놓고 그 모습을 보고 있어야 했던 수영의 입에서도 마침내 웃음소리가 터져 나왔다.

"못 말려, 정말."

욕실로 아이를 데리고 들어갔는지 물소리와 함께 예진이의 깍깍거리는 소리가 온 집 안에 울리며 메아리쳤다.

"엄마!"

수영이 고개를 절레절레 흔들며 식탁 위를 정리하고 있으려니 이 집의 장남 우진이 들이닥쳤다. 유난히 엄마 레이더가 발달한 우진은 현관에서 신발을 집어 던지듯 벗어버리고 그대로 부엌으로 돌진해 들어왔다.

"오늘 왜 안 나왔어!"

볼일이 있어 픽업을 시은에게 맡겼더니 엄마아들 현우진이 잔뜩 볼이 부풀어 삐쳤다.

"미안해, 우진아. 오늘 엄마가 바빠서 그랬어. 시은이 이모가
잘 데리러 갔어?"

"이모가 잘 나왔어. 그래도 난 엄마가 나오는 게 좋아. 시은이
이모는 자꾸 뽀뽀하자 그러고 이모네 집에 가서 같이 살자고 그런
단 말이야."

역시 이시은. 오늘도 어김없이 마수를 뻗쳤구나.

진우가 정색을 하고 우리 아들에게서 손을 떼라고 살얼음을 날
리며 말을 해대도 시은은 아랑곳하지 않았다. 절친의 첫아이. 우
진이 태어났을 때부터 시은은 몸과 마음을 바쳐 친구의 아이를 사
랑했다. 과다한 애정을 바치고 물질을 바쳤다. 여자 형제가 없는
시은과 수영은 아주 어릴 적부터 나중에 커서 아이를 낳으면 서로
이모가 되어주자고 약속한 바 있었다. 그 약속을 지나치게 철저히
지키고 있는 시은이었다.

그리고 수영의 뒤를 이어 결혼하여 자신의 딸아이를 낳은 이후
자신이 장모라고 자처하며 우진에게 계속 주입하고 있었다. 세뇌
가 중요한 것이고 이렇게 되면 정말 장래에 자신의 사위가 될 거
라나.

그래서인지 요즘 한창 진우와 으르렁거리고 있다. 뭐, 둘 다 그
다지 열심인 것 같지는 않아서 두고 보는 참이지만.

"엄마, 엄마."

우진이 그녀의 티셔츠를 잡아당겼다.

"그래, 우진아, 왜?"

"근데 엄마, 불은 어떻게 질러?"

예진이에게 놀란 가슴이 진정되기도 전에 또 어퍼컷을 맞았다.

"뭐? 불을 지르겠다고?"

수영이 경악을 하고 쳐다보자, 우진이 천진난만한 표정으로 그녀에게 되물었다.

"유치원에서 캠프 갔을 때 불 질렀잖아. 그거 불은 어떻게 질러?"

아, 그거.

"캠프파이어?"

"응, 그거. 불이 막 멋있게 나잖아. 불 질러줘."

뭐 하나 쉬운 일이 없구나.

"그건 아빠랑 다음에 캠핑 가면 해달라고 하자. 응? 아빠가 하실 수 있어."

수영이 아들의 머리를 토닥이며 말했다.

"역시! 아빠는 못하는 게 없어!"

우진이 유치원 가방을 바닥에 내동댕이치더니 아빠와 동생의 목소리가 들리는 2층으로 한달음에 달려 올라갔다.

수영이 아들의 가방을 집어 올렸다. 한순간에 정신이 쏙 빠지긴 했지만, 이런 걸 한마디로 정의하자면 '행복'이라고 할 수 있겠지. 나직하게 웃음을 터뜨리며 수영이 초콜릿범벅이 된 식탁 위를 닦아내기 시작했다.

"이 소리 들려요?"

침대에 누운 채 천장을 멍하니 쳐다보며 수영이 진우에게 말했다.

"무슨 소리? 아무 소리도 안 들리는데."

수영이 진우에게 몸을 돌렸다. 그러자 그가 자신의 품으로 그녀를 끌어당겼다.

"바로 그거예요."

그의 품 안을 파고들며 그녀가 어리광 부리듯 말했다. 이해 못한 진우는 이해가 안 가는 얼굴로 수영의 턱을 들어 자신에게로 향하게 했다.

"뭐가 그거라는 거야?"

"아무 소리도 안 들리는 거 말이에요. 평화의 소리. 정적의 소리. 고요의 소리. 바로 그거라구요."

그의 턱에 입을 맞추며 수영이 설명했다.

집 안에 아무도 없다. 그러니 정적뿐이다. 진우는 그녀의 말뜻을 깨닫고 슬며시 입가에 미소를 지었다. 그렇다. 이제 집 안엔 그들뿐이다. 몇 년 만에 오붓하게 부부만 있는 시간이 온 것이다.

그들은 이제 막 아이들을 서울의 본가에 데려다 주고 집에 들어온 참이었다. 외할머니를 더 좋아하면서도 아이들은 수영의 친정에서는 잠을 자려 하지 않았다. 가까이에 엄마가 있다는 걸 잘 알아서일까. 하지만 희한하게도 서울에 데려다 주면 엄마, 아빠를 찾지도 않고 잘 논다고 했다. 처음엔 아이들을 보내기 싫은 부모님의 거짓말일까도 생각했었는데 전화를 받아도 울지 않고 내일 오라고 하는 아이들이었다. 하지만 진우는 이 모든 게 아무래도 그의 어머니의 공작인 것 같아 마음 한구석이 씁쓸했다.

"어머니가 이상한 거 가르치시는 거 아니야?"

진우가 무심코 마음속의 말을 꺼냈다. 수영이 고개를 들어 그의 턱을 바라보며 말했다.

"당신은 왜 그렇게 매사에 어머님하고 엇나가는 거예요?"

그는 대답하지 않았다. 대신 그녀의 머리에 자신의 볼을 비비며 말없이 아내를 안고 있었다. 어차피 대꾸해봤자 수영은 분명 시어머니의 편을 들고 나올 게 뻔했다.

결혼을 준비할 때도 그랬다. 그는 분명 한 여사에게 관여하지 말라고 못을 박았다. 하지만 그의 어머니는 수영의 뒤로 숨었다.

"그럼 결혼 예물을 누구랑 가서 하라는 거예요? 진우 씨가 뭐 볼 줄이나 알아요?"

허리에 양팔을 올리고 기세등등하게 말하는 수영에 반항 한 번 해보지 못하고 패배했었다. 여우 같은 그의 어머니는 내내 수영을 등에 업고 한복을 하네, 예물을 맞추네, 집을 보러 다니네, 하면서 하고 싶은 건 다 하고 다녔다. 아무리 그가 어머니에 대해 수영에게 얘기해봤자 그녀는 콧방귀도 뀌지 않았다.

"귀여우시기만 하던데요."

그녀의 말이었다. 미치고 팔짝 뛸 노릇이었다.

그나마 시어머니와 사이가 좋으니 다행이라고 해야 할지. 어쨌든 그녀는 시어머니와 쿵짝이 맞았다. 희한하게도 그녀는 특별히 어르고 달래지 않아도 한 여사의 이상한 고집을 다 풀어내어 흐물흐물하게 만드는 재주가 있었다. 그렇게 흔한 부딪힘 한 번 없이 결혼 준비를 무사히 마친 것도 어떻게 보면 다 수영의 공로였다.

덕분에 진우도 지금껏 단 한 번도 그의 어머니와 부딪치지 않고 잘 지내왔다. 중간에 역할을 잘하는 수영의 덕도 있었겠지만 그의 어머니도 나름대로 살피고 조심하는 것 같았다.

"어머니랑 어떻게 그렇게 잘 지내? 무척 힘든 양반인데."

진우가 결혼 후 처음으로 그녀에게 물었다. 수영이 그의 품 안에서 킥킥거리며 웃었다.

"어머님은 소녀 같으신 거예요."

"뭐?"

"아직도 꿈속에서 사시잖아요. 한없이 여리고, 감성도 풍부하시고. 그렇게만 생각하면 쉬워요. 비위 맞춰드리기도 한없이 쉽고."

그래그래, 뭐면 어떠랴.

진우가 그녀의 머리를 손으로 토닥였다. 이 세상에서 오수영을 당할 사람은 아무도 없으리라. 수영이 진우의 등 뒤로 손을 돌려 셔츠를 빼낸 뒤 그 안으로 손을 집어넣었다. 그의 맨살을 어루만지자 기분 좋은 신음이 그의 가슴에서 흘러나왔다.

"허술한 면이 당신이랑 똑같아."

수영이 가르랑거리며 말하자 그녀의 머리를 매만지던 그의 손이 허리로 내려가려다 멈칫했다.

"뭐라고?"

"완벽한 척하는 거잖아요. 어머님도, 진우 씨도."

그의 눈매가 가늘어지다가 그의 머릿속까지 들여다보는 듯한 수영의 눈빛에 그만 풀려버렸다.

"그래, 당신 말이 다 맞아."

진우가 순식간에 자세를 바꾸어 그녀의 몸 위로 올라왔다. 양
팔을 머리 위로 잡아 눌러 꼼짝 못 하게 한 뒤 그녀의 얼굴을 보며
느슨한 목소리로 말했다.

"그러니까 이제 그 입 좀 다물어."

진우의 입술이 서서히 수영에게로 내려왔다.

"아, 참. 나 줄 거 있는데!"

그의 입술이 막 그녀의 입술을 덮치려고 할 즈음, 수영이 불쑥
말했다.

"나중에."

이제는 중요한 순간에 엉뚱하게 튀어나오는 수영의 말에 익숙
해졌다. 그리고 그걸 효과적으로 봉쇄하는 방법도 잘 알고 있다.
진우가 완벽하게 그녀의 입을 막았다. 그리고 한참 동안 그녀는
감탄의 신음 외에 다른 소리는 아무것도 내지 않았다.

그들만의 황홀한 시간을 보내고 뽀송뽀송해진 얼굴로 그들이
식탁에 마주 보고 앉아 있다. 결혼 7주년을 기념하는 작은 초콜릿
케이크가 식탁 위를 장식하고 있었다. 숫자 7 모양을 하고 있는
촛불이 아른거리며 빛을 발하고 호기심에 가득한 얼굴을 한 진우
가 촛불 너머로 수영을 바라보고 있었다.

"뭔데 그래?"

이미 그녀의 목에 작은 다이아몬드 펜던트가 달린 목걸이를 걸
어준 진우가 자신의 선물을 기대하며 그녀에게 물었다. 수영이 등
뒤에서 알록달록한 포장지에 감싸인 중간 정도의 상자를 꺼내 그

에게 내밀었다.

"당신이 좋아하는 거예요."

수영이 얼굴 가득 애교 있는 미소를 띠자 진우가 느릿하게 입술을 비틀며 그녀에게 말했다.

"자꾸 그런 식으로 웃으면 침대로 다시 가는 수가 있어."

수영이 그에게 눈을 흘기자 진우가 큰 소리로 웃으며 포장을 풀기 시작했다.

"내가 오수영 말고 좋아하는 게 있었나? 어……?"

7년차 숙달된 애처가답게 진우가 그녀에게 아첨을 늘어놓다가 말을 멈췄다.

포장을 뜯자 그 속엔 깜찍한 그림이 그려져 있는 상자 두 개가 이어서 나왔다. 초코체크, 그리고 오레오오즈.

그는 정말로 좋아하고 있었다. 수영이 그 모습에 그만 깔깔거리며 웃음을 터뜨렸다. 결혼 7년 동안 한 번도 허용되지 않았던 그만의 아침, 혹은 그만의 간식이 그를 향해 웃고 있었다.

"정말이야?"

그가 고개를 들어 그녀에게 재차 확인했다. 수영이 웃으며 고개를 끄덕여주었다.

"애들 모르게 먹어야 돼요. 알면 난리 날 거야."

식성까지 아빠를 쏙 빼닮은 딸 예진이가 제일 요주의 인물이다. 어린 게 벌써부터 초콜릿과 단것이라면 사족을 못 쓴다.

진우가 상자를 들고 자리에서 벌떡 일어나 그녀에게 다가왔다.

"이걸 효과적으로 먹을 수 있는 방법을 내가 잘 알아."

"뭔데요?"

수영이 눈을 빛냈다.

"당신이랑 같이 먹는 거지."

"난 안 먹을 건데?"

수영이 거절하자 진우의 눈빛이 짙어지며 위험한 향기를 내뿜었다.

"당신이 먹는 게 아니야. 내가 이거랑."

진우가 손으로 시리얼 상자를 가리키고는 다시 수영의 몸을 야릇하게 가리켰다.

"당신을 같이 먹는 거지."

마침내 진우의 뜻을 이해한 수영이 비명을 지르고 자리에서 일어나 그를 피해 달아났다. 어차피 그녀가 도망갈 데라곤 단 한 군데뿐이다. 진우는 느긋하게 식탁을 돌아 수영의 몸에 바를 초콜릿 시럽 한 병을 한손에 들고 시리얼 박스 하나를 왼쪽 겨드랑이 사이에 끼고는 휘파람을 불며 그녀의 뒤를 쫓았다.

결혼 7주년을 맞아 허락받은 2박 3일의 특별 휴가 기간 동안 그들은 단 한 발자국도 집 밖으로 나오지 않았다. 그리고 정확히 9개월 후, 그들에겐 막내아들이 생겼다.

−마침−

작가 후기

안녕하세요? 늦은봄입니다.

드디어 장장 1년여에 걸친 대장정이 끝나갑니다.

장난처럼 시작한 연재였는데, 이렇게 어렵고 길고 긴 길이 될 줄은 정말 몰랐어요.

후기를 쓰는 지금 정말 책이 나오나 내가 책을 내게 된 건가 믿기지가 않습니다.

'힐링이 필요하세요?'를 연재하기 시작한 것이 작년 봄이었습니다.(제목이 바뀌어서 많이 놀라셨죠? 저도 처음엔 빙산이라니 사람들이 빙신이라고 알면 어떡하지?라는 생각에 많이 놀랐습니다.)

그리고 또 봄을 맞았네요.

닉네임처럼 늦은봄이 되었어요. 이럴 줄 알았으면, 이른봄, 빠른봄, LTE봄으로 이름을 지을 걸 그랬어요.

하지만 이렇게 책이 나온다는 게 꿈만 같습니다.

과분한 사랑을 받았구요. 그에 보답하느라 고치고 또 고치고 했지만 기대에 미칠지는 모르겠어요.

글을 쓴다는 것이 이렇게 힘들고 정신적인 소모가 많은 일이라는 걸 알았더라면 그렇게 장난처럼 시작하진 못했을 것 같아요. 또 한 번 저를 돌아보고 반성하게 되는 계기가 되었습니다.

저에게 글을 쓰게 해서 노후대책을 세우겠다는 원대한 야망을 지니신 우리 남편, 언제나 영혼 없는 대답으로 날 지지해줘서 고마워요. 밥상이 부실해지자 이제 그만 절필하라던 당신의 마음 잊지 않을게요. ㅋㅋ

그래도 어제보다 오늘 더 사랑합니다. 내 제일 좋은 친구.

책 쓰는 내내 밥 사주고 커피 사주고 응원해준 은주 언니, 명희 언니 고마워요. 이번엔 내가 갚을게.

나에게 이시은이라는 캐릭터를 만들게 해준 정연아, 정말 고마워. 네 덕에 이 책이 있는 거야.

내가 놀아주지 못해서 많이 외로웠던 주연아. 기다려줘서 고마워. 이제 많이 놀아줄게.

그리고 제가 원하진 않았지만 온 동네에 소문이 나버려서 결국 이 후기를 보게 된 동네 주민 여러분, 몰래 읽고 절대 감상평은 저에게 말하지 마세요. 이민 갈 거예요.

쓰다 보니 이게 무슨 미스코리아 당선 후기도 아니고, 민망하기 그지없지만 아직 남았습니다.

아모르 빈시트 옴니아 회원 여러분 사랑합니다. 우리 정말 사랑으로 모든 걸 정복하기. 있기, 없기? 그러자기. 아모르님들이 있어 제가 있는 겁니다. 너무 당근만 주셔서 작가병 생기겠어요. 다시 한 번 사랑합니다.

끝으로 작가후기 콜렉터인 우리 아모르연합 작가분들께 감사드립니다. 서정윤 작가님 항상 조언해주고 걱정해줘서 든든해요. 난 당신같이 마음 따뜻한 사람은 첨 봤어. 노승아 작가님, 내가 좋아하는 거 알지? 자긴 우리 아모르의 태양이야. 최양윤 작가님, 당신의 정체는 무엇인가! 모르는 거 없고 안 해본 거 없는 당신은 진정한 대작계! 가규K 스릉흔드. 이젠 제발 연재 좀 끝내자. 이제 너 하나만 남았어. 김애정 작가님, 정말 물심양면으로 챙겨주고 채찍질로 관리해주고 이 책이 나오게 된 건 80프로는 네 덕이야. 고마워. 그리고 우리 막내 꽃이 나보다 책 먼저 내다니! 잘했어. 대견해. 토닥토닥. 우리 오래오래 해먹자. 그리고 요즘 숨어 있는 고지영 작가. 다음 작품 기다리고 있어. 내가 당신 팬이야.

자, 후기가 끝났습니다. 아유, 힘들었어요. 자세한 얘기는 아모르 빈시트 옴니아에서 합시다.

감사합니다. 다음 책으로 만나요.(아마도……)

-신은진 드림.